EMILIA BLAU

Frühstück mit Mr. Darcy

Über die Autorin:

Emilia Blau lebt in einem holsteinischen Seebad am Meer. Ihr Studium der Englischen Literatur und Kulturanthropologie absolvierte sie unter anderem an einer britischen Universität und wandelte auf Jane Austens Spuren durch Bath. Kein Wunder also, dass in ihren Bücherregalen eine Sammlung von Janes Werken steht. Als Ausgleich für die Stunden am Schreibtisch verbringt sie ihre Zeit gern im Garten, bei den Pferden oder einem Strandspaziergang – am liebsten in Südengland oder Schleswig-Holstein.

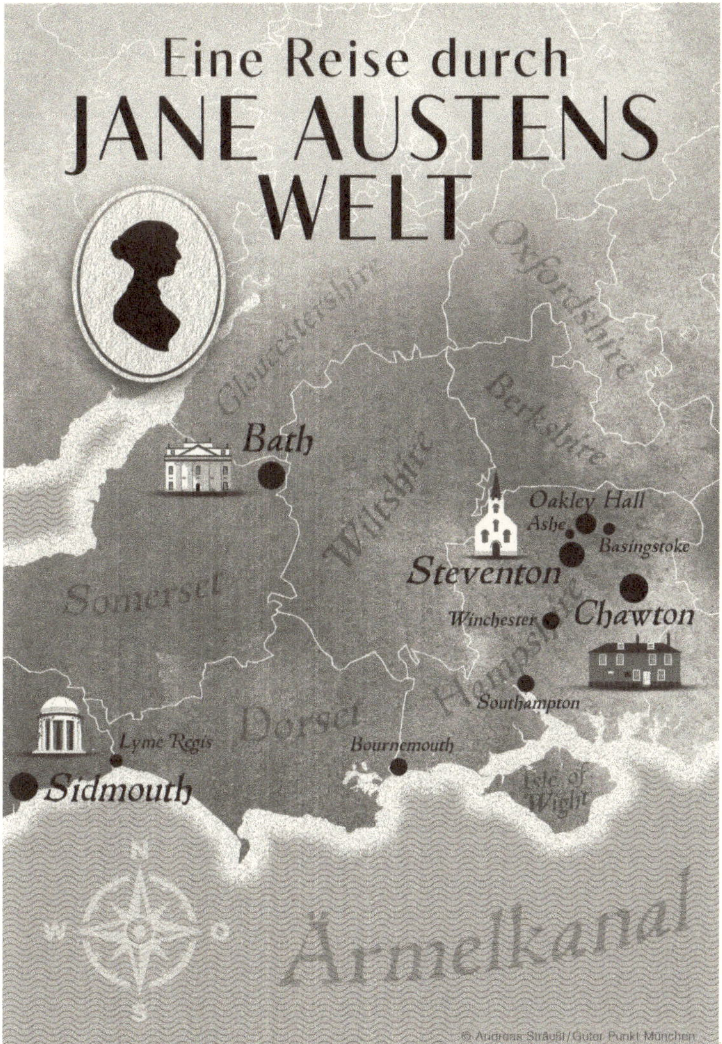

Eine Reise durch
JANE AUSTENS
WELT
Oxfordshire
Gloucestershire
Berkshire
Bath
Wiltshire
Oakley Hall
Ashe
Basingstoke
Steventon
Somerset
Chawton
Winchester
Hampshire
Southampton
Dorset
Lyme Regis
Bournemouth
Sidmouth
Isle of Wight
N
W
O
S
Ärmelkanal
© Andreas Straußl/Guter Punkt München

Kapitel 1

(K)ein Mr. Darcy

Es ist eine allgemein anerkannte Wahrheit,
dass ein Junggeselle im Besitz eines schönen Vermögens
nichts dringender braucht als eine Frau.

Jane Austen, Stolz und Vorurteil

»So frage ich auch dich, Leonora Weston, willst du den hier anwesenden Maximilian Alexander Konstantin Freiherr von Angeln zu deinem Ehemann nehmen, ihn lieben und ihm die Treue halten, bis der Tod euch scheidet, so antworte: Ja, ich will.«

Die verfängliche Sache mit den allgemein anerkannten Wahrheiten war folgende: Die Leute gingen davon aus, dass sie stimmten. Und in Leonoras Umfeld nahm man an, dass ein jahrelang tolerierter Junggeselle, der sich als treu und haushaltseifrig erwiesen hatte, der Richtige sein müsse. Sie konnte sich davon nicht ausnehmen.

Das Leben mit Max war bequem. Harmonisch, wie ihre Mutter zu schwärmen pflegte. Wenn Leonora nach einem Elf-

Stunden-Tag in der Kanzlei nach Hause kam, hatte er den Tisch gedeckt und die Waschmaschine lief – obwohl er selbst lange an den Akten im Büro gesessen hatte.

Ja, Harmonie beherrschte er meisterhaft. Er überraschte sie mit harmonischen Abenden bei Kerzenschein. Brachte ohne Beschwerden den Müll nach draußen. Und wählte seine Socken vollkommen harmonisch aus. Fünf Jahre lang hatte sie geglaubt, dass sie genau das wollte. Ruhige Abende in ihrem beschaulichen Leben, mit den sicheren Vollzeitjobs und der angezahlten Neubauwohnung. Eine verlässliche Perspektive. Doch jetzt gerade, als eine Hochzeitsgesellschaft, ein enthusiastischer Pfarrer und ihr Zukünftiger sie erwartungsvoll ansahen, erkannte sie, dass sie nicht länger an diese Wahrheit glaubte.

Es hätte eine Menge besserer Momente gegeben, sich dessen bewusst zu werden. Zum Beispiel an dem Abend vor zwei Jahren, an dem sie im Da Salvatore auf ihren Jahrestag angestoßen hatten und er ihr eine ausufernde Liebeserklärung machte, während zwei Violinisten an ihrem Tisch spielten. Die Szene war ihr so unangenehm gewesen, dass sie damals am liebsten Hals über Kopf geflüchtet wäre. Doch so war Max nun einmal, von allem ein bisschen zu viel. Und war es nicht einfach seine Art, ihr seine Liebe zu zeigen? Sie hatte es als liebenswürdige Eigenart abgetan.

Und dann war da der Abend ihrer Verlobung gewesen. Heiligabend, im Kreise ihrer versammelten Familien, samt Großneffen und Urgroßonkeln des von Angeln'schen Familienclans. Wie hätte sie da Nein sagen können? *Es ist nun einmal Tradition*, hatte sie sich eingeredet. In seiner Familie gehörte der große Auftritt zum guten Ton. Also hatte sie mitgespielt und selbst geglaubt, den richtigen Weg zu gehen. Man hätte meinen sollen, dass spätestens das eine Alarmglocke in ihr zum Schrillen gebracht hätte.

Ihr Leben schien zu einer realen Version all der Jane-Austen-Romane geworden zu sein, die sie seit ihrer Jugend so glühend verehrte: Der Junggeselle aus gutem Hause war drauf und dran, sie in den norddeutschen Landadel zu erheben … Aber Max war kein Mr. Darcy. Wäre ihr Leben eine Adaption von *Stolz und Vorurteil*, würde ihr Verlobter nicht die Rolle des unnahbaren, mysteriösen Helden spielen, der ihren Herzschlag in ungeahnte Höhen beförderte, sondern die seines besten Freundes, des äußerst zuverlässigen Mr. Bingley. Mit berechenbar guten Manieren und einem gediegenen Gemüt. Er war nicht der Mann, den Jane für Elizabeths Happy End ausgewählt hätte. Und er wäre nicht ihr Happy End.

Diese Wahrheit musste Leonora selbstverständlich erst heute mit aller Deutlichkeit dämmern. Am Tag ihrer Hochzeit, während sie in einem Kaviar-Gauche-Brautkleid vor dem Altar stand. Und die Tragweite dieser Erkenntnis ließ eine unangenehme Hitze in ihr aufsteigen.

Gemessen an der Unruhe, die sich in dem gut gefüllten Kapellsaal des Herrenhauses ausbreitete, hatte sie sich mit ihrer Antwort längst zu viel Zeit gelassen. Sie schielte zur ersten Bankreihe hinüber. Maximilians Mutter hob erwartungsvoll die Augenbrauen und fächerte sich Luft zu. Neben ihr trommelte Gustav von Angeln ungeduldig auf den Rücken seiner verschränkten Hände. Zwei Plätze weiter war das geräuschvolle Atmen von Tante Elise zu hören, deren üppige Rundungen gegen den Stoff ihres Abendkleids kämpften. Leonora zuckte innerlich zusammen, als sie Elises fragender Blick traf. Bilder vom letzten Familienessen auf dem Gut stiegen in ihr auf. Von dem knisternden Kaminfeuer im großen Salon und der ausgelassenen Stimmung, die wohl niemand der Familie von Angeln zugetraut hätte, wenn man sie zu offiziellen Anlässen traf. In den letzten Jahren war sie ein Teil von ihnen gewesen. Die Familie hatte Leonora in ihren Kreis aufgenommen, und sie war sich bewusst, dass dies einem Ritterschlag glich. So oft sie sich auch über Max' Verwandtschaft beschwert hatte – über ihre verstaubten Ansichten, ihre festgefahrenen Traditionen, ihre gelegentlich eitle und verschrobene Art –, sie hatte sie ins Herz geschlossen.

Himmel, selbst Napoleon, Elises Hausganter, starrte sie inzwischen mit seinen Knopfaugen an. Dem Anlass entsprechend trug er heute ein blaues Halsband mit passender Leine. Er war Leonoras blauer Glücksbringer und saß auf Elises Schoß wie ein Hündchen.

Könnte sie wirklich all das aufgeben? Was, wenn das einfach nur die kleine Panik war? Die *petite insécurité*, wie Tante Elise solche Unpässlichkeiten vor großer Runde zu nennen pflegte.

»Lea?« Ein Funken Unsicherheit hatte sich in Max' Blick gestohlen.

Sie hatten gute Jahre zusammen gehabt. Eine sichere, verlässliche Beziehung. Leonoras Blick glitt zur rechten Reihe, in der ihre Eltern saßen. Sie erinnerte sich noch an den Tag, an dem sie Max zu Hause vorgestellt hatte. Ihre sonst so verhaltene Mutter hatte gestrahlt wie ein Honigkuchenpferd, und ihr Vater, der als waschechter Brite normalerweise nur englisches Ale trank, hatte den Dom Pérignon aus dem Regal der Heiligkeiten seines Weinkellers geholt. Vintage-Champagner. Das war noch nie vorgekommen, wenn sie einen Freund mitgebracht hatte. Sie liebten ihn von der ersten Sekunde an. Ein Volljurist wie Leonora. Höflich und zuvorkommend. Der Traumschwiegersohn, auf den sie insgeheim immer gehofft hatten.

Mit schwerem Herzen wandte sie sich wieder Max zu, als

plötzlich alles auf einmal passierte. Der kleine Ferdinand, Max' Neffe, der pflichtbewusst das Ringkissen in die Luft hielt, schwankte, und die Eheringe fielen klirrend zu Boden. Im nächsten Augenblick sprang Napoleon krächzend von Tante Elises Schoß und schoss mit ausgebreiteten Flügeln auf die davonrollenden Familienerbstücke zu. In dem Ganter steckte eine verkappte diebische Elster. Es war nicht das erste Mal, dass er es auf ein glitzerndes Schmuckstück abgesehen hatte. Schnatternd und mit schlagenden Flügeln jagte er den Ringen hinterher, während Tante Elise keuchend und schimpfend hinter ihrem flüchtigen Hausganter her spurtete.

Aufgeregtes Gemurmel und Gelächter breiteten sich im Kapellsaal aus.

Und Leonora wusste, dass das ihr Zeichen war. Sie hob den Blick zu Max, der entgeistert die Gänsejagd verfolgte. Es brach ihr das Herz, ihm anzutun, was ihr Gefühl ihr befahl. Aber es wäre noch tausendfach sträflicher, ihre Ehrlichkeit zu verraten.

»Ich … ich kann nicht. Tut mir leid.« Sie spürte noch, wie der Schock durch seine Finger fuhr, ehe sie ihm ihre entriss. Gedämpft hörte sie das Aufkeuchen einiger Gäste, als sie den Taft ihres Rocks raffte und blind die drei Stufen hinunter auf den Gang stolperte. Verschwommen sah sie, wie ihr Vater aufsprang. Doch sie stürmte weiter, während hinter ihr das laute Gänsegeschnatter durch die Kapelle klang, drückte die schwere Saaltür auf und lief hinaus.

Vor dem Rondell stand eine geschmückte Barockkutsche und wartete auf ihren Einsatz im Anschluss an die Zeremonie. Die Kutscherin hob überrascht den Kopf, als sie Leonora entdeckte. »Alles in Ordnung?«, rief sie ihr zu.

Doch Leonora konnte nicht antworten. Sie öffnete hektisch

die Kutschtür, warf sich auf die Rückbank und zerrte hektisch den voluminösen Stoff hinter sich hinauf. »Los!«, rief sie. »Bitte fahren Sie einfach!«

Die Kutscherin musterte sie verdutzt, wollte offensichtlich etwas entgegnen, besann sich dann aber eines Besseren und hob die Zügel. »Hüa!«

Die beiden Friesen fielen in einen zügigen Trab, unter ihren Hufen stoben die Kieselsteine der Auffahrt nach allen Seiten. Die Sonne ließ die Rücken der schwarzen Pferde funkeln, und ihre langen Mähnen wehten im Fahrtwind. Als Leonora den Blick zurück zum Herrenhaus wandte, sah sie, wie ihr Vater aus der Tür stürmte. Hinter ihm drängten sich weitere Gäste hinaus auf den Vorplatz. Auch Max. Kurz blickte er zu ihr, dann drehte er sich mit gesenkten Schultern um und ging. Ihr Vater hob hilflos die Arme, doch es war zu spät zum Umkehren. Sie hatte ihre Entscheidung getroffen.

***

Die Flucht der Braut wirkte in Filmen beneidenswert glamourös. In wallendem Kleid ritt sie davon, mit wehendem Schleier und perfekt sitzender Frisur. Doch keiner erzählte von den demütigenden Momenten, die einem bevorstanden, wenn man nicht Teil einer TV-Blockbuster-Produktion war, sich aber für den Last-Minute-Exit vom Altar entschied. Die Momente, in denen die Leute einen anstarrten, einem ihre Glückwünsche entgegenriefen oder applaudierten, obwohl man sich am liebsten heulend den Schleier aus dem Haar gerissen und das Kleid in die nächste Mülltonne gestopft hätte. Fünf Stunden hatte Leonora damit zugebracht, unter den Modellen der Boutique das Eine auszuwählen. Beim Kauf hatte sie sich wunderschön gefühlt – und es im selben Augenblick beachtlich gefunden, dass ein einziges Kleidungsstück ein solches Maß an Selbstbewusstsein und Glückseligkeit in ihr auslösen konnte. Nun erinnerten die vier Lagen Seidentaft sie bei jedem Schritt daran, dass sie gerade ihren Verlobten vor dem Altar stehen lassen hatte.

Wäre ihr Leben tatsächlich ein Jane-Austen-Roman, wäre es nie so weit gekommen. Dann hätte sie sich schon wenige Tage nach dem Antrag besonnen, oder das Schicksal hätte ihr rechtzeitig Mr. Darcy vor die Füße geworfen. Doch da keins von beidem geschehen war, musste sie sich wohl den Konsequenzen ihrer jahrelangen Desillusion stellen. Eine äußerst unangenehme Realität. Und der Angelner Bahnhof bot erschreckend wenig Möglichkeiten, sich vor den Blicken der Wochenendurlauber und Ostseetouristen zu verstecken.

Leonora schaute sich hilflos um. Es war Sonntagvormittag. Außer den Cafés und Bäckereien hatte kein Laden in dem kleinen Ort geöffnet. Wenn sie nicht in ihren Seidendessous den Heimweg antreten wollte, würde sie wohl oder übel das Kleid anbehalten müssen. Die Reisetasche mit ihren Sachen lag auf der antiken Gepäckablage ihres Zimmers auf Gut Angeln. Ausgeschlossen, dass sie dorthin zurückkehrte.

Bei dem Gedanken verzog sie gequält das Gesicht. Auf dem Bahnsteig gegenüber fuhr gerade die Regionalbahn Richtung Hamburg ein. Aber die bloße Vorstellung, im Brautkleid den voll besetzten Zug zu betreten, ließ sie schaudern. Nein, beim besten Willen, das würde sie sich nicht antun. Verdammt, nicht einmal ihr Handy hatte sie dabei. Das steckte in der Clutch, die sie Lydia vor dem Gang zum Altar überreicht hatte. Zuverlässig, wie ihre beste Freundin war, hielt sie die vermutlich noch immer fest umklammert.

So unauffällig wie möglich tastete sie nach der Kreditkarte, die sie sich für Notfälle unter die Corsage geschoben hatte. Falls Max oder sie im Laufe der Feier spontan etwas hätten bezahlen müssen. Da hatte sie noch nicht geahnt, welcher Notfall es tatsächlich sein würde …

Erleichtert atmete sie aus, als sie die Karte fühlte, und zog sie unter dem Seidenstoff hervor. Dann raffte sie ihr Kleid und hastete auf das einzige Taxi zu, das vor dem Eingang des Dorfbahnhofs parkte.

Sobald die Reetdachhäuser am Ortsausgang vor ihrem Fenster vorbeizogen, entspannte Leonora sich ein wenig. Sie hatte es geschafft. Sie war auf dem Weg nach Hause. Doch im nächsten Moment wurde ihr wieder übel. Gestern Abend war die Wohnung noch ihr Zuhause gewesen, aber nun fühlte sich der Gedanke an ihre gemeinsamen vier Wände einfach nur falsch an. Max und sie würden ihre Leben auseinandersortieren müssen. Und die Vorstellung, allein zu sein, machte ihr Angst. *Wie albern*, dachte sie. Es gab kein Zurück. Sie musste jetzt stark sein. Und es wäre doch wohl gelacht, wenn sie aus Angst, ohne einen Mann zu leben, heute Ja gesagt hätte.

Ihr würde eine Menge bevorstehen. Die besorgten Nachfragen. Die Vorwürfe. Die verständnislosen Meinungen. Und mit Sicherheit eine Ladung Wut, Hass und Enttäuschung von Max. Zu Recht. Sie hatte sich verantwortungslos verhalten. Hatte es erst so weit kommen lassen, dass ihnen die gemeinsame Zukunft wie ein sicheres Blatt winkte. Dass ihre Freunde und Familien mitansahen, wie sie ihm das Herz brach. Aber irgendwann würde auch er verstehen, dass sie die richtige Entscheidung getroffen hatte. Dass es ein unvermeidbarer Schritt war, der ihnen nur noch größeres Leid ersparte.

Leonora ließ sich in den Ledersitz und den Berg aus Tüll und Seide sinken, der sie umgab. Wo sollte sie hin? Egal, an welche Option sie dachte, immer wären andere Leute involviert. Ihr Ex-Verlobter. Ihre Freunde, von denen sich ein Großteil gerade auf der geplatzten Hochzeit befand. Ihr Elternhaus. Doch sie wollte gerade niemanden sehen. Sich nicht mit den Meinungen der anderen befassen. Also blieb ihr nur eine Option.

Das Taxi hielt vor ihrem Wohnhaus. Kaum hatte Leonora ihre Schleppe aus dem Wagen gehievt und die Tür geschlossen, schoss der Fahrer hupend davon, und sie hätte sich am liebsten hinter den Rhododendron im Vorgarten geduckt. Ehe noch mehr Nachbarn Zeuge ihres unfreiwilligen Auftritts wurden, spurtete sie zur Haustür, die glücklicherweise tagsüber immer angelehnt war. So leise wie möglich hastete sie die Treppe in den ersten Stock des Vierparteienhauses hinauf. Klassizistischer Neubau. Die Optik so laut wie der Schall im Inneren. Während sie ihre Schleppe sortierte, betete sie im Stillen, dass der Schlüssel noch unter ihrer Fußmatte lag. Sie hatten ihn dort für die Schulzes von nebenan deponiert, die sich netterweise bereit erklärt hatten, ihre Blumen zu gießen und nach dem Rechten zu sehen, während Max und sie ihre Flitterwochen auf Barbados genießen würden.

Sie hob die Matte an und tastete. Da war er. Erleichtert schloss sie auf, schob sich hinein und drückte die Tür sofort hinter sich zu. Die Wohnung lag im Halbdunkel. Max hatte die Jalousien heruntergelassen, bevor sie losgefahren waren. Als sie aus ihren Pumps schlüpfte, fiel ihr Blick auf seine Joggingschuhe, die ordentlich neben ihren standen.

Wieder wurde ihr flau zumute. Es fühlte sich unwirklich an, hier zu sein. Als hätte die Wohnung ihr Paarleben konserviert. Bei ihrer Abfahrt nach Angeln waren sie noch glücklich verlobt auf dem Weg zu ihrer Hochzeit gewesen. Nun ja, glücklich vermutlich nur relativ. Wenn sie ehrlich war, hatten sie schon eine Zeit lang Zweifel geplagt. Aber sie hatte sie immer wieder zum Verstummen gebracht. Die Beziehung mit Max war ihr einfach zu vernünftig erschienen.

Noch im Flur öffnete Leonora den Taillenreißverschluss ihres Kleids und angelte nach den Knöpfen am Rücken, die sie mit Mühe aufbekam. Sobald der schwere Stoff von ihren Schultern glitt, fühlte sie sich befreit. Mit einem großen Schritt stieg sie aus dem Tüllrock heraus und klemmte sich das Kleid unter den Arm. Im Schlafzimmer stopfte sie es notdürftig in den Wäschekorb. Darum würde sie sich später kümmern.

Sie zog ein schlichtes T-Shirt-Kleid aus der Kommode und schlüpfte hinein. Neben dem Bett stand ihr gepackter Koffer für die Flitterwochen bereit. Am Tag nach der Hochzeitsfeier hatten Max und sie nur schnell das Gepäck einsammeln wollen, um direkt zum Flughafen zu fahren. Doch die Pläne hatten sich geändert. Statt mit ihrem Ehemann nach Barbados würde der nächste Flieger sie nun allein nach Großbritannien bringen. Und da das englische Wetter einem nur selten die Gelegenheit gab, die Barbados-Strandgarderobe auszuführen, tauschte sie ein paar der Bikinis gegen Cardigans und Jeans. Das Cottage ihrer Grandma war selbst bei schönstem Wetter kühl – ein charmanter Altbau in der Innenstadt von Bath, umgeben von einem traumhaften Garten.

Seit ihre Granny vor vier Jahren verstorben war, nutzte ihre Familie das Cottage nur sporadisch als Ferienwohnung. Aber früher hatte Leonora jede Sommerferien dort verbracht. Und obwohl ihr letzter Besuch schon knapp ein Jahr zurücklag, fühlte sie sich in Bath immer wie zu Hause.

Entschieden klappte sie den Koffer zu und rollte ihn in den Flur. In der Schublade der Garderobe lag ihr Reisepass. Sie schnappte sich ihre Lieblingshandtasche aus dem Schrank, steckte die Kreditkarte und den Pass ins Reißverschlussfach und holte sich aus der Küche eine Flasche Wasser. Nach der Fahrt und der Aufregung des Vormittags war sie völlig dehydriert.

Bevor sie die Wohnung verließ, schaute sie sich noch einmal um. Wenn sie das nächste Mal zurückkehren würde, wäre nichts mehr, wie es war.

Leise nahm sie Abschied. Dann zog sie ihren Autoschlüssel vom Wandhaken, trat hinaus und schloss die Tür.

Kapitel 2

Willkommen in Barton Cottage

Sechs Stunden später

Die Abendsonne stand tief über den Straßen, und Bath funkelte wie ein Juwel. Ein sandsteinfarbenes Juwel, das sich aus sanften Hügeln am südlichen Rand der Cotswolds erhob. Hier trafen alteingesessene Bürger auf staunend schlendernde Touristen, Zugereiste, Studenten und den Cotswolds-Adel – all die gut betuchten Londoner, die ihre Liebe für das elitäre Landleben entdeckt hatten und nun die Country Mansions der Gegend bevölkerten. Die Römischen Bäder und mineralhaltigen Quellen, die einst die Stadt zum beliebtesten Kurort der gehobenen englischen Gesellschaft machten, zogen heute Geschichtsinteressierte aus aller Welt an. Und wie schon im 18. Jahrhundert zählten der Nachmittagstee in den Pump Rooms und ein Besuch der Upper und Lower Rooms, in denen einst die großen Bälle der Saison stattfanden, zu den Höhepunkten. Bath versteckte seine Geschichte nicht. Wenn man durch seine Straßen flanierte, meinte man, mitten in die Regency-Zeit gestolpert zu sein. Genauer genommen, mitten in einen Jane-Austen-Roman.

Leonora hätte sich keinen besseren Ort vorstellen können, um ihrer Hochzeit zu entfliehen. Bath fühlte sich an wie eine andere Welt. Ihre Welt, in der sie unzählige Sommer in dem kleinen Stadtcottage ihrer Großmutter verbracht hatte.

Der historische Glamour und die sommerliche Leichtigkeit, die über den Gassen lagen, ließen sie beinahe vergessen, dass sie gerade ihr altes Leben und ihren Verlobten vor dem Traualtar einer schleswig-holsteinischen Gutskapelle zurückgelassen hatte. Nur der opulente Ring an ihrem Finger, ein Erbstück der von Angeln'schen Familiendynastie, erinnerte sie daran.

Seufzend strich Leonora sich eine Haarsträhne aus dem Gesicht, die sich aus ihrer Brautfrisur gelöst hatte, und marschierte weiter. Sie liebte die goldene Stunde, selbst an diesem verhängnisvollen Tag erschien sie ihr wie ein Trost. Der Trubel und die Hektik des Terminals in Gatwick und der Zugreise fielen allmählich von ihr ab, während sie mit ihrem Koffer über die langen Bürgersteige rumpelte.

Ihr Weg führte sie mitten durch die Altstadt, vorbei an den Römischen Bädern, der beeindruckenden gotischen Abteikirche, deren filigrane Türme weit in den Himmel ragten. Als sie die George Street erreichte, bog sie links ab und sah kurz darauf den Circus vor sich. Ein architektonisches Rund, in dem sich ein georgianisches Stadthaus an das nächste schmiegte. Die ausladenden, schmuckvollen Gebäude verrieten, dass hier schon in Regency-Zeiten die wohlhabenden Gäste des Kurorts residiert hatten. Der Royal Crescent lag nur wenige Straßenzüge entfernt, der Ort, an dem man sich einst traf, um die frische Luft in besserer Gesellschaft zu genießen. Leonora schmunzelte. Was Jane wohl gesagt hätte, wenn sie gewusst hätte, welch verruchte Kaschemme sich nun nur wenige Meter entfernt befand …

Von außen hätte man den Laden für ein normales Antiquariat halten können. »George's Old Books« stand auf einem rot umrahmten Holzschild über der Tür, und in den rot eingefassten Schaufenstern stapelten sich Originalausgaben von Klassikern neben bunt illustrierten Segelratgebern. Doch hinter den Bücherregalen verbarg sich ein hochprozentiges Geheimnis – und ein raubeiniger Seemann, vor dem Jane wohl jede ehrbare Lady gewarnt hätte.

Die kleine Schiffsglocke läutete, als Leonora eintrat. Das Schild an der Tür verkündete, dass der Laden schon geschlossen war, doch Leonora kannte den Inhaber gut genug, um zu wissen, dass er selten vor zehn Uhr heimging. Oft hockte er bis spät in der Nacht auf seinem Sessel und stöberte in alten Logbüchern.

»Freddy?« Schwungvoll parkte sie ihren Koffer neben der Theke und klopfte auf das rissige Holz. Wenige Sekunden später erschien ein blonder Lockenkopf in der Tür, die eingesäumt von deckenhohen Regalen in das dunkle Hinterzimmer des Ladens führte. Als Freddy sie entdeckte, leuchteten seine Augen überrascht auf, und ein verschmitztes Grinsen legte sich auf seine Lippen.

»Was machst du denn hier?« Seine große, sportliche Gestalt füllte den Türrahmen aus, als er zur Ladentheke schlenderte. »Man munkelt, du müsstest deinen German Lord ehelichen. Oder schon am Strand einer Karibikinsel liegen. Du willst doch nicht etwa sagen, der edle Herr hat es sich anders überlegt?« Er verschränkte die Arme vor der Brust. »Nun, ich könnte den armen Kerl ja verstehen. Vor dir hätte ich auch die Flucht ergriffen, warst ja noch nie die einfachste …«

»Kannst du bitte aufhören zu reden?«, unterbrach sie ihn. »Ich hab die Flucht ergriffen, wenn du's unbedingt wissen willst.«

Für eine Sekunde sah er ernstlich schockiert aus. Genau genommen war es das erste Mal überhaupt, dass sie diesen Gesichtsausdruck bei ihm sah. »Oh fuck. Sorry. Habe ich nicht geahnt.« Er langte hinter den Tresen, stellte zwei Gläser vor ihre Nase und holte die Flasche Single Malt Whisky aus dem versteckten Regal unter der Thekenplatte. »Willst du drüber reden?«

Sie schüttelte den Kopf. »Nein.« Sie griff nach dem Glas und stürzte den Inhalt hinunter, ehe er seins überhaupt an die Lippen setzen konnte. »Aber ich brauche eine Flasche von deinem Vintage-Whisky. Für schlechte Tage. Hast du welchen da?«

»Ähm … sicher. Die letzte. Wollte ich eigentlich morgen zu einem Date mitnehmen …« Er hielt kurz inne und musterte sie. »Aber du brauchst sie dringender.«

»Vielen Dank. Aber seit wann bewirtest du deine Dates mit deinem besten Whisky?«

Er war schon auf dem Weg ins Hinterzimmer, drehte sich nun aber zu ihr um und zwinkerte. »Es hat sich eine Menge verändert. Du wärst erstaunt …« Damit verschwand er hinter den doppelwandigen Regalen.

Wenn eins feststand, dann, dass sich mit Sicherheit nichts geändert hatte.

Sie gluckste und ließ sich gegen das Holz des Tresens sinken. Der Duft der alten Bücher und die abgegriffenen Mahagoniregale um sie herum waren ihr so vertraut. In den Sommerferien waren ihre Grandma und sie immer gemeinsam hierhergekommen, um nach besonders schönen Ausgaben von Jane Austens Romanen zu stöbern. Damals hatte Freddys Großvater George den Laden geführt, und Freddy hatte meist schmollend in einer Ecke gesessen und Jack London gelesen. Mit achtzehn war er dann zu seinen eigenen Abenteuern auf See aufgebrochen. Doch als George ihm vor fünf Jahren das Antiquariat hinterließ, war er nach Bath zurückgekehrt und hatte die Weltmeere gegen ein Boot auf dem River Avon und den alten Laden seines Großvaters eingetauscht.

Seitdem führte George's Old Books eine beachtliche Sammlung Segler- und Abenteurerliteratur. Und eine exklusive Spirituosensammlung, die Freddy unter den Regalen im Hinterzimmer verbarg. Jeder in Bath wusste, dass man hier die ausgefallensten Editionen der Stadt bekam. Freddy bezog seine Ware aus der ganzen Welt – über persönliche Kontakte, die er bei seinen Reisen knüpfte.

Leonoras Blick blieb an der gerahmten historischen Zeichnung hängen, die George einst aufgehängt hatte. Sie zeigte eine Gruppe Regency-Damen, die in ihren luftigen Empire-Kleidern und mit Sonnenschirmen auf kleinen Booten über den River Avon fuhren. Daneben hatte Freddy ein Gemälde einer illustren Trinkgesellschaft an Bord eines alten Seglers platziert. »*Rascals at Sea*« lautete der eingravierte Titel auf dem Holzrahmen. Sie musste grinsen. »Schurken auf See«, das passte.

Allmählich fühlte sie sich etwas besser. Der Whisky wärmte sie von innen und dämpfte das Stechen in ihrer Magengegend, das ihre Schuldgefühle verursachten. Es war die richtige Entscheidung gewesen, hierherzukommen.

Die Hintertür schwang auf, und Freddy kam mit einer Flasche zurück, die er feierlich vor ihr auf dem Tresen platzierte. »Bitte sehr, Mylady, Euer Whisky. Ein wunderbar komplexer Single Malt, zur Perfektion in Bourbon- und Sherryfässern gereift.«

»Danke.« Sie lächelte matt und griff nach der Flasche, als Freddy seine Hand auf ihre legte.

Die Schwielen seiner Handfläche strichen rau über ihre Finger, und er fixierte sie mit seinen blaugrauen Augen. »Tut mir ehrlich leid. Wenn ich irgendwie für dich da sein kann …«

Er beherrschte den tiefgründigen Mitleidsblick des verständnisvollen Freunds so perfekt, dass sie lachen musste. Abrupt zog sie ihre Finger unter seinen hervor. »Nun werd mal nicht sentimental. Steht dir nicht, Captain.« Sie schnappte sich den Whisky und bugsierte ihr Gepäck Richtung Tür. »Man sieht sich. Und noch mal danke!«

Freddy schnaubte. »Aye, halt die Ohren steif. Und nicht so viel Jane Austen lesen. Siehst ja, was dabei rumkommt.«

»Manchen hier würde es ganz gut bekommen, hin und wieder etwas über Anstand zu lesen!«, schoss sie zurück, zwinkerte ihm aber schnell zu, ehe sie die Ladentür hinter sich schloss.

Himmel, der Typ hatte Nerven. Flirtete er sie doch tatsächlich an, kaum dass sie ihm von ihrer geplatzten Hochzeit erzählte. Aber Freddy hatte noch nie etwas anbrennen lassen.

Er war ein guter Kumpel, hatte immer ein offenes Ohr und war sich nie zu schade, mit anzupacken, wenn Hilfe gebraucht wurde. Doch wenn er diesen Blick aufsetzte, sollte Frau besser sehen, dass sie Land gewann. Im wahrsten Sinne des Wortes. Denn kurz darauf würde er die Geschichten auspacken, wie er als Kapitän seiner Segeljacht unzählige Abenteuer erlebt hatte: Atlantiküberquerung, Sturmnächte auf See, gerettete Pinguine am Kap … von allem etwas, um auch das verschlossenste Herz zu erweichen.

Als sie die Häuserreihen am Flussufer erreichte, entdeckte sie es endlich. Barton Cottage, wie Oma Edith es augenzwinkernd getauft hatte. Es grenzte an die hintere Fassade eines dreigeschossigen georgianischen Stadthauses und war umgeben von einem üppigen Garten, der bis an den Fluss heranreichte.

Leonora öffnete das Gartentor und lief an wuchernden Stockrosenstauden vorbei zur Eingangstür. Drinnen schlug ihr die abgestandene Luft der letzten Monate entgegen. Sie schob ihren Koffer neben die Garderobe, schlüpfte aus ihren Sneakern und lief ins Wohnzimmer, wo sie erst einmal die Terrassentür aufriss und die frische Abendluft hereinließ. Vor ihr breitete sich der Garten in seiner sommerlichen Pracht aus. Wilde Kornblumen, Nelken und Akeleien wiegten sich im lauen Abendwind neben Flieder und Rosen. Ihre Großmutter hatte hier all die Blumen gepflanzt, die Jane einst in ihrem Geburtshaus, dem Pfarrhaus von Steventon, in Bath und später in ihrem Cottage in Chawton so begeistert bewundert und in ihren Briefen erwähnt hatte.

Dann trat sie an das antike Bücherregal und fuhr mit dem Finger sanft über die Rücken der Schmuckausgaben, die dort auf sie warteten. Sie hatte es nicht übers Herz gebracht, sie mit nach Hamburg zu nehmen. Hier war ihr rechtmäßiger Platz. Und hier konnte sie immer darin lesen, wenn sie in Bath war.

Nach dem Tod ihrer Grandma hatten ihre Eltern das Cottage und den Garten nahezu unangetastet gelassen. Oma Edith hatte unzählige Stunden auf dem durchgesessenen Chesterfieldsessel vor der Bücherecke verbracht und gelesen. Die Erinnerung würde Leonora für immer bewahren. Es war ein beruhigendes Gefühl, herkommen zu können, wann sie wollte, und hier ein Zuhause zu haben.

Und an diesem Abend mehr denn je.

Sie fischte den Flyer von Bath Pizza von der Kommode, klemmte sich den knallroten Hörer des Gabeltelefons zwischen Kinn und Schulter und bestellte eine große Quattro Formaggi.

Wenig später lief sie mit Freddys Whisky, einem Tumbler und dem dampfenden Pizzakarton hinaus zum Lesepavillon, der von Blauregen umrankten Pergola, die sich gleich einem Wintergarten an das Wohnzimmer anschloss. Die Sonne stand inzwischen so tief, dass sie einen roséfarbenen Schimmer über den Garten und den Blauregen breitete. Ein perfektes Idyll für den Ausklang eines so unperfekten Tages. Sie stellte ihre Fracht auf dem Tisch ab und ließ sich seufzend in den Korbstuhl sinken. Als sie sich einschenkte, wurde ihr wieder bewusst, wie unwirklich all das war. Hier saß sie, bei Pizza und Whisky, während in Deutschland, in einer anderen Welt, ein Ex-Verlobter die Enttäuschung seines Lebens verarbeitete und eine ganze Hochzeitsgesellschaft verdattert hatte zusehen müssen, wie sie floh.

Eigentlich war sie nicht einmal traurig darüber, dass sie ihr Handy nicht bei sich hatte. So konnte sie sich noch ein wenig länger vor dem Ansturm der Fragen und Meinungen verstecken. Und während die Quattro Formaggi auf ihrer Zunge schmolz, ließ sie die Gedanken und Sorgen für einen Moment hinter sich.

Die Nacht hatte sich über den Garten gelegt, doch Leonora hockte immer noch auf dem Korbstuhl. Sie hatte sich eine Decke geholt, drehte den Whiskytumbler zwischen den Fingern und starrte blicklos auf das wogende Blumenmeer im Mondlicht.

Als das grelle Klingeln des Telefons ihre Lethargie durchdrang, dachte sie, es sich nur eingebildet zu haben. Doch da schrillte es schon wieder. Sie schälte sich aus der Decke und lief in den Flur.

»Hallo?«, fragte sie angespannt.

»Leonora?« Die Stimme ihrer Mutter klang besorgt und gereizt zugleich. Im Hintergrund hörte Leonora, wie sie ihrem Vater ein »Hab ich dir doch gesagt, dass sie da ist« zuraunte.

»Was ist in dich gefahren? Geht es dir gut? Hat Max dich betrogen?«

Und schon ging es los. Die Fragen. Die Rechtfertigungen.

Sie seufzte und rieb sich die Stirn. »Nein, hat er nicht. Aber er ist nicht der Mann, mit dem ich mein Leben verbringen kann.«

»Du hattest fünf Jahre Zeit, dir das zu überlegen. Ich habe dich nicht ein Mal an der Beziehung mit Max zweifeln hören.«

Sie schluckte. »Weil ich es selbst nicht wahrhaben wollte. Und es verdrängt habe. Es lief alles immer so … glatt. Ich konnte nie einen Grund benennen, warum wir nicht zusammenbleiben sollten. Bis gestern.«

Wie zu erwarten, überzeugte das ihre Mutter keineswegs. »Ich verstehe dein Problem nicht, Leonora. Hast du kalte Füße bekommen?«

»Nein, daran liegt es nicht«, erwiderte sie bestimmt. »Ich hätte Ja gesagt, wenn ich Max lieben würde. Aber mir ist bewusst geworden, dass ich es nicht tue. Zumindest nicht genug.«

Für einen Moment herrschte Schweigen am anderen Ende der Leitung. Dann drang die entfernte Stimme ihres Vaters an ihr Ohr: »Gib sie mir mal.« Es raschelte, dann sagte er: »Du ahnst sicher, dass alle sehr enttäuscht sind.«

»Ich weiß.« Es war ja nicht so, dass sie sich deshalb nicht schon die ganze Zeit zermarterte.

»Du solltest dir dringend die Frage stellen, was du im Leben möchtest«, entgegnete er ernst. Dann legte er auf.

Erschöpft starrte sie auf den Verlobungsring an ihrem Finger, während das Tuten der unterbrochenen Verbindung durch die Leitung drang. Der Rubin, der einst Max' Urgroßtante Agatha gehört hatte, funkelte dunkel zwischen den fein geschliffenen Diamanten, die ihn umrahmten. Wenn sie ehrlich war, hatte der Ring sich immer etwas fremd angefühlt. Wie ein Erbe, das ihr nicht rechtmäßig zustand. Eine Erinnerung an ein Versprechen, das sie belastete.

Sie hängte den Hörer auf die altmodische Gabel, dann zog sie den Ring ab, legte ihn in die silberne Schmuckschale auf der Kommode und ging hinaus.

Im Mondschein tanzte der Blauregen silbern um den Pavillon. Gedankenverloren ließ sie sich wieder auf den Korbstuhl sinken und schenkte sich ein weiteres Glas Whisky ein.

Was wollte sie im Leben? Sie hatte immer geglaubt, es zu wissen. Leonora Weston, Überfliegerin seit der Schulzeit, hatte immer einen Plan gehabt. Nach dem Jurastudium das Prädikatsexamen, die Anstellung in der Kanzlei. Ihr Plan hatte funktioniert. Bis sie ihn vor exakt zwölf Stunden über den Haufen geschmissen hatte und weggelaufen war.

Und nun saß sie hier, am Rande ihres bisherigen Lebens und wusste zum ersten Mal nicht, wie es weitergehen sollte. All die harte Arbeit, die sie in ihre Zukunft gesteckt hatte, das nächtelange Lernen mit Lydia vor ihren Prüfungen, die Achtzigstundenwochen im Büro hatten sie zwar zum beruflichen Erfolg geführt. Doch sie hatten ihr nie viel Zeit gelassen, um sich zu fragen, ob sie glücklich war. Ob sie dieses Leben wirklich erfüllte.

Sie war so gefangen gewesen in ihrem Umfeld, ihrer Hamburger Welt, die ihr auf allen Ebenen suggerierte, wie ihre Zukunft verlaufen müsse, dass sie es selbst für den richtigen Weg gehalten hatte.

Ihre Beziehung mit Max war ein weiteres Teil in diesem

Puzzle gewesen, das sich scheinbar so nahtlos zusammenfügte, ihre Verlobung eine folgerichtige Entscheidung.

Er hatte ihre Unsicherheit nicht verdient. Und sie würde sich wohl nie verzeihen, dass sie ihn in diese Situation gebracht hatte. Mit ihrer Unreflektiertheit hatte sie nicht nur ihr eigenes, sondern auch sein Leben in einen Scherbenhaufen verwandelt.

Als eine Träne ihre Wange hinablief, ließ sie es zu. Hier, im Schutz des silbernen Mondschein-Pavillons, konnte sie endlich weinen.

Kapitel 3

Süße Verführung

Ein lautes Klopfen weckte Leonora. Mühsam öffnete sie ein Auge. Die Morgensonne schien grell in das kleine Schlafzimmer, die Vorhänge bauschten sich in der Zugluft, die durch das hochgeschobene Fenster hereindrang, und ihr Kopf schmerzte.

Als ihr allmählich dämmerte, weshalb sie im weichen Cottage-Himmelbett lag, kniff sie das Auge wieder fest zu. Sie war noch nicht bereit, sich der Realität zu stellen. Ihr Körper verlangte mindestens ein paar weitere Stunden Schonfrist in der tröstlichen Kissenwelt.

Wieder ein penetrantes Klopfen. »Darling?«, tönte eine nicht minder penetrante Stimme aus dem Garten herauf, und sie überlegte, sich unter der Decke zu verstecken, in der Hoffnung, ihre Probleme würden von selbst verschwinden. Doch das Problem klopfte nun ein drittes Mal an die Cottage-Tür.

Stöhnend rappelte sich Leonora auf, rutschte beinahe auf der Packung Butter Fudge aus, die sie sich gestern Nacht ans Bett geholt hatte, und steuerte die schmale Treppe an. Der kurze Morgenmantel bedeckte nur notdürftig ihre Hochzeitsdessous, die sie noch immer trug, und sie entschied sich, besser keinen Blick in den Garderobenspiegel zu werfen, ehe sie die Tür öffnete.

Mrs. Tattlingtons Miene war ihr Spiegel genug. Für den Bruchteil einer Sekunde entgleisten der älteren Dame die Gesichtszüge, ehe sie sich räusperte und wieder ihr mitleidvolles Lächeln aufsetzte. »Oh, Darling, hätte ich gewusst, dass du«, sie deutete mit einer vagen Handgeste auf Leonoras Morgengarderobe, »indisponiert bist, hätte ich selbstverständlich erst am Nachmittag nach dir gesehen. Aber ich war gerade unterwegs und dachte, ich bringe dir eine Stärkung vorbei.« Sie streckte Leonora eine Packung Sally Lunn Buns entgegen, die sie wie eine Handtasche vor ihrem Tweedjäckchen umklammert gehalten hatte. »Ein solcher Schlag kann einen ja recht aus der Bahn werfen. Wäre deine liebe Grandma noch unter uns, hätte sie dich sicher umsorgt. Wie sie es bei meiner Scheidung damals getan hat. Wusstest du, dass Mr. Brasbourne einen Anwalt aus London engagiert hatte? Der alte Esel dachte wohl, so wird er mich schneller los.«

Ehe Leonora auch nur ein Wort erwidern konnte, verlor Mrs. Tattlington sich in einer ausufernden Erinnerung an ihre drei Scheidungen. Als Leonora es schließlich schaffte, dankend den Abschied einzuleiten, und die Tür hinter sich schloss, waren ihr zwei Dinge bewusst.

Erstens: Freddy hatte getratscht. Peony Tattlington kam nie zufällig vorbei. Dieser Besuch war ein wohldurchdachtes Manöver, um die neusten Neuigkeiten aus erster Hand zu erfahren.

Zweitens: Sie würde sich hier offenbar keine Sekunde länger vor ihrer fatalen Altarentscheidung verstecken können. Denn wenn Mrs. Tattlington es wusste, wusste es spätestens morgen die halbe Stadt. Man hätte ebenso gut eine Anzeige im *Bath Chronicle* schalten können.

Seufzend klappte sie den Deckel der Bun-Box auf und schnupperte an dem noch warmen Gebäck. Nicht einmal ihr enervierender Hang zu Klatsch und Tratsch täuschte über die Tatsache hinweg, dass Mrs. Tattlington im Grunde ein gutes Herz und eine fürsorgliche Ader besaß. Sie redete nur eben sehr gern darüber.

Obwohl ihr Kopf noch immer vom Whisky dröhnte und ihr Magen eine leichte Übelkeit vermeldete, nahm Leonora einen Bun und stellte den Rest auf den runden Esstisch. Dann tapste sie mit nackten Füßen über die sonnengewärmten Steinfliesen und die Teppichstufen der Treppe zurück ins Schlafzimmer. Sie nahm noch einen Bissen vom Bun und ließ sich auf den Schemel des Schminktischs sinken. Als sie ihr Spiegelbild sah, blieb ihr das Gebäck im Halse stecken. Kein Wunder, dass Mrs. Tattlington die Miene entglitten war: Dieses Häuflein Elend, das ihr da entgegenblickte, konnte unmöglich sie selbst sein. Die Make-up-Spuren der letzten Nacht liefen über ihr Gesicht. Sie stöhnte gequält, als sie ihr verfilztes Haar betrachtete. Lebenskrise hin oder her, so konnte es nicht weitergehen. Vielleicht würde eine warme Dusche ja das Wunder bewirken, das sie dringend benötigte.

Zwanzig Minuten später wusste Leonora, dass das nicht der Fall war. Ihr Kopf hämmerte noch genauso schmerzhaft wie zuvor, aber immerhin fühlte sie sich etwas ordentlicher. Sie hatte es geschafft, das Trauerweiden-Vogelnest auf ihrem Kopf zu entwirren, und ein leichtes Make-up aufgelegt. Das verdeckte jedoch nicht die dunklen Schatten, die die letzte Nacht unter ihren Augen hinterlassen hatte. Sie schlüpfte in ein luftiges blaues Sommerkleid und kramte ihre Sonnenbrille aus der Handtasche hervor. Ein verspiegeltes XXL-Designer-Modell. Genau richtig, wenn man die Hälfte seines Gesichts verstecken wollte. Sie schob sie sich auf die Nase, warf sich die Tasche über die Schulter und trat vor die Tür.

Es war einer dieser seltenen Hochsommertage, die Bath in eine noch lieblichere Version seiner selbst verwandelten. Entlang der hellgelben Mauern aus Bath Stone, dem berühmten Kalkstein, der die Architektur der Gegend dominierte, verbreiteten Blütenteppiche ihren süßen Duft, und die Stadt umarmte einen mit einer angenehmen Wärme. Der Tag war so schön, dass er beinahe ihre Stimmung aufgeheitert hätte. Aber nur beinahe.

Obwohl Leonora einen solchen Sommermorgen am liebsten mit einem Frühstück im Blauregen-Pavillon begann, half heute nur eins: die harten Geschütze.

Im Antiquariat war alles dunkel. Zehn Minuten hatte Freddy noch, dann müsste er öffnen. Sie warf einen flüchtigen Blick ins Schaufenster, als sie daran vorbeiging. *Robinson Crusoe* stand da neben *The Ultimate Jack the Ripper Sourcebook*, und sie verdrehte amüsiert die Augen. Wem wollte er denn das in dieser liebreizenden Stadt andrehen, in die alle kamen, um das Jane-Austen-Disneyland zu erleben?

Leonora überquerte die Straße und atmete erleichtert aus, als sie das Sweet Persuasion Café erreichte. Ihre Rettung war nah. Ein paar Leute saßen draußen an den Tischen in der Fußgängerzone, aber sie war noch früh genug dran, um dem Touristenstrom zuvorzukommen. Der Duft von Schokolade umfing sie, als sie das Café betrat, und die bunten Pralinen und Törtchen in der Auslage ließen ihr schon beim Anblick das Wasser im Mund zusammenlaufen.

»Lea! Wie schön, dich zu sehen!« Hinter der Theke stand Claire und lächelte ihr zu. Die Spitzen ihres roten Pixie Cuts tanzten fröhlich um ihr rundliches Gesicht, doch ihre Augen blitzten heute nicht so unbeschwert wie sonst. Sie wusste es. Großartig.

»Hallo, Claire.« Sie lächelte matt zurück.

»Ich habe schon gehört, was passiert ist. Tut mir leid. Freddy meinte, du trägst es mit Würde. Richtig so.«

Offenbar hatte er es bereits selbst an die ganze Stadt weitergetratscht, ganz ohne Mrs. Tattlingtons Unterstützung.

»Manchmal frage ich mich, ob ihr hier ein Buschfunktelefon auf dem Queen Square habt. Oder gibt's da eine WhatsApp-Gruppe, von der ich nichts weiß?« Sie grinste gequält. »Aber danke für deine Anteilnahme.«

Claire nickte und zwinkerte. »Kein Telefon, aber den frühmorgendlichen Treff im Guildhall Market. Freddy war auch anwesend. Hat wohl eine Lieferung für seine Buch-Spelunke abgeholt.«

»Verstehe.« Leonora zwinkerte zurück, dann fiel ihr auf, dass das unter ihrer Sonnenbrille eh niemand sah. Egal. Heute würde sie die garantiert nicht absetzen. Sie fühlte sich so behütet in der dämmrigen Verdunkelung, und das linderte ihre Kopfschmerzen ein wenig.

»Ich nehme an, es ist ein Tag für was Starkes?« Claire drehte sich zu dem Schild hinter ihr. »Wen hättest du gern? Mr. Darcy? Mr. Bingley? Mr. Knightley? Oder lieber einen temperamentvollen Captain Wentworth?«

»Mr. Darcy, zum Mitnehmen bitte.«

»Herbe Zartbitterschokolade, ein süßer Karamellkern und ein Schuss Chipotle-Espresso für den geheimnisvollen Nachgeschmack, kommt sofort.« Claire schnappte sich einen To-go-Becher und machte sich an die Arbeit.

Es war schon einmalig, dieses kleine Café hier mitten in Bath, dessen Besitzerin eine ebenso große Leidenschaft für Jane-Austen-Romane hegte wie Leonora. Wo sonst konnte man seine liebsten Romanhelden probieren? Die Idee war Claire gekommen, als sie vor drei Jahren das Café übernahm und neuen Schwung in den Laden bringen wollte. Und die Leute liebten es. Natürlich gab es viele, die die ausgefallenen Getränke allein wegen ihrer leckeren Zutaten bestellten. Aber immer wieder kamen Jane-Austen-Fans vorbei und amüsierten sich köstlich über das Angebot. Neben den Kaffeespezialitäten gab es auch eine Reihe an Teemischungen, die nach Janes Frauencharakteren benannt waren, und Pralinenpackungen, die Claire passend zu den Buchtiteln zusammenstellte.

»Und einen Mr. Wickham.«

Claire hob skeptisch die Augenbrauen. »Du weißt, dass ich den nur in Notfällen rausgebe.«

»Ist einer, vertrau mir.«

»Also bitte.« Wenige Minuten später stellte Claire die beiden Becher vor ihr auf die Theke. »Darf es noch was sein?«

»Ich nehme noch eine kleine Packung *Sanditon* mit. Das sollte mich über die erste Tageshälfte bringen.« Sie zückte ihre Karte und steckte die Pralinen in die Tasche.

»Wenn das nicht hilft, weiß ich auch nicht«, sagte Claire grinsend. Sie griff unter die Ladentheke und schob ihr ein kunstvoll verziertes Lesezeichen zu. »Vielleicht muntert das ja auch ein wenig auf.«

Es gibt nichts, was ich für wahre Freundinnen nicht tun würde, stand darauf, ein Zitat aus *Northanger Abbey*. Leonora schmunzelte. »Danke, das ist lieb.«

»Wenn du etwas brauchst, sag Bescheid. Oder wenn dir mal nach Gesellschaft ist.«

Sie nickte. »Mach ich. Wir sehen uns.« Mit Mr. Darcy in der einen und Mr. Wickham in der anderen Hand verließ sie das Café. Der erste Schluck beruhigte das flaue Gefühl in ihrem Magen und ließ einen rauchig-süßen Schokoladengeschmack zurück. Es half tatsächlich. Das Pochen in ihrem Kopf ließ etwas nach. Langsam schlenderte sie zurück zu George's Old Books. Das »Komm an Bord«-Schild hing in der Ladentür, und Leonora öffnete sie mit dem Ellenbogen, während sie die Becher balancierte.

»Man könnte meinen, du hast mich ziemlich vermisst, Lady, so oft wie du hier auftauchst, nachdem du deinen Lord vorm Altar stehen lassen hast.«

Freddys süffisanter Ton stellte ihr die Nackenhaare auf. Aber der würde ihm gleich vergehen.

»Keine Sorge«, sagte sie süßlich, »etwas Selbstachtung besitze ich noch. Ich hab dir einen Kaffee mitgebracht.« Sie platzierte den Mr. Wickham genau vor seiner Nase auf dem Tresen.

Freddys Grinsen wurde noch eine Spur breiter. »Sweet«, sagte er und schöpfte offensichtlich keinen Verdacht. Er nahm genüsslich einen Schluck und prustete im nächsten Moment beinahe alles über das Regal mit den Segelbestsellern. »Verdammt, was ist das?«, fluchte er und beäugte den Becher misstrauisch.

»Claires Mr. Wickham«, entgegnete Leonora und schob sich ungerührt die Sonnenbrille auf der Nase zurecht. »Schmeckt's?«

»Keine Ahnung, was du da redest. Aber ist da Tomatensaft im Kaffee?« Er verzog gequält die Miene.

»Mr. Wickham,« begann sie in belehrendem Ton, »ist der üble Verräter, der alle mit seinem Charme blendet, ehe er Elizabeth Bennets Schwester dazu verführt, mit ihm durchzubrennen. *Stolz und Vorurteil.*«

»Aber du hast doch gar keine Schwester?«, fragte Freddy und sah sie verständnislos an.

»Himmel, darum geht es nicht. Ich bin sauer auf dich, du Verräter. Es sind gerade mal elf Stunden vergangen, seit ich in einer existenziellen Lebenskrise deinen Laden betreten habe, und schon hast du alles weitergetratscht.«

Er zuckte mit den Schultern, hatte aber immerhin den Anstand, schuldbewusst auszusehen. »Naja, du weißt, wie es ist, wenn hier endlich mal was Aufregendes passiert. Lang hättest du dich eh nicht davor verstecken können.« Er hob einen Mundwinkel und schnupperte wieder am Kaffee. »Du musst der Sache ins Auge blicken, Lea. Wegrennen hilft nicht. Ist da auch Toffee drin?«

Seufzend schob sie sich am Tresen vorbei. »Aber genau das habe ich heute vor. Ich brauche etwas Zeit für mich, verstehst du? Und ja, Toffee ist auch drin.« Suchend stöberte sie an den Regalen vorbei, bis sie die Klassiker-Ecke erreichte, die seit Georges Zeiten unverändert geblieben war.

»Was für ein Verbrechen, der gute Toffee in dieser Tomatenbrühe. Ihr verrückten Austen-Hexen«, schimpfte es aus der Tresen-Richtung.

Leonora warf einen flüchtigen Blick über die Schulter und sah, wie Freddy mit verzogener Miene versuchte, noch einen Schluck zu nehmen, um den Toffee nicht zu verschwenden. Mit einem schadenfrohen Grinsen widmete sie sich wieder der Klassiker-Ecke. »Du hast es noch da.« Ein warmes Gefühl breitete sich in ihr aus, als sie es entdeckte, und sie strich ehrfürchtig über den abgegriffenen weißen Buchrücken.

»Was genau?«, brummte Freddy nun offensichtlich übel gelaunt.

»Sanditon.« Sie legte es vor ihn auf den Tresen. Auch wenn sie zu Hause in Hamburg bereits ein Exemplar besaß, konnte es doch nicht mit dieser schmuckvollen, alten Ausgabe mithalten, die sie schon so oft hier im Laden bewundert hatte. Es war genau das Richtige für ihre Realitätsflucht.

»Offenbar«, murrte er. »Für dich heute 20 Pfund teurer.«

Sie starrte ihn wortlos durch ihre Sonnenbrille an.

»Ach, verflixt, nun nimm es schon mit«, gab er nach und schob es ihr zu. »Als Entschuldigung fürs Tratschen.«

»Oh, danke. Das ist ja beinahe nett«, erwiderte sie und wackelte mit den Augenbrauen. Sie steckte *Sanditon* in die Tasche und legte die Finger wieder um Mr. Darcy.

»Ich bin nicht *nett*, Lea!«, feuerte Freddy ihr hinterher, als sie den Laden verließ.

Draußen verdrängte die süße Sommerluft Freddys schlechte Laune. Leonora lief entlang der Villen zum Royal Crescent. Als sie den Royal Victoria Park am Fuße des Halbrunds erreichte, entspannte sie sich ein wenig. Das frische Grün der weiten Rasenfläche und die Kühle der schattenspendenden Bäume ließen sie durchatmen und linderten das Pochen hinter ihren Schläfen. Sie steuerte ihren Lieblingsplatz auf der Anhöhe am Ende des Crescents an, auf der eine Buche sich weit in den Himmel streckte. So früh frequentierten nur ein paar Spaziergänger den Park und das Grün lag noch verlassen da. Die Nachmittagspicknicker würden sich erst später darauf versammeln.

Sie ließ sich unter der Buche sinken, trank gedankenverloren die letzten Schlucke von ihrem Mr. Darcy und schlug *Sanditon* auf. Es war der letzte Roman, den Jane geschrieben hatte, ehe sie starb. Genau genommen hatte sie nur zwölf Kapitel verfasst. Einige Autoren hatten sich an der Fortführung des Fragments versucht. Doch wenn Leonora den Roman las, beließ sie es am liebsten bei den zwölf Originalkapiteln.

Während um sie herum die Geräusche der Stadt von den zwitschernden Vögeln übertönt wurden, tauchte sie ein in die Welt von Charlotte Heywood und den Fischerort Sanditon, der zu einem Seebad für die feine Gesellschaft werden sollte. Sie hatte schon immer eine besondere Faszination für den Roman gehegt. Die meisten Leser hätten wohl *Stolz und Vorurteil* zu ihrem Lieblingsbuch gekürt, allein wegen Mr. Darcy. Doch für sie trug *Sanditon* eine ganz persönliche Handschrift. Sechzehn Jahre, nachdem Jane selbst die aufstrebenden Seebäder Sidmouth und Lyme Regis besuchte, hatte sie sich entschieden, ihnen einen Roman zu widmen. Als hätten sie etwas in ihr berührt, das sie nie losgelassen hatte … Es gab Hinweise darauf, dass Jane dort als junge Frau einem Mann begegnet war, für den sie aufrichtige und erwiderte Empfindungen hegte. Angeblich hatte ihre Schwester Cassandra in ihren Briefen diesen mysteriösen Gentleman erwähnt, den sie als »ihrer Schwester würdig« beschrieb. Doch da weder Jane noch diesem Mann, angeblich einem Pfarrer, ein ausreichendes Vermögen unterstand, redete man ihnen die Verbindung aus. Eine Verpflichtung zwang ihn, Sidmouth zu verlassen, und ehe er zurückkehren konnte, fand er einen tragischen frühen Tod, wie man Jane in einem Brief mitteilte.

Jane heiratete nie. Und Leonora fragte sich, ob es diese verlorene junge Liebe war, die sie daran gehindert hatte, sich einem anderen Anwerber zu versprechen.

Genau genommen hatte Jane sich einmal verlobt. Ein Mann namens Harris Bigg-Wither hielt um ihre Hand an, doch schon am nächsten Morgen hatte sie sich eines Besseren besonnen und die Verlobung gelöst.

Leonora seufzte leise. Hätte sie nur ebenso früh auf ihr Bauchgefühl gehört, wäre Max und ihr diese furchtbare Situation erspart geblieben. Dann hätte sie nie die Flucht vor ihrem eigenen Leben ergreifen müssen …

Sanditon, dieser idyllische Küstenort, war ihr immer als Janes Zuflucht erschienen. Der Gegensatz zu den trubeligen Straßen Baths, mit seiner ausgedehnten natürlichen Schönheit und dem weiten Meer, auf das Charlotte Heywood von ihrem Zimmerfenster aus blickte. Ein Ort abseits der Stadtgespräche und bunten Gesellschaft, den diese sich erst zu erobern erhoffte. Ein Ort, an den auch sie sich nun gern flüchtete.

Während sie las, naschte sie die vier Pralinen aus Claires *Sanditon*-Box. Salziger Karamell, der an die See erinnerte, eine aufregende Erdbeer-Chili-Kombination, ein Mango-Ananas-Trüffel, der auf Georgiana Lambes karibische Herkunft anspielte, und die sanfte Vanille-Mandelcreme, die sie immer an Charlotte Heywood erinnerte.

Als Leonora die letzte Buchseite umschlug, war es später Mittag. Die Touristen strömten in den üblichen Massen über die Promenade des Crescents. Aber sie ließ sich davon nicht stören. Von ihrem Platz unter der Buche aus war sie ausreichend weit entfernt, um in ihrer eigenen Welt zu schwelgen. Noch etwas benommen setzte sie sich auf und ließ den Blick über das Grün schweifen. Vor ihr saßen zwei Frauen auf einer Picknickdecke. Sie tuschelten geheimnisvoll und lachten dann ausgelassen, während sie einander am Arm hielten.

Leonora holte das Lesezeichen aus der Tasche, das Claire ihr geschenkt hatte, und drehte es zwischen den Fingern. Ob Lydia schon versucht hatte, sie auf dem Festnetz im Cottage anzurufen? Bestimmt hatte sich nach dem Telefonat mit ihren Eltern herumgesprochen, dass sie sich nach Bath geflüchtet hatte.

Nach dem Chaos des gestrigen Tages wünschte sie sich plötzlich nichts mehr, als mit ihrer besten Freundin zu reden. Seit sie einander im Studium kennengelernt hatten, hatten sie jede Krise zusammen gemeistert. Die Staatsexamen. Das Ende von Lydias zehnjähriger Beziehung mit Lars. Und immer hatten sie gemeinsam ihren Plan justiert, sobald das Leben ihnen wieder eine Herausforderung vor die Füße warf. Obwohl der Gedanke, was Lydia zu ihrer überstürzten Flucht vom Altar sagen würde, Leonora Unbehagen bereitete, regte sich auch die Hoffnung, dass sie sie verstand. Wer würde es tun, wenn nicht Lydia?

Und vielleicht wäre ein Telefonat mit ihrer besten Freundin genau das, was ihr helfen könnte. Wenn sie erst einmal über alles sprachen, würde sich ihr schon ein Weg aufzeigen. Lydia wusste immer, wie es weiterging.

Entschlossen rappelte sie sich auf die Füße, steckte *Sanditon* in ihre Handtasche und sammelte Claires To-go-Becher ein.

Wahre Freundinnen. Es gab nichts, was sie jetzt dringender brauchte.

Kapitel 4

Ein Sommer voller Möglichkeiten

Das Tuten in der Leitung brach ab und die blecherne Stimme von Lydias Mailbox erklang. Leonora ließ irritiert den Hörer sinken. Wie konnte das sein? Hatte Lydia sie schon wieder weggedrückt?

Ohne ihr Handy blieb ihr nur, es später noch einmal mit dem Festnetztelefon zu versuchen. Enttäuscht schob sie das Telefon zur Seite.

Draußen vor der Terrassentür versank die Sonne wie ein glühender Feuerball hinter den Dächern der Nachbarhäuser. Es war inzwischen schon später Abend. Nachdem Leonora ins Cottage zurückgekehrt war, hatte sie es direkt bei Lydia versucht. Doch schon da hatte sie ihre Freundin nicht erreicht. So langsam breitete sich ein unwohles Gefühl in ihr aus. Wollte Lydia tatsächlich nicht mit ihr sprechen?

Sie schluckte. Eine Funkstille hatte es zwischen ihnen noch nie gegeben. Selbst in den größten Krisen hatten sie einander immer auf dem Laufenden gehalten.

Das Telefon schrillte, und Leonora schreckte hoch. Hoffnungsvoll schnappte sie sich den Hörer. »Lydia?«

»Fast«, gluckste eine verstellte hohe Stimme auf der anderen Seite der Leitung.

»Sehr witzig, Freddy«, fauchte sie und verdrehte die Augen. Seit sie am Nachmittag von fünf weiteren Bekannten in der Stadt auf ihre »bedauerliche Situation« angesprochen worden war, war ihre Laune beständig gegen Null gesunken, und auf Freddys flachen Humor konnte sie gerade mehr als verzichten.

»Hey, nicht so giftig. Ich melde mich mit friedlichen Absichten.«

Diesen Tonfall hatte er schon mit vierzehn gehabt, wenn er sie zu irgendeiner Dummheit überreden wollte.

»Kann ich bestätigen!«, hörte sie im Hintergrund Claire rufen. Was die Sache noch verdächtiger machte.

»Hm«, grummelte Leonora und nahm einen Schluck von ihrem Tee, während sie misstrauisch die Nase kräuselte.

»Wir sitzen im Old Green Tree. Und uns fehlt noch ein Literaturass fürs Pubquiz«, erklärte Freddy. »Außerdem starrt Claire dauernd auf ihren Laptop, um irgendwelchen Unikram zu machen«, raunte er gequält. »Also komm her und rette mich. Bitte.«

Sie seufzte. Eigentlich war ihr gar nicht nach einem geselligen Abend zumute. Sollte sie sich nicht viel eher ernsthafte Gedanken um ihre Zukunft machen? Sie würde sich nicht ewig im Cottage verkriechen können.

»Jetzt lass mich nicht betteln, Lea.«

»Himmel, na schön«, gab sie sich geschlagen. Immerhin wäre das Pubquiz eine gute Ablenkung.

»Fantastisch«, jubelte Freddy. »Bis gleich!«

Der Geruch nach Ale und deftigem Essen strömte ihr entgegen, als sie durch die Tür des Old Green Tree trat. Draußen türmten sich dichte Wolkenberge, es sah verdächtig nach einem Sturm aus. Als Leonora das Haus verlassen hatte, hatte sie mit einem lauen Sommerabend gerechnet. Sie rieb sich fröstelnd über die nackten Arme und merkte, dass ihr etwas wärmer wurde. An einem Tisch in der Nähe der Theke entdeckte sie Freddy und Claire.

»Solltest du nicht bei deinem Date sein?«, fragte Leonora und schob sich in die halbrunde Sitznische. Freddy trug ein gebügeltes Hemd, und die wilden Locken wirkten für seine Verhältnisse gezähmt.

»War er.« Claire grinste sie über den Bildschirmrand ihres Laptops von der gegenüberliegenden Tischseite an.

»Und?« Leonora hob die Augenbrauen. »Was ist passiert?«

Freddy brummelte etwas Unverständliches und senkte die Lippen in den Schaum seines Ales.

»Abgeblitzt«, flüsterte Claire gespielt.

»Lag bestimmt daran, dass ich nicht mit dem Whisky glänzen konnte.« Freddy zuckte mit den Schultern. »Halb so wild, du hast ihn nötiger gebraucht.« Er tätschelte Leonora sanft den Arm. »So, können wir uns jetzt auf das Quiz konzentrieren? Hier.« Feierlich schob er ihr das dritte Ale-Glas zu, und Claire sah schmunzelnd wieder auf ihren Bildschirm. Seit einem Jahr studierte sie Wirtschaft an der University of Bath und nutzte ihren Feierabend für ihre Onlinekurse.

In dem Moment trat Kate, die Wirtin des Old Green Tree, an den Moderationstisch und eröffnete die erste Fragerunde.

Ein Ale und einen intensiven Ausflug in die britische Kulturszene später schaffte ihr Dreierteam es auf einen guten zweiten Platz. Freddy brachte den von ihm auserkorenen Gewinnerschnaps an ihren Tisch und rutschte wieder neben Leonora auf die Sitzbank.

»Klasse, haben die Bücher ja doch was genützt.« Er legte Leonora den Arm um die Schultern und grinste sie verwegen an. Sie konnte sein herbes Parfum riechen und die Grübchen um seine Mundwinkel begutachten. Eindeutig zu viel Nähe für ihren Geschmack.

Lachend schob sie ihn von sich und griff schnell nach dem Schnaps. »Cheers, auf uns!«

Zu dritt stießen sie an und stürzten den bitteren Kurzen gleichzeitig hinunter. Freddy knallte sein Glas als Erster wieder auf den Tisch. »So, und nun erzähl: Bleibst du jetzt in unserem schönen Städtchen?«

Leonora schüttelte den Kopf. »Ich habe ehrlich gesagt noch keine Ahnung, wie es weitergehen soll. Ich denke nicht, dass ich wieder in die Kanzlei zurückgehen kann. Wenn ich nur an Hamburg denke, verkrampft sich alles. Ich glaube, ich brauche eine längere Auszeit.«

»Fantastisch, du kannst bei mir im Old Books arbeiten«, verkündete er und strahlte sie an.

»Jetzt halt mal die Luft an«, wies Claire ihn zurecht. Schwungvoll klappte sie ihren Laptop wieder auf. »Lea braucht eine erholsame Auszeit.«

»Stimmt«, entgegnete sie und nickte bekräftigend. Sie liebte den Buchladen. Aber jeden Tag mit Freddy dort eingesperrt zu sein, würde sie mit Sicherheit in den Wahnsinn treiben.

»Was hältst du von einem Job bei einer gemeinnützigen Organisation? Oder irgendetwas, was dir richtig viel Freude bereitet?«, schlug Claire vor.

»Äh … ja … wenn ich nur wüsste, was das ist«, erwiderte sie.

»Das ist ja wohl die leichteste Frage«, meinte Freddy.

Sie sah ihn erwartungsvoll an.

»Bücher. Das Einzige, was du noch aufregender findest als deine verstaubten Gerichtsakten.« Er stützte den Arm auf den Tisch. »Wie ich schon sagte …«

»Ja, stimmt«, unterbrach sie ihn hastig, ehe er ihr noch einmal sein Angebot aufdrängen konnte, und schmunzelte. »Aber wie soll ich denn mit Büchern meine Auszeit finanzieren? Fern von deinem Antiquariat?«

»Was hätte wohl eure geliebte Jane getan?« Freddy hob theatralisch die Hände in die Luft.

Claire kicherte. »Wenn sich kein Gentleman mit einem ehrbaren Vermögen erboten hätte, der zufällig auch ihre große Liebe ist … dann hätte sie wohl Romane geschrieben.«

»Ich bin ein Gentleman.« Wieder lehnte er sich sanft an Leonoras Schulter.

Sie sah ihn genervt an. »Du hast eine Buch-Spelunke und haust auf einem alten Kahn. Von einem ehrbaren Vermögen bist du genauso weit entfernt wie vom Gentleman.«

»Autsch, schon wieder getroffen.« Er griff sich an seine durchtrainierte Brust und stand auf. »Dann hole ich uns eben noch eine Runde Schnaps.«

»Der Arme«, witzelte Claire, während er Richtung Bar davonzog. Dann tippte sie wieder auf ihrem Laptop herum. »Hm, also da der Gentleman wegfällt – eine Auszeit, um ein Buch zu schreiben, wäre sicher nicht das Richtige, oder? Ich finde, du solltest unter Leute kommen.«

Leonora nickte nachdenklich. Wenn sie ehrlich war, wusste sie gerade nicht, ob sie lieber rausgehen oder sich verkriechen wollte.

»In welche Richtung soll es denn überhaupt gehen, wenn du schon meinen renommierten Buchladen verschmähst?«, fragte

Freddy, stellte die drei Gläser auf den Tisch und rückte wieder zu ihr auf.

»Auf jeden Fall nichts, was mit Jura zu tun hat«, beschloss Claire. »Oder?«

Leonora nickte wieder und nippte an ihrem Schnaps. »Wäre sicher nicht verkehrt.« Allmählich schwirrte ihr der Kopf. Verflixt, dabei hatte sie kaum den Kater von ihrem Whiskygelage der letzten Nacht auskuriert. Und was ihre Zukunft betraf, war sie momentan eh nicht in der Lage, einen klaren Gedanken zu fassen.

»Leute, ich hab's.« Claire lächelte triumphierend. »Es ist perfekt.« Sie drehte den Laptop um und deutete auf eine Stellenanzeige.

Freddy stöhnte auf. »Das Jane Austen Centre. Natürlich. Hätte es etwas anderes sein können?«

»Pah, du hast keine Ahnung.« Claire warf ihm einen tadelnden Blick zu, ehe sie sich mit leuchtenden Augen an Leonora wandte. »Das Jane Austen Centre sucht Unterstützung. Es ist ein Sommerjob. Für zwei Monate.«

Reglos starrte Leonora auf die Anzeige. Sie würde in dem bezaubernden kleinen Museum Leuten von Janes Leben berichten dürfen, Stadtführungen geben und vielleicht sogar Touren an besondere Schauplätze begleiten. Sie könnte den ganzen Tag in der Welt ihrer Lieblingsautorin verbringen. Und sie wäre weit, weit weg von ihrem Arbeitsplatz in der Kanzlei, der Wohnung in Hamburg und ihrem Ex-Verlobten, und hier, in Bath. Claire hatte recht. »Es ist perfekt.«

»Sag ich doch.« Claire strahlte. »Ich schick dir gleich mal den Link.«

»Danke.« Sie rieb sich die Schläfe. Im Cottage hatte sie immerhin einen Computer. Aber nur der Gedanke, dass sie eine

Bewerbung an das Jane Austen Centre schreiben würde, während in zwei Wochen alle in der Kanzlei mit ihrer Rückkehr rechneten, fühlte sich surreal an und ließ sie schwindelig werden.

»Ich glaub's ja nicht. Da verschmäht sie echt meinen Laden. Jane kann sich geschmeichelt fühlen.« Freddy griff sich ihre leeren Gläser und stand auf. »Noch ne Runde?«

Leonora lachte. »Lass mal. Ich denke, ich sollte langsam nach Hause. Dein Whisky gestern hat mich leicht lädiert.« Sie beugte sich zu Claire und umarmte sie kurz. »Danke dir, für alles. Das hat mir wirklich geholfen.«

»Ist doch selbstverständlich. Und melde dich, wenn du Ablenkung brauchst. Auch ohne Freddy.« Claire zwinkerte ihr zu und drückte sie zurück.

»Hey, das habe ich gehört. Was könnte denn ohne mich mehr Spaß machen als mit mir? Fällt mir absolut nichts ein«, protestierte er, als sie sich an ihm vorbeischob.

»Lass gut sein, ich glaube, eine Schnapspause wäre angesagt!«, rief Claire ihm zu.

»Ich bring sowieso die Lady nach Hause.«

»Unsinn.« Leonora tätschelte seinen Arm. »Ich brauche keinen Beschützer.«

Doch Freddy stieß sich von der Vertäfelung ab und stellte sich in bester Offiziersmanier neben sie. »Keine Widerrede. Liegt doch auf dem Weg zum Anleger.«

Sie seufzte. »Und was ist mit dir, Claire?«

»Ich bestell mir noch einen Kaffee«, sagte die und winkte ab. »Bis morgen muss ich noch ein Modul schaffen.« Ihr Blick wanderte wieder Richtung Laptop. »Außerdem habe ich ja keinen weiten Weg.« Claires Wohnung lag nur zwei Häuser neben dem Old Green Tree.

»Dann viel Erfolg«, erwiderte Leonora und zwinkerte ihr aufmunternd zu. »Wir sehen uns morgen im Café.«

Draußen schlug ihnen eine stürmische Brise entgegen. Die Wolkenberge hatten sich in schwarze Gewittergebirge verwandelt, und der Wind fegte um die Ecken der schmalen Straßen. »Mist«, murmelte Leonora und schlang die Arme wärmend um ihre Taille. Hätte sie bloß auf den Wetterbericht geschaut, ehe sie in dem dünnen Sommerkleid zum Pub gelaufen war.

»Hier.« Freddy hielt ihr seinen Pullover hin.

Sie zögerte kurz, nahm ihn dann aber dankbar entgegen und schlüpfte hinein. Die raue Wolle kratzte ein wenig auf ihrer Haut, aber er wärmte und duftete nach Buchladen.

»Weißt du, ich glaube, Edith wäre echt stolz gewesen auf dich«, sagte Freddy aus heiterem Himmel.

»Was? Wie kommst du darauf?« Sie sah ihn an.

Er zuckte mit den Schultern und musterte sie ungewöhnlich ernst. »Gehört eine ganze Portion Mut dazu, vor dem Altar Nein zu sagen und zu seinen Gefühlen zu stehen.«

Sie lächelte matt. Ja, ihre Grandma hätte sie verstanden. Das hatte sie immer getan. Nachdem Oma Edith Maximilian kennengelernt hatte, hatte sie Leonora sanft angelächelt. »Er ist ein netter Junge«, hatte sie gesagt, doch Lea hatte das Aber in ihren Augen gelesen, das sie nicht auszusprechen wagte. Und das sie damals überhaupt nicht hatte wahrhaben wollen. Offenbar hatte ihre Granny von Anfang an geahnt, dass Max nicht der Richtige für sie war. Und sie hatte recht behalten.

»Ich finde es auch bewundernswert und mutig. Auch wenn ich dir dein Happy End gegönnt hätte … aber man weiß ja nie, wo es auf einen wartet …« Da war er wieder, dieser sentimentale Blick.

Doch ehe Leonora antworten konnte, fielen die ersten dicken Tropfen vom Himmel und verwandelten sich schnell in einen kalten Sturzregen. Sie rannten los, während über ihren Köpfen der erste Blitz aufleuchtete und kurz darauf lautes Donnergrollen ertönte. Als sie den Cottage-Garten erreichten und sich unter den Türvorsprung flüchteten, waren sie vollkommen durchnässt. Freddys Haare klebten ihm wirr am Kopf, und seine Brust hob und senkte sich unter dem nassen Hemd. Außer Atem stützte er den Arm neben ihr gegen die Tür. Leonora wischte sich die nassen Strähnen aus dem Gesicht und lachte. Dieses verflixte britische Wetter hatte immer eine Überraschung parat.

»Dann kenter mal nicht auf deinem Boot heute Nacht«, sagte sie und wollte sich schon zur Tür umdrehen. Doch er umfasste ihren Arm und hielt sie sanft zurück.

»Du könntest mitkommen.« Der Blick seiner graublauen Augen brannte sich in ihren.

Sie gluckste.

»Hey, du lachst? Komm schon, ganz so abwegig ist es doch nicht.«

»Gute Nacht«, sagte sie lächelnd. Dann drückte sie ihm einen schnellen Kuss auf die Wange.

Er zuckte die Schultern, drehte sich um und schlenderte hinaus in den Regen. An der Gartenpforte drehte er sich noch einmal um.

Sie winkte, schloss hastig die Tür auf, schlüpfte in den Flur und lehnte sich gegen das warme Holz der Kommode. Mit klammen Fingern griff sie nach dem Telefonhörer und wählte die Mailbox an. Lydia hatte sich immer noch nicht gemeldet.

Kapitel 5

Was würde Jane tun?

Zwei Wochen später

Es war der perfekte Morgen für einen Neubeginn. Die aufgehende Sonne ließ die Pulteney Bridge wie ein Gemälde vor Leonora leuchten, und sie wusste, dass sie es als Sinnbild ihres Neuanfangs in Erinnerung behalten würde. Während sie auf der Grand Parade am Flussufer entlangspazierte, ließ sie den Blick über die imposanten Bauten schweifen. Die Brücke, die hinüber zum Ostufer der Stadt führte, zählte für sie zu den schönsten Wahrzeichen von Bath, und sie bewunderte sie zu gern in der Morgensonne.

Sie hatte unbedingt hierherkommen wollen, ehe sie wieder den Weg in Richtung Innenstadt zu ihrem ersten Tag als Museumsassistentin im Jane Austen Centre einschlug. Die Zusage für den Sommerjob war nur kurz nach ihrer Bewerbung eingetroffen. In der Kanzlei hatte man zunächst pikiert reagiert, als sie um die zweimonatige Auszeit bat, aber schließlich hatte ihr Chef sie gewährt und versichert, dass sie anschließend wieder einsteigen könne.

Wer hätte das gedacht? Die aufstrebende Rechtsanwältin war zur Touristenführerin geworden, statt gewichtiger Prozesse würde sie ab heute Besuchergruppen führen. Sie freute sich unbändig darauf, den Leuten, die nach Bath kamen, um etwas über Jane Austen zu erfahren, vom Leben ihrer Lieblingsautorin zu berichten. Diese Auszeit gehörte ganz allein ihr. Sie war an keinerlei Erwartungen geknüpft. Einzig an das Gefühl, für zwei Monate tun und lassen zu können, was sie wollte. Herauszufinden, was es denn überhaupt war, das sie wollte.

Zum ersten Mal hatte sie keinen Plan. Und keine Lydia, mit der sie mögliche Strategien heraufbeschwören könnte. Was sie in der Zukunft erwartete, lag im Ungewissen. Und Ungewissheit hatte sie bisher gemieden, soweit sie konnte.

Leonora zog ihr Smartphone aus der Tasche und starrte auf das leere Display. Keine Nachricht, kein verpasster Anruf. Seit der geplatzten Hochzeit war ihre beste Freundin nicht zu erreichen. Sie las nicht einmal ihre Nachrichten. Dass es einmal so weit kommen würde, wäre ihr noch vor zwei Wochen absolut unmöglich erschienen. Doch was hatte sich nicht seitdem geändert?

Ihre Gedanken wanderten nach Hamburg. Sie hatte die Rückkehr in ihre Wohnung so lange aufgeschoben, bis das letzte Wochenende vor ihrem Arbeitsbeginn angebrochen war. Äußerst erwachsen. Natürlich hatte sie sich vorher bei Max gemeldet. Aber die Vorstellung, ihm gegenüberzutreten, war noch einmal eine ganz andere Nummer gewesen.

Die Erinnerungen an die letzten Wochen fluteten ihr Gedächtnis und ließen ein unangenehmes Kribbeln ihren Rücken hinablaufen. Jeder Moment erschien quälend klar vor ihr. Von der ersten E-Mail, die sie Max auf ihrem uralten Laptop im Cottage geschrieben hatte, bis zu ihrem Treffen vor drei Tagen.

Es tut mir so leid. Können wir reden?, hatte besagte E-Mail gelautet, nachdem er jeden ihrer Anrufe ignoriert hatte.

Ich will nicht reden, Lea. Lass mich einfach in Ruhe, war daraufhin zurückgekommen.

Ich weiß, dass du verletzt und sauer bist. Aber wir müssen eine Menge klären. Können wir uns sehen und besprechen, wie es weitergeht?

Du kannst deine Sachen abholen kommen. Ich schreibe dir morgen, wann ich außer Haus bin. Alles andere klären wir schriftlich.

Sie konnte ihn verstehen. Wirklich. Aber es schmerzte trotzdem, ihn so kalt und abweisend zu erleben. Max mochte seine Schwächen haben, aber er war ein guter Mann, der stets die besten Absichten gehabt hatte und immer für sie dagewesen war. Und eine Abweisung wie diese hatte sie nie von ihm erfahren.

In Ordnung. Danke, hatte sie schließlich geantwortet. Sie hatte diese Entscheidung getroffen, nun musste sie sich auch mit den Konsequenzen abfinden. Wenn Max sie weder sehen noch mit ihr sprechen wollte, würde sie das akzeptieren müssen.

Zwei Nächte hatte sie im Haus ihrer Eltern übernachtet. Sie hatten sich ebenso reserviert wie bei ihrem Telefonat verhalten. Der Schatten ihrer Entscheidung hing wie eine dunkle Wolke über ihrem familiären Haussegen. Doch sie waren für sie da gewesen und hatten ihr vorgeschlagen, dass sie ihre Sachen übergangsweise im Keller unterstellen könne.

Als sie dann vor drei Tagen mittags in Hamburg auf ihren Parkplatz gefahren war, hatte sie sich noch elender gefühlt als am Tag ihrer Hochzeitsflucht. So zügig es mit einer Ladung zusammengefalteter Umzugskartons eben ging, war sie in den Flur gehuscht, um den Blicken der Nachbarn zu entgehen, und hatte ihre Fracht zu ihrer Wohnung geschleppt. Obwohl sie diesmal kein malträtiertes Hochzeitskleid trug, kam Leonora sich wie der unübersehbare rosafarbene Elefant im Raum oder vielmehr ihrem Mehrfamilienhaus vor. Sie wollte es einfach nur schnell hinter sich bringen und dann wieder Richtung Flughafen düsen, zurück nach Bath.

Also Augen zu und durch. Doch da hatte sie die Rechnung ohne Max gemacht. Kaum schob sie den Schlüssel ins Schloss, hörte sie Schritte auf der anderen Seite und die Tür schwang auf. Da stand er. Die blonden Haare verwuschelt, und unter seinen Augen lagen dunkle Schatten.

»Hab's mir anders überlegt«, murmelte er.

Leonora war so perplex, dass sie nur nicken konnte. Schweigend folgte sie ihm in die Wohnung und lud die zusammengefalteten Umzugskartons im Flur ab.

»Willst du einen Kaffee?« Max marschierte geradewegs in die offene Wohnküche und auf den Vollautomaten zu.

»Wasser reicht mir, danke«, krächzte sie und wartete unschlüssig, während er ihr ein Glas einschenkte und auf den Tresen stellte. Es war ein merkwürdiges Gefühl, ihm in ihrer Küche gegenüberzustehen. Vertraut und fremd zugleich.

Er verschränkte die Arme vor der Brust und lehnte sich vor ihr an die Kücheninsel. »Wieso hast du nie etwas gesagt?«

Sie umklammerte das Glas wie einen Rettungsanker, während sich die Gefühle und Gedanken in ihr überschlugen. Unfähig, ein Wort über die Lippen zu bringen, starrte sie ihn einfach nur an. Schließlich ließ sie ergeben die Schultern sinken. »Ich …

ich weiß gar nicht, was ich dir antworten soll. Ich habe all das nicht gewollt.«

»Wie wäre es mit der Wahrheit? Ganz unverblümt und direkt.« Er hob die Augenbrauen, wie er es immer tat, wenn er einen Mandanten ins Kreuzverhör nahm. Oder Tantes Elises Ganter Napoleon verdächtigte, das Familiensilber stibitzt zu haben.

Sie schluckte. »Ich habe es selbst erst ganz sicher gewusst, als wir vor dem Altar standen. Es hat sich einfach falsch angefühlt.« Vorsichtig streckte sie die Hand aus und tippte kurz an seinen Sweatshirt-Ärmel. Er trug den Oxford-Kapuzenpulli, den er sich während seines Auslandsjahrs gekauft hatte und der nur das Tageslicht erblickte, wenn Max sich mit Grippe zwischen Bett und Sofa hin- und herschleppte. Was selten genug vorkam. Er war kein Typ für entspannte Jogginghosen nach Feierabend, selbst sonntags trug er Polohemden und Bügelhosen. Und irgendwie hatte sie sich seinem Dresscode in den letzten Jahren angepasst, wie ihr jetzt auffiel. Seit sie im Cottage wohnte, genoss sie es, abends in Pulli und Leggings im Lese-Pavillon zu sitzen, völlig ungezwungen und gemütlich. Mit Max wäre ihr das viel zu nachlässig vorgekommen. Ihn heute in seinem Uni-Pullover zu sehen, überraschte sie ein wenig.

Er zog den Arm weg und fuhr sich mit gequälter Miene durch die Haare. »Und warum hat es sich falsch angefühlt? Gibt es einen anderen?«

»Nein«, versicherte sie hastig und suchte beschwichtigend nach seinem Blick. »Nein, hörst du? Es gibt niemand Neuen.« Sie zögerte. »Du willst wirklich, dass ich es so direkt ausspreche?«

»Ja, verdammt, Lea, sag es endlich!«

So aufgebracht hatte sie ihn noch nie gesehen. Sie schluckte. »Du bist mein bester Freund«, begann sie stockend. »Und das

Leben, das wir uns hier aufgebaut haben, war immer das, was ich wollte. Aber vor dem Altar wurde mir bewusst, dass ich das nicht für immer will. Es fühlt sich irgendwie nicht nach mir an.«

Einen Moment lang schaute er sie einfach nur an. Dann trat er auf sie zu, umfasste sanft ihre Wange, sodass der Stoff seines Ärmels über ihre Haut rieb und der Geruch des Waschmittels sie einhüllte. Das fühlte sich ein bisschen mehr nach Zuhause an, als ihr lieb war.

Aber es war nicht genug. Max war nicht mehr ihr Leben. Vertrautheit war nicht genug. So schmerzhaft diese Einsicht auch war. Sie machte sich sanft von ihm los und starrte auf das Oxford-Wappen, das sich direkt auf ihrer Augenhöhe befand. Eine Träne lief ihr über die Wange. Max wischte sie mit dem Daumen fort und hob ihr Kinn, sodass sich ihre Blicke trafen.

»Vielleicht sollten wir uns eine Auszeit nehmen. Ich habe gehört, dass du nach England willst. Sag es ab. Wir könnten für die zwei Monate irgendwohin fahren. Vielleicht haben wir ja einfach zu lange in unserem Alltag festgesteckt?« Sein hoffnungsvoller Blick machte alles nur noch schlimmer.

Sie tippte sanft gegen seine Brust. »Es liegt nicht nur an unserem Alltag. Wir sind einfach zu verschieden. Und eine Reise wird das leider nicht ändern.«

Er schnaubte. »Zu verschieden? Jetzt sei doch nicht lächerlich. Wir sind beide Juristen. Wir leben für unseren Job. Wir lieben klassische Musik und gutes Essen. Und wir wollen in drei Jahren eine Familie gründen, wenn die Wohnung abbezahlt ist. Ich kenne dich, Leonora, mir fällt nicht eine Sache ein, in der wir nicht absolut kompatibel sind.«

Sie trat einen Schritt zurück und schüttelte leicht den Kopf. »Nein, Max. Das sind doch alles nur Oberflächlichkeiten. Und ich versuche gerade, meinen Kopf endlich einmal auszuschalten und auf mein Gefühl zu hören. Das hätte ich längst tun sollen, ich weiß. Ich brauche die Zeit in England für mich. Ich schätze, ich sollte endlich herausfinden, was ich wirklich möchte. Was sich nach mir anfühlt.«

Er starrte sie verständnislos an. »Und dein Gefühl sagt dir, dass du unsere Beziehung nicht mehr willst?«

Sie seufzte. »Ich liebe dich, aber …«

Er verschränkte die Arme vor der Brust. »Nicht genug?«

Sie biss sich auf die Lippen und senkte den Blick.

Er fluchte. Trat gegen den Barhocker. Sah sie ein letztes Mal an. Dann drehte er sich um und griff seinen Schlüsselbund vom Küchentresen. »Hol deine Sachen. Ich melde mich wegen der Wohnung.«

Ohne ein weiteres Wort verließ er den Raum und sie hörte die Eingangstür hinter ihm ins Schloss fallen. Benommen stand sie da und lauschte der plötzlichen Stille. Nun fühlte sich die Atmosphäre der Wohnung sogar noch fremder und bedrückender an als zuvor.

Sie lief in den Flur, schnappte sich die Kartons und machte sich eilig daran, ihre Habseligkeiten zusammenzupacken, während sie die Tränen verdrängte, die in ihr hochstiegen. Die Möbel ließ sie hier. Darüber könnten sie sich einig werden, wenn sie wussten, wie sie den Kredit und die Wohnungsanzahlung auflösen wollten. Aber ihretwegen könnte Max sie behalten. Sie brauchte einen Neustart, ohne etwas, das sie an ihr Leben vor der Hochzeit erinnerte. Ehe sie die Tür hinter sich zuzog, legte sie Urgroßtante Agathas Ring auf die Kommode. Dann ging sie.

In Bath hatten Claire und Freddy sie mit einem Barbecue im

Grenadier Grove willkommen geheißen und sie hatten gestern noch bis zum Abend unter den alten Bäumen beim Botanischen Garten zusammengesessen.

Es fühlte sich gut an, zurück zu sein. Und es gab ihr Sicherheit, dass sich dieser Schritt richtig anfühlte. Nun müsste sie nur ins kalte Wasser springen.

***

Die blau gestrichene Tür des Jane Austen Centres war mit einer so prächtigen Blumengirlande umrahmt, dass Leonora sich wie in einem überkandidelten Regency-Epos vorkam. Staunend bewunderte sie die Blütenpracht, ehe sie die Tür öffnete und meinte, in eine andere Welt zu treten. Es war einige Jahr her, seit sie das Museum zuletzt besucht hatte, doch es hatte nichts von seinem Charme eingebüßt. Der Museumsshop war mit lauter ausgefallenen Jane-Austen-Souvenirs bestückt, von Schreibfedern, Büsten, Sondereditionen ihrer Romane, Tassen über Regency-Nachtkleider bis hin zu Spitzensonnenschirmen. Am Tresen stand eine zierliche Frau, die ungefähr in Leonoras Alter sein musste. Sie trug ein blassrosafarbenes Empire-Kleid, das mit einer roséfarbenen Schleife an der hohen Taille geschnürt war. Ihre Haut strahlte hell, zarte Sommersprossen zierten ihre Stupsnase, und ihre Wangen schimmerten in demselben zarten Rosaton wie ihr Kleid und ihr zu einem Kranz gebundenes Haar.

»*Heya, luv*, du musst Leonora sein«, begrüßte dieses Ebenbild der englischen Rose sie in einem überraschend derben Yorkshire-Akzent.

»Hi, richtig«, erwiderte Leonora, »ist mein erster Tag heute.«

Das Interviewgespräch hatte online stattgefunden, daher hatte man ihr nur den Namen ihrer neuen Kollegin genannt.

»Alles klar, ich bin Wynda. Wir machen diesen Sommer die Touren zusammen.« Sie grinste breit. »Gelegentlich hilft noch jemand von den Freiwilligen aus, aber wenn es hart auf hart kommt, sind es nur du und ich, doppelte Ladypower, alles klar?«

Leonora nickte brav und konnte sich ein Schmunzeln nicht verkneifen. Wyndas zupackende Art schien so gar nicht zu ihrer elfenhaften Erscheinung passen zu wollen.

»Luvly«, sagte sie mit betontem nordenglischen U, und rang die Hände. »Dann können wir ja zum besten Teil kommen: Herzlich willkommen in deinem persönlichen Jane-Austen-Traum, der wundervollsten Zeit, die du je erleben wirst.« Sie hob ihre hellrosa gefärbten Augenbrauen und musterte Leonora auffordernd. »Erst mal müssen wir dich einkleiden. Komm mit.«

In einem Nebenraum zeigte Wynda ihr den Regency-Fundus, aus dem sie ihr Arbeitskostüm wählen durfte. Sie entschied sich für einen hellblauen leichten Stoff, den sie mit einer royalblauen Schleife band. Ihr Haar hatte sie bereits vorsorglich in eine Hochsteckfrisur gewunden, sodass es der Mode der Regency-Zeit entsprach. Dann führte Wynda sie durch die Räume. Es gab einen Tea Room, in dem Tee, Kuchen und Scones serviert wurden, und mehrere Ausstellungsräume, in denen Janes Leben und Wirken realitätsnah inszeniert war. Die Besucher erfuhren, wie Janes Aufenthalte in Bath ihre Romane beeinflusst hatten, und konnten sich daran ausprobieren, mit Tinte und Feder zu schreiben. Das Porträt von Colin Firth als Mr. Darcy erfreute sich besonderer Beliebtheit bei den Besuchern, wie Wynda ihr mit einem fröhlichen Lachen erklärte.

Sie besprachen die anstehenden Führungen für diesen Tag, und Leonoras Aufregung stieg. Erst einmal würde sie Wynda bei den Touren begleiten, doch schon morgen sollte sie ihre eigenen Gruppen durch das Museum und die Stadt führen.

An diesem Nachmittag boten sie eine Walking Tour zu den wichtigsten Schauplätzen in Jane Austens Bath an. Kaum trafen die ersten Besucher ein, verwandelte sich Wynda in eine eloquente, zarte Regency Lady mit einem weichen Akzent, und Leonora bewunderte ihr schauspielerisches Talent. Sie besichtigten die Assembly Rooms, in denen früher die großen Bälle der Stadt stattfanden und über die Jane in *Northanger Abbey* und *Überredung* geschrieben hatte, ebenso wie die Pump Rooms neben den Römischen Bädern und den Royal Crescent. Zum Schluss überquerten sie die Pulteney Bridge, um im Osten der Stadt Haus Nummer 4 am Sydney Place zu besuchen, in dem Jane von 1801 bis 1804 zusammen mit ihren Eltern und ihrer Schwester Cassandra lebte, ehe sie in die Green Park Buildings zogen, wo ihr Vater 1805 unerwartet verstarb. Das georgianische Haus lag in Sichtweite des weltbekannten Holburne Museums und der Sydney Gardens, eines weitläufigen Parks.

Einige Tourgäste hatten sich ebenfalls verkleidet, und ihre Gruppe zog die neugierigen Blicke der anderen Passanten auf sich. Doch hier in Bath erschienen sie nicht einmal deplatziert, wenn sie in ihren Regency-Kleidern durch die historischen Straßen schlenderten.

Als sie am frühen Abend die Räume abschlossen und die Planung für den nächsten Tag durchgingen, fiel Wynda wieder in ihren nordenglischen Slang. Sie erzählte Leonora, dass sie aus York kam und nach ihrer Promotion in Literaturwissenschaften nun seit einem Jahr hier arbeitete, weil sie Jane für die »toughste und talentierteste Schriftstellerin, die diese patriarchale monetäre Ständegesellschaft hervorgebracht hat«, hielt. Neben den Brontë-Schwestern, verstand sich.

»Ihre Texte sind so viel rebellischer, als der männliche Leser zu Regency-Zeiten auf den ersten Blick vermuten würde«, erklärte Wynda und schwang vehement eine der Schreibfedern, mit der sie gerade ihre Aufgabenverteilung notierte. »Und sie hat sich nie, nie dem Joch der lieblosen Zweckehe unterworfen!« Die Federspitze verharrte wie ein Degen in der Luft.

Leonora nickte grinsend. »Sie hat es meisterhaft beherrscht, ihre Meinung zwischen den Zeilen auszudrücken.«

Wynda seufzte und ließ die Feder wieder aufs Papier sinken. »Ich wünschte, mir würde das manchmal besser gelingen«, murmelte sie. Ihr Handy vibrierte, und sie warf einen Blick darauf, runzelte die Stirn, dann musterte sie Leonora. »Fürchte, ich brauche dich für den ersten Exkursionseinsatz. Dieses Wochenende bieten wir einen zweitägigen Ausflug nach Sidmouth an, mit allem Drum und Dran: Spaziergang an der Promenade, Kutschfahrt mit Picknick auf den Klippen, Besichtigung der Badehaus-Nachbauten und natürlich den wichtigsten Plätzen, die Jane bei ihrem Seebadaufenthalt nutzte. Tom, unser Tourguide, ist gerade abgesprungen. Und ich brauche eine Assistenz. Traust du dir das zu?« Sie kramte unter dem Tresen und zog einen dicken Ordner hervor. »Da steht alles drin.«

Leonora schob ihn zu sich heran und klappte die erste Seite auf. Ein Inhaltsverzeichnis, *Regency Sidmouth: Jane Austen's Seaside Jewel*, von den wichtigsten Orten, der Lokalhistorie, über die Lebensumstände zu georgianischen Zeiten. Vierhundert Seiten. »Hm, schätze, es ist auch nicht länger als die Akten, die ich in der Kanzlei durcharbeite«, sagte sie und zuckte möglichst unbekümmert mit den Schultern, obwohl ihr etwas mulmig war bei dem Gedanken, schon so bald einer ganzen Reisegruppe in einer fremden Stadt Rede und Antwort zu stehen. Doch sie hatte sich vorgenommen, ins kalte Wasser zu springen. Und einen Ausflug nach Sidmouth würde sie sich unter keinen Umständen entgehen lassen.

»Das ist mal ein Wort.« Wynda strahlte sie an. »Und keine Sorge, ich bin ja auch noch da. Du wirst sehen, warum Jane den Ort so liebte.«

Im Cottage durchstöberte Leonora am Abend die Bücherregale. Sie zog *Sanditon* hervor und das Lederbüchlein, das ihre Grandma stets mit ihren persönlichen Leseeindrücken gefüllt hatte. Dann setzte sie sich in den Pavillon und streckte die Beine auf dem zweiten Korbstuhl aus. Im Kerzenschein des Windlichts blätterte sie durch die ordentlich beschriebenen Seiten, bis sie Ediths Notizen zu *Sanditon* fand. Eine Inhaltszusammenfassung, eine kurze Beschreibung der wichtigsten Figuren. Eine Zeichnung der Häuser, die sich zwischen den Klippen hinter einer Promenade an den Strand schmiegten. Eine zweite Zeichnung – eine windschiefe Eberesche, die vor dem Abgrund der Steilküste den Sturmböen trotzte. Und eine dritte, ein Teepavillon, umrankt von hellen Rosen. Bewundernd strich sie darüber. *Their groves o' sweet myrtle*, Haine süßer Myrthe, stand darunter in der Handschrift ihrer Grandma. Auf der nächsten Seite folgten Oma Ediths gesammelte Gedanken.

Vom Fischerort zum Seebad – ein aufstrebendes Juwel der Gesellschaft
Die Aussicht auf Heilung: Janes eigene Krankheit, an der sie bereits seit 1815 litt und während der sie die Arbeit an Sanditon 1816 begann
Sidmouth = Sanditon → Inspiration?
Der mysteriöse Gentleman – die wahre Liebe ihres Lebens
Für immer verloren – nie vollendet
»Er fühlte, und er schrieb, und er vergaß.« – Sanditon, S. 165

Sie schlug *Sanditon* auf und suchte das Zitat, das ihre Grandma am Ende ihrer handschriftlichen Notizen umrandet hatte. Dort stand es. Eingebettet in eine Diskussion, die Charlotte Heywood über den schottischen Nationaldichter Robert Burns führte.

> *»Ich habe Schwierigkeiten, auf die Wahrhaftigkeit seiner Gefühle zu vertrauen. Ich habe keinen Glauben an die Aufrichtigkeit der Zuneigungen eines Mannes seiner Art. Er fühlte, und er schrieb, und er vergaß.«*

Doch es erschien Leonora dennoch sonderbar, dass ihre Grandma gerade diese Zeile so offensichtlich hervorhob, ohne einen Bezug zu Burns, da sie doch sonst jeden Verweis akribisch notiert hatte.

Mit gerunzelter Stirn las sie weiter, doch die Bedeutung wollte ihr nicht in den Sinn kommen. Als ein lauter Pfiff ertönte, wäre ihr beinahe die Teetasse aus den Händen geglitten. Gerade noch rechtzeitig korrigierte sie die Schieflage und stellte sie hastig ab, ehe sie den Tee über die wertvollen Seiten verschüttet hätte. Ein zweiter Pfiff ertönte, und sie schnaubte amüsiert.

Einige Dinge änderten sich auch in achtzehn Jahren nicht. Sie rappelte sich auf und lief durch den Garten zum Fluss. An dem verwitterten Steg lag wie erwartet das Schlauchboot, und Freddy hob grinsend die Hand.

»Hey, Lust auf ein Feierabend-Ale?« Er hielt zwei Flaschen in die Luft und schwenkte sie.

»Erlaubnis erteilt. Komm an Land.«

Geschickt kletterte Freddy auf den Steg und die steile Böschung empor, die hinauf in den Garten führte.

Als er sich in dem Korbstuhl neben Leonora ausstreckte und ihr ein Ale reichte, stießen sie auf ihren ersten Arbeitstag an, und sie erzählte ihm von dem bevorstehenden Ausflug nach Sidmouth. Sein Blick fiel auf die ausgebreiteten Notizen, die vor ihnen auf dem Tisch lagen, und seine Miene nahm einen sonderbaren Ausdruck an.

»Sidmouth also, was?« Er sah sie an und lehnte sich zurück.

»Ja, warum?« Sie musterte ihn skeptisch.

»Ich mein ja nur.« Er zuckte mit den Schultern und trank einen großen Schluck.

»Was meinst du?«

»Nix.«

Das Wort, mit dem er alle Diskussionen beendete. Da konnte man nachbohren, so viel man wollte.

Er räusperte sich und fuhr sich durch die verwegenen Locken. »Und kommst du klar? So ohne den Lord?«

Sie zuckte innerlich zusammen. Ehrlich gestanden war sie froh gewesen, sich mit den ganzen neuen Eindrücken im Museum ablenken zu können. Die Distanz zu Hamburg erleichterte es ihr, nach vorn zu schauen. Seit sie in den Flieger nach London gestiegen war, herrschte wieder absolute Funkstille zwischen Max und ihr. Und auch, wenn all das ihre Entscheidung gewesen war, tat der Gedanke an ihn dennoch weh.

»Ich komm klar«, sagte sie, doch sie konnte sehen, dass Freddy es ihr nicht so richtig abnahm.

»Ist schon okay, ein bisschen zu leiden, Lea.« Er lehnte sich vor und sah sie eindringlich an. Dann prustete er unvermittelt los. »Weißt du noch? Der Lagerfeuerabend?««

Sie musste schmunzeln. Freddys erster Liebeskummer. Eloise Carlington, Enkelin der reich verwitweten Lady Carlington, wohnhaft im Royal Crescent, hatte seine Avancen abgelehnt und ihm unsäglich das Herz gebrochen. Damals waren sie zwölf Jahre alt gewesen, und er hatte geschluchzt wie ein Wasserfall. Also hatte George ihn unvermittelt zu ihnen ins Cottage geschleppt. Sie hatten S'mores und Stockbrot an der kleinen Feuerstelle bei den Wildblumen geröstet und schließlich die ganze Sammlung Liebesbriefe, die Eloise ihm ungeöffnet zurückgegeben hatte, in die Flammen geworfen. Bis Freddy wieder ein bisschen gelächelt hatte.

»Unvergessen«, erwiderte sie und stieß mit ihm an. »Übrigens glaube ich, ich habe heute deine Traumfrau getroffen.«

Er hob die Augenbrauen. Eine neue Romanze erweckte stets sein Interesse.

Leonora grinste und dachte an Wyndas elfenhafte Lieblichkeit und ihre forsche Art. »Wenn ich aus Sidmouth zurück bin, kann ich mehr berichten.«

Freddy lachte leise und fuhr sich über das Kinn. Dann stellte er mit Schwung die leere Flasche auf den Tisch und erhob sich. »Hab eine gute Zeit dort.« Er lächelte matt. »Schlaf schön«, murmelte er, dann stiefelte er durch den dunklen Garten davon zum Steg.

In dieser Nacht träumte sie von Sidmouth. Von der Geschichte, die ihre Oma ihr so oft erzählt hatte, wenn sie Seite an Seite im Cottage-Himmelbett gelegen hatten. Die roten Klippen tauchten vor ihr auf, an denen die Lummen nisteten. Davor die Promenade mit ihren hübschen Seebadvillen. Und der weitläufige Kieselstrand, der sich ins Meer erstreckte. Sie sah die junge Frau in dem grünen Sommerkleid, die lachend ans Wasser lief, ihr Kleid abstreifte und weit hinausschwamm, bis die dunkelblauen Wogen sie beinahe verschluckten. Spürte, wie die Kraft der Schwimmerin langsam schwand, doch dann hörte sie den rettenden Motor des Fischerboots. Zwei starke Hände, die sie aus dem Wasser an Bord zogen, und ein freundliches Gesicht, das ihr gut zusprach. Der junge Mann legte ihr sein Hemd um die bebenden Schultern und brachte sie sicher an Land. Vor den idyllischen Fassaden schlenderten die beiden, während sie ihm erzählte, warum sie hierhergekommen war. Dass dies der Ort war, an dem ihre Lieblingsautorin ihrer einzig wahren Liebe begegnet sein soll. Er lachte, strich sich über das wettergegerbte Kinn. Von Jane Austen habe er natürlich gehört, aber der Rest der Geschichte sei ihm neu. Dennoch geleitete er sie zu dem Inn an der Küste, in dem Jane ihren Aufenthalt in Sidmouth verbracht haben sollte. Und als die junge Frau sich am Abend von ihm verabschiedete, wusste sie, dass sie nach Sidmouth zurückkehren würde.

Kapitel 6

Triff mich in Sanditon

Der Wind trieb Leonora den Duft von Fish and Chips und rauer See entgegen, das Meeresrauschen rollte über die Esplanade, die breite Promenade, und prallte wie der Salzdampf gegen die Fassaden der Häuser. Ein paar Wagemutige hatten ihre Handtücher und Liegestühle auf dem Kieselstrand ausgebreitet, doch die kräftige Strömung griff nach allem, was ihre Brandung erreichte. Und das waren wenig verlockende Aussichten, um zu baden.

Vor ihr saß eine Gruppe Jugendlicher auf dem Pier und hörte laut Musik über eine Box, Kinder mit Zuckerwatte zogen ihre Eltern entlang des Promenadengeländers, während gierige Möwen am Himmel kreischten, bereit, sich jeden Moment etwas Essbares aus den Händen der Ahnungslosen zu stibitzen. Alles roch nach englischem Sommer.

Leonora rückte lächelnd ihre Sonnenbrille zurecht und schlenderte weiter. Ihr Kleid und ihre Haare tanzten in den Böen, aber die Rauheit der See hatte etwas so Belebendes, dass es ihr nichts ausmachte. Sie waren erst vor wenigen Stunden in Sidmouth angekommen, und trotzdem fühlte sich der Ausflug schon jetzt nach Urlaub an. Obwohl sie bereits eine redselige

Reisegruppe durch die Küstenstadt geführt hatte. Während sie in den hübschen Straßen vor den Fischerhäuschen und den Villen stand, hatte sie ein paarmal an die Kanzleikollegen gedacht, die gerade in ihren Anzügen in den Büros schwitzten, um Prozessakten durchzuackern. Und zumindest für den Moment wünschte sich kein einziger Teil von ihr nach Hamburg zurück.

Auf der anderen Seite der Esplanade entdeckte sie Wynda, die mit einem Iced Coffee auf einer Bank hockte und bedächtig aufs Meer sah. Die gestrige Karaoke-Nacht, von der sie ihr auf der Busfahrt berichtet hatte, forderte offensichtlich ihren Tribut. Bisher hatte sie sich tapfer geschlagen, aber nun schien der Akku leer zu sein.

Leonora winkte kurz, als Wynda den Kopf drehte und sie entdeckte, dann wandte sie sich nach rechts und spazierte weiter die Esplanade entlang. Ihr blieben noch knapp zwei Stunden, ehe sie sich wieder mit der Gruppe trafen, um ihr Hotel zu beziehen. Und die wollte sie gut nutzen.

Aus ihrer Tasche angelte sie das Notizbuch ihrer Grandma hervor. Sie hatte die Fassade der Häuser auf der Zeichnung sofort wiedererkannt. Eine Reihe georgianischer Seebadvillen, die hinaus auf den öffentlichen Strand blickten. Eine typische Postkartenansicht des Orts. Während Leonora an dem gusseisernen Geländer weiterschlenderte, blätterte sie zu den anderen Zeichnungen. Die Eberesche an der Steilküste musste etwas außerhalb des Ortes auf den Klippen liegen, mehr ließ sich darauf nicht erkennen. Und der Teepavillon. Umwachsen von Rosen, die sich an seinen Säulen emporrankten, bis hinauf unter das Kuppeldach. Was für ein wunderschöner Ort.

Sie hob den Blick und sah die Bucht hinauf. Am Ende der

Esplanade lag die Parkanlage Connaught Gardens, vielleicht würde sie den Pavillon dort finden.

Ihr Traum der letzten Nacht hatte sie daran erinnert, dass sie sich oft gefragt hatte, ob die Geschichte der jungen Frau eine Bedeutung besaß. Ob ihre Grandma selbst in Sidmouth gewesen war. Aber Oma Edith hatte es nie erwähnt. Sie hatte immer nur von *Sanditon* gesprochen und der Verbindung des Ortes zu Jane Austen.

Behutsam schob Leonora das Buch zurück in ihre Tasche. Während sie weiterlief, stellte sie sich vor, wie Sidmouth wohl zu Janes Zeit gewesen sein mochte. Bei ihrer Führung hatten Wynda und sie der Gruppe die gesellschaftlichen Schauplätze der Regency-Zeit gezeigt. Die einstigen Assembly Rooms und die luxuriösen Hotels an der Wasserfront. Jetzt, da sie selbst über die breite Esplanade schlenderte, sah sie all die Ähnlichkeiten zu *Sanditon* vor sich.

Vielleicht hatte Jane den mysteriösen Gentleman, den Oma Edith in ihren Notizen erwähnte und über den es so viele unbestätigte Gerüchte gab, hier an der Esplanade getroffen. Oder mochte sie ihm bei einem Spaziergang außerhalb der Stadt begegnet sein? Die weitläufigen Küstenpfade entlang der Steilklippen luden förmlich dazu ein, weit hinaus zu flanieren.

Es war zu schade, dass man wohl nie mehr über diese Begegnung wissen würde.

Connaught Gardens hatte es jedenfalls zu Janes Zeiten noch nicht gegeben. Der Park war erst 1934 der Öffentlichkeit zugänglich gemacht worden und zuvor Teil eines Privatbesitzes gewesen. Die Fülle an exotischen Blumen zog eine Menge Besucher an, und auch der Ausblick aufs Meer war einmalig. Doch einen Pavillon wie auf der Zeichnung ihrer Oma fand sie hier nicht.

Von einem historischen Wachturm aus führte eine lange Treppe, die Jacob's Ladder, hinunter an den Strand. Doch Leonora entschied, den oberen Küstenweg weiterzulaufen.

Der Trubel der Promenade verebbte hinter ihr, je weiter sie die Klippen entlanglief. Sie atmete tief durch und sog die salzige Meeresluft in sich auf. Nach einer Weile erreichte sie einen Hain, an den sich einige Wohnhäuser anschlossen, und sie überlegte umzudrehen, um wieder Richtung Innenstadt weiterzusuchen.

Doch dann entdeckte sie eine Gartenmauer, an der ein schmaler Pfad entlangführte. Sie war zu hoch, um einen Blick auf die andere Seite zu werfen. Aber etwas daran zog ihre Aufmerksamkeit an. Sie lief weiter und stockte abrupt. Versteckt hinter einigen Zweigen überragte eine Kuppel die Backsteinwand. Kurz davor entdeckte sie einen Bogen aus Schmetterlingsflieder, der den Durchgang zum Garten überspannte.

Leonora legte die Hände auf das verwitterte Holz der Pforte und spähte um die Ecke. Und wirklich. Da stand er. Ein neoklassizistischer runder Pavillon. Roséfarbene Rosen wanden sich an den Säulen empor. Exakt wie in Ediths Zeichnung. Der Garten zog sich einen Hang hinauf, der von einer Hecke abgetrennt wurde, sodass sie nicht einsehen konnte, was sich dahinter befand. Aber alles wirkte ruhig und verlassen. Also öffnete sie die Pforte und betrat den Weg, der zum Pavillon führte. Mit klopfendem Herzen griff sie in die Handtasche, tastete nach ihrem Handy, lief ein paar Schritte rückwärts, um den perfekten Winkel für das Foto zu finden.

Ihr Finger schwebte noch über dem Display, als lautes Geschnatter erklang. Sie wandte den Kopf gerade rechtzeitig, um zu sehen, wie eine Gänseschar aus dem Durchgang in der Hecke schoss. Das wild gewordene Geflügel rannte keifend mit ausgestreckten Flügeln direkt auf sie zu. Vor Schreck taumelte Leonora ein paar Schritte rückwärts, stolperte über etwas und setzte sich unfreiwillig mitten in die feuchte Erde. Hastig riss sie die Hände hoch, während die Gänse erbarmungslos auf sie zuhielten und Bilder von Napoleons Verteidigungsmanövern ihr Gehirn fluteten. Hätte sie nicht etliche Male erlebt, wie Elises Hausganter das Angel'sche Gut besser verteidigte als jeder Wachhund, hätte sie nie solche Angst vor der schnatternden Horde gehabt, aber …

Leonora quiekte, als Federn sie streiften, das Zetern direkt neben ihrem Ohr erklang, während die Geflügelarmada sich an ihr vorbeidrängelte.

Nach einer Minute war es vorbei, und sie blickte der Schar verblüfft hinterher, die weiter in Richtung des Zierteichs watschelte. Nicht ein Schnabel hatte nach ihr gehackt. Napoleon hätte sich längst in die Fersen des Eindringlings verkeilt.

Ein Fluchen erklang, dann ein tiefes Räuspern. »Pardon, Miss?«

Leonora riss den Kopf herum. Der Mann, der vor ihr stand, trug ein »not amused« auf seiner gerunzelten Stirn geschrieben. Doppelt unterstrichen und in Großbuchstaben. Seine dunklen Augenbrauen kräuselten sich zu einer vorwurfsvollen Welle, so finster, dass sie beinahe das stechende Grünblau seiner Augen verdunkelten. Doch dafür war es zu eindringlich. Er hatte ein ziemlich markantes Gesicht. Seine Wangenknochen und die angedeuteten Koteletten verliehen ihm einen stattlichen Ausdruck, und eine braune Haarsträhne schob sich störrisch in seine Stirn. Ihr Blick blieb an seinen Lippen hängen, um die ein angespannter Zug lag. Was recht bedauerlich war, denn etwas an ihnen gefiel ihr ausgesprochen gut.

»Dürfte ich Sie darauf hinweisen, dass Sie auf der Clarissa Fairy sitzen?« Der Fremde löste einen Arm aus der steifen Verschränkung hinter seinem Rücken und deutete ausdrucksvoll auf den Erdhaufen zu Leonoras Füßen. Jetzt erkannte sie die Setzlinge, die in schnurgeraden Reihen um sie herum standen.

»Genauer gesagt haben Sie gerade die diesjährige Favoritenrose des Royal Gardeners Trust unter sich begraben. Und ich wäre Ihnen sehr verbunden, wenn Sie Ihren … wenn Sie sich erheben könnten.«

Der Groschen fiel. »Oh … oh!« Hastig rappelte Leonora sich hoch und ignorierte die Hand, die er ihr anbot. So reserviert, wie er sie musterte, konnte sie auf seine Hilfe verzichten. Die Erde hinterließ feuchte dunkle Flecken auf ihrem Kleid, und sie stöhnte entsetzt auf.

Ihr Gegenüber verschränkte währenddessen die Hände wieder hinter seinem Rücken, sodass die Tweed-Weste über seiner Brust spannte. Für einen miesepetrigen Rosenenthusiasten hatte er eine beachtlich trainierte Statur.

Als Leonora klar wurde, dass sie das Kleid nicht mehr retten konnte, ließ sie kapitulierend die Hände sinken. »Tut mir leid. Die habe ich nicht gesehen.«

Er hob skeptisch eine Augenbraue.

»Ich hatte zu viel damit zu tun, die wild gewordene Gänseschar abzuwehren«, fügte sie hinzu.

Er folgte ihrer Geste Richtung Teich, in dem das Federvieh munter badete. »Sie sind eine wahre Plage.« Er wandte sich wieder zu ihr. »Aber bisher haben sie noch jeden am Leben gelassen.« Ein amüsiertes Funkeln trat in seine Augen, und sein Mundwinkel zuckte, ehe er zu seiner ernsten Miene zurückfand. »Ich entschuldige mich selbstverständlich in aller Form, wenn Ihnen das

Geflügel Umstände bereitet haben sollte. Meine Schwester hat darauf bestanden, es anzuschaffen, und offensichtlich heute das Gatter nicht geschlossen. Wenn ich Sie also darum bitten dürfte, mir dabei zu helfen, die Ausreißer zurück in ihre Voliere zu bringen, wäre das wohl eine angemessene Wiedergutmachung. Für die Rosen.«

Seine Miene blieb unbewegt. Er meinte das tatsächlich ernst. Leonora schluckte. Immerhin wirkte die Schar aus der Distanz betrachtet recht friedlich. »Na schön, wenn Sie darauf bestehen.«

»Das tue ich.« Er streckte den Arm wieder aus und deutete eine steife Verbeugung an, als er ihr die Richtung wies, um sie vorgehen zu lassen. Himmel, man könnte meinen, er hätte einen Earl verschluckt. Sie gluckste amüsiert und folgte dem Trampelpfad zum Teich, der nun mit vielen weißen Federn dekoriert war.

Die Gänse plantschten ausgelassen, ein paar von ihnen hoben die Köpfe und funkelten sie skeptisch an, als sie Aufstellung am Rand des Teichs bezog.

»Breiten Sie die Arme aus und laufen Sie auf den Teich zu, als würden Sie es so meinen.«

Sie sah ihn entgeistert an. »Auf keinen Fall. Ich gehe bestimmt nicht baden, falls Sie darauf spekulieren.«

»Auch wenn das sehr bedauerlich ist, werden Sie das nicht müssen.« Er trat auf die andere Seite des Teichs und krempelte sich seelenruhig die Hemdärmel hoch.

»Bereit?« Er bedeutete ihr, ein paar Schritte zurückzutreten. Dann breitete er die Arme aus und nahm Anlauf.

Als sie mit lautstarken Rufen auf den Teich zurannten, ertönte zeternder Gänseprotest, doch er hatte recht: Die gefiederten Ausreißer setzten sich in Bewegung und stoben schnatternd aus dem Teich, ehe Leonoras Sneakerspitze das Wasser berührte.

»Kommen Sie, kommen Sie!« Er verfiel wieder in einen Laufschritt und umrundete zügig den Teich, um den Gänsen zu folgen. Dabei hielt er die Arme noch immer steif ausgebreitet und warf Leonora einen Blick zu, der keine Widerrede duldete. »Wir müssen sie hoch zum Haus bringen, ehe sie womöglich noch ins Gewächshaus abbiegen.«

Seufzend folgte sie ihm und trieb die Schar von der anderen Seite zusammen. Der Weg führte sie durch den Durchgang in der Hecke, hinter der sie einen kunstvoll angelegten Garten betraten. Dunkelrote Rosen rankten an Eisengittern empor, champagnerfarbene Blüten wanden sich um ein Spalier über einer Bank und spendeten Schatten, ein Springbrunnen plätscherte neben einer Rosenfigur mit fliederfarbenen Blüten. Auf einer Seite sah sie ein viktorianisches Gewächshaus. Und hinter allem erhob sich eine Sandsteinvilla im Tudor-Stil. Erkerfenster mit filigranen Einfassungen und ein Balkon, der den Garten überblickte und vermutlich sogar das Meer.

»Wenn ich bitten darf«, ertönte seine scharfe Stimme, und sie riss sich von dem zauberhaften Anblick los. Was für ein magisches Anwesen.

Während sie schnell zwei flüchtige Ganter aus einem Rosenbeet scheuchte und zur restlichen Schar aufschloss, fragte sie sich, ob ihre Oma Edith das Haus gekannt hatte. Hatte sie sich nur heimlich in den unteren Garten gestohlen? Oder verbarg das Haus Geheimnisse, die sie ihr nie preisgegeben hatte?

Die Voliere lag am rechten Rand des Gartens, neben einem Holzstall, auf dessen Giebel eine goldene Gans thronte. Als die letzte Ausreißerin hineingewatschelt war, schloss er das Gatter und schob den Riegel ausdrücklich vor.

»Gott sei Dank.« Sein Blick ruhte auf Leonora, und seine

ausdrucksvollen Augenbrauen zogen sich angespannt zusammen, als sein Blick knapp über ihrem Dekolleté haften blieb. »Kann ich Ihnen einen Tee anbieten, Leonora? Sie wirken … leicht derangiert.«

Als sie verstand, dass er auf die Jane-Austen-Plakette mit ihrem Namen starrte, schluckte sie die deftige Erwiderung hinunter, die sie ihm um die Ohren hauen wollte. Aber auf einen Tee mit Mr. Oberwichtig konnte sie dennoch verzichten. In Situationen wie dieser gebot es sich zu fragen: Was würde Jane tun? Mit Sicherheit hätte sie sich nicht von dem Grünblau seiner Augen ablenken lassen. Oder dem Grübchen, das gerade auf seiner linken Wange erschien, während er ihre Frisur in Augenschein nahm. Nein, Jane hätte ihn mindestens dreißig Kapitel durch gesellschaftlich schwierige Situationen stolpern lassen, ehe er ihr in seinem Haus einen Tee anbieten hätte dürfen.

Leonora straffte die Schultern und strich sich das Kleid glatt, auch wenn das die großen Flecken nicht beseitigen konnte, die nun auf dem hellen Stoff prangten. Vor allem um ihr Hinterteil und ihre Knie. Doch eine derangierte Garderobe hatte noch keine Jane-Austen-Heldin davon abgehalten, ihren Stolz zu wahren. »Nein danke«, erwiderte sie und reckte das Kinn noch einen Zentimeter. »Mir geht es ganz wunderbar.«

»Sind Sie sicher?« Er nickte vage Richtung ihres Dekolletés, während er die Hände wieder hinter dem Rücken verschränkte. »Ich nehme an, Sie gehören zu der Jane-Austen-Gesellschaft, die wir in einer halben Stunde erwarten. Wenn Sie möchten, können Sie schon im Teesalon Platz nehmen.«

Oh. Nein. Ihr Blick wanderte zurück zu der wunderschönen Villa. Konnte ihr das tatsächlich passiert sein? Hatte sie ihre Bruchlandung soeben vor dem Gastgeber ihres Wochenendes hingelegt? Ihr wurde leicht schwindelig, als die Schamesröte in ihre Wangen kroch. »Oh … das heißt, Sie sind …?«

»Charleston Melwood«, entgegnete er steif, ehe sie weitersprechen konnte, und streckte ihr förmlich die Hand entgegen. »Inhaber des Rosehill Inn.«

Noch immer etwas sprachlos nickte Leonora. »Ich … also … in einer halben Stunde sagten Sie?« Sie hatte vollends die Zeit vergessen, während sie auf der Suche nach dem geheimnisvollen Pavillon durch die Küstengegend gestreift war. Jetzt würde sie es auf keinen Fall mehr pünktlich zum Treffpunkt zurückschaffen.

Charleston Melwood nickte. »Ich werde Ivy bitten, schon einen Tee für Sie zu bringen. Es sei denn, Sie möchten lieber noch eine Runde durch den Garten spazieren? Aber passen Sie auf, gelegentlich haben wir hier auch noch einen wilden Stubentiger, der über das Grundstück streift.«

Leonora biss sich auf die Lippen. »Ich nehme dann den Tee, danke«, brachte sie hervor, bemüht, ebenso reserviert zu wirken.

»Also, bitte.« Wieder ließ er sie vorgehen, und sie marschierte mit gestrafften Schultern los, während sie sich an ihre Selbstachtung klammerte. Missgeschicke passierten. Und war sie nicht seit ihrer Hochzeitsflucht Meisterin der peinlichen Situationen?

Mit zwei schnellen Schritten holte er zu ihr auf und lief einen Moment schweigend neben ihr her, während sie die Schönheit des Anwesens bewunderte. Wie hatte sie das Haus nicht erkennen können? Gut, sie hatte bisher nur Aufnahmen der Vorderfront gesehen, aber dennoch … Und nun, da sie wusste, dass es sich um das Rosehill Inn handelte, sah sie die Gemäuer und den üppigen Rosengarten noch einmal mit anderen Augen. Das Jane Austen Centre hatte es nicht ohne Grund als Unterkunft für den Wochenendtrip nach Sidmouth ausgewählt: Vor 224 Jahren waren die Austens hier eingekehrt, als sie Sidmouth besuchten. Jane war den Pfad entlanggegangen, auf dem Leonora nun Charleston Melwood hinauf zum Haus folgte, und sie hatte in diesem Haus geschlafen, als sie ihre Inspiration für *Sanditon* sammelte …

Kapitel 7

Ein verhängnisvolles Porträt

»Wie Sie wissen, befindet sich das Haus seit nunmehr zweihundertfünfzig Jahren in Familienbesitz«, erklärte Charleston und öffnete die Glastür zum Wintergarten. Die Nachmittagssonne strömte durch die Fenster herein und beschien die Zitruspflanzen, die sich ihr auf dem Boden oder kleinen Pflanztischen zwischen einer Sitzgarnitur aus Rattan entgegenstreckten. »Die Orangerie«, fügte er hinzu, als er Leonoras bewundernden Blick sah, ehe er fortfuhr: »Es ist den Melwoods seit jeher ein Anliegen, Rosehill in seinem Originalcharme zu erhalten und seinen Gästen einen angenehmen Empfang zu bereiten.«

»Tatsächlich«, erwiderte Leonora spitz und fing sich den irritierten Blick des Hausherrn ein. Blieb wohl nur zu hoffen, dass die früheren Melwoods diesbezüglich mehr Geschick an den Tag gelegt hatten als ihr jüngster Vertreter. Hoffentlich hatte Jane keine Gänse herumbugsieren müssen …

Ehe Charleston etwas erwidern konnte, öffnete sich eine Tür im Flur, den sie soeben betraten, und eine ältere Dame mit Spitzenschürze lief ihnen entgegen.

»Ivy, wunderbar«, begrüßte Charleston sie und rang umständlich die Hände. »Bring bitte einen Tee in den Salon. Wir haben einen verfrühten Gast.«

»Wie schön, das mache ich gern. Herzlich willkommen im Rosehill Inn.« Sie nickte Leonora freundlich zu und ging dann wieder durch die Tür, die offenbar zur Küche führte.

»Der Teesalon befindet sich hier.« Er bedeutete ihr, durch eine offen stehende Tür zu treten, als seltsames Wildvogelgeschrei ertönte und er hastig in der Innentasche seiner Weste herumtastete, ehe er sein Handy hervorzog. Es klang wie ein sehr aufgebrachter Fasan. Wer hatte denn so was als Klingelton?

»Nehmen Sie Platz, ich muss da eben rangehen.« Und schon lief er mit wichtiger Miene und großen Schritten außer Sichtweite.

Leonora sah ihm kopfschüttelnd nach, dann legte sie die Hand an ihre Tasche, die sie noch immer über der Schulter trug, und trat in den Salon. Sanfte Klaviermusik und das monotone Ticken einer viktorianischen Standuhr begrüßten sie. In der Mitte des Raums befanden sich mehrere Sitzgarnituren, rote Samtvorhänge umrahmten die Fenster, die hinaus in den Garten blickten. An einer Seite entdeckte Leonora ein Clavinet. Sie strich vorsichtig über das polierte Holz, könnte es gar aus dem 19. Jahrhundert stammen?

An den Wänden zogen sich alte Gemälde entlang. Englische Landschaften, der Wald von Devon, die Küstenlandschaft um Sidmouth mit ihren roten Klippen und den grünen Hügeln. Und Familienporträts. Zwei feine Herrschaften in viktorianischer Kleidung, fünf wohlgekleidete Sprösslinge zu ihren Füßen. Ein halbes Jahrhundert später eine ähnlich inszenierte Darstellung der 1920er-Melwoods, die Damen in langen Kleidern, mit Federkopfschmuck, die Herren in strengen Tweedanzügen.

Als Leonora sich umdrehte, fiel ihr Blick auf den stuckverzierten Sandsteinkamin. Und das Gemälde, das darüber hing. Ein breites Grinsen trat auf ihr Gesicht. Hier nahm man den historischen Bezug, den das Haus zu Jane hatte, offensichtlich ernst. Denn auf dem Premiumplatz über dem Sims blickte ihr kein Geringerer als Mr. Darcy entgegen. Das dunkle, wellige Haar lag in verwegener Ordnung um sein Haupt und verlieh ihm einen Anschein von heroischem Intellekt. Die ausdrucksstarken Augenbrauen gaben seiner Miene den düster nachdenklichen Ausdruck, den Leonora schon in der Verfilmung mit Colin Firth so geliebt hatte. Seine Lippen umspielte ein ernster, leicht erhabener Zug. Doch was sie gefangen hielt, waren seine Augen. Dunkle Smaragde, die sie wissend ansahen. Und einen stillen Schmerz zu verbergen schienen. So anrührend, wie nur Matthew Macfadyen in der jüngsten Verfilmung von *Stolz und Vorurteil* Keira Knightley hatte ansehen können. Der Maler hatte Talent und offenbar ein hervorragendes kreatives Gespür bewiesen. Seine Darstellung von Mr. Darcy war perfekt, selbst das weiße Hemd mit dem hohen, gestärkten Kragen hatte er stilecht verewigt.

Ein Vibrieren aus ihrer Tasche ließ Leonora aufschrecken. Sie hatte so fasziniert auf Mr. Darcys Antlitz gestarrt, dass sie ganz vergessen hatte, Wynda Bescheid zu geben. Schnell tastete sie nach ihrem Handy und tippte, um Wyndas drängende Nachfrage – *Süße, die Kutsche fährt gleich ohne dich* – zu beantworten.

Bin schon im Rosehill Inn. Frag besser nicht … Leonora hob kurz den Kopf und warf noch einen Blick auf das Kunstwerk. *Du wirst nicht glauben, wer hier hängt … also ganz metaphorisch gesprochen*, fügte sie dann mit einem breiten Grinsen hinzu.

Wynda würde es lieben, dessen war sie sich sicher. Sie knipste noch ein Foto und schickte es an ihre Chatgruppe mit Freddy und Claire.

Vielleicht sollte sie wirklich mal nach dem Künstler fragen. Die Initialen am rechten Gemälderand waren so verschnörkelt ineinander verschlungen, dass es ihr nicht gelang, sie zu entziffern.

Dann postete sie das Bild in ihren Status. *Es gibt ihn!*, schrieb sie darunter und steckte das Handy lächelnd zurück in die Tasche. Wenn es doch nur so wäre …

Der Salon war erfüllt von klassischer Musik und dem angeregten Geplauder der Reisegruppe. Leonora hätte nicht sagen können, ob sie sich noch im realen Leben befand oder durch ein verborgenes Portal ins 19. Jahrhundert gestolpert war. Empire-Kleider rauschten an ihr vorbei, und Ivy hatte Etageren mit Sandwiches, Scones und Kuchen aufgetragen.

Glücklicherweise hatte Leonora sich kurz in ihrem Zimmer umziehen können, bevor der offizielle Empfang begann. Der Hausherr hatte ihr wortkarg die Schlüssel für das »Fliederzimmer« überreicht und ihren Koffer vor der Tür geparkt, ehe er mit einem knappen »Schönen Aufenthalt« auf dem Absatz kehrtmachte und die Treppe hinuntermarschiert war.

Jetzt stand er mit reservierter Miene neben dem Clavinet und tippte angespannt den Takt an seiner Teetasse mit. Gesellige Zusammenkünfte waren wohl nicht so seins. Er wirkte sogar noch mürrischer als bei ihrer unfreiwilligen Begegnung. Und immer wenn sein Blick zufällig ihren traf, zogen sich seine dunklen Augenbrauen ein Stück mehr zusammen. Ein bisschen stach Leonora dann das schlechte Gewissen, dass sie seine Hoffnung auf ewigen Ruhm im Royal Gardeners Trust dem Erdboden platt gesessen hatte. Aber das ließ sich nun einmal nicht rückgängig machen …

Victoria Melwood, seine Schwester und Besitzerin der aufmüpfigen Gänseschar, hatte sich ebenfalls zu ihnen gesellt, nachdem sie pünktlich zum Empfang ins Inn zurückgekehrt war und sich ihnen als Gästebetreuerin vorgestellt hatte. Mit dem kurzen, brünetten Bob, ihrer schlanken Statur und dem wachen Blick besaß sie verblüffende Ähnlichkeit mit der einstigen Mrs. Melwood, die in dem Gemälde von 1924 kerzengerade neben ihrem Gatten saß.

»Bereit?« Wynda zwinkerte. Die Eröffnung des Wochenendes und des Empfangs war Leonoras Bewährungsprobe. »Was wolltest du mir eigentlich so dringend zeigen?«, fragte Wynda dann, ehe sie antworten konnte.

Leonora grinste unschuldig. »Wie konnte dir das noch nicht auffallen? Dann musst du dich wohl noch einen Moment gedulden.«

Sie stand auf, lief zum Kamin und räusperte sich. Als sie den Teelöffel gegen ihre Tasse klirren ließ, verstummten die munteren Gespräche allmählich. Die Szene erinnerte sie an ihre Termine bei Gericht. Die erwartungsvollen Mienen, die auf sie gerichtet waren. Die angehaltene Stille, ehe sie sprach. Es waren die Momente, die ihr an ihrem Job am besten gefielen. Die Momente, in denen sich die harte Arbeit, die lange Vorbereitung der Prozessakten auszahlten. In denen sie raffiniert sein durfte. Rhetorisch glänzen konnte …

»Ehrenwerte Ladies und Gentlemen«, von Letzteren gab es zwar nur zwei – den mürrischen Hausherrn und Jack, den Partner einer besonders enthusiastischen Jane-Austen-Leserin, der als Mr. Bingley verkleidet war –, und beide sahen gleichermaßen gequält zu ihr herüber. »Im Namen des Jane Austen Centres begrüßen wir euch zum Willkommensempfang des diesjährigen Sommerausflugs: *Sidmouth, ein Küstenjuwel.* In den historischen Räumlichkeiten von Rosehill House werden wir ein Wochenende lang auf Jane Austens Spuren wandeln.«

Ein vorfreudiges Raunen ging durch die Runde, und Leonora blickte zufrieden in die strahlenden Gesichter. »1801 verbrachte Jane selbst hier ihren Aufenthalt. Man sagt, dass sie hier einem mysteriösen Mann begegnet sein soll, der einzig wahren Liebe ihres Lebens. Um diesen Gentleman spinnen sich viele Legenden: Einige meinen, er sei ein Kirchmann gewesen, andere behaupten gar, Janes Schwester Cassandra hätte ebenfalls Interesse an ihm gehabt und ihn ihrer Schwester geneidet. Fakt ist, dass alle Briefe, die Jane, eine äußerst eifrige Briefeschreiberin, in den betreffenden Jahren ihrer Bekanntschaft verfasste, verschwunden sind. Und es bleibt bis heute ein Rätsel, was mit ihnen geschehen ist. Ob jemand sie wissentlich vernichtet hat, um einen Teil der Vergangenheit im Dunklen zu bewahren.«

Die Blicke der Regency-Damen verfolgten Leonora gespannt, und sie räusperte sich, faltete dramatisch die Hände. »Dieses Haus verbirgt wohl so einige Geheimnisse«, fuhr sie in getragenem Ton fort. Dann wandte sie sich lächelnd um und deutete auf das Porträt, das hinter ihr über dem Kamin hing. »Und man ehrt hier Janes Andenken auf ganz besondere Weise. Wie wir sehen, ist Mr. Darcy schon eingetroffen!«, verkündete sie grinsend.

Im Raum herrschte Stille. Leonora wartete auf das verzückte Lächeln der Besucherinnen, doch alle starrten eher peinlich berührt zum Kamin. Bis auf Charleston Melwood, der sich mit äußerstem Interesse seinen Dielenboden besah. Jacks Freundin Berta bekam ganz rote Wangen, und Wynda gestikulierte wild mit den Augenbrauen. Was war hier los? Sie ließ die Hände sinken. Weshalb verstand denn niemand …?

»Vielen Dank«, erklang da die Stimme von Victoria Melwood, die ihre Teetasse hob und Leonora zunickte. »Ich bin sicher, mein Bruder fühlt sich geehrt. Ich finde ja, der Künstler hat sich in der Darstellung etwas dramatisch ausgedrückt. Aber nun, so ist es mit der Kunst, nicht wahr? Also, ein Hoch auf die Kunst – die Malerei und die Literatur!«

Es gab Momente, in denen hätte Leonora sämtliche Schimpfwörter gebraucht, die eine ehrbare Lady nicht in den Mund nahm. Dieser war so einer. Entgeistert starrte sie erst auf Charleston Melwood, dann auf das Porträt, während die Gäste um sie herum in den Toast einstimmten und sich das Geplauder wieder erhob.

Das konnte doch nicht … nun ja, jetzt, da sie es sich unter dem Gesichtspunkt besah, hatte das Porträt möglicherweise eine gewisse Ähnlichkeit mit Charleston Melwood. Auch wenn Victoria maßlos untertrieben hatte … Künstlerische Freiheit? Wie hatte ihr das nicht auffallen können! Sie schluckte und spürte, dass sich ihre Wangenfarbe den rubinroten Samtvorhängen anpasste. Die Hitze des Kaminfeuers half da auch nicht gerade. Verlegen trat sie zur Seite, in der Hoffnung, sich hinter einer Gruppe zu verstecken. Doch ehe sie in Deckung gehen konnte, traf sie Charlestons Blick für den Bruchteil einer Sekunde, und ein Hauch Amüsement erschien auf seiner hochmütigen Miene.

»Rettungskommando zur Stelle«, raunte Wynda, als sie ihren Arm vehement unterhakte und Leonora Richtung Fenster dirigierte. »Alles okay?«

Sie stöhnte innerlich und verzog das Gesicht. Zwei öffentliche Fauxpas an einem Tag waren zu viel für ihr Selbstbewusstsein, das allmählich zu kapitulieren drohte.

Doch Wynda grinste nur. »Passiert den Besten.«

***

»Moment, das war es, was du mir so unbedingt zeigen wolltest, oder? Der Melwood-Darcy?« Wynda kicherte, ehe sie die Zähne in einer Cornish Pasty versenkte. Die Krümel verteilten sich auf dem Fliedermuster der Tagesdecke. Sie hatte es sich im Schneidersitz zwischen den Kissen bequem gemacht und bediente sich an den Resten, die sie vom Abendbüffet gerettet hatte.

»Vielleicht.« Leonora seufzte genervt, verschränkte die Arme vor der Brust und drehte sich wieder zum Fenster. Immerhin entschädigte der Blick in den mondbeschienenen Rosengarten für die Peinlichkeit des Nachmittags. Von ihrem Dachzimmer aus konnte sie bis zum Meer hinunterblicken. Durch das dünne Glas hörte sie den Hain rauschen, durch den sie an der Küste zum Garten emporgeklettert war, und die Brandung, die gegen die rote Steilklippen schlug.

»Jetzt sei mal nicht eingeschnappt«, kam es mit vollem Mund aus der Richtung ihres Betts. »Komm her und bedien dich, eh nichts mehr da ist.«

Sie drehte sich um und sah Wynda ausdrücklich neben sich auf die Decke klopfen.

»Na schön.«

Ihr Dachzimmer war nicht besonders groß, und sie brauchte gerade mal drei Schritte, um sich neben ihr auf die Fliedersteppdecke fallen zu lassen. Sie lehnte sich an die Kissen und zog die Fersen unter den Rock des langen Kleids, das sie noch trug. Ebenso wie Wynda. Im Gegensatz zu den viktorianischen Korsetts waren die weiten Empire-Schnitte der Regency-Mode unheimlich bequem.

»Irgendwo hast du ja recht«, brabbelte Wynda weiter. »Ich mein, schlecht sieht er ja nicht aus, der Melwood-Darcy. Aber es sind natürlich große Fußstapfen, in die er da tritt.« Sie kicherte, und Leonora stöhnte gequält auf.

Mr. Darcy war ein Phänomen, eine Ikone, ein Mann, der Intelligenz und Attraktivität vereinte, der hinter seiner kühlen Schale ein anrührendes Mitgefühl und Loyalität für seine Freunde verbarg. Ein Mann, von dem man nur träumen konnte …

»Vielleicht hat es ja was zu sagen, dass du in ihm *den* Traummann schlechthin gesehen hast?«, setzte Wynda hinzu.

»Mmoment moal«, haspelte Leonora, so hastig, dass sie sich beinahe an dem Stück Chocolate-Chip-Muffin verschluckte, den sie gerade probiert hatte. »Hast du seinen Todesblick gesehen? Der ist so weit von Mr. Darcy und meinem ›Traummann‹ entfernt, wie es nur geht. Wobei das nicht weiter relevant wäre. Das Kapitel habe ich erst mal abgeschlossen.« Sie kaute bestimmt. »Außerdem sieht das Bild überhaupt nicht aus wie er.« Naja, ein bisschen vielleicht.

»So so«, kam es skeptisch von Wynda. »Was ist da eigentlich los? Liebestechnisch?« Ihr Zeigefinger beschrieb einen weiten Bogen, als sie ihn verschwörerisch schwenkte. »Du hast da diese Aura …«

»Welche Aura?«

»Die Sprich-mich-nicht-an-oder-ich-brech-dir-das-Herz-Aura«, erwiderte Wynda trocken.

»Ich wusste nicht, dass das eine Sache ist«, sagte Leonora und senkte den Blick auf ihren Muffin.

»Ist es. Wer war dein letztes Opfer?«

Entgeistert hob sie den Kopf. »Ich … also …«

Die pink gefärbten Augenbrauen hoben sich erwartungsvoll.

»Na schön, mein Verlobter«, stieß sie hervor und sank ein Stück in sich zusammen. »Vor dem Altar in der Gutskapelle seiner Familie. Bei unserer Hochzeit.«

»Uff.« Wynda zog pfeifend die Luft ein.

»Da gibt es wohl nichts zu beschönigen … Ich hätte viel früher merken müssen, dass er nicht der Richtige für mich ist. Und das Leben mit ihm mich nicht glücklich macht.«

Wynda zuckte mit den Schultern. »Manchmal braucht es eben etwas länger, bis man's kapiert hat. Irren ist menschlich.« Sie biss genüsslich wieder in die Pasty, dann fragte sie mit vollem Mund: »Und davor?«

Leonora musterte sie verwundert. »Wie davor?«

»Na …« Wynda kaute hastig, schluckte. »Wie war es vor deinem Verlobten?«

Leonora sah zum Fenster hinaus, vor dem die Wolken im Mondschein über den Himmel trieben. Vor Max hatte es ein paar flüchtige Beziehungen gegeben. Nichts, was von Dauer gewesen wäre. »Ein paar kurze Bekanntschaften.«

»Hast du die Sache immer beendet?«

Verwundert wandte Leonora den Kopf. Darüber hatte sie nie nachgedacht. »Vielleicht. Ja, eigentlich schon.«

»Ha! Ich hab's gewusst. Du bist eine Emma!«

»Bitte?«

»Eine Emma Woodhouse. Charmant, selbstbewusst, eine Herzensbrecherin. Vermittelt die Junggesellen, die eigentlich ihr verfallen sind, lieber an ihre Freundinnen.« Wynda grinste breit. »Ist mein Steckenpferd. Ich habe meine Doktorarbeit darüber geschrieben, dass Jane in ihren Romanen psychologische Beziehungs- und Verhaltensmuster beschrieben hat, die noch heute Relevanz haben.«

Leonora lachte auf. »Also ehrlich gesagt habe ich mich heute eher wie eine ungewohnt tollpatschige Elizabeth gefühlt.« Sie warf einen Blick zu ihrem hellblauen Sommerkleid, auf dem die riesigen Erdflecken prangten. Sämtliche Versuche, sie herauszuwaschen, waren gescheitert.

»Nur, weil du direkt in Mr. Darcys Arme gestolpert bist«, kam es glucksend von Wynda zurück.

»Hey!« Das erste Kissen flog, doch Wynda schaffte es, sich geschickt wegzuducken. »Und überhaupt: Wer bist du denn dann?«

Ein helles Räuspern erklang, und Wynda straffte die Schultern. »Eine Catherine Morland. Als Teenager war ich relativ unscheinbar. Wie Catherine am Anfang von *Northanger Abbey*. Vielleicht sogar genauso naiv. Aber inzwischen bin ich am Ende meiner Figurenentwicklung angekommen.« Sie grinste und strich sich durch ihr rosafarbenes Haar. »Und ich wäre einhundertprozentig auch dem Schauerroman und den unheimlichen Geschichten um die Abbey verfallen! Ich liebe Gruselgeschichten.«

Leonora lachte. Ja, das passte. »Gibt's denn auch einen Henry Tilney in deinem Leben?« Schließlich brauchte eine Catherine Morland doch ihren charmanten, höchst moralischen Romanhelden, der sie mit seiner neckenden Art herausforderte, obwohl sein Herz ihr sicher war. Oder?

Wynda zuckte lässig die Schultern. »Ich komme gut ohne aus.

Und er bräuchte für meinen Geschmack auch etwas mehr … Biss.«

Ha, welch hervorragender Zufall. Das würde Freddy sicher erfreuen. Leonora grinste, bis es ihr selbst auffiel. Oh verflixt, vielleicht war sie wirklich eine Matchmakerin wie Emma Woodhouse?!

Ehe sie länger darüber nachgrübeln konnte, rappelte sich Wynda hoch und strich ihr Kleid glatt. »So, Zeit fürs Bett. Morgen müssen wir fit fürs Strand-Cricket sein. Und für die Badekarrentour natürlich. Um neun geht's los. Vergiss dein Badekostüm nicht. Ohne wär's ein Skandal! Und Mr. Darcy würde sich wohl diesmal nicht so schnell erholen.« Sie lachte und flüchtete sich hinaus, als das nächste Kissen in ihre Richtung flog und an der Tür abprallte.

Kapitel 8

Stolz und Sturmhöhe

Mit steifen Fingern klammerte sich Leonora an die Stufen des Badekarrens und sah auf die eiskalte See, die um ihre Knöchel schwappte. Statt eines Badekostüms trug sie ihren Ibiza-Bikini, den sie beim letzten Urlaub mit Lydia auf einem der Hippie-Märkte erworben hatte. Wenig Stoff, viel Bräunungspotenzial. Was im nördlichen Terrain des Ärmelkanals eher ungeeignet erschien. Die Julisonne hatte sich hinter grauen Wolken versteckt, und ein frischer Wind trieb ihr die Wellen entgegen.

Die anderen hatten sich bereits in die eisige See gewagt. Berta und Jack hatten sich tatsächlich originalgetreue Badekleider besorgt, wie man sie im 19. Jahrhundert getragen hätte. Am Strand führte Martin, ein Landwirt aus der Gegend, sein rabenschwarzes Kaltblut auf und ab, das die schweren Holzwagen hinunter in die Fluten gezogen hatte. Drei historische Nachbauten standen nun in dem seichten Wasser der schwindenden Ebbe, kleine Hütten auf riesigen Rädern, in denen man sich einst geschützt vor fremden Blicken umkleiden konnte. Deshalb besaßen sie auch zwei Türen – eine, durch die man in Straßenkleidern hineinmarschierte, und die andere, die zur See hinaus positioniert wurde und von der eine kurze Treppe mitten ins Badevergnügen führte. Selbstredend streng nach Geschlechtern getrennt. Heute machten sie da allerdings eine Ausnahme.

»Was ist los? Zierst du dich etwa?« Wynda hüpfte vor Leonora im Wasser und spritzte ihr eine Fuhre Meeresgischt entgegen. »Mr. Darcy ist doch gar nicht anwesend, also keine falsche Scheu!«

Sie schnaubte empört. Nein, das war er glücklicherweise nicht. Auch beim morgendlichen Strand-Cricket hatte er sich zu ihrer Beruhigung ferngehalten. Nach dem gestrigen Abend war ihr jede Gelegenheit recht, sich vor einer erneuten Begegnung mit Charleston Melwood zu drücken. Und ihm schien es da ähnlich zu gehen. Aber dass Wynda ihre zarte Lady-Stimme vergaß und hier so herumkrakeelte, machte es nicht besser. Berta und Olivia hatten sich bereits interessiert zu ihnen umgedreht.

»Ich ziere mich nicht, ich halte inne und genieße die Landschaft«, erwiderte sie bibbernd.

»Die Aussicht ist von hier noch viel schöner! Komm schon.« Wynda winkte ungeduldig, während sich die anderen bereits in einem Halbkreis sammelten.

Seufzend stieg Leonora eine Stufe hinab. Die orangerote Farbe der Brandung verschluckte ihre Knie. Ein wenig gewöhnungsbedürftig, der Anblick. Aber es war die rote Erde der Klippen, die die Strömung am Meeresgrund aufwirbelte. Um mit dem Pferd und den Wagen hinunter zum Strand zu fahren, hatten sie eine abgelegene Bucht am Rand der Stadt nahe Peak Hill gewählt, an dem sich die roten Sandsteinklippen besonders dicht am Wasser erhoben. Von hier aus erstreckten sie sich weiter Richtung Westen, bis sie die Bucht von Torbay erreichten. Und der Anblick erinnerte sie ein wenig an *Crimson Peak.*

Die rote Flut umschloss Leonora mit eisigen Klauen, als sie sich hineingleiten ließ. Für einen Moment nahm die Kälte ihr den Atem, doch dann lockerte sie den Griff um ihre Lunge und ein erfrischendes Gefühl flutete ihre Adern. Wynda hatte recht. Wenn man sich erst mal daran gewöhnt hatte, war es herrlich! Sie paddelte ein Stück gen offene See, zu der Stelle, an der die anderen sich versammelt hatten und an der die rote Brandung im Blau des Meeres verschwand.

Während Wynda ihnen erklärte, dass die Badekarren zu Jane Austens Zeiten ein Privileg der Oberschicht waren, ließ Leonora den Blick zurück zum Strand schweifen. Wie umständlich man etwas so Natürliches stilisiert hatte. Dabei hatten die Menschen in den Kurorten an der See Befreiung gesucht.

»Glücklicherweise können wir alle schwimmen«, fuhr Wynda fort und deutete in die Runde, »aber im 19. Jahrhundert war das durchaus unüblich. Deshalb kam den Bediensteten, die jede Badekarre begleiteten, eine besondere Aufgabe zu. Man nannte sie auch die ›Dippers‹ und ›Dunkers‹, denn sie tauchten die Gäste, die nicht schwimmen konnten, unter Wasser und halfen ihnen anschließend wieder an die Oberfläche. Begleitetes Untertauchen sozusagen.«

»Denk nicht mal dran«, raunte Berta, laut genug, dass sie es alle hörten, und fixierte Jack misstrauisch. Sein wenig unschuldiges Grinsen verriet, dass sie bereits kurz davor gewesen war, eine Kostprobe der georgianischen Badepraxis zu genießen.

»Tja, da durfte man wirklich nicht um seine Frisur besorgt sein«, erwiderte Wynda und strich sich über ihren kunstvoll aufgetürmten Zuckerwatte-Dutt. »Und anschließend konnte man die Annehmlichkeit des Badekarrens nutzen, um sich wieder zurechtzumachen.«

Die Strömung, die sie umfloss, wurde zunehmend stärker. Leonora spürte, wie sie an einigen Stellen an ihr zog, als sie durch die Bucht schwamm. Die anderen dümpelten im seichteren Wasser oder hatten sich auf den Stufen der Badekarren niedergelassen und plauderten. Kurz erfasste sie die Erinnerung an Oma Ediths Geschichte von der jungen Frau in der Bucht von Sidmouth. An den Fischer, der sie gerettet hatte. Das Meer konnte hier tückisch sein. Sie schwamm ein Stück weiter Richtung Strand. Doch etwas an dieser Bedrohlichkeit faszinierte sie. Vom Wasser aus wirkten die scharfkantigen hohen Felsen noch mächtiger, in der Spätnachmittagssonne schimmerten sie beinahe blutrot vor dem schmalen Strand. In wenigen Stunden würde die Brandung wieder krachend gegen die Klippen schlagen, wenn die Flut vollständig zurückgekehrt war.

Zurück im Badekarren stieg ihr Puls allmählich und die Erholung des Meerbads verflüchtigte sich. Wynda saß ihr seelenruhig gegenüber und drehte ihre rosafarbenen Strähnen zu akkuraten Schnecken. »Was ist los?«, fragte sie und legte den Kopf schief, während Leonora ihr Handy hervorzog, um sich die Online-Karte zum hundertsten Mal genauer anzusehen.

»Ich breche gleich zur nächsten Entdeckungsreise auf.« Sie ließ das Handy zurück in die Tasche gleiten. »Ich hab dir doch gestern erzählt, wie ich etwas unfreiwillig ins Rosehill Inn gestolpert bin? Jedenfalls hat Oma Edith in ihrem Notizbuch zu *Sanditon* noch eine dritte Zeichnung hinterlassen.« Sie zog es aus der Tasche hervor und drehte es zu Wynda. »Die Hügel, davor die roten Klippen, und der schnurgerade Weg und dieser schiefe Baum. Meinst du, das könnte die andere Seite der Bucht sein?«

»Gut möglich. Sieht fast aus wie in unseren Yorkshire Moors. Bisschen gruselig. Was genau hoffst du in dieser Einöde zu finden?«

»Irgendeinen Hinweis. Oma Edith muss dort gewesen sein, der Platz muss eine Bedeutung für sie gehabt haben. Weißt du, es gibt da diese Geschichte, die sie mir jede Nacht zum Einschlafen erzählt hat. Von einer jungen Frau, die nach Sidmouth gereist ist, um sich auf Janes Spuren zu begeben, und dabei einen Fischer traf. Ich habe mich gefragt, ob es vielleicht ihre Geschichte ist.«

Wynda nickte. »Von ihr und deinem Großvater?«

Sie lächelte verschwörerisch. »Ich denke nicht. Er war Investment Banker und hatte nie viel für die See übrig. Er hat sie leider früh verlassen, um mit einer anderen Frau ein neues Leben zu beginnen. Deshalb habe ich ihn nie kennengelernt.«

»Oha.« Wynda grinste zurück. »Eine alte geheime Liebe am Strand von Sidmouth. Verstehe.«

»Vielleicht?« Sie klappte das Buch wieder zu und schlüpfte in ihren Wollcardigan.

»Ich sollte heute definitiv noch etwas länger an der Esplanade auf und ab flanieren. Offenbar hat Sidmouth etwas Magisches an sich, wenn Jane und deine Granny hier mysteriösen Gentlemen begegnet sind, die sie ihr Leben lang nicht vergessen konnten.«

Leonora gluckste. »Am Kanal von Bath solltest du es auch mal versuchen.«

Wynda sah sie verwundert an, aber ehe sie etwas erwidern konnte, setzte sich ihr Wagen ruckartig in Bewegung, und sie hörten, wie Martin sein gutmütiges Pferd antrieb.

»Vergesst nicht, heute Abend treffen wir uns alle um sieben

Uhr zum Abendessen im Rosehill Inn!«, rief Wynda, als sie sich am Strand verabschiedeten und ihre Gruppe sich aufteilte.

Fast drei Stunden blieben bis dahin.

Die Esplanade war wie am Vortag gut besucht, und Leonora schlängelte sich mit eiligen Schritten an den Wochenendtouristen vorbei. Sie überquerte die Straße, um einen Blick in die Schaufenster der Seefrontgeschäfte zu werfen. An einer Galerie blieb sie stehen. Die ausgestellten Ölgemälde zeigten Szenerien der Stadt und ihrer Umgebung. Sie erkannte den Strand wieder, vor dem eine Familie mit karierten Regenschirmen marschierte. Und auch die Klippenlandschaft. Gerade als sie überlegte hineinzugehen, meldete ihr Handy eine neue Nachricht.

Sie stöhnte auf.

Wer soll das denn sein?, blinkte ihr im Gruppenchat entgegen. Freddy hatte erst jetzt das vermeintliche Mr.-Darcy-Porträt gesehen.

Da hatte sie die Sache endlich für ein paar Minuten vergessen und dann …

Gestern Abend hatte sie hastig den Status wieder gelöscht, nachdem die ersten Reaktionen eintrudelten und sie permanent an den peinlichen Moment erinnerten. Claire hatte sie sogar nach dem Maler gefragt, um sich eins fürs Café zu bestellen.

Schnell ließ Leonora das Handy wieder in ihrer Tasche verschwinden. Sie hatte eine Mission, und die Zeit, bis sie zum Inn zurückkehren musste, verstrich schneller als gedacht. Keine Zeit also, um sich ablenken zu lassen. Sie straffte die Schultern und lief weiter.

Am Ende der Esplanade führte sie eine Brücke über den River Sid, der hier ins Meer mündete. Sie folgte dem Pfad durch einen kleinen Wald und ein Wohngebiet hinauf auf die Klippen, die Sidmouth im Osten einrahmten. Der Ausblick war himmlisch.

Hinter ihr erstreckte sich das Panorama des Küstenorts und vor ihr der schier endlose Küstenweg entlang blühender Sommerwiesen am oberen Rand der Steilklippen vor der Weite des Meers. Niemand außer ihr war hier draußen, nur ein paar Möwen flogen gelegentlich über sie hinweg Richtung Brandung, und von den roten Felsen klang der Ruf der Lummen hinauf. Graue Wolken hatten sich vor die Sonne geschoben, doch das konnte ihre Laune nicht trüben. Der Ort war herrlich.

Ehe der Pfad am Horizont in einem Wald verschwand, entdeckte Leonora ihn. Der windschiefe Baum stand direkt am Abgrund der Klippen, so weit vom Wald entfernt, dass er einsam wirkte. Sein Stamm neigte sich tief dem Boden entgegen, nur wenige Blätter und ein paar rote Beeren schmückten die dürren Äste. Als sie näher herantrat, spürte sie den Sog des Winds, der an den Klippen hinabstürzte. Dann entdeckte sie die alte Inschrift in der Rinde. *Edith*.

Gänsehaut lief ihr über die Arme. Es war wahr. Dieser Ort war keine vage Skizze, keine zufällige Zeichnung. Ihre Oma war hier gewesen und etwas verband sie mit diesem Baum.

Eine scharfe Böe rüttelte an den Beeren der Eberesche und ließ einige zu Boden fallen. Fröstelnd zog Leonora den Cardigan enger um sich. Sie musste an Wyndas Worte denken. Der Ort hatte tatsächlich etwas Unheimliches an sich, und die Wolken über ihr schienen sich bedrohlich zu verdunkeln. Suchend sah sie sich um. Fuhr tastend den Stamm der schiefen Eberesche ab.

Kniete sich ins Gras und schob die Finger über die Erde. Doch nirgends konnte sie etwas entdecken. Keine zweite Inschrift. Keine geheime Höhle. Kein Versteck.

Sie lief bis zum Wald hinunter. Doch abgesehen von einer Bank und einigen beeindruckenden alten Bäumen fand sie auch hier keinen Hinweis. Landeinwärts erstreckte sich die Lichtung ein langes Stück weit, bis eine einsame Häuserreihe in Sicht kam. Gerade als sie den Garten des ersten Hauses erreichte, erklang ein tiefes Grollen. Verflixt. Der Himmel glich einer schwarzen Wand und die ersten Tropfen fielen, dick und träge. Natürlich stand ihr Regenschirm im Rosehill Inn. Am Morgen hatte der Himmel noch trügerisch blau ausgesehen und einen freundlichen Sommertag angekündigt.

Als der Schauer erbarmungslos auf sie niederprasselte, rannte Leonora los. Erst wollte sie sich unter einer breiten Eiche unterstellen, doch dann sah sie das rettende Schild. *The Wild Rabbit.* Ein Pub inmitten der Einöde!

Sie umklammerte die Ledertasche fest vor der Brust, um das Notizbuch vor der Sintflut zu schützen, und sprintete den Feldweg hinunter, den das Schild auswies. Am Ende eines Hains tauchte ein windschiefes Reetdachhaus auf. Über der Eingangstür schwang das Pub-Schild klappernd hin und her, hinter den kleinen Fenstern erkannte sie einige verschwommene Gesichter. Gott sei Dank, The Wild Rabbit hatte geöffnet. Sie riss die schwere Tür auf und flüchtete sich hinein.

Hinter der Schwingtür drangen Stimmen und Gläserklirren aus dem Gastraum. Doch Leonora stand wie angewurzelt in dem schmalen Eingangsflur und konnte nur auf das Bild starren, das über dem Beistelltisch mit den regionalen Flyern an der Wand hing. Eine Frau in einem grünen Sommerkleid, die mit ausgebreiteten Armen über den Strand lief. Ein junger Mann in blauem Hemd, der schmunzelnd an einem Fischerkahn lehnte und ihr zusah. Hinter ihnen die roten Klippen von Sidmouth.

Konnte das sein? Sie trat einen Schritt näher und hätte beinahe gedankenlos mit ihren nassen Fingern auf das Gemälde getippt. Die Farben waren so kraftvoll, dass sie es unbedingt berühren wollte. Der Stil erinnerte sie an die Ölgemälde in der Galerie an der Esplanade. Und das Motiv! War es Zufall? Ein anderer junger Fischer und eine andere junge Frau in einem grünen Sommerkleid oder …

Die Tür hinter ihr schwang auf, und ein älterer Herr in Wachsjacke und Gummistiefeln drängte sich mit seinem Jagdterrier herein. »Verdammtes Wetter«, brummelte er, tippte sich grüßend an die Mütze und schob sich an ihr vorbei Richtung Gastraum.

Doch sie bekam es nur am Rande mit. Sie musste das Gemälde fotografieren. Vielleicht konnte der Wirt ihr mehr dazu erzählen? Oder jemand in der Galerie?

Ein aufgeregtes Kribbeln breitete sich bis in ihre Fingerspitzen aus, als sie es zur Sicherheit gleich mehrmals knipste. Dann strich sie sich die nassen Strähnen zurecht, doch alles an ihr triefte, vom Cardigan bis zu ihren Sneakern. Definitiv Zeit für ein warmes Getränk. Oder zwei.

Als sie die Schwingtür aufschob, trafen sie zwei Erkenntnisse so beißend wie die drückend warme Luft des Feuers, das im Kamin neben dem Tresen brannte.

Erstens: Ein einsamer Pub inmitten der englischen Landschaft war selbst bei frühabendlichem Unwetter bis zum Platzen gefüllt.

Und zweitens: Ein Spaziergang im Sturmregen schien gar keine so schlechte Wahl zu sein. Denn am anderen Ende des Gastraums saß Mr. Darcy.

Nein, Charleston Melwood.

Und er starrte sie direkt an.

Kapitel 9

The Wild Rabbit

Vor Schreck wäre Leonora beinahe rückwärts wieder hinausgestolpert. Was machte er hier? Das Rosehill Inn lag am anderen Ende der Stadt.

Nun gut, hier stand sie also wie ein begossener Pudel im vollbesetzten Gastraum, und ihre Optionen waren der freie Platz am Tisch eines Ale nippenden Opas oder …

Der Opa hatte keine Chance, denn Charleston Melwood stand bereits auf und deutete förmlich auf den freien Platz an seinem Tisch.

Kurz erwog sie, wie unhöflich es wäre, jetzt einfach rauszurennen. Doch dann erinnerte sie sich lieber an Wyndas Worte. *Du bist eine Emma Woodhouse.* Also straffte sie die Schultern und beschloss, eine Emma Woodhouse zu sein. Unnahbar, begehrenswert, selbstsicher. Das war ihr Mantra.

»Ein schlechter Nachmittag für einen Spaziergang.« Er räusperte sich und wartete wie eine altenglische Standuhr, bis sie sich hingesetzt hatte, ehe er wieder auf seinen Stuhl zurücksank und die Hände verschränkte.

»Was Sie nicht sagen.« Der nasse Cardigan fühlte sich unangenehm kalt und schwer an. Sie zog ihn aus und hängte ihn zu ihrer Tasche über die Stuhllehne, sodass er trocknen konnte. Der einzige Vorteil, den ihr Platz hatte, war die Nähe zum Kamin.

»Sie sollten etwas Warmes trinken.« Ohne ihre Reaktion abzuwarten, wandte Charleston Melwood sich Richtung Tresen und rief den Wirt mit einem Fingerzeig zu ihnen. Dann strich er sich durch das dunkle Haar und legte die Hand an das leere Ale-Glas, das vor ihm stand.

»Was kann ich euch bringen?« Der Wirt schnappte sich das Glas und schob es auf das gut gefüllte Tablett, das er vor seinem Bauch balancierte.

»Für mich ein zweites Ale, und für die Dame einen Hot Ale Flip.« Seine mürrische Augenbraue hob sich, als er immerhin die Güte bewies, mimisch ihr Einverständnis zu erfragen.

»Ähm, was ist das überhaupt?«

»Ne gute Sache, my dear, ein heißes Ale, bisschen Ingwer, Ei und Rum. Macht warm und hat ordentlich Wumms«, erwiderte der Wirt, und sein pausbäckiges Gesicht strahlte.

Gut. Wumms konnte sie gebrauchen. »Dann nehme ich den.«

Sie betete inständig, dass er nicht allzu lang an dem Flip herumbrauen würde. Denn sobald der Wirt sich von ihrem Tisch abgewandt hatte, senkte sich wieder die komische angespannte Atmosphäre zwischen sie und Mr. Darcy-Melwood. Himmel, sie musste dringend aufhören, ihn so zu nennen. Nicht dass sie ihr Gehirn noch unterbewusst auf irgendetwas programmierte, was ihr mehr als fern lag.

Seine Augenbrauen hatten wieder ihre grimmige Ausgangsposition erreicht, und er musterte sie so reserviert, als säße sie noch auf seinen Premium-Rosen. Immerhin trug er statt Tweed eine dunkelblaue Steppweste über seinem hellen Hemd, was ihn etwas nahbarer wirken ließ. Aber nur etwas, denn das machte seine förmlich distanzierte Ausstrahlung allemal wieder wett.

Leonora schoss einen hilfesuchenden Blick Richtung Bar, doch der Wirt war noch eifrig bei der Zubereitung ihrer Bestellung.

»Kann ich Ihnen meinen Pullover anbieten?«

Das kam unerwartet.

Ehe sie eine Antwort herausbrachte, zog er schon einen verdächtig nach Alpaka-Feinstrick aussehenden Pullover von seiner Stuhllehne und reichte ihn ihr. »Wenn Sie sich verkühlen und morgen nicht zum großen Regency-Picknick erscheinen können, wird es mir die Jane-Austen-Gesellschaft sicher nachtragen.«

Die Wolle war kaschmirweich. Aber sie konnte doch nicht …

»Na gut.« Vielleicht konnte sie doch. Ihr war wirklich kalt. Das Spitzentop, das sie trug, hatte sie ausgesucht, als der blaue Himmel einen Sommertag vorgegaukelt hatte. »Danke«, fügte sie hinzu.

Sie steckte die Arme in die Ärmel und schlüpfte hinein, während Charleston den Blick auf seine Fingerspitzen lenkte. Irgendwie hatte die Sache etwas peinlich Intimes. Die feine Wolle wärmte sie angenehm. Doch sie umhüllte sie auch mit einer Note Eau de Cologne. Kurz musste Leonora an den verregneten Abend denken, an dem der mächtig angeheiterte Freddy ihr seinen Pullover geliehen hatte. Doch im Vergleich zu Charleston Melwood hatte der bei ihrem Anblick wesentlich begeisterter gewirkt.

»Einmal das Ale, und den Hot Ale Flip für die Lady. Wohl bekomm's!«

Dankbar griff sie das stämmige Pintglas und schloss die Finger um den wärmenden Drink.

Charleston nickte ihr förmlich zu, ehe er sein Ale an die Lippen setzte und einen großen Zug nahm. »Wie haben Sie den Pub überhaupt gefunden?«, fragte er dann und stützte einen Arm auf den Tisch. »Hatten Sie nicht heute diesen Badekarren-Ausflug? Dr. Caleb sagte, Sie würden einen historischen Strandtag bei Peak Hill veranstalten.«

»Ja, das haben wir in der Tat. Mit Strandkarren und einem Zugpferd. Keine Kompromisse.«

Ein amüsierter Zug legte sich um seine Lippen. »Ich hoffe, Sie haben noch einen Ersatz gefunden. Dr. Caleb hat mich eingeladen, Ihre Runde zu begleiten, aber ich war verhindert.«

Natürlich hatte Wynda das.

»Also«, fuhr er fort, »wie haben Sie sich hier hinausverirrt, ins Wild Rabbit?«

»Ich war spazieren.« Keine Notwendigkeit, dass er mehr über Oma Ediths Sidmouth-Geschichte erfuhr.

»Tatsächlich, so weit?« Er runzelte die Stirn.

Sie hielt ungerührt seinen Blick. »Und wie hat es Sie hierher verschlagen?«

»Ebenfalls ein Spaziergang.«

»So weit?«, fragte sie provokativ zurück.

»Ich bin immer am 19. Juli hier.«

»Gibt es dann Freibier?«

»Da muss ich Sie enttäuschen. Ist eine Familienangelegenheit.« Seine Miene verfinsterte sich noch etwas mehr, ehe er sich räusperte und ein wenig versöhnlicher dreinsah. »Und wie sind Sie zum Jane-Austen-Club gekommen?«

»Mit ›Jane-Austen-Club‹ meinen Sie sicher das Jane Austen

Centre in Bath.« Sie hob tadelnd die Augenbrauen und trank noch einen weiteren Schluck. »Ich habe dort einen Sommerjob angenommen.«

»Wie ungewöhnlich. Man könnte annehmen, dass Sie in Ihrem Alter einer ernsthafteren Beschäftigung nachgehen.«

Vor Empörung hätte sie sich fast verschluckt. Er war also tatsächlich ein Snob. Keine sonderliche Überraschung eigentlich. Doch sein Ton erinnerte sie unangenehm an Max' Ansichten zum Thema Lebensgestaltung und Karriere, an den Plan und ihr altes Hamburger Leben. »Was wäre denn Ihrer Ansicht nach eine ernsthaftere Beschäftigung?«

»Etwas Langfristigeres. Ich wollte Ihnen nicht zu nahe treten. Aber Sie verstehen sicher, was ich meine.«

Oh ja, sie verstand. »Ich genieße es gerade, einmal durchatmen zu können. Etwas flexibler zu planen.« Auch wenn sie dabei nicht hatte vorhersehen können, dass es ihr diesen Abend mit Charleston Melwood einbringen würde.

***

Der Regen nahm kein Ende. Und allmählich wurde sie ruhiger, das Knistern im Kamin neben ihr entspannte sie. Selbst Charleston wirkte etwas lockerer. Was aber auch daran liegen konnte, dass er das dritte Pint Ale beinahe ausgetrunken hatte. Jedenfalls geschah gerade das Unfassbare. Er griff nach dem Reißverschluss seiner Weste und entledigte sich des guten Stücks.

Dann senkte er den Blick wieder auf sein Buch. Zwischen Pint zwei und drei war ihr steifes Gespräch in ein unangenehmes Schweigen übergegangen, während der Sturm so mächtig an den Fenstern rüttelte, dass sich niemand mehr vor die Pub-

Tür traute. Wifi-Empfang? Nicht im Wild Rabbit. Hier vertrat man eine No-Phones-Talk-to-Each-Other-Policy. Und vermutlich würde das Signal es auch nicht hier hinaus schaffen. Was ein Problem war, wenn man sich den Tisch mit einem Gesprächspartner teilte, den man gern für immer zum Schweigen gebracht hätte.

Insofern war es quasi eine Erleichterung gewesen, als Charleston seinen Burns-to-Go herausgeholt hatte. Ja, der Mann trug zu seinen Spaziergängen gern einen Gedichtband mit sich herum.

Immerhin konnte Leonora so ungestört in *Sanditon* blättern und musste nicht länger seine hochmütigen Anmerkungen zum Thema Karriereplanung ertragen.

»Wissen Sie, was ich mich immer schon gefragt habe?«

Sie hob widerwillig den Kopf. Er würde es ihr mit Sicherheit gleich verraten.

»Welche Faszination diese Romane auf so viele ausüben.« Er gestikulierte vage Richtung *Sanditon.*

»Haben Sie konkret etwas gegen Jane Austen oder nur gegen alles, was sich nicht innerhalb von fünf Versen erklärt?«

Er lachte leise. Was an den Ales liegen musste. »Oh, ich habe rein gar nichts gegen Jane Austen. Im Gegenteil. Aufgrund der Geschichte unseres Hauses haben wir ihren Romanen eine eigene Sammlung in der Bibliothek gewidmet. Sie hat es geschafft, die Menschen zu berühren und an ihre Bücher zu binden. Das sollte ein guter Autor, nicht wahr? Was ich mich frage«, fuhr er fort, »ist eher, warum so viele Menschen sich mit dieser Art der Überromantisierung identifizieren. Diesem vollkommen unrealistischen Konzept von Liebe und Ehe.«

Sie straffte pikiert die Schultern. »Ich sehe in ihren Romanen nichts Unrealistisches.«

»Sagt eine wahre Jane-Austen-Verfechterin. Aber kommen Sie, wir reden hier von einer Zeit, in der es schlagkräftigere Argumente benötigte, um eine Ehe einzugehen, als flüchtige hormonelle Verirrungen. Besitz, Ansehen, Namen, Geld.«

»Und beschäftigen sich Janes Romane nicht exakt mit dieser Frage?«

»Das tun sie, aber die Moral, die aus ihnen folgt, ist schließlich immer, dass nur eine aus Liebe geschlossene Ehe nicht nur Sicherheit verspricht, sondern das große Lebensglück.«

»Und das halten Sie für unrealistisch.«

Die Augenbrauen standen wieder in ihrer grimmigen Linie. »Unrealistisch und unwahr. Damals wie heute.« Dann stürzte er den letzten Schluck Ale hinunter. »Liebe ist auch nur so ein poetisches Konzept für ein paar hormonelle Abläufe in unseren Körpern.«

»Eine gewagte These für jemanden, der Burns auf seinen einsamen Spaziergängen liest.«

Er warf ihr einen konsternierten Blick zu.

Und sie grinste triumphierend. Sie hatte ihn tatsächlich zum Schweigen gebracht.

Ehe sie noch einen draufsetzen konnte, trat der Wirt zu ihnen an den Tisch. »Noch ne Runde? Sieht nicht so aus, als würde sich das Wetter bald erbarmen. Im Radio haben sie schon die ersten Flutwarnungen rausgegeben.«

Verflixt, wie spät war es überhaupt? Das Abendessen im Rosehill Inn musste längst gestartet sein. Hastig zog Leonora ihr Handy aus der inzwischen getrockneten Ledertasche. Mist. Neun Uhr. Und sie konnte Wynda nicht mal anrufen. Wie befürchtet: kein Signal.

»Ich nehme noch einen Whisky«, sagte Charleston. »Und Sie?«

Offenbar hatte er gelernt, dass sie gern für sich selbst sprach. »Für mich auch.« Wenn sie hier festsaß, würde sie das ohne Getränk nicht länger aushalten.

Der Wirt wollte schon gehen, da fiel es ihr ein. Die dringende Frage, die ihr schon die ganze Zeit auf den Lippen lag. »Warten Sie kurz.«

Der Wirt drehte sich lächelnd um.

»Das Bild im Eingangsbereich. Die junge Frau in dem grünen Sommerkleid und der Fischer, der sie beobachtet. Wissen Sie mehr darüber? Warum hängt es hier?« Die Aufregung fuhr kribbelnd in ihre Fingerspitzen zurück.

Doch die Miene des Wirts blieb ratlos. »Hm, gute Frage. Als ich das Wild Rabbit vor vierzig Jahren übernommen hab, hing es schon da. Hat mir immer gefallen.« Er rieb sich über die Bartstoppeln. »Stammt von einem Künstler aus der Gegend, mehr weiß ich leider nicht«, fügte er hinzu und zuckte mit den Schultern. »Wieso fragen Sie?«

»Eine persönliche Verbindung«, erwiderte Leonora. »Vielleicht.«

»Fragen Sie am besten in der Galerie an der Esplanade nach. Die kennen hier jeden Künstler, der sich in unseren Hügeln versteckt.« Er zwinkerte ihr fröhlich zu, ehe er wieder zum Tresen lief.

»Sie haben eine persönliche Verbindung zu Sidmouth?« Charleston war offenbar so verwundert, dass er sogar den Burns zuschlug.

»Wie ich sagte: vielleicht«, erwiderte Leonora betont und konzentrierte sich wieder auf *Sanditon*.

»Und Sie wollen nicht darüber reden«, schlussfolgerte er korrekt.

Andererseits … könnte er etwas wissen? Immerhin hatte Edith den Garten von Rosehill House gezeichnet. Vielleicht gab es eine Familienanekdote, irgendeinen Anhaltspunkt, der ihr helfen würde. Sie hatte am Morgen die alten Fotografien begutachtet, die überall im Inn hingen, doch bisher hatte sie keinen Hinweis gefunden.

Sie ließ *Sanditon* sinken und sah ihn an. »Haben Sie vielleicht einmal von einer Edith gehört? Edith Weston?«

»Nein, nicht, dass ich wüsste. Wer ist das?«

»Meine Großmutter.« Leonora griff in ihre Tasche und holte behutsam das abgegriffene Notizbuch hervor. »Sie war ebenso literaturbegeistert wie ich. Hier drin hat sie ihre Anmerkungen zu allen Büchern festgehalten, die sie besonders berührt haben. Zu *Sanditon* gibt es eine Menge Hinweise, die eine Verbindung mit Sidmouth andeuten. Und drei Zeichnungen.« Sie schlug die Seite auf und drehte sie zu Charleston, als der Wirt gerade den Whisky brachte und anschließend ein Scheit im Kamin nachlegte.

Charleston beugte sich vor und studierte die Zeichnung. »Die alte Eberesche oben an der Steilküste. Und die Esplanade.«

Sie nickte und blätterte um.

Seine Augenbrauen wanderten empor. »Ist das unser Garten?«

»Ohne Gänse, aber ja, das nehme ich an. Deshalb bin ich ja so unverhofft in Ihr Rosenbeet gestolpert.«

»Wann mag das gewesen sein? Steht irgendwo eine Jahreszahl?«

Sie schüttelte den Kopf. »Nein. Aber ich vermute, dass meine Oma damals noch eine junge Frau war. Es gab da diese Geschichte, die sie mir immer erzählt hat. Von einer Frau im grünen Sommerkleid, die auf Jane Austens Spuren hierherkam und von einem Fischer aus der Strömung gerettet wurde. Leider ist sie vor ein paar Jahren verstorben. Und früher habe ich nie eine richtige Verbindung dazu gesehen.«

»Das tut mir leid«, sagte er. In seiner Stimme lag aufrichtiges Mitgefühl, und er hielt kurz ihren Blick. Die Flammen des Kaminfeuers warfen weiche Schatten auf sein markantes Gesicht. Aber sie meinte, dass sich das Grünblau seiner Augen aus einem anderen Grund verdunkelte. Er räusperte sich. »Leider kann ich Ihnen nicht weiterhelfen.«

»Einen Versuch war es wert.« Leonora hatte ja auch nicht wirklich damit gerechnet. Das wäre wohl ein zu großer Zufall gewesen. Nachdenklich klappte sie das Buch zu, steckte es wieder ein und lehnte sich auf dem Polsterstuhl zurück in die Wärme des Kamins und der Alpakawolle.

»Sie meinen also, es könnte eine alte Liebesgeschichte sein? Der Fischer und Ihre Großmutter?«, fragte Charleston, der sich die Hemdärmel hochkrempelte.

»Das wäre doch möglich«, erwiderte sie. »Ich glaube jedenfalls an die Liebe«, setzte sie hinzu. Bis ihr auffiel, dass sie ihn dabei unverwandt anstarrte und das nach einem ziemlich offensiven Flirtversuch klang. »Und ich finde es sehr bezeichnend, dass Jane nie geheiratet hat, nachdem sie hier in Sidmouth dem mysteriösen Gentleman begegnet sein soll«, ratterte sie deshalb vorsichtshalber herunter. Himmel, womöglich stieg ihr der Whisky auch schon zu Kopf.

Charleston schnaubte. »Was sehr unklug von ihr war. Eine unverheiratete Frau hatte damals kaum die Möglichkeit, ein finanziell gesichertes, angesehenes Leben zu führen.«

»Spricht das nicht gerade dafür, wie stark und aufrichtig ihre

Liebe gewesen sein muss? Wenn sie sich diesen falschen Motiven für eine Ehe nie gebeugt hat? Es gibt sogar einige Hinweise, dass *Sanditon*, und damit ihr letztes Romanfragment, an Sidmouth angelehnt ist. Finden Sie das nicht bezeichnend? Der Ort, an dem sie diesem Mann begegnet sein soll …«

»Schon möglich. Wer weiß.« Er stützte den Arm auf den Tisch. »Ich würde es dann eher eine Obsession nennen. Wenn sie in Gedenken an diesen Mann, den sie kaum kannte, kurz vor ihrem Tod noch einmal hierher zurückkehrte. Um ihm dann auch noch ihr letztes Buch zu widmen.«

Sie musste sich verhört haben. »Was haben Sie gerade gesagt?«

»Obsession. Tut mir leid, wenn ich damit Ihre romantische Seele verletzt habe.« Er zuckte mit den Schultern.

»Das meinte ich nicht.« Auch wenn das schlimm genug war. »Sie sagten, Jane wäre noch einmal nach Sidmouth zurückgekehrt. Kurz bevor sie starb.«

Einen Moment lang starrte er sie an. Das intensive Grünblau seiner Augen wurde immer dunkler und drohte, sie zu verschlucken. Dann verhärtete sich sein Blick. »Da müssen Sie sich verhört haben.«

»Ich habe ein ausgezeichnetes Gehör. Also, wie kommen Sie auf diese Behauptung?«

Er zuckte nonchalant die Schultern. »Geschichten. Was man sich so erzählt.«

Sie runzelte skeptisch die Stirn. »Wer erzählt sich das? Ich habe noch nie davon gehört.«

Eine Weile blieb es still auf dem Platz ihr gegenüber. Doch dann lehnte sich Charleston Melwood näher heran und senkte die Stimme. »Dann habe ich Ihnen wohl aus Versehen das Familiengeheimnis verraten.«

Kapitel 10

Rosehill Abbey

Die Stimmen und das Kaminknistern verschwammen im Hintergrund. Leonora konnte Charleston Melwood nur stumm anstarren, während seine Worte durch ihren Verstand rauschten. »Ihr Familiengeheimnis?«, flüsterte sie. »Ihr Familiengeheimnis besagt, dass Jane Austen kurz vor ihrem Tod noch einmal nach Sidmouth zurückkehrte?«

»Hm.« Er lehnte sich zurück und schlug den Burns wieder auf.

Oh nein, dieses Gespräch war noch nicht beendet. Das konnte er vergessen.

Sie griff über den Tisch und klappte die *Zwölf schönsten Naturgedichte* vor seiner Nase zu, ehe er sie aufhalten konnte. »Woher wissen Sie das?«

»Hat Sie schon mal jemand auf Ihre Impertinenz hingewiesen, Ms. Weston?«

Bei Gericht war das durchaus vorgekommen und mit ihrer Hochzeitsflucht hatte sie wahrscheinlich jedes Impertinenz-Level gesprengt, aber das ging ihn nichts an. »Sie können ja wohl kaum so eine Anspielung fallen lassen und annehmen, dass ich das einfach vergesse. Also, wie kommt Ihre Familie zu diesem Wissen, das offensichtlich noch keinem Historiker bisher bekannt ist? Gibt es ein geheimes Tagebuch? Eine Legende? Ein Gemälde?«

Er seufzte, dann lehnte er sich wieder dichter zu ihr. »Ihr Reisepult steht auf unserem Dachboden.«

»Ihr was?« Sie starrte ihn mit aufgerissenen Augen an. Das wurde ja immer abstruser.

»Bitte, Sie müssen es nicht glauben. Schlimm genug, dass ich es Ihnen verraten habe. Verdammter Whisky.« Er verschränkte die Oberarme vor der Brust.

»Sie sagen also, auf dem Dachboden des Rosehill Inn steht ein zweihundert Jahre altes Reiseschreibpult, das Jane Austen gehört hat?«

»Psst.« Sein Zeigefinger landete schneller auf ihren Lippen, als sie den Satz verschlucken konnte, und ihre Augen wurden noch etwas größer. Die plötzliche Berührung brachte sie zum Verstummen. Er zog den Finger abrupt zurück und starrte sie entsetzt an, und sie konnte nicht sagen, ob das jetzt an dem Geheimnis oder seiner Berührung lag.

Sie schluckte. Dann lehnte sie sich ein Stück weiter vor. »Ich will es sehen.«

Doch Charleston Melwood hatte wieder seine unnahbare Mr.-Darcy-Miene aufgesetzt. »Ausgeschlossen.«

»Sie behaupten also, dass ein musealer Schatz auf Ihrem Dachboden steht, der die Literaturhistorie verändern könnte, wollen ihn mir aber nicht zeigen?«

»Ganz genau.«

»Weshalb sollte ich Ihnen dann glauben?«

»Müssen Sie nicht.« Er zog den Burns wieder zu sich heran

und wollte ihn gerade aufklappen. Aber Leonora war schneller. Sie schnappte sich den Band und umklammerte ihn vor der Brust.

»Dann sind Sie also einfach nur ein Wichtigtuer? So jemand, der gern spannende Geschichten erfindet, um interessanter zu wirken.«

Die Augenbrauenarmada verfinsterte sich. »Das bin ich mit Sicherheit nicht, Ms. Weston. Es stimmt. Ob Sie es glauben oder nicht.«

Ha, sie hatte gehofft, ihn bei seinem Stolz zu packen. Und offensichtlich arbeitete die Sache in ihm. »Dann beweisen Sie's«, setzte sie hinzu und fixierte ihn herausfordernd. »Kommen Sie. Zeigen Sie mir das Pult.«

Eine Minute lang starrte sie ihn einfach nur an. Bis er sich durchs Haar fuhr und ergeben die Hände auf den Tisch stützte. »Na schön. Sie können einen kurzen Blick drauf werfen. Aber die Sache bleibt unter uns.«

»Selbstverständlich.« Leonora konnte ihr Grinsen nur mühsam unterdrücken. Aufregung rauschte durch ihren Körper. Janes geheimes Reisepult. Es war unglaublich. Und wenn Charleston dachte, dass sie ihn davonkommen lassen würde, ehe er ihr jedes Detail dieser Geschichte erzählt hatte, lag er mächtig daneben.

***

Rosehill House erschien vor ihr im Mondlicht. Der Sturm war zu einem frischen Wind verebbt und trieb Wolken über den Nachthimmel, die das Anwesen immer wieder in Dunkelheit hüllten. Doch gerade stand die Sichel hell über den Tudor-Erkern und spiegelte sich in den Fensterscheiben. Nur ein dämmriger Schein drang aus den schmalen Fenstern der Eingangshalle. Das Haus hüllte sich und seinen Garten in Schweigen. Aus der Ferne drang leise die Brandung zu ihnen, doch die Böen verschluckten sie immer wieder.

Es war kurz vor Mitternacht gewesen, als der Regen aufhörte und sie endlich vom Wild Rabbit aufbrechen konnten. Allerdings war jedes Taxi in Sidmouth belegt gewesen, sodass ihnen nichts anderes übrig geblieben war, als die Strecke zum Rosehill Inn zu Fuß zu gehen. Mitten in der Nacht und in Begleitung eines vehement schweigsamen Charleston Melwood war Leonora die Strecke doppelt so lang erschienen wie am Nachmittag. Aber gerade spürte sie keine Kälte mehr. Ihr Puls klopfte aufgeregt. Wenn es wirklich wahr wäre …

Sie konnte es sich nicht vorstellen. Vermutlich hatte Charleston ihr irgendeine wilde Geschichte aufgetischt, die sich vor hundert Jahren ein angeheiterter Melwood ausgedacht hatte und die nun bei jeder familiären Zusammenkunft hervorgeholt wurde.

Doch wenn nur eine winzige Chance bestand, dass etwas davon stimmte …

Sie musste es wissen.

»Wir müssen leise sein«, raunte er und schob sich an ihr vorbei, während er etwas ungeschickt nach den Schlüsseln in seiner Jackentasche angelte.

»Ich bin leise wie eine Elfe«, erwiderte sie, woraufhin sie einen skeptischen Blick kassierte, ehe er wieder am Schloss herumfuhrwerkte. »Ich hoffe, das gilt auch für Sie.«

»Mit einer Elfe wurde ich selten verglichen«, kam es brummend zurück, dann traf er endlich das Schloss und drehte den Schlüssel.

In der Eingangshalle brannten die kleinen Schirmlampen auf den Beistelltischen und leuchteten ihnen den Weg zu der breiten Holztreppe, die hinauf in den ersten Stock führte. Ein lautes Knarzen erklang, als sie den Fuß auf die alte teppichüberzogene Stufe setzte.

»Psst«, zischte Charleston hinter ihr.

»Das war die Treppe«, flüsterte sie zurück.

»Sie haben die falsche Stufe gewählt«, raunte er verärgert und trat an ihr vorbei. »Ich gehe vor.«

Seufzend folgte sie ihm und achtete darauf, dieselben Stufen zu nehmen wie er. Tatsächlich erreichten sie das Obergeschoss einigermaßen geräuscharm. Die lange Galerie, die zur Westseite des Hauses führte, wurde nur vom Mondlicht beschienen, das durch die Fenster des Korridors fiel. Auch hier war alles still. Selbst in Wyndas Zimmer rührte sich nichts, als sie daran vorbeiliefen.

Am Ende der Galerie blieb Charleston abrupt stehen und hielt ihr die Tür zu der Wendeltreppe auf, die hinauf ins Dachgeschoss führte. Dabei holte er allerdings etwas zu weit aus und stieß mit dem Ellenbogen schwungvoll gegen die chinesische Porzellanvase auf der Anrichte, die klirrend umfiel.

Sein Blick war göttlich, und Leonora gluckste los.

»Pssst«, raunte er wieder, doch sie konnte das Kichern nur mit Mühe zurückhalten.

»Gleichfalls«, flüsterte sie ihm zu und huschte schnell ins Treppenhaus.

»Können wir nicht das Licht einschalten?«, murmelte sie, als er die Tür hinter ihnen geschlossen hatte. Die Treppe wurde von einem kleinen Seitenfenster erleuchtet und wand sich in die Dunkelheit hinauf. Der Anblick ließ sie schon schwindelig werden, ehe sie überhaupt auf der ersten Stufe stand.

»Nein«, kam es knapp von der Seite. Im nächsten Moment spürte sie Charlestons Hand auf ihrem Rücken, und er schob sie vor sich. »Leise und unauffällig, falls Sie's vergessen haben.«

»Warum soll ich jetzt auf einmal vorgehen?«, beschwerte sie sich. »Trauen Sie sich die Treppe nicht zu?«

Statt einer Antwort schaltete er nur seine Handytaschenlampe an und bedeutete ihr, endlich loszulaufen.

Also balancierte sie die enge Wendeltreppe hinauf, bis eine Stufe unter ihrer nassen Schuhsohle wegglitt und sie ins Leere rutschte. Doch ehe sie das harte Holz der Treppe spürte, umfassten sie zwei starke Arme und schoben sie wieder auf die Stufe.

»Jetzt verstanden, warum Sie vorgehen?«, fragte seine dunkle Stimme neben ihrem Ohr.

Leonora klammerte sich ans Geländer und fand ihr Gleichgewicht wieder. Dann straffte sie die Schultern und schlich weiter. »Und wer fängt Sie auf?«

»Sie vergessen, dass das hier mein Elternhaus ist. Ich falle nicht.«

»Natürlich nicht«, murmelte sie und musste ein Lachen unterdrücken.

Als sie oben ankamen, lehnte sich Charleston gegen den Rahmen der Tür, die gegenüber von ihrem Fliederzimmer lag, während er wieder nach den Schlüsseln suchte. Ein Klacken ertönte, und sie beobachtete mit angehaltenem Atem, wie er vor ihr die Tür zu der Dachkammer öffnete. Dahinter war es stockdunkel.

Er gestikulierte einladend Richtung Finsternis, und kurz fragte Leonora sich, ob sie ihr Wildtier-Abwehrspray hätte einstecken sollen, das verlässlich gegen Fledermäuse und besserwisserische Hausherren half.

Als sie den Raum betrat, stand sie einen Moment blind in

der Dunkelheit. Sie hörte, wie Charleston hinter ihnen die Tür schloss. Dann richtete er das Handylicht auf die Außenwand und sie erkannte, dass sie auf dem einzigen freien Fleck im gesamten Zimmer stand. Um sie herum stapelten sich Möbel, abgedeckt mit alten Leinentüchern. Ein Schaukelpferd, dessen Farben verblasst waren, kistenweise Bücher, eingestaubte Kleider auf langen Stangen an der Innenwand neben aneinander gelehnten Gemälden. Und einer Sammlung Jagdtrophäen. Sie zuckte zusammen, als sie direkt in die Augen eines ausgestopften Braunbären sah. Das arme Tier hatte sich für seinen Lebensabend sicher Besseres vorstellen können als den Dachboden der Melwoods.

Der Lichtkegel wanderte zu einem abgedeckten Sekretär vor dem einzigen kleinen Fenster der Dachkammer. »Also«, Charleston trat an ihr vorbei und bahnte sich einen Weg zu dem Mobiliar. »Hier ist es.« Er zog das Leinentuch zur Seite und im Dämmerlicht kam eine Holzkiste zum Vorschein, die auf dem Sekretär stand.

Leonora kletterte zwischen den Möbeln hindurch, bis sie sich zwischen ihn und den Tisch schieben konnte. Mahagoni. Das dunkle Holz glänzte selbst im fahlen Licht.

»So, jetzt haben Sie's gesehen.« Charleston schwenkte das Tuch wieder über den Sekretär, doch sie streckte den Arm aus und fing es ab.

»Moment, nicht so schnell bitte.« Sie beugte sich vor, um die Schatulle genauer zu betrachten. »Das könnte ja alles sein. Woher wissen Sie, dass es ein Reiseschreibpult ist?« Das kleine Schloss an der vorderen Seite fiel ihr ins Auge. »Ich möchte einen Blick hineinwerfen.«

»Das war nicht die Abmachung. Sie wollten das Pult sehen.

Da ist es.« Bestimmt schob er ihre Hand beiseite, um die Schatulle abzudecken, doch sie stellte sich ihm beharrlich in den Weg.

»Nur einen Blick«, forderte sie. »Ich könnte ja auch einfach behaupten, die Kommode meiner Oma sei Lord Byrons geheimer Schrein gewesen.«

Seine Kiefermuskeln arbeiteten, dann gab etwas in seiner Miene nach, und er ließ die Hand sinken. »Bitte. Wenn Sie mir partout nicht glauben wollen.«

Leonora verschränkte triumphierend die Arme vor der Brust, während er sich herunterbeugte und neben ihr in der Sekretärschublade wühlte.

Als er einen Schlüssel hervorzog, kribbelten ihre Finger. Was, wenn es wirklich stimmte? Würden sie wirklich Janes Reisepult öffnen?

Er passte. Charleston drehte ihn, trat dann aber zur Seite und überließ ihr die Schatulle.

Mit pochendem Herzen legte sie die Finger an das Holz. Dann klappte sie den Deckel auf. Das Pult entfaltete sich zu einer abgeschrägten Schreibfläche, die mit dunkelblauem Leder überzogen war. Ein warmer Geruch, der sie an alte Holzpolitur und Papier erinnerte, entströmte der Schatulle.

Behutsam fuhr sie über das Leder, die feinen Rillen, die es durchzogen.

»Man kann es hier aufklappen, oder?«, fragte sie ehrfürchtig flüsternd.

»Hm«, grummelte es neben ihr, als sie bereits die Finger unter die obere Holzklappe schob.

»Oh.« Darunter kamen drei kleine Ablagefächer zum Vorschein. In einem stand ein bauchiges Glas, an dessen Rändern noch schwarze Tintenreste klebten. Darunter drei schmale Schubladen und eine Ablagefläche für Briefbögen. »Es ist wirklich ein Reisepult«, hauchte sie fasziniert.

»Wie ich sagte.«

»Aber wie kommen Sie darauf, dass es Jane gehört hat?« Sie hob den Blick und wandte sich zu ihm um.

Der Schein der Handylampe ließ seine Züge noch markanter wirken. »Nun, das ist die Familienlegende.«

Sie weitete die Augen und sah ihn auffordernd an. Doch die Darcy-Miene hatte sich wieder verschlossen und seine Lippen verharrten stur in Schweigen.

Schließlich hob Charleston die Augenbrauen. »Eine Familienlegende hat es an sich, dass man sie ausschließlich innerhalb einer Familie erzählt und nicht mit Außenstehenden teilt, Ms. Weston. Soweit ich weiß, zählen Sie nicht zur Familie.«

»Vielen Dank für diese aufschlussreiche Erörterung. Aber Sie können unmöglich andeuten, dass Jane vor ihrem Tod hierherkam, nach Rosehill, um auf diesem Reisepult zu schreiben, ohne mir die ganze Geschichte zu erzählen. Damit kommen Sie nicht davon.« Sie zuckte mit den Schultern und musterte ihn wenig mitleidig. »Also …?«

Er rieb sich die Schläfen. »Es ist nach Mitternacht, und es war ein langer Abend. Sie kennen wirklich keine Gnade.«

»Ich dachte, Sie hätten sich langsam dran gewöhnt«, erwiderte Leonora grinsend und widmete sich wieder dem Reisepult. Es sah bezaubernd aus. Und es war einwandfrei erhalten. Das Leder und die kleinen Kratzer im fein polierten Holz verrieten, dass es womöglich Jahrhunderte überdauert hatte. Aber wer konnte das genau sagen? Man müsste es von einem Fachmann begutachten lassen …

»Und könnten Sie die Finger von dem Pult lassen? Reicht es nicht, wenn Sie es mit den Augen erforschen?«

Sie warf ihm einen herausfordernden Blick zu. »Vielleicht. Wenn Sie endlich mit der Sprache rausrücken.«

Als er schwieg, schob sie die kleinen Schubladen demonstrativ auf und zu. Leider waren sie leer, doch die Geste und das leise Knarzen des alten Holzes verfehlten ihre Wirkung nicht.

»Okay.« Er stöhnte auf. »Moment, ich muss mich setzen.« Er strich noch einmal über seine Schläfe, dann tastete er nach dem Schaukelpferd. Offenbar war es das einzige Sitzmöbel im Fundus, denn er ließ sich rittlings darauf nieder.

Leonora gluckste. »Oh, selbstverständlich. Ich wusste nicht, dass Sie es hoch zu Ross erklären wollen.«

Eine mürrische Augenbraue hob sich, und sie schluckte die nächste Bemerkung lieber herunter.

Er räusperte sich, dann deutete er auf das Pult. »Mein Urgroßvater, Winfred Charleston Melwood, ist derjenige, der die Legende an meinen Großvater herangetragen hat. Und dieser an meinen Vater.« Kurz verfiel er in Schweigen. »Man sagt, dass sie seit acht Generationen in den Reihen der Melwoods kursiert, genau genommen nur unter den erstgeborenen Erben, die Rosehill übernehmen. Damals muss es Charleston Archibald Theodor Melwood gewesen sein, der das Inn führte.«

Es kostete sie eine Menge Selbstbeherrschung, still zu sein. Himmel, sie hatte nicht nach dem endlosen Familienstammbaum der Melwoods und ihren fragwürdigen Namensvorlieben gefragt. Wenn er nicht zum Punkt kam, würde sie noch mal die Schublade ziehen müssen.

»Jedenfalls«, fuhr er endlich fort, »kam Jane damals, im Jahr 1817, noch einmal nach Rosehill. Allein. Es soll ihr bereits sehr schlecht gegangen sein. Man sagte, sie sei eine Woche geblieben, ehe sie wieder nach Chawton und schließlich nach Winchester fuhr, wo sie sich Heilung für ihre fortschreitenden Symptome erhoffte.«

Sie lauschte ihm mit angehaltenem Atem. Als er so plötzlich wieder verstummte, wie er angefangen hatte zu reden, stieß sie leise die Luft aus. »Aber … was hat sie hier gemacht? Gibt es dazu keinen Hinweis in der Legende? Weshalb kam sie zurück? Und woher weiß man, dass das hier ihr Pult ist?«

»Sie soll es damals mitgebracht haben. Und sie hat es hier zurückgelassen.« Er stützte eine Hand auf die Mähne seines Schaukelrosses und rieb sich mit der anderen die Stirn. »Mehr weiß ich nicht, Ms. Weston. Das müssen Sie wohl den Tiefen der Geschichte überlassen.«

»Und Sie haben das Pult nie begutachten lassen?« Leonora drehte sich wieder zu der Schatulle um und strich vorsichtig über das Leder. »Wenn Ihre Familienlegende stimmt, dann sitzen Sie auf einem Schatz der Literaturgeschichte. Einem Beweisstück für eine bisher ungekannte Episode im Leben einer der größten Autorinnen, die es je gegeben hat.«

»Nein, das Pult wurde nie begutachtet. Wie ich bereits sagte, hat unsere Familie kein Interesse daran, diese Interna an die Öffentlichkeit zu geben.«

Sie schaute zu ihm. »Aber es besteht ein öffentliches Interesse daran. Wäre das nicht sogar die beste Publicity, die das Rosehill Inn sich wünschen könnte?«

Er schnaubte, und selbst im fahlen Licht erkannte sie den abschätzigen Ausdruck seiner Miene. »Das Rosehill Inn läuft hervorragend. Mehr Trubel wäre dem Haus und seinem Ruf nur schädlich. Stellen Sie sich vor, was hier los wäre, wenn eine solches Gerücht in der Presse die Runde machen würde!« Er schüttelte den Kopf. »Außerdem gibt es keinen Beweis, nur die mündliche Überlieferung innerhalb unserer Familie. Wie Sie sagten, das Pult könnte von sonst wem hierhergebracht worden sein. Oder von einem Antikmarkt stammen.«

Aber die Möglichkeit, dass es stimmte, dass Jane vor zweihundert Jahren an diesem Pult gesessen hatte, im Rosehill Inn, in Sidmouth, dem Ort, an dem sie einst ihr Herz verlor, ließ Leonora alle anderen Möglichkeiten vergessen. Sachte strich sie über das Holz. Hatte Jane es vor zweihundert Jahren berührt? Was mochte sie in den kleinen Schubladen verborgen haben?

Die Kanten der Fächer waren so filigran gearbeitet, es war ein wahres Kunstwerk. Behutsam betastete sie die Fertigung, schob einen Finger in die Schublade.

»Wollten Sie nicht Ihre Finger bei sich lassen?« Charleston klang genauso wenig *amused* wie bei ihrer ersten Begegnung. »Das Pult ist sehr empfindlich, Ms. Weston. Jane Austen hin oder her.«

Ihre Fingerspitze fühlte eine kleine Kante. Dann ertönte ein Klicken.

Kapitel 11

Der Brief

»Was haben Sie getan?« Charlestons angespannte Stimme durchschnitt die Dunkelheit, und sie hörte, wie das Holzpferd rumpelte.

Doch sie konnte den Blick nicht von dem Schreibpult abwenden. »Ich … schätze, ich habe gerade ein Fach geöffnet«, flüsterte sie.

»Ein Fach? Es klang eher, als hätten Sie etwas abgebrochen.« Sie spürte, wie er sich neben sie stellte, im nächsten Moment fiel der Lichtkegel der Handytaschenlampe auf das Innenleben des Pults und beschien die Holzvertiefung, die am oberen Rand der Schublade aufgesprungen war.

Atemlos starrte Leonora darauf. »Ich glaube, da ist etwas.« Sie streckte den Finger aus und schob die schmale Klappe auf, die das Fach verdeckte. Dann spürte sie das Papier.

Neben ihr lehnte sich Charleston über ihre Schulter herab, sodass sie seinen Atem an ihrer Wange spürte.

Doch ihr Herz klopfte so aufgeregt und sie war viel zu konzentriert, um sich über seine Nähe zu beschweren. Das zusammengefaltete Stück Papier, das sie aus der Luke gefischt hatte, war vergilbt und fühlte sich rau an.

»Ist das auch Teil Ihrer Familienlegende?«, fragte sie leise.

»Nein«, kam es von ihrer Seite. »Das habe ich noch nie gesehen.«

Mehr Bestätigung brauchte sie nicht, um das Papier zu öffnen.

Eine geschwungene Schrift zog sich über die Seite. Die ausladenden Schwünge der kleinen Ds, der ruhige, gleichmäßige Verlauf der Zeilen. Sie hatte einmal die Originalbriefe von Jane auf einer Museumsseite gelesen ... Ihr Herz stockte, als ihr Blick auf das Datum fiel. *Sidmouth, den 10. April 1817.*

»›Lieber Finder‹«, las sie laut, während Charleston die Handylampe ausrichtete. »›Ein Buch, so sagt man, hält die Geschichte seiner Autorin in sich. Und wenn ihre Geschichte ein Ende findet, ist es das, was von ihr bleibt. Nun, lieber Finder, was, wenn ich Ihnen sage, dass das Ende meiner Geschichte in Ihren Händen liegt? Es ist kein Zufall, dass Sie sich in Sidmouth befinden. Denn hier, in einer fiktiven Version dieses schönen Ortes, spielt mein letzter Roman. Vielleicht haben Sie von ihm gehört, diesen zwölf Kapiteln, die nie ein Ende fanden. Von der jungen Charlotte Heywood, die in das aufstrebende Seebad Sanditon reist. Wenn Sie bereit sind, sich auf die Suche zu begeben, den Hinweisen zu folgen, dann vermache ich Ihnen all das – mein letztes Buch. Nun obliegt es Ihnen, diese Geschichte für immer im Verborgenen ruhen zu lassen oder sie ans Tageslicht zu befördern. Doch seien Sie gewarnt: Sie könnte Ihr Leben verändern, so wie sie meines veränderte.

Für immer

Ihre

Jane Austen.‹«

Ihre Finger zitterten. »Hier ... steht noch etwas. Ein Vers.«

Sie hielt das Papier ein Stück höher, sodass die Zeilen im Licht der Handylampe erschienen. »›Das erste ist ein heilig Haus, dem Ehr gebührt am sechsten Tag, eh Ruh und Glanz das Land befällt. Das zweite sei sein Eden nah, der Grund, der es auf Erden hält, der Wiesen eint und Wurzeln schlägt. Mein Hinweis sei, wo Glaube, Lieb und Treu erbracht, dem Himmel nah, der Erd noch mehr, unter heilig Wassern verborgen.‹«

Die Worte verhallten in der Stille der Nacht, und für einen Moment hörte Leonora nur ihren eigenen Atem. Dann ließ Charleston die Taschenlampe sinken.

»Das ist bemerkenswert«, sagte er und trat einen Schritt zurück.

Leonora wandte sich zu ihm um. »Bemerkenswert?« Ihr Herz klopfte. »Das ist *eine Sensation.* Ein Originaldokument von Jane! Der Beweis, dass Ihre Familienlegende stimmt, dass sie 1817 noch einmal im Rosehill Inn war, um den Hinweis hier zurückzulassen.« Atemlos brach sie ab und holte tief Luft. »Und der Schlüssel zu einem Roman, von dem die Welt dachte, er wäre nie vollendet worden.«

Schweigen schlug ihr entgegen, der Kegel der Handylampe ruhte auf dem Boden zwischen ihnen. Schließlich räusperte Charleston sich und verschränkte die Arme vor der Brust. »Am besten, Sie legen den Zettel jetzt zurück.«

»Aber …« Sein Gesicht lag in den Halbschatten der dunklen Dachkammer, doch sein eindringlicher Blick brachte Leonora zum Schweigen.

Er fuhr sich über die Stirn und wirkte für einen Moment absolut überfordert. »Bitte, Ms. Weston. Einfach zurücklegen. Sie haben das nie gesehen.«

Die Alpakawolle raschelte leise, als sie den Kopf schüttelte.

»Auf keinen Fall. Sie können nicht so leichtfertig ein Stück Literaturgeschichte unterschlagen.«

Inzwischen sah er so gequält drein, dass sie beinahe Mitleid empfand.

»Ich schätze, das kann ich. Die Welt weiß sicherlich genug von Jane Austen, um ihr literarisches Werk zu beurteilen. Und was auf meinem Dachboden liegt oder nicht, ist Privatsache. Vermutlich hat sich da nur jemand einen Scherz erlaubt.« Sein Ton verriet, dass er nicht mal selbst daran glaubte.

»Es sieht aber verdammt echt aus«, sagte sie, während sie die Handschrift noch einmal begutachtete.

»Keine Presse in meinem Haus.«

Der Blitz ihrer Handykamera erhellte kurz den Raum und sie hörte, wie Charleston Melwood scharf die Luft einzog.

»Was machen Sie da?«

Sie steckte das Handy wieder ein und blinzelte unschuldig. »Wir müssen das Rätsel lösen. Also brauchen wir den Text.«

»Niemand muss hier ein Rätsel lösen.« Er zwängte sich wieder zwischen den Möbeln hindurch, bis er neben ihr stand. Dann nahm er ihr das Papier aus der Hand, faltete es und schob es zurück in das schmale Geheimfach. Die Holzklappe rastete mit einem Klick ein, als er sie wieder zudrückte.

Leonora konnte ihn nur sprachlos ansehen, während er seelenruhig das Reisepult verschloss und das Tuch darüberbreitete.

»So«, sagte er und trat einen Schritt zurück, »und jetzt löschen Sie bitte umgehend das Foto von Ihrem Handy.«

»Nein.« Sicherheitshalber umklammerte sie ihre Tasche fest mit beiden Händen. Doch Charleston machte keinen Versuch, sie ihr zu entreißen. Er stand einfach nur vor ihr, so dicht, dass sie sah, wie sich seine Brust angespannt hob und senkte, und blickte ihr starr in die Augen.

»Dann machen Sie sich strafbar«, raunte er. »Ich könnte Sie wegen unerlaubten Fotografierens auf privatem Grund verklagen.«

»Da sehe ich wenig Erfolgsaussichten, wenn es sich um ein Artefakt öffentlichen Interesses handelt.« Sie straffte die Schultern. »Wissen Sie, wie bedeutsam das ist? Wir haben den Beweis, dass Jane ihren letzten Roman vollendet hat. Wenn wir dieses Rätsel lösen, führt es uns zu den fehlenden Seiten, dem letzten Schriftstück, das sie je verfasst hat. Kommen Sie, das ist unglaublich.«

Seine Schultern sackten ein Stück herab, und er rieb sich die Schläfe. »Also bitte«, sagte er. »Dann lösen Sie das Rätsel. Aber halten Sie mich und das Rosehill Inn aus der Sache heraus. Absolute Verschwiegenheit.«

»In Ordnung, ich löse es allein«, verkündete Leonora deutlich selbstbewusster, als sie sich fühlte. Die Aussicht, dass Janes Vermächtnis nur in ihren Händen ruhte, ließ sie schwindelig werden. Was, wenn sie es nicht lösen könnte?

Charleston wandte sich wortlos ab und hielt ihr die Tür zum Flur auf. Als sie sich den Weg zu ihm gebahnt hatte und aus der Dachkammer treten wollte, hielt er sie sanft am Arm zurück. »Ich wäre Ihnen sehr verbunden, wenn Sie sich an Ihr Versprechen halten. Absolute Verschwiegenheit.«

»In Ordnung. Versprochen.«

Er nickte dankbar, dann folgte er ihr in den dunklen Flur und sperrte die Kammer sorgfältig hinter sich ab.

Leonora stand währenddessen wie betäubt vor der Tür des Fliederzimmers. All das fühlte sich so unwirklich an.

Sein Räuspern riss sie aus ihren herumwirbelnden Gedanken. »Könnte ich noch …?«

Sein Blick ruhte wartend auf ihr, doch er sprach nicht weiter. Sie blinzelte fragend. Ihr Kopf pochte vom Adrenalin, das durch ihre Adern rauschte, und ihr Blick landete ganz unfreiwillig auf seinen Lippen.

»Der Pullover«, sagte er plötzlich.

»Oh … ja.« Oh mein Gott, offensichtlich befand sie sich in einem Zustand allerhöchster Geistesverwirrung. Sie ließ ihre Tasche neben der Tür sinken und hob dann die Arme unter den Saum, um aus dem Alpakastrick zu schlüpfen. Leider verhedderte sie sich so umständlich in der Wolle, dass sie kurz darauf feststeckte.

»Moment, still halten«, hörte sie Charlestons gedämpfte Stimme durch den Stoff.

Dann spürte sie, wie er eine ihrer verhedderten Haarsträhnen aus den zwei Knöpfen des Pullovers löste und ihr half, sich zu befreien.

»Danke«, murmelte sie und strich ihr Haar glatt.

Er klemmte sich den Pullover unter den Arm und nickte er ihr knapp zu. »Dann wünsche ich Ihnen viel Erfolg.«

Ehe er die erste Stufe der Wendeltreppe betrat, drehte er sich noch einmal um. »Da wir jetzt dieses … Anliegen teilen … nennen Sie mich doch Charleston.« Er flüsterte es hastig, als wäre er auf der Flucht, nickte noch einmal und verschwand in der Dunkelheit des Treppenhauses.

Benommen starrte sie ihm hinterher. Als seine Schritte verhallt waren, hob sie ihre Tasche auf, dann angelte sie ihren Schlüssel hervor. Das Licht im Fliederzimmer warf einen dämmrigen Schein auf den Flur. Sie drehte sich noch einmal zu der

Dachkammer um. Der Westflügel lag wieder still vor ihr. Und die Tür so unscheinbar wie in der vorangegangenen Nacht. Niemand hätte vermutet, was sie verbarg. Und jetzt, da sie hier allein stand, erschien es ihr beinahe unglaublich, was gerade geschehen war.

Leonoras Hände zitterten. Die Schatten des Flurs verschwammen an den Rändern. Doch ihr Atem wollte sich nicht beruhigen. In ihrer Handtasche ruhte der Beweis. Diese Nacht hatte etwas verändert. Etwas, das alles zuvor Dagewesene in ihrem Leben plötzlich winzig klein erscheinen ließ. Die Frage, ob sie ihr Leben in Hamburg noch wollte. Die Frage, ob sie in die Kanzlei zurückkehren würde. Denn in ihrer Handtasche, auf ihrem Handy war ein Foto der vermeintlich letzten Nachricht von Jane Austen. Eine Nachricht, von der niemand auf der Welt wusste. Außer ihr. Und Charleston Melwood. Aber da dieser das Pult gar nicht schnell genug wieder unter den Abdecktüchern des Melwood'schen Dachspeichers begraben konnte, nahm sie an, dass er nicht wirklich zählte.

Sie hatte nie an das Schicksal glauben wollen. Oder besser: Sie hatte es sich nie erlaubt, daran zu glauben. Jeder Schritt in ihrem bisherigen Leben war das Resultat ihrer Entscheidungen gewesen. Ihres Plans, den sie akribisch verfolgt hatte. Doch während sie dort stand, im Dachzimmer von Rosehill House, und auf die Tür des Speichers starrte, konnte sie den Gedanken nicht länger fernhalten. Wenn das Schicksal existierte, so hätte es keinen besseren Beweis dafür gegeben. Es hatte sie ausgewählt. Gerade als sie einen Hinweis, einen neuen Weg gesucht hatte. Als sie nicht mehr gewusst hatte, wohin sie gehörte und was sie im Leben wollte, hatte es ihr ein Vermächtnis anvertraut, das so viel größer war als alle ihre Probleme. Die letzten

Kapitel von *Sanditon.* Die letzten Zeilen von Jane. Das Ende ihrer Geschichte.

Leise schloss Leonora die Tür, dann taumelte sie zu ihrem Bett und ließ sich atemlos auf die Fliederdecke sinken. An der Zimmerdecke wanden sich die Schatten der Rosenranken, die das Dachfenster umwucherten.

Ich werde sie finden, Jane. Deine Geschichte.

***

Die Nacht verstrich, Stunde um Stunde. Rosehill House schlief, doch Leonora fand nicht zur Ruhe. Der Bildschirm ihres Laptops beleuchtete das kleine Zimmer und spiegelte sich im Dachfenster, auf das sie sah. Draußen hatten sich die Wolken verzogen und der Mond beschien den Rosengarten. Neben ihr auf dem schmalen Schreibtisch vor dem Fenster lag ihr Handy. Sie hatte den Vers unzählige Male gelesen. Ihre Augen schmerzten vor Müdigkeit, und ihr Verstand fühlte sich seltsam dumpf an. Aber sie konnte jetzt nicht schlafen. Sobald sie sich hinlegte, kreisten die Zeilen in ihrem Kopf und sie versuchte, ihnen eine Bedeutung zuzuordnen.

Das erste ist ein heilig Haus, dem Ehr gebührt am sechsten Tag,
eh Ruh und Glanz das Land befällt.
Das zweite sei sein Eden nah, der Grund, der es auf Erden hält,
der Wiesen eint und Wurzeln schlägt.
Mein Hinweis sei, wo Glaube, Lieb und Treu erbracht, dem Himmel nah, der Erd noch mehr, unter heilig Wassern verborgen.

Ihr wollte keine einleuchtende Idee kommen.

Die letzten Stunden hatte sie das Internet durchforstet. Der Spruch stammte aus keinem Buch, keinem Gedichtband. Jane musste ihn selbst erdacht haben.

Gedankenverloren strich Leonora über den Einband von Oma Ediths Notizbuch, das auf der anderen Seite des Laptops lag. *Hm … vielleicht …* Sie klappte es auf und blätterte zu den *Sanditon*-Seiten. *Für immer verloren – nie vollendet.* Wenn ihre Grandma wüsste …

Als sie die Zeichnung der schiefen Eberesche aufschlug, stockte sie. *… der Wurzeln schlägt …* Meinte der Vers einen Baum? Vielleicht sogar denselben, den ihre Oma gezeichnet hatte? Aber dort war kein Hinweis gewesen. Kein Versteck jeglicher Art. Und was hatten dann die anderen Zeilen zu bedeuten?

Seufzend stützte sie das Kinn auf die Handfläche. Was, wenn sie es nicht lösen könnte? Was, wenn es die eine Sache war, an der sie gnadenlos scheitern würde?

Sie schüttelte den Kopf. Das würde sie nicht. Durfte sie nicht. Sie würde nicht zulassen, dass Janes Erbe im Staub des Melwood'schen Speichers versank.

Hätte Jane gewusst, welchem sturen Nachkömmling besagter Speicher einmal gehören würde, hätte sie sich sicherlich ein anderes Inn ausgesucht, um ihr Reisepult der Nachwelt zu hinterlassen.

Dabei war es sowieso verwunderlich … Jane hatte diese Notiz in einem Geheimfach versteckt. In einem Reisepult, von dem niemand wusste. An einem Ort, von dem niemand ahnte, dass sie noch einmal dorthin zurückgekehrt war. In einer Biografie hatte Leonora gelesen, dass Jane nur drei Monate später, im Juli 1817, in Winchester verstorben war, im Kreise ihrer Familie.

Ihrer engsten Vertrauten, ihrer Schwester Cassandra. Weshalb hatte sie ihr nichts von dem Pult verraten? Weshalb hatte sie ihr nicht die letzten Kapitel von *Sanditon* ausgehändigt?

Wollte sie, dass jemand Bestimmtes sie fand? Oder vielmehr: Hatte sie verhindern wollen, dass Cassandra sie fand?

Eine Gänsehaut durchfuhr Leonora, eine Ahnung, dass dieses Vermächtnis so viel mehr umspannte, als sie jetzt ahnen konnte …

Wie konnte Charleston der Sache nur so abgebrüht den Rücken zuwenden? Vermutlich schlummerte er längst seelenruhig. Als wäre diese Nacht nie geschehen, und als würde auf seinem Dachboden nicht das wohl größte Geheimnis der Literaturgeschichte ruhen.

Dem Mann mangelte es offenbar an einem Gewissen. Zumindest besaß er keinerlei Skrupel, sie mit der Sache allein zu lassen. Außerdem fragte Leonora sich, welche Aversion er gegen die Presse hegte. Immerhin führte er ein Gästehaus. Da gehörte Werbung doch zum guten Ton?

Andererseits passte es zu seiner stocksteifen Art und dem Hang traditioneller Familien zur Berufung auf absolute Privatsphäre. Das kannte sie aus dem Hause von Angeln schließlich gut genug.

Die Erinnerung an Max' Familie und das Herrenhaus sandte einen Stich in ihren Magen und ließ sie innehalten.

Etwas hatte sie hierhergeführt. In ein Abenteuer, das sie sich vor zwei Monaten wohl eher als Netflix-Film auf ihrer Hamburger Couch angesehen hätte.

Und ob sie es nun Schicksal nennen wollte oder nicht … Jane hatte sie mit ihrem Nachlass wieder zur Protagonistin ihres Lebens gemacht. Zu einer Emma Woodhouse, wenn sie

Wynda glaubte. Sie lächelte. Nun, die forsche Emma hätte sich bestimmt nicht diktieren lassen, wen sie in ihre Geheimnisse einweihen durfte, schon gar nicht, wenn es um ein so schwerwiegendes ging. Andererseits rief die smarte Elizabeth in ihr danach, ihrem Wort treu zu bleiben.

Während Leonora weiter durch das Notizbuch blätterte, fasste sie einen Entschluss. Wenn Charleston Melwood die Augen vor Jane Austens Vermächtnis verschließen wollte, sollte er das.

Aber er würde sie nicht daran hindern, sich Unterstützung von der Person zu holen, die besser als jeder andere über Jane und ihr literarisches Wirken Bescheid wusste.

Kapitel 12

Überredung

Einige Sommertage schien das Wetter nur für ein Picknick am Meer geschaffen zu haben, und dieser Sonntag im Juli in Sidmouth war ein solcher. Der Himmel und die See übertrafen einander mit ihrem strahlenden Blau, nur einige weiße Wolkentupfen trieben über dem Horizont. Die Sonne wärmte die Wiesen von Peak Hill, und ein seichter Wind ließ die Gräser auf ihnen tanzen. Leonora schob die Füße unter ihr Kleid und nippte an ihrer Teetasse. Von ihren Picknickdecken hatten sie einen freien Blick über die Küstenlinie oberhalb der roten Sandsteinfelsen, und hinter ihnen grasten Martins vier Kutschpferde, die sie den breiten Weg vom Rosehill Inn hinaufgebracht hatten. Einige der Damen lagen nun unter Spitzenschirmen und genossen die Sonne, andere plauderten munter. Berta und Jack spazierten einträchtig am Steilufer entlang.

Ein Picknick, so hätte Jane Austen es gewollt, war ein Ort der Entspannung. Eine gesellschaftliche Gelegenheit, um die Ruhe der Natur zu genießen. Ein Picknick mit einem dringenden Vorhaben zu beginnen, widersprach somit der Sache an sich. Doch

Leonora hatte ein dringendes Vorhaben, und das Ziel saß genau auf der anderen Seite ihrer Picknickgesellschaft.

»Du wirkst irgendwie angespannt. Und übernächtigt.« Wynda schnitt einen Scone auf und betupfte ihn mit einer dicken Portion Clotted Cream. Dann lehnte sie sich vor. »Und du solltest Mr. Darcy nicht so anstarren, wenn es unauffällig sein soll.«

Leonora rieb sich die Schläfe und senkte den Blick auf ihre Teetasse. Die blendende Sonne bereitete ihr Kopfschmerzen. Gegen Morgen war sie kurz vor dem Laptop weggedämmert, doch die Gänse hatten sie um sechs Uhr mit einem spontanen Gartenkonzert geweckt. Sie konnte gerade einmal zwei Stunden geschlafen haben. Mit der Stirn auf der Schreibtischplatte. Jedenfalls pochte es so beständig über ihrem Auge, dass sie am liebsten zwei Aspirin in ihren Earl Grey gerührt hätte.

Wynda interpretierte ihr leidendes Schweigen offensichtlich anders. »Ich habe euch gestern Abend gehört.« Die rosafarbenen Augenbrauen wackelten bezeichnend auf und ab. »Läuft da was?«

»Was? Mit Melwood-Darcy?« Sie verschluckte sich und stellte hustend die Teetasse ab. »Natürlich nicht.« Oder zumindest nicht das, was Wynda annahm. Wenn sie wüsste, welche Geheimnisse der Mann auf seinem Dachboden verbarg …

Am liebsten wäre Leonora noch gestern Nacht zu Wynda geschlichen und hätte sie eingeweiht. Doch dann hätte sie ihr Wort gebrochen. Und das kam nicht infrage. Sosehr sie Charlestons ignorante Art auch verteufelte – sie hatte ihm ihr Versprechen gegeben.

»Er hat dich also nur ganz anständig bis zur Zimmertür geleitet?«

»Könnte man sagen.« Ein nächster verstohlener Blick in seine

Richtung verriet Leonora, dass er in ein Gespräch mit seiner Schwester vertieft war. Den ganzen Vormittag hatte sie schon versucht, ihn allein abzufangen. Aber er war wie vom Erdboden verschluckt gewesen. Erst als sie am frühen Nachmittag zum Picknick aufgebrochen waren, hatte er sich gezeigt. Mit einer finsteren Miene, die entweder seine allgemeine Unzufriedenheit konstatierte oder darauf schließen ließ, dass er in der Nacht überraschenderweise ebenso wenig zur Ruhe gefunden hatte wie sie. Da das Jane Austen Centre die Inhaber von Rosehill traditionell zum Abschlusspicknick einlud, hatte er sich pflichtbewusst in eine der Kutschen gesetzt. Und nun blieben Leonora nur noch zwei Stunden, ehe die Gruppe zurückkehren und Sidmouth verlassen würde.

»Ihr wart ganz schön lange da oben verschwunden«, flüsterte Wynda und nippte unschuldig an ihrem Tee.

»Wynda«, raunte Leonora tadelnd. »Er ist wirklich der Letzte, der dafür infrage kommen würde. Außerdem dachte ich, du hast geschlafen?«

»Wenn ihr neben meinem Zimmer ne Vase umreißt, ist das wohl kaum möglich.« Wynda grinste. »Aber nimm dir deine Zeit. Du weißt, wo du mich findest, wenn du Redebedarf hast.«

Den hatte sie in der Tat. Und wenn Wynda wüsste, worum es tatsächlich ging, würde sie nicht mehr so seelenruhig ihren Tee schlürfen. Seufzend angelte Leonora nach einem Gurkensandwich von dem Tablett auf ihrer Decke und biss hinein. Doch ihr Magen fühlte sich seit heute Morgen wie zugeschnürt an. Erst musste sie die Sache mit Charleston klären. Aber es schien unmöglich zu sein, ihn unter vier Augen zu sprechen. Wenn sie ihn so betrachtete, kam es ihr alles noch viel unwirklicher vor. Sie teilte Janes Geheimnis ausgerechnet mit ihm. Dem Mann, der

Burns, aber keine Romantik mochte. Ein einziger Widerspruch in sich. Und keinen Sinn für Janes Romane hatte. Was ihn per se verdächtig in allen Anklagepunkten machte.

»Wie lief es eigentlich in der Galerie?«, unterbrach Wynda ihre Gedanken. »Hast du dort etwas herausgefunden?«

Leonora schüttelte den Kopf. »Nein, leider ist der Künstler, der das Bild der jungen Frau und des Fischers gezeichnet hat, schon vor vielen Jahren verstorben.« Am Vormittag hatte sie den Entschluss gefasst, zur Galerie an der Esplanade zu gehen, ehe sie Sidmouth verließ. Als man ihr dort keine weitere Auskunft geben konnte, war sie enttäuscht weiter durch die Innenstadt gelaufen. Doch auch hier hatte sie nirgendwo einen Hinweis zu dem mysteriösen Vers oder den Aufzeichnungen im Notizbuch entdeckt. Weder Oma Edith noch Jane machten ihr die Sache leicht …

In dem Moment sah Leonora, wie Charleston sich von seinem Picknickplatz erhob. Die Sonne schien ihm ins Gesicht, und er schob die Hände steif in die Hosentaschen seines Tweed-Zweiteilers. Als auch Wynda bemerkte, dass er direkt auf sie zuhielt, stellte sie den Tee ab und stupste Leonora an.

»Hallo«, grüßte er und sah dabei einen halben Meter an Leonora vorbei, auf einen unbestimmten Punkt im umliegenden Küstengebiet.

»Hallo«, erwiderte sie ebenso knapp.

»Könnte ich dich kurz sprechen, Leonora?« Sein Blick traf ihren, und sie konnte absolut nicht sagen, ob das etwas Gutes war. »Ich dachte, wir könnten ein Stück gehen.«

»Ähm … klar.« Sie rappelte sich hoch und strich ihr Kleid zurecht, während ihr Puls beschleunigte. Dass sich ihr Problem so schnell von allein löste, hatte sie nicht erwartet.

»Viel Spaß!«, flötete Wynda ihnen ungeniert hinterher.

Neben Charleston Melwood den Küstenpfad entlangzuschlendern, erinnerte Leonora ein wenig zu sehr an ein romantisches Kostümdrama. Der Wind frischte auf und fuhr durch sein dunkles Haar, während er mit gestrafften Schultern neben ihr ging und nachdenklich aufs Meer hinaussah. Währenddessen musste sie sich regelrecht bemühen, mit seinen schwungvollen Schritten mitzuhalten, ohne über den Saum ihres Regency-Kleids zu stolpern. Wynda hatte es ihr aus dem Fundus im Jane Austen Centre herausgesucht, ehe sie zu dem Wochenendtrip aufgebrochen waren. Und obwohl ihr der zarte, luftige Blumenstoff unheimlich gut gefiel, war es doch etwas mühsam, mit einem bodenlangen Kleid die südenglische Küstenlandschaft zu erkunden. Auch wenn es sich dabei nur um einen Alibi-Spaziergang handelte.

Er schwieg, bis sie die Steilklippen abseits der Picknickwiese erreicht hatten. Dann räusperte er sich und drehte sich etwas steif zu ihr. »Ich habe über gestern Nacht nachgedacht und über die Suche«, sagte er.

»Ich auch.«

Er wandte überrascht den Kopf. »So?«

Sie nickte.

»Ich komme mit.«

»Wynda kommt mit.«

Sie verstummten gleichzeitig und blieben abrupt stehen. Sicherlich hatte sie sich verhört.

»Wir hatten gesagt, dass die Sache unter uns bleibt«, sagte Charleston.

»Aber ich brauche Unterstützung. Und Wynda ist eine ausgewiesene Expertin.«

»Ausgeschlossen, es darf keine Mitwisser geben.« Er schüttelte den Kopf. »Du wirst mit mir vorlieb nehmen müssen. Wenn es sich tatsächlich um ein originales Schriftstück von Jane Austen handelt, sollte man dem in der Tat nachgehen. Aber es bleibt dabei, wir halten das Rosehill Inn aus der Angelegenheit heraus. Deshalb werde ich in die Suche involviert sein.«

Vor ihrem inneren Auge konnte Leonora das Szenario lebhaft vor sich sehen. Charleston würde mit seinem besserwisserischen Darcy-Blick jede ihrer investigativen Bemühungen überwachen. Und mit Sicherheit hatte er zu allem eine kluge Meinung beizutragen. Oder irgendein Verbot auszusprechen.

»Das halte ich für eine schlechte Idee.« Über seine Schulter hinweg sah sie, dass ein Teil der Reisegruppe bereits zu ihnen herüberschaute, und sie wandte sich wieder dem Küstenweg zu, um die unauffällige Spaziergängerin zu mimen. Charleston erhielt das subtile Memo und schritt an ihrer Seite.

»Es ist keine Idee«, widersprach er. »Es ist beschlossene Sache.«

»Dafür müssten es alle betreffenden Parteien beschließen«, erwiderte sie stur.

Eine Weile herrschte Schweigen, und der Frieden des Sommertags hatte sich weit aufs Meer verzogen.

»Wenn du involviert sein willst, einigen wir uns darauf, dass Wynda eingeweiht wird«, sagte sie schließlich. »Wir brauchen sie. Sie ist unheimlich belesen und kennt sich bestens mit Jane Austen aus. Und man kann sich auf sie verlassen.«

Wieder hielt er an. Dann seufzte er, löste einen Arm aus der Verschränkung und streckte ihr die Hand entgegen. »Absolute Verschwiegenheit. Ich hoffe, Dr. Caleb weiß, was das ist.«

Ein triumphierendes Grinsen legte sich auf Leonoras Gesicht. »Man sollte es ihr kurz erklären, aber sie ist sehr loyal.«

Sie sah in seinem Blick, dass er die Sache schon jetzt bereute. Tja, zu spät. Nun hatte er ihr sein Wort gegeben. Und ein Handschlag galt einem traditionsbewussten Charleston Melwood sicherlich noch etwas. Um das zu untermauern, drückte sie seine Finger noch ein wenig fester. Aus dem Deal kam er nicht mehr heraus.

Er erwiderte stumm ihren Blick, dann zog er plötzlich die Hand zurück, als hätte er sich verbrannt, und hielt sie steif zur Seite seines Tweedjacketts ausgestreckt.

»Ich schlage vor, wir teilen die Recherche auf, bis wir einen schlagkräftigen Hinweis finden«, sagte er und schlug den Küstenpfad ein, der sie immer weiter von der Picknickgesellschaft fortführte.

»Wynda und ich suchen in Bath nach Hinweisen. Vielleicht finden wir etwas in der Universitätsbibliothek«, erwiderte Leonora und klemmte sich die Haarsträhne wieder hinters Ohr, die der Wind ihr hier am Rand der Steilküste immer wieder ins Gesicht blies.

»In Ordnung. Ich werde mich von Sidmouth aus bemühen, etwas herauszufinden. In der Innenstadt gibt es ein Museum mit einem bemerkenswerten historischen Archiv. Vielleicht lässt sich dort ein Anhaltspunkt finden.«

Eine Böe trug den salzigen Geruch der Brandung zu ihnen hinauf, und Leonora atmete tief ein. »Es ist ein schöner Ort«, sagte sie. »Ich kann verstehen, weshalb Jane so fasziniert von der Landschaft und dem Ambiente der Seebäder war.«

»Es ist ein schöner Ort. Tatsächlich. Aber Sentimentalitäten verschließen den Blick für das Wesentliche.«

Nicht einmal dieser herrliche Sommertag konnte Charleston aus seiner nüchternen Gleichgültigkeit holen. Allmählich fragte

Leonora sich, was einen Mann so verbittert werden ließ … oder war es einfach nur seine ausgeprägte Arroganz?

»Du solltest nicht vergessen, weshalb Jane nach Sidmouth zurückkehrte. Vielleicht war der Grund wirklich ihre einzige große Liebe, die sie nie vergessen hat.« Sie sah zu ihm hoch ins Gegenlicht, doch seine mürrischen Augenbrauen rückten nur noch enger zusammen.

»Obsession«, brummte er, und Leonora verdrehte die Augen.

»Hat dieser Pessimismus im Hinblick auf Romantik persönliche Gründe?«, fragte sie und biss sich im selben Moment auf die Lippe. Was tat sie hier? Sie hatte gar nicht vorgehabt, Charleston in ein so persönliches Gespräch zu verwickeln.

»Es ist kein Pessimismus, sondern ein rationaler Blick auf das Reale.« Er hielt inne. »Und nein, man hat mir nicht das Herz gebrochen, falls die Frage darauf abzielte. Wie gesagt, ich halte von sentimentalen Verirrungen wenig.«

Er hatte das im Pub also nicht nur so dahergesagt. Aber irgendwie nahm Leonora ihm diese kaltschnäuzige Haltung nicht ab. Etwas musste passiert sein, damit sich jemand der Liebe so verschloss.

Ja, sie selbst hatte gerade auch keinen Bedarf an romantischen Gefühlen. Aber sie glaubte noch an die Liebe. Und Jane hatte das auch getan.

»Da nun alles geklärt ist, sollten wir uns auf den Rückweg machen«, beendete er die Unterhaltung abrupt und schlug eine Kehrtwende ein.

Und da sie nun wieder schwiegen, kam ihr der Rückweg beinah so lang vor wie der nächtliche Fußmarsch vom Wild Rabbit.

***

Als Leonora den Picknickplatz erreichte, gab Wynda vor, in einer alten Ausgabe des *Regency World Magazine* zu lesen. »Ich werde nicht nachfragen, ehe du absolut freiwillig erzählst, weshalb du vertrauliche Picknick-Spaziergänge mit Darcy-Melwood führst.«

Leonora ließ sich neben ihr sinken und griff nach ihrer Tasse. »Als ob ich dir das glauben würde.« Natürlich hätte sie Wynda selbst am liebsten sofort in alles eingeweiht. Innerlich vibrierte sie vor Aufregung. Also tat es gut, ihre Nerven mit etwas Tee zu beruhigen. Sie schenkte sich ein und bot Wynda ebenfalls etwas an, doch die legte die Hand auf ihre Tasse.

»Nein, danke. Ich hatte schon fünf. Meinst du, es gibt so was wie eine Teesucht? Ich meine, immer wenn ich nervös bin, brauch ich meinen Earl Grey First Flush mit zwei Schuss Milch und einem Löffel Zucker. Oder wenn ich nachdenke. Oder müde bin. Und jeden Morgen. Ist das noch normal? Oder gilt das in anderen Ländern schon als Suchtverhalten?«

»Dann nimm lieber noch eine Tasse«, erwiderte Leonora, und Wynda hob folgsam mit geweiteten Augen die Hand vom Porzellan.

»Es ist also was passiert«, flüsterte sie.

»Nicht, was du denkst. Es ist noch so viel größer …« Leonora brach ab und schüttelte den Kopf. »Aber ich kann es dir hier nicht erzählen. Du musst dich noch etwas gedulden.«

Während Wynda mit ungläubigem Blick die Tasse an die Lippen hob, stellte Leonora die Teekanne ab und sah zum anderen Ende der Picknickgesellschaft. Charleston saß wieder neben Victoria, die ihn ebenso skeptisch beäugte wie Wynda zuvor sie. Doch er hielt sich an ihr Schweigegelübde. Wie es sich für einen Briten gehörte, ertränkte er alle aufkommenden Fragen mit einem Schluck Earl Grey.

Kapitel 13

Verstand und Kalkül

Der Abschied von Sidmouth stimmte Leonora unerwartet wehmütig. Als sie ihren Koffer schloss und ein letztes Mal aus dem Dachfenster des Fliederzimmers in den Garten von Rosehill House sah, fiel ihr Blick auf den Pavillon. Das Schnattern der Gänse und das Rauschen der Brandung, das Rosehill stets umgab, drangen zu ihr hinauf. Das Haus barg seine Geheimnisse, und sie hoffte, dass sie zurückkehren würde, um sie ihm zu entlocken.

Es klopfte an der Tür. Schnell nahm Leonora Oma Ediths Notizbuch vom Schreibtisch und steckte es in ihre Tasche, dann öffnete sie.

Vor ihr stand Charleston, die Haare noch leicht zerzaust vom Seewind ihres Picknicks, aber seine gerade Haltung brachte sie dazu, selbst die Schultern zu straffen. Die Arme hatte er wie so oft hinter dem Rücken verschränkt. »Ich würde jetzt das Gepäck zum Wagen bringen.«

»Danke«, sagte Leonora und trat einen Schritt zur Seite, um ihn hereinzulassen.

Seine große Gestalt wirkte deplatziert in dem kleinen Zimmer und ließ es wie eine Puppenstube erscheinen. Neben den romantischen Anklängen der Tagesdecke und der Lampenschirme mit Fliedermotiv kam er ihr vor wie ein aus der Zeit gefallener Lord, der sich in der Tür geirrt hatte und aus Versehen im Damenzimmer gelandet war.

»Ich hoffe, der Aufenthalt war angenehm«, sagte er förmlich und blieb neben dem Bett stehen.

»Ein paar unvorhergesehene Ereignisse, aber die Jane-Austen-Erfahrung wurde in allen Punkten übertroffen«, gab Leonora grinsend zurück und spürte wieder das nervöse Kribbeln, das sie bei dem Gedanken an Janes Notiz befiel.

Kurz wirkte Charleston, als wollte er etwas entgegnen. Seine Kiefermuskeln zuckten, dann griff er in die Innentasche seines Jacketts. »Hier ist meine Karte. Ich gehe davon aus, dass du dich melden wirst, wenn du etwas Wesentliches herausgefunden hast.«

»Das werde ich.« Sie nickte und schob die Visitenkarte in die Tasche ihrer Jeans. »Ich schicke dir meine Nummer. Und Wyndas. Vielleicht wäre auch eine Chat-Gruppe sinnvoll?«, überlegte sie.

»Übertreiben wir's nicht«, erwiderte er so kühl, als hätte sie gerade ihre Zahnbürste in seinem Bad platziert, wandte sich ihrem Gepäck zu und trug es ohne ein weiteres Wort hinaus.

Sie seufzte. Rosehill würde sie vermissen. Aber es war eine erleichternde Vorstellung, dass sie bald wieder die sichere Distanz von zwei Fahrtstunden von Charleston Melwoods Arroganz trennten.

In der Empfangshalle hatte sich bereits der Rest ihrer Reisegruppe versammelt. Wynda teilte kleine Jane-Austen-Anstecker zum Abschied der Tour aus, während Charleston und der Busfahrer das Gepäck einluden.

Nachdem sie fast ein Wochenende in Regency-Kleidern verbracht hatten, war es ein ungewohntes Bild, nun alle in Jeans und Pullovern zu sehen.

Als Leonora neben Wynda saß und der Bus rumpelnd die Kiesauffahrt hinunterfuhr, schaute sie zurück zu Rosehill House. Victoria winkte ihnen ein letztes Mal zu und verschwand dann im Entrée. Doch Charleston stand unbewegt neben dem Eingang, als hätte man ihn in Zement gegossen wie die beiden Windhunde, die auf Sandsteinblöcken rechts und links des Aufgangs thronten. Seine aristokratische Nase und seine markanten Züge wirkten wie gemeißelt. Kein Hauch einer emotionalen Regung lag in seinem Gesicht, einzig sein Blick schien ihr zu folgen. Beziehungsweise dem Bus. Wahrscheinlich zählte er schon die Sekunden, bis ihn niemand mehr in seiner Ruhe störte. Oder überwachte, dass sie auch wirklich seine Auffahrt verließen …

»Kannst du es mir jetzt verraten?«, ertönte Wyndas Stimme dicht an ihrem Ohr, und sie fuhr erschrocken zusammen.

»Nicht hier«, flüsterte sie dann zurück. »Am besten du kommst noch mit ins Cottage, wenn wir zurück in Bath sind.«

»Okay … zu Hause wartet eh nur Henry auf mich.«

Als Leonora sie ratlos ansah, fügte sie hinzu: »Henry Tilney ist mein Bonsai. Er hat eine Vorliebe für Schauergeschichten.«

Leonora grinste. »Verstehe, Catherine Morland.«

Sie hatte es ja gewusst. Wynda war zu hundert Prozent die richtige Unterstützung.

***

Die Gartenpforte von Barton Cottage quietschte, und Leonora zuckte zusammen. Doch nebenan bei Mrs. Tattlington blieb alles ruhig. Der Bewegungsmelder der historischen Kupferlampen, die den Aufgang zum Cottage beleuchteten, war ausgefallen, und im Dunkeln konnten sie den Weg zwischen den ausladenden Stockrosenranken nur erahnen.

»Süße, hättest du vorher gesagt, dass das so ein Abenteuer wird, hätte ich mich um ne Machete gekümmert«, erklang es hinter ihr in der Dunkelheit.

Leonora hielt einen quer wuchernden Fliederzweig für Wynda zur Seite und trat neben sie vor den Eingang. »Ich weiß, der Garten ist ziemlich eskaliert. Normalerweise hat ein Nachbar nach dem Rechten gesehen, aber er und seine Frau haben sich getrennt. In der letzten Zeit war so viel los, dass ich es noch nicht geschafft habe. Komm rein.«

Sie schaltete das Licht im Wohnbereich ein, dann lief sie zur Terrassentür und schob sie auf, um die frische Abendluft hereinströmen zu lassen.

»Wow«, hörte sie Wynda begeistert sagen. Sie stellte ihren Treckingrucksack neben Leonoras Koffer vor der Garderobe ab und kam zu ihr. »Was für ein Traum! Ich wusste nicht, dass so eine Oase hier inmitten des Stadtzentrums existiert.«

»Willkommen in Barton Cottage«, verkündete Leonora mit einem gewissen Stolz, dann wandte sie sich der offenen Küche zu. »Mach es dir draußen auf der Terrasse bequem, ich koche uns noch einen Tee.«

»Barton Cottage.« Wynda grinste breit. »Oma Edith war wohl auch ein Fan von Jane.«

»Das war sie.« Während Leonora auf das Pfeifen des alten Kessels wartete, stellte sie das Teeservice auf ein Tablett, dann trug sie alles hinaus zur Pergola und setzte sich auf den Korbstuhl neben Wynda.

Der flackernde Schein des Windlichts beleuchtete den Blauregen und hüllte sie in eine geheimnisvolle Atmosphäre.

Wynda nippte ungeduldig an ihrem Tee und musterte sie mit großen Augen.

»Okay …«, begann Leonora zögernd. »Was ich dir gleich sage, ist von immenser Bedeutung. Und du musst mir versprechen, dass es unter uns bleibt.«

Wyndas Augen weiteten sich noch ein wenig mehr, und sie nickte stumm. »Ehrenwort.«

»Also gut.« Leonora holte tief Luft. »Auf Charleston Melwoods Dachboden steht ein bisher unentdecktes Reisepult von Jane Austen, und wir haben darin eine Notiz gefunden, die uns zu den letzten Kapiteln von *Sanditon* führen könnte.«

Eine Minute lang war nur das Zirpen der Grillen zu hören, die in den Wildblumen saßen. Wyndas Gesicht war einfach in seinem überraschten Eindruck eingefroren. Ihre Teetasse klapperte leise, als sie diese behutsam vor sich abstellte. »Leonora, ich frage das sehr ungern, aber hat Darcy-Melwood dir gestern etwas in dein Getränk gemischt?« Sichtlich besorgt streckte sie die Hand aus und griff ihre Finger. »Du hast den ganzen Tag schon so mitgenommen gewirkt.«

»Ich weiß, ich weiß. Es klingt unglaublich. Aber es ist wirklich wahr, Wynda!« Unbeirrt zog sie ihr Handy aus der Tasche, öffnete das Foto und platzierte es direkt vor Wyndas Nase. »Das ist der Beweis! Jane ist nach Sidmouth zurückgekehrt, ehe sie in Winchester verstarb. Und sie hat einen Hinweis zu ihrem letzten Vermächtnis in dem Reisepult hinterlassen. In Rosehill House.«

Die Grillen zirpten wieder, während Wynda akribisch das

Foto begutachtete. »Das ist … Das kann doch nicht wahr sein«, hauchte sie, während sie die Zeilen heranzoomte. »Geschickt, muss ich schon sagen. Es ist tatsächlich Janes Schrift. Keine Ahnung, wie er das hinbekommen hat. Aber ich fürchte, du solltest dich von Mr. Darcy verabschieden und ihn von nun an Wickham nennen. Der Typ ist ja skrupellos, dir so eine Geschichte aufzutischen … nur, um dich nachts in seine Dachkemenate zu locken.« Sie sah sie mitfühlend an. »Tut mir leid, Süße. Er kannte deinen schwachen Punkt. Ich fürchte, er hat die Sache eiskalt kalkuliert. Hattest du immerhin eine schöne Nacht? Ich hoffe, er hat dir nicht noch das Herz gebrochen.«

Leonora stöhnte entsetzt auf. »Oh *nein* … ich hab dir doch schon gesagt, da ist nichts gelaufen!«

Wynda schlürfte unbeeindruckt ihren Tee und verschränkte die Beine auf dem Korbsessel.

»Wirklich«, betonte Leonora. »Er ist so arrogant, so borniert, so … Ich könnte mich den ganzen Tag über ihn aufregen. Und wie du weißt, habe ich aktuell den Männern abgeschworen.«

»Hm, hm.«

Leonora seufzte. »Ich schwöre es dir, die Geschichte stimmt. Ich habe es mit eigenen Augen gesehen. Vielmehr: Ich habe die Notiz gefunden! Sie war in einem Geheimfach im Reisepult versteckt. Merkwürdig, oder? Weshalb hat Jane sie nicht Cassandra übermittelt? Jedenfalls musst du mir glauben. Die Einzigen, die hier Kalkül beweisen, sind wir.«

»Wir?«

»Ich brauche deine Unterstützung, um das Rätsel zu lösen. Darcy-Melwood hält nämlich wenig von der Öffentlichkeit. Gott bewahre, dass die Presse Wind von der Sache bekommt. Ich musste ihm hoch und heilig schwören, dass wir kein Sterbenswörtchen verlauten lassen. An niemanden. Sonst landen wir womöglich noch neben dem ausgestopften Bären in der Melwood'schen Dachkammer.«

»Haha.« Wyndas Lachen klang so humorlos, als sähe sie es bereits vor sich.

»Wir müssen die Sache lösen und *Sanditon* finden.« Leonora stupste gegen Wyndas Arm, der stocksteif war, weil sie ihre Tasse so fest umklammerte, dass ihre Fingerknöchel weiß hervortraten. »Oder willst du das Charleston überlassen? Dem fällt womöglich morgen wieder ein, dass die Welt auch gut ohne Janes letzten Roman auskommt, wenn er nur seinen Frieden auf Rosehill vor einem Presseansturm retten kann.«

Zwei Minuten lang zirpten die Grillen ungestört. Dann landete Wyndas Tasse klirrend auf dem Tisch. »Tja … also, das ist wohl so ziemlich das Verrückteste, was ich je gehört habe. Und ich meine, für meine Doktorarbeit habe ich diesen Aufsatz über die symbolische Bedeutung der Hausgans in *Emma* gelesen.« Sie fixierte Leonora mit zusammengekniffenen Augen. »Du meinst das wirklich ernst?«

Leonora nickte, ohne zu zögern, und hielt Wynda wieder das Foto unter die Nase. »So was von ernst.«

»Ja, also dann …«

»Bist du dabei?«

»Ich schätze schon …«, murmelte Wynda und zoomte noch einen Moment akribisch auf dem Foto herum.

»Großartig! Du bist die Beste.« Sogleich griff Leonora in ihre Tasche und legte das Notizbuch ihrer Großmutter auf den Tisch. Sie hatten keine Zeit zu verlieren. »Sieh mal, ich habe schon eine Menge recherchiert, aber so richtig komme ich mit dem Vers nicht weiter. Aber als ich die Notizen meiner Grandma zu *Sandi-*

ton durchgegangen bin, bin ich wieder über die Eberesche an der Steilküste gestolpert. Meinst du, das könnte was damit zu tun haben? ›Etwas, das Wurzeln schlägt‹?« Sie blätterte die Zeichnung auf und drehte sie zu Wynda, die kurz den Blick von dem Handydisplay hob und sich vorbeugte.

»Hm, vielleicht.« Dann tippte Wynda auf das Foto. »Das ist eine Charade.«

»Das Spiel mit der Pantomime?«

»So ähnlich, nur statt der Pantomime mit Wörtern. Es war im 19. Jahrhundert ein beliebtes Gesellschaftsspiel, Jane hat es in ihren Briefen und Romanen erwähnt. Erinnerst du dich? In *Emma?*«

Eine vage Erinnerung tauchte in Leonoras Gedächtnis auf, aber sie verhalf ihr noch immer nicht zu einem Geistesblitz.

»Bei unserem Hinweis könnte es sich um ein zusammengesetztes Wort handeln. Oder um zwei miteinander verknüpfte Wörter.«

»Hm.« Leonora seufzte und stützte das Kinn auf die Handfläche, während sie nachdenklich auf den Vers starrte. Inzwischen hatte sie ihn so oft gelesen, dass sie ihn auswendig kannte. Doch mehr als die Baumsymbolik wollte ihr einfach nicht einfallen.

Wynda war in Schweigen verfallen und hielt wieder die Teetasse in der Hand. Ihre Finger verschränkten sich fest um das Porzellan, und obwohl sie sich zurücklehnte, sah Leonora, dass es in ihr arbeitete. Sie war seltsam blass um die Nase. Und sie schien gar nicht zu bemerken, dass ihre Tasse längst leer war.

»Alles in Ordnung?« Leonora tätschelte ihren Arm und zog die Porzellankanne zu sich heran. »Möchtest du noch Tee?«

»Oh.« Wynda stellte die Tasse hin und schüttelte den Kopf. »Sorry, ich glaub, ich muss das Ganze erst mal verarbeiten. Ich meine … wie zum Teufel kann das sein, Leonora? Wie kann das wahr sein?« Ihre Augen glichen den großen runden Untertassen auf dem Tisch.

»Ich weiß es nicht.« Leonora schob die Kanne zurück und beugte sich vor, sodass der flackernde Kerzenschein die Schatten in Wyndas Gesicht vertrieb. »Aber ich weiß, dass ich es gesehen habe. Es war echt.«

Wynda nickte langsam. »Wenn es wirklich stimmt, dann könnten wir Janes letztes Geheimnis lüften.«

Der Satz hing eine Weile in der Stille der nächtlichen Pergola. Nur das Zirpen untermalte ihre Worte.

»Du hast recht«, flüsterte Wynda schließlich, »wir dürfen auf keinen Fall Darcy-Melwood die Sache überlassen. Wenn auch nur eine kleine Chance besteht, dass Jane der Nachwelt diese Notiz hinterlassen hat, werden wir sicherstellen, dass *Sanditon* gefunden wird.«

Leonora lächelte. Das war die Wynda, die sie kannte. »Das werden wir.«

»Ich könnte morgen in der Bibliothek vorbeischauen«, schlug Wynda vor. »Vielleicht stolpere ich über eine Verbindung.«

Morgen war ihr freier Tag, als Ausgleich für das Wochenende in Sidmouth. Wenn Wynda in der Bibliothek recherchierte, könnte sie bei Freddy im Laden stöbern. George hatte eine Vielzahl bibliografischer Werke zu Janes Leben und die ungekürzte Briefsammlung besessen.

»Klasse, ich sehe mich auch weiter um, im Antiquariat eines Freundes.« Die Zeichnung in Oma Ediths Buch zog wieder ihren Blick auf sich. Aber ohne einen stichhaltigen Hinweis brachte die windschiefe Eberesche sie nicht weiter.

»Okay«, raunte Wynda immer noch sichtlich mitgenommen. »Ich glaube, ich brauche ne Menge Schlaf, ehe ich das so richtig begreife.«

Allmählich machten sich auch bei Leonora die nervenzehrende Aufregung und die viel zu kurze Nacht bemerkbar. Die Anspannung hatte sie durchhalten lassen, aber Wynda hatte recht, sie sollten dringend Schlaf nachholen, um einen klaren Gedanken fassen zu können.

Schweigend trugen sie das Teeservice ins Cottage, dann begleitete sie Wynda zur Tür, holte die große Taschenlampe aus der Kommodenschublade im Flur und leuchtete ihnen den Weg, während sie an den wuchernden Stauden vorbeiliefen, bis sie den Bürgersteig und die Pforte erreichten.

»Doppelte Ladypower«, flüsterte Wynda, als sie Leonora zum Abschied umarmte, und Leonora kicherte leise.

»Doppelte Ladypower. Schlaf gut.«

Wynda winkte ihr noch einmal zu, ehe sie um die Häuserecke verschwand. Und obwohl sie dem Rätsel um Janes Vermächtnis nicht näher gekommen war, fühlte Leonora sich auf seltsame Weise befreit, als sie zurück zum Cottage lief. Nun lastete das Geheimnis nicht mehr allein auf ihren Schultern. Wynda würde genau wie sie alles daran setzen, das Rätsel zu lösen. Und sollte Charleston spontan entscheiden, dass sie die Suche vergessen sollten, könnte er ja mal versuchen, sich ihnen in den Weg zu stellen.

Die Vorstellung ließ sie zufrieden grinsen. Der Arme hatte keine Ahnung, was da auf ihn zukommen würde. Wenn Wynda sich erst einmal in die Suche stürzte, kannte ihr literarisches Genie sicher keine Grenzen. Er hatte vermutlich geahnt, warum er einen Gruppenchat so vehement abgelehnt hatte. Lächelnd schloss Leonora die Tür, dann holte sie ihren Koffer und ging nach oben ins Schlafzimmer.

Als sie wenig später unter der Decke des Himmelbetts lag und den Nachtschatten auf den Vorhängen zusah, stahl sich die Geschichte der jungen Frau und des Fischers wieder in ihre Gedanken, die Stimme ihrer Grandma, die sie leise erzählte. Und während sie in den Schlaf driftete, verschoben sich die Bilder. Sie sah den Strand von Sidmouth vor sich, spürte die Kälte der roten Brandung, sah hinauf zu Peak Hill, auf dessen Anhöhe sich Rosehill House über der Küste erhob. Ein Flüstern drang durch die dunklen Flure, schwebte hinaus in die Dunkelheit, strich über die Blätter der Rosenbüsche, durch die Bäume des Hains, bis es die Brandung erreichte. Und etwas zog sie zurück, ehe sie ganz in der Flut versank.

Kapitel 14

Im Bann der Bücher

Die Ladenglocke von George's Old Books ertönte, und Freddys Lockenschopf schoss hinter dem Tresen hoch. »Oh, du bist es«, murmelte er, ehe er wieder abtauchte.

»Wen hattest du erwartet?« Leonora warf einen Blick über die Schulter. Im Laden herrschte Chaos. Lagerkisten reihten sich aneinander, auf denen Bücher ohne erkennbare Struktur verfrachtet worden waren. Freddy steckte bis zu den Schultern in einem Umzugskarton und räumte darin herum.

»Niemanden«, klang es gedämpft zu ihr heraus.

Die Erleichterung auf seiner Miene hatte etwas anderes gesagt, doch es war offensichtlich, dass er nicht darüber reden wollte. Und da Leonora es heute noch eine Weile in seinem Laden würde aushalten müssen, entschied sie, dem Haussegen zuliebe nicht weiter nachzuhaken.

»Also, wie war es in Sidmouth? Ist etwas Interessantes passiert?« Freddy hob den Kopf aus den Untiefen des Kartons und betrachtete sie aufmerksam.

»Nein, nichts Außergewöhnliches«, entgegnete sie und hoffte, ebenso verschwiegen zu wirken wie er zuvor. Doch sie spürte, wie sich eine leichte Röte auf ihre Wangen stahl. »Aber ich würde gern heute hier im Laden ein paar Dinge recherchieren, wenn das okay ist?«

Sein Blick verdunkelte sich. »Leonora, hör mal, Sidmouth, das …«

Ehe er weitersprechen konnte, ertönte ein Ping, und er zog hastig sein Handy aus der Hosentasche.

Irgendetwas war hier seltsam. Freddy ließ sich nie von einer Nachricht aus der Ruhe bringen. Es sei denn, es ging um sein Boot.

Als er das Handy wieder wegsteckte, wirkte er zerknirscht.

»Was ist los?«, fragte Leonora.

Doch er mied ihren Blick und krempelte die Ärmel seines karierten Hemds noch ein Stück höher. »Was soll los sein? Hab viel zu tun, wie du siehst.«

Sie seufzte. »Du bist offensichtlich schlecht gelaunt. Und wenn ich mich richtig erinnere, geschieht das maximal einmal im Jahr.« Sie hob die Augenbrauen, doch Freddy blieb still, während er wieder zu dem geöffneten Karton hinüberging. »Und dein Laden sieht aus, als wäre der Zoll dir auf die Schliche gekommen.«

»Ich habe nur eine neue Lieferung bekommen und muss etwas Platz schaffen.« Er nahm einen der Bücherstapel vom Tresen und verfrachtete ihn in den Karton.

»Moment, und was passiert mit den Büchern?«

»Kein Grund, Schnappatmung zu kriegen, Lady.« Er warf ihr einen genervten Blick zu. »Sie wandern erst mal nur ins Lager. Aber was soll ich dir sagen? Das Spirituosengeschäft läuft deutlich besser. Die Leute ertränken ihren Alltag eben lieber in gutem Whisky als in Worten.« Ein weiterer Bücherstapel wanderte aus dem Regal hinter ihm in den Karton. »Wird ein zweites Geheimregal, wenn du verstehst …«

Leonora seufzte. Auch wenn es ihr körperliche Schmerzen bereitete, zuzusehen, wie Georges alte Sammlung den Spirituosenflaschen wich – das hier war Freddys Laden. Und es ging sie nichts an, wie er ihn führte. »Und was wolltest du mir eben zu Sidmouth sagen?«

Er hielt kurz inne, doch dann beugte er sich wieder tief in den Karton. »Nix.«

Da war er wieder, der altbekannte Gesprächsverweigerer.

Sie kapitulierte. Das konnte ja ein heiterer Tag werden. Doch es half nichts. Wenn sie Zugang zu Georges geheiligtem Jane-Austen-Archiv wollte, musste sie sich wohl oder übel mit dem schlecht gelaunten Freddy arrangieren.

Möglichst unauffällig schlenderte sie an den Regalen entlang in die hintere Ecke, in der die Privatsammlung lagerte. Doch ehe sie einen Finger an *A Memoir of Jane Austen* von James Edward Austen-Leigh legen konnte, hörte sie schon Schritte hinter sich.

»Auf welcher Mission bist du eigentlich hier unterwegs?« Freddy hatte die Arme vor der Brust verschränkt und musterte sie skeptisch. »Die sind nicht verkäuflich, wie du weißt.«

Ertappt ließ sie den Finger sinken. »Ich weiß, aber ich müsste was in einigen der Bücher recherchieren. Also könnte ich vielleicht heute hierbleiben?«

Als er sie stumm anstarrte, blinzelte sie. »Bitte?«

Er seufzte. »Hach, na meinetwegen. Aber ich warne dich vor, ich hol gleich die Fräse raus. Das Regal muss heute fertig werden.« Damit wandte er sich ab und hockte sich wieder über seinen Karton.

»Danke!«, rief sie ihm grinsend hinterher. Dann zog sie die

Memoiren aus dem Regal und machte es sich auf dem abgewetzten Ledersessel in der Leseecke bequem.

***

Freddy hatte nicht zu viel versprochen. Drei Stunden später war das Antiquariat noch immer erfüllt von dem Dröhnen der Fräse, in lieblicher Abwechslung mit ohrenbetäubendem Hämmern. Aber Leonora war so in ihre Lektüre vertieft, dass sie es nur gedämpft registrierte. Inzwischen hatte sie mehrere Seiten mit Anmerkungen zu Janes Leben auf einem Block notiert. Und etliche Fotos von interessanten Passagen geknipst. Aber einen eindeutigen Hinweis hatte sie nicht gefunden. Oder ihn nicht erkannt.

Sie streckte sich gähnend und schob das schwere Buch wieder auf ihren überkreuzten Beinen zurecht. Als sie die Seite umblätterte, schlug sie einen Brief auf, den Jane am Donnerstag, den 13. November 1800, an ihre beste Freundin Martha Lloyd verfasst hatte. Damals hatten die Austens noch in Steventon gelebt, der kleinen Pfarrgemeinde in Hampshire, in der Jane 1775 geboren worden war. Ihr Vater war der Pfarrer der Gemeinde gewesen. Und Martha, die sie dort im Alter von dreizehn Jahren kennengelernt hatte, hatte wenig später mit ihrer Familie ins fünfzehn Meilen entfernte Ibthorpe ziehen müssen. In ihrem Brief plante Jane einen langersehnten Besuch bei ihrer Freundin, und aus ihren Worten war herauszulesen, wie sehr Martha und sie einander vermissten.

Eine Freundschaft auf Distanz knüpfte das engste Band, wurde sie von beiden Seiten ebenbürtig empfunden. Doch eine Freundschaft, in der nur noch einer an der Verbindung festhielt … Ein Stich fuhr durch Leonoras Brust, und ihr Blick wanderte zu Claires Lesezeichen, das nun in ihrem Notizblock klemmte. *Wahre Freundinnen.* Lydia hatte sich noch immer nicht gemeldet, und die Distanz zwischen ihnen wirkte so groß wie nie. Leonora lebte ein anderes Leben, in einem anderen Land. Und sie hätte all das mit Lydia teilen wollen. Und auch, wenn Charleston sie danach in seiner Galerie der Jagdtrophäen ausgestellt hätte – sie hätte Lydia von diesem Abenteuer erzählen wollen. Von Janes Geheimnis. Anders als sie hatte Lydia sich zwar nie viel aus Büchern gemacht, aber sie hatte sich dennoch geduldig jede neue Jane-Austen-Verfilmung mit ihr angesehen. Das hatte ihre Freundschaft ausgemacht. Einander zu akzeptieren, auch wenn man verschieden war. Füreinander da zu sein, in jeder Lebenslage.

Leonora nahm ihr Handy von der Sessellehne und tippte auf die Messenger-App. Der Chat mit Lydia war inzwischen so weit nach unten gerutscht, dass sie erst herunterscrollen musste. Ihr Profilbild hatte sich geändert. Es zeigte sie an einem Hafen, anhand der Boote und Lydias Outfit hätte Leonora auf Südfrankreich getippt. Ihr blondes, glattes Haar hatte sie wie immer in akkurate Locken geföhnt, die unter einem eleganten cremefarbenen Sonnenhut bis auf ihre Schultern hinabfielen.

Entschieden klickte Leonora den Chat weg. Sie würde jetzt nicht traurig sein. Sie musste akzeptieren, dass die Dinge nun so lagen. Dass Lydia ihren Urlaub genoss und sie aus ihrem Leben gestrichen hatte.

Warum?, flüsterte es in ihren Gedanken. Auch wenn sie wusste, dass es eine müßige Frage war. Denn keine Antwort hätte etwas an der Realität geändert.

»Und? Was gefunden?« Freddy lehnte vor ihr am Regal.

Sie drehte ihr Handy wieder um und legte es zurück auf die

Sessellehne. »Eine ganze Menge, aber noch nicht das, wonach ich suche.«

»Sieht dir gar nicht ähnlich, so verschwiegen zu sein. Normalerweise liegst du einem doch stundenlang mit deinen Prozessschilderungen in den Ohren und schaust dabei, als stündest du selbst vor Gericht.« Er zupfte ein Stück Sägespäne vom Ärmel seines karierten Hemds und hob verschmitzt einen Mundwinkel, als sie empört nach Luft schnappte. »Also ich mach jetzt eine Pause und hol mir was bei Claire«, schob er hinterher, ehe sie sich beschweren konnte. »Willst du mitkommen?«

Was auch immer ihm heute Morgen die Laune verdorben hatte, drei Stunden an der Fräse entfalteten offenbar eine sehr versöhnliche Wirkung auf ihn.

»Ja, ich komme mit.« Sie klappte das Buch zu und stellte es sorgfältig zurück an seinen Regalplatz.

Als sie vor die Ladentür traten, bemerkte sie erst, dass ein ordentlicher Schauer auf die Gehwege niederprasselte. Sie rieb sich fröstelnd die Arme, während Freddy neben ihr die Tür abschloss. Ihre Jacke hing an der Garderobe im Cottage, aber bis zum Sweet Persuasion Café war es nur ein kurzer Sprint die Straße hinunter.

»Warte kurz.« Sie war schon halb losgelaufen, da hielt Freddy sie an der Schulter zurück und zog sie wieder unter den Vorsprung des Antiquariats.

»Was ist?« Überrascht wischte sie sich die ersten nassen Strähnen aus dem Gesicht und sah ihn an.

»Tut mir leid, dass ich vorhin so mies gelaunt war. War nicht fair.« Er schob die Hände in seine Jeanstaschen und zuckte mit den Schultern. »Das war alles.« Dann spazierte er seelenruhig durch den Regen Richtung Café.

Drüben musste Claire sie schon gesehen haben, denn sie trat gerade aus dem Laden und hielt ihm die Tür auf. Dann winkte sie Leonora lachend und wild gestikulierend zu sich.

Sie lachte zurück und lief los.

Ja, die Freundschaft einer besten Freundin war ein enges Band. Aber seit sich das ihre zu Lydia löste, sah Leonora all die Freundschaft, die sie nun umgab. Freddy und Claire, die für sie da gewesen waren, als in Hamburg niemand mehr zu ihr gestanden hatte, und Wynda, die ihr in den letzten Tagen in Sidmouth sehr ans Herz gewachsen war. Mit der sie das größte Geheimnis der Welt teilte.

Mit Freunden wie diesen konnte man sogar Charleston Melwoods Griesgrämigkeit ertragen.

***

Zwei Tage später traf eine Nachricht von Charleston ein.

Keine neuen Erkenntnisse im Museum. CM

Die Worte blinkten ihr so nüchtern entgegen, dass Leonora förmlich seine reservierte Stimme hörte und seine Miene vor sich sah. Die ernst zusammengezogenen Augenbrauen, die das Grünblau seiner Augen viel strenger wirken ließen, als das Porträt sie darstellte. Vermutlich hatte es ihn bereits Überwindung gekostet, überhaupt eine Nachricht zu schicken.

»Handys sind verboten, die nächste Quiz-Runde geht los.« Freddy lehnte sich dichter zu ihr herüber und spähte neugierig auf das Display. »Wer hat denn geschrieben?«

Schnell sperrte Leonora das Handy und ließ es außer Sichtweite in ihrer Jeanstasche verschwinden. »Niemand«, erwiderte sie und grinste ihn provokativ an.

»Jaja, schon verstanden.« Er verdrehte die Augen und lachte. Offensichtlich erinnerte er sich noch gut genug an seine Begrüßung am Montagmorgen.

»Gibt es etwa einen geheimen Verehrer?«, mischte sich Claire von der anderen Seite ein. Der Zettel mit ihren Antworten zu den ersten Quizrunden lag vor ihr, und sie klickte gespannt mit dem Kugelschreiber.

Leonora gluckste. »Keine Sorge, ihr würdet es als Erste erfahren.«

Claire grinste zufrieden, und Freddy verdrehte noch einmal die Augen, blieb aber ungewöhnlich still.

Während Kate die nächsten Fragen moderierte, schweiften Leonoras Gedanken immer wieder ab, verließen die urige Atmosphäre des Old Green Tree und wanderten nach Sidmouth … Wie gründlich mochte Charleston in dem Museum recherchiert haben? Insgeheim hatte sie gehofft, dass sie längst fündig geworden wären. Ihre Recherche in Georges Sammlung hatte ihr zwar eine Menge Zusatzwissen über Janes Leben eingebracht, aber bisher war sie den rätselhaften Versen nicht näher auf die Spur gekommen. Und Wynda offenbar auch nicht. Bei ihrer gemeinsamen Schicht heute im Jane Austen Centre hatte sie zwar sehr in Gedanken versunken gewirkt, aber auf ihre Frage hin nur den Kopf geschüttelt.

»Hey, wir brauchen dich, Lea.« Freddy stupste sie sanft, aber nachdrücklich mit dem Ellenbogen in die Seite und brachte sie zurück in den Pub. »Robert Burns ist bekannt für welche Gedichte?«

Claire sah sie ebenso ratlos, aber hoffnungsvoll an.

»Naturgedichte«, sagte sie und musste grinsen.

Gerade als sie nach ihrem Ale griff und Kate die nächste Frage einläutete, vibrierte ihr Handy. So unauffällig wie möglich zog sie es ein Stück aus der Tasche und schielte aufs Display. Wynda rief an.

»Keine Handys, bitte«, ertönte Kates Stimme, und die prüfenden Blicke des halben Pub-Publikums trafen sie.

»Sorry«, murmelte Leonora und drückte den Anruf weg.

Aber in ihrem Kopf ratterten die Möglichkeiten. Es könnte völlig belanglos sein, vielleicht plante Wynda die nächste Ausflugsroute und benötigte einen Guide. Oder …

Ein kurzes Vibrieren folgte, und es kostete Leonora alle Beherrschung, sich wieder auf das Quiz zu konzentrieren.

Als die letzte Runde vorbei war, holte Freddy ihren Schnaps. Sie hatten es wieder auf den zweiten Platz geschafft.

Ungeduldig fischte Leonora ihr Handy hervor.

Wo bist du???

Die drei Fragezeichen, die Wynda gesetzt hatte, ließen keinen Zweifel an der Dringlichkeit ihres Anrufs.

Im Old Green Tree. Was ist passiert? Soll ich zu dir kommen?, tippte sie schnell und starrte dann auf die drei Punkte, die sofort unter Wyndas Profilbild erschienen.

Nein, ich komme zu dir!!

»Cheers!«, verkündete Freddy und ließ die Schnapsgläser über die Tischplatte schliddern. Er zielte mit zusammengekniffenem Auge, und der Tequila hielt genau vor ihrer Nase.

»Verborgenes Talent«, murmelte Claire sichtlich beeindruckt und klopfte Applaus auf dem Pub-Tisch.

»Aye.« Freddy verbeugte sich grinsend und rutschte wieder auf seinen Platz. »Ich habe viele verborgene Talente. Dachte, das wisst ihr.« Sein Arm landete wie selbstverständlich auf Leonoras Schultern. »Hey, wirst du uns jetzt noch deinen Bericht über dieses seltsame Porträt geben? War das Teil eurer Jane-Austen-Huldigungszeremonie?« Er hob lachend sein Glas. »Claire hat mich aufgeklärt. Mr. Darcy also – aber ich habe ihr gleich gesagt, dass sie falsch liegt. Das kann unmöglich dein Traummann sein, nicht wahr? Viel zu borniert. Und nicht blond.« Sein Grinsen wurde breiter, und Leonora stöhnte gequält auf.

»Das war nicht Mr. Darcy.«

»Nicht?«, kam es überrascht von den beiden, und ein Teil von Leonora fühlte sich immerhin besänftigt, dass nicht nur ihre fehlgeleitete Wahrnehmung die Ähnlichkeit erkannt hatte.

Bevor sie das Thema vertiefen konnten, sah sie die Pub-Tür aufschwingen und erhaschte einen Blick auf Wyndas hellrosa Messy Bun, der kurz zwischen einer grölenden Gruppe am Eingang auftauchte, ehe die Rugby-Jungs sie wieder verdeckten.

Sofort schoss ihr Puls in die Höhe. Hatte sie etwas herausgefunden? Was konnte sonst so dringend sein?

Neben ihr scherzten Freddy und Claire über irgendetwas, doch sie hörte nicht zu.

Dann erschien Wynda in der Nähe ihres Tisches an der Bar und sah sich suchend um.

»Wynda!«, rief Leonora und winkte.

Wyndas Kopf fuhr herum, und in ihrem Gesicht spiegelte sich erst Erleichterung. Ehe ihre Miene gefror.

Im selben Moment herrschte plötzlich Stille am Tisch.

Mit langsamen Schritten kam Wynda näher. Sie trug den Pemberley-Pullover aus dem Souvenirladen des Centres. »Hey«, sagte sie so verhalten, wie Leonora sie noch nie gehört hatte. Wyndas Blick zuckte zu Freddy, und dessen Arm glitt leblos wie ein toter Fisch an Leonoras Rücken herunter.

»Hey«, erwiderte sie und schaute zwischen Freddys versteinertem Gesichtsausdruck und Wyndas eiskalten Blicken hin und her. Was war hier los?

»Ich muss dich dringend sprechen, Lea«, erklärte Wynda in kühlem Ton. »Kommst du kurz mit raus?«

»Klar.«

Ohne Freddy eines weiteren Blickes zu würdigen, drehte Wynda auf dem Absatz um und ging Richtung Ausgang.

Oh verflixt. Das war doch wohl nicht, wonach es aussah? Hatten sie und Freddy etwa schon Bekanntschaft gemacht?

Leonora schob sich hinter Wynda zwischen den lautstark diskutierenden Rugby-Boys hindurch und amtete auf, als die kühle Nachtluft sie begrüßte. Statt vor dem Pub stehen zu bleiben, ging Wynda weiter, bis sie die Straßenecke erreichte. Auf dem verlassenen Vorplatz der St. Michael's Church blieb sie stehen und wandte sich Leonora zu.

»Also, es gibt Neuigkeiten.« Ihre Stimme klang noch immer kalt. Und um ihre Augenwinkel zuckte es leicht. »Ich wollte es dir gleich persönlich sagen. Wusste ja nicht, dass du mit …« Sie brach ab und reckte das Kinn. »Egal. Wie dem auch sei. Ich denke, ich habe das Rätsel gelöst.«

»Du kennst Freddy?« So gespannt Leonora auf das Rätsel war – Wynda sah schrecklich verletzt aus. Und sie ahnte, welchen Grund das hatte. »Falls du denkst, da ist irgendwas …«

»Egal«, unterbrach Wynda, ehe sie den Satz beenden konnte. »Du musst es nicht erklären.«

»Wynda …« Leonora trat einen Schritt auf sie zu. »Sag schon. Woher kennst du ihn? Ich bin seit Ewigkeiten mit ihm befreundet. Das ist alles.«

»Tja, weißt du, das tut eh nichts zur Sache. Typen wie ihn verspeise ich zum Frühstück.«

Während Leonora auf einen Funken Humor in Wyndas Miene wartete, hob die nur stumm die Augenbrauen und verschränkte die Arme vor der Brust. Es bestand kein Zweifel, dass sie es absolut ernst meinte.

»Okay. Möchtest du mir trotzdem sagen, woher du ihn kennst?«

»Belassen wir's dabei.« Wynda zuckte mit den Schultern. »Es tut nichts zur Sache.« Sie kickte einen kleinen Stein weg, als wäre er ihr lästig gewesen. »Konzentrieren wir uns lieber aufs Wesentliche.«

Ein Nicken von Leonora reichte, und Wynda war wieder voll in ihrem Element.

»Gut, also, ich denke, es ist die Kirche von Steventon«, verkündete sie ohne Umschweife.

»Janes Geburtsort?«, fragte Leonora mit angehaltenem Atem. »Wie kommst du darauf?«

Wynda schob die Hände in die weiten Taschen ihrer Jogginghose. »Naja, ›der sechste Tag, eh Ruh und Glanz das Land befällt‹. Da habe ich an Nikolaus gedacht. Der 6. Dezember. Die Kirche in Steventon ist dem heiligen Nikolaus gewidmet. Und der Grund, auf dem das ehemalige Pfarrhaus stand, in dem die Austens bis 1801 lebten, schließt sich an die Kirche an. Janes ältester Bruder James hat dort einst eine Linde gepflanzt.«

Hinter ihnen ertönten die Kirchglocken von St. Michael und scheuchten ein paar Tauben auf, die über den Platz flatterten.

»Das ist genial.« Leonora nickte. »Du bist großartig«, sagte sie und zog Wynda kurz an sich. Sie duftete nach Himbeerkerzen und Gummibärchen.

»Ich hab den ganzen Abend gegrübelt, und dann ist es mir plötzlich klar gewesen.« Sie grinste schwach. »Dann bin ich direkt losgerannt. Ich musste es dir natürlich sofort erzählen.«

»Danke. Dann informieren wir jetzt Charleston und planen einen Kurztrip nach Steventon?« Bei der Vorstellung wurde Leonora flau im Magen, und Wynda schien ähnliche Gedanken zu haben.

»Glaubst du, dass er mitkommen will?«, fragte sie.

»Tja, ich schätze schon. Wahrscheinlich will er kontrollieren, dass wir auch ja alles geheim halten. Und ob wir tatsächlich etwas finden.«

Eine Weile schauten sie sich etwas bedröppelt an. Das Licht der Straßenlaternen und die Kirchbeleuchtung tauchten sie in einen warmen Schein. Und Leonora sah, wie Wynda langsam einen Mundwinkel hob. »Nun, was wäre ein Jane-Austen-Abenteuer ohne Mr. Darcy?«

Kapitel 15

Auf den ersten Blick

Die südenglische Grafschaft Hampshire lag eine anderthalbstündige Fahrt in der Motorkutsche von Bath entfernt – zwei Stunden, wenn man in Wyndas altem Mini Cooper durch die Gegend tuckerte. Aus den Boxen ertönte Wyndas Karaoke-Playlist, und sie summte Ariana Grandes »Problem« mit, während die sanften Hügel der Cotswolds an ihnen vorbeizogen. Das Thema »Frederick Taylor« war noch immer von der Gesprächsordnung gestrichen. Kurz nachdem sie Bath verlassen hatten, hatte Leonora versucht, ihr noch einmal auf den Zahn zu fühlen, doch Wynda ließ keinen Zweifel daran, dass sie nicht gedachte, diesem Mann in naher Zukunft ein Wort zu widmen.

Auch Freddy mauerte. Als Leonora am Mittwochabend in den Pub zurückgekehrt war, hatten Claire und sie ihn ins Kreuzverhör nehmen wollen, doch er hatte nur hastig sein Ale heruntergestürzt und war geflüchtet. Angeblich, weil eine dringende Reparatur auf seinem Boot auf ihn wartete. Mitten in der Nacht. Seitdem hüllte er sich ebenso in den Mantel der Verschwiegenheit wie Wynda.

Dabei hätte Leonora zu gern erfahren, was zwischen den beiden vorgefallen war.

»Gleich sind wir da.« Wynda unterbrach ihren Gesang und zeigte auf das Navi auf ihrer Armatur. Sie bogen auf eine schmale Landstraße ab und passierten kurz darauf das Ortsschild von Steventon. Idyllische Landhäuser mit üppigen Gärten und gepflegten Fassaden zogen sich entlang der Hauptstraße.

»Die Telefonzelle!« Wynda stoppte den Mini inmitten der Kreuzung. Da niemand sonst das kleine Dorf passieren wollte, außer zwei Hühnern, die aus einem Garten ausgebrochen waren und gemächlich gackernd auf dem Weg pickten, schien das eine vollkommen legitime Haltemöglichkeit zu sein. Neben ihnen stand eine ausrangierte rote Telefonzelle, auf der statt *Telephone* die Schriftzüge *Steventon* und *Jane Austen* unter dem britischen Monarchie-Krönchen prangten. »Das kleinste Jane-Austen-Museum der Welt«, murmelte Wynda.

Hinter den roten Sprossen der Glastür erkannte Leonora ein gut gefülltes Bücherregal, einige Karten und Wimpel. »Oh, wie entzückend«, sagte sie. »Sollen wir aussteigen?«

Wynda warf einen schnellen Blick auf ihr Handy. »Besser später. Wir sind schon fünfzehn Minuten zu spät. Vermutlich ist Darcy-Melwood kurz davor, den Rückweg anzutreten. Oder dir eine pikierte Nachricht zu schicken.«

Prüfend entsperrte Leonora ihr Handy, aber Letzteres hatte er verwunderlicher Weise nicht getan.

»Und ich schätze, zu Janes Zeiten stand die Telefonzelle noch nicht dort«, fügte Wynda grinsend hinzu, während sie wieder beschleunigte.

Das Navi führte sie in einer Schleife und wieder aus dem Dorf hinaus. Ein idyllischer Weg entlang einiger Felder und einer

Baumreihe auf der anderen Seite brachte sie schließlich zu einem abgelegenen Ensemble, das laut der Karte einen alten Gutshof und die St. Nicholas' Church umfasste. Noch ehe die Kirche in Sicht kam, die von hohen Bäumen verdeckt wurde, strahlte ihnen die blank polierte Motorhaube eines schwarzen Range Rovers auf dem Parkplatz entgegen, an der ein nicht minder herausgeputzter Charleston Melwood lehnte. Sein dunkles Haar wellte sich sanft, und aus seinem navyblauen Pullover ragte ein weißer Hemdkragen hervor. Wenn man seine verdrießliche Miene ignorierte, hätte man ihn durchaus als gutaussehend bezeichnen können.

Der Mini hielt, begleitet von einem undefinierbaren Rattern im Getriebe. Als sie ausstiegen, stand Charleston bereits neben der Vorderachse und musterte den Unterbau mit gerunzelter Stirn. »Das klang besorgniserregend«, lautete seine Begrüßung, die offensichtlich mehr dem Wagen galt als ihnen.

»Hi!«, erwiderte Wynda mit bewundernswerter Fröhlichkeit. »Keine Sorge, klingt immer so. Der läuft.« Sie tätschelte das angerostete Dach ihres Autos.

Charlestons skeptischer Blick wanderte zu Leonora, als sie um das Heck herumging und neben Wynda trat. Er räusperte sich, dann schien er sich seines Anstands zu besinnen und streckte ihnen nacheinander förmlich die Hand entgegen. »Hallo Wynda, Leonora.«

Ehe sie etwas erwidern konnte, ließ er ihre Hand los und wies zu der Kirche, die sich hinter ihm erhob. »Sollen wir?« Ohne eine Antwort abzuwarten, drehte er sich um, öffnete die Eisenpforte für sie und schritt voran.

Wynda hakte sich bei Leonora unter, und sie folgten ihm den Kiespfad zur Kirche hinauf. Verwitterte Grabsteine säumten den Weg, eine riesige Eibe streckte ihre Zweige nach dem Turm und der Seite der ebenso verwitterten Steinfassade der St. Nicholas' Church aus.

»Janes Bruder James und seine Frau Mary liegen dort«, wisperte Wynda und deutete auf einen Grabstein am Rand des Friedhofs.

Es war ein idyllischer Ort. Wiesen und Felder grenzten an den Kirchgrund, doch obwohl es ein herrlicher Sommertag war, spannte sich eine erwartungsvolle Atmosphäre über das Land und die alten Bäume, die den Kirchgrund säumten. Leonora fiel es nicht schwer, sich vorzustellen, wie Jane als Tochter des hiesigen Pfarrers mit ihren Geschwistern jeden Sonntag hinauf zur Kirche gelaufen war, um der Predigt ihres Vaters zu lauschen.

Am 16. Dezember 1775 war Jane hier geboren worden, in dem Pfarrhaus von Steventon, das nahe der Kirche gestanden hatte, doch schon bald nach dem Umzug der Austens nach Bath im Jahr 1801 abgerissen worden war. Das hatte sie in Georges Büchern gelesen.

Die Kirchentür gab ein Knarren von sich, als Charleston sie aufzog. Ein lichtdurchflutetes Kirchschiff empfing sie. Dunkle Holzbänke vor drei Steinbögen, deren mittlerer den Durchgang zum Altarraum bildete. Niemand außer ihnen war an diesem Samstagvormittag hier.

Charleston ging einige Schritte voraus, bis er unschlüssig vor dem Altarraum stehen blieb. »Und nun? Wo genau soll dieser Ort zu finden sein? ›Dem Himmel nah, der Erd noch mehr, unter heilig Wassern verborgen.‹«

»Vielleicht müssen wir etwas abstrakter denken«, sagte Leonora. Sie ließ ihre Fingerspitzen über die Lehnen der Holzbänke wandern, während sie an ihnen vorbeischritt. Unglaublich, dass Jane einst in diesen Reihen gesessen hatte, um den Predigten zu lauschen, während sich in ihrer Fantasie längst ihre ersten Romane entsponnen hatten.

»Seht mal, hier sind sie!« Wynda stand etwas abseits und hielt einen laminierten Ausdruck hoch.

»Wer?« Charleston runzelte verständnislos die Stirn, doch Leonora machte sofort kehrt und lief zu ihr.

»Die Heiratsurkunden?«

»Ganz genau.« Wynda strahlte sie an.

»Jane hat mit Vorliebe die offiziellen Dokumente ausgefüllt, mit ihrem eigenen Namen und denen einiger möglicher Verehrer«, erklärte Leonora Charleston, der wenig Interesse zeigte, sobald das Wort Heiratsurkunden gefallen war, und mitten im Kirchgang stehen geblieben war.

»Herrje, damals wie heute sind die jungen Damen unverbesserlich in ihren romantischen Illusionen«, brummte er.

»Kann es sein, dass du ein recht beschränktes Frauenbild besitzt?«, fragte sie über ihre Schulter, ehe sie wieder die Urkunde betrachtete, die die Kirche hier ausgestellt hatte. Eine Replik des Originaldokuments.

»Nun, ich würde es realistisch nennen«, kam es wie zu erwarten aus dem Kirchgang zurück.

»Okay, ehe ihr weiterphilosophiert: Können wir festhalten, dass die Urkunden uns wohl nicht bei unserer Suche helfen werden?«, unterbrach Wynda sie und blickte von ihrem Handy auf. »Die Originaldokumente liegen im Amt von Basingstoke. Wir wissen also nicht, wo sie zu Janes Zeiten hier platziert waren.«

»›Wo Glaube, Lieb und Treu erbracht‹«, murmelte Leonora. Hinter Charleston erhob sich der Durchgang zum Altarraum. Die filigranen Schnitzereien, die biblische Szenen darstellten. Der sakrale Ort … der Eheschließungen. Natürlich! »Was, wenn es der Altar ist?«, rief sie aufgeregt und marschierte den Mittelgang hinunter auf Charleston zu.

Sie schob sich an ihm vorbei und betrat den Chorraum. Ein dunkler Holzaltar mit einem facettenreichen, gold gefassten Schnitzwerk erhob sich an der Stirnseite der Kirche. Staunend betrachtete Leonora das Kunstwerk. Auf den ersten Blick ließ sich nirgends ein verborgener Hebel entdecken, keine Möglichkeit, um ein Manuskript zu verstecken. Doch so leicht würde sie nicht aufgeben. Vorsichtig ließ sie ihre Finger über das Holz gleiten, tastete die Kanten nach einem Widerstand ab. Währenddessen lehnte Charleston mit verschränkten Armen an der Wand neben ihr. Sie spürte seinen Blick, und auch wenn sie Besseres zu tun hatte, als sich darum zu kümmern, konnte sie sich einen Kommentar nicht verkneifen. »Du darfst dich gern nützlich machen.«

»Oh, danke für das Angebot, aber ich würde das gern dir überlassen. Du hast eine gewisse Expertise darin, ungefragt Dinge zu öffnen.«

Leonora schnaubte, verbot sich aber, ihm die Genugtuung einer weiteren spitzen Bemerkung zu verschaffen.

Hinter ihnen näherten sich leichte Schritte, und aus dem Augenwinkel nahm sie wahr, dass Wynda sich neben sie stellte. »Nope«, erklang ihr Yorkshire-Akzent. »Der Altar ist erst im späten 19. Jahrhundert hier platziert worden. Da werden wir nichts finden.«

Leonora sah über ihre Schulter, wie Wynda mit geschürzten Lippen ihr Handy sinken ließ und sich umschaute.

»Hm, ich fürchte, die meiste Einrichtung stammt aus der viktorianischen Zeit. Da hat Jane schon lange nicht mehr gelebt«, murmelte sie.

»Verflixt. Was, wenn das Manuskript in irgendeinem längst

verkauften oder verbrannten Inventarstück steckte?« Leonora stöhnte auf und ließ frustriert die Hände sinken. Charleston und Wynda sahen ähnlich ratlos aus.

Suchend ließ sie den Blick über die Wände wandern. Immerhin die hatte es zu Janes Zeiten gegeben, auch wenn sie inzwischen einen neuen Anstrich bekommen hatten. Im Hauptschiff der Kirche waren Gedenktafeln für ihren Bruder James und dessen erste Frau eingelassen worden, schließlich hatte James ihrem Vater nachgeeifert und war der Pfarrer der Gemeinde gewesen. Doch sie konnte sich nicht vorstellen, dass ihr Rätsel etwas mit seinem Gedenken zu tun hatte.

Ein Wandornament, das hinter Charlestons großer Gestalt hervorragte und an das er sich bequem lehnte, erweckte ihre Aufmerksamkeit.

»Darf ich mal?« Sie trat vor ihn und handelte sich einen unwilligen Blick ein, als sie ausdrucksvoll auf seinen Entspannungsplatz deutete.

»Was genau?«, fragte er, bis sie ihn am Ärmel zur Seite zog und er sich überrascht umdrehte.

Eine historische Piscina kam hinter Charlestons Rücken zum Vorschein. Zwei abgewetzte Steinbecken, die in die Kirchwand eingelassen waren und schon lange Zeit überdauert zu haben schienen.

»›Unter heilig Wassern verborgen‹«, murmelte Leonora und hörte, wie Wynda zu ihnen herüberkam. »Was sagt die Recherche?«

Ein Tippen ertönte. »Hm … Könnte sein«, sagte Wynda dann. »Hier steht nur, dass die Piscina 1988 bei Renovierungsarbeiten wiederentdeckt wurde.«

Leonoras Herz machte einen kleinen Sprung, und sie streckte

automatisch die Finger aus. Das Glaubensbekenntnis der Taufe und Weihungen, das gesegnete Wasser, das man in der Piscina abgegossen hatte. Es passte perfekt.

In der Kirche herrschte angespannte Stille, während sie am Becken entlangtastete.

Nach einer Weile seufzte Charleston. »Ich sagte ja, dass es mehr als unwahrscheinlich wäre, hier etwas zu finden.« Er zuckte mit den Schultern und machte sich auf den Weg Richtung Hauptschiff.

Dann ein Klackern.

»Moment. Hier ist ein Stein lose.« Sie hielt den Atem an, hörte gedämpft, wie Charlestons Schritte sich wieder näherten.

Ihre Finger erfühlten einen kleinen Spalt, eine lose Fuge in der Einfassung eines Steins, der gut verborgen unter dem Becken in der Wand lag. Sie kniete sich hin, um besser sehen zu können. Rüttelte vorsichtig. Dann konnte sie den Stein herausziehen.

Hinter ihr sog Wynda scharf die Luft ein. »Und? Was ist da? Siehst du etwas?«

Sie schüttelte enttäuscht den Kopf. »Nein.« Der Platz, an dem der Stein gesessen hatte, war leer. Kein verborgener Hohlraum. Kein Manuskript.

Sie wollte den Stein schon zurückschieben, fuhr jedoch mit dem Finger noch einmal den hinteren Rand der Einlassung ab, die schwer einzusehen war. An einer Stelle brach die massive Gemäuer ab, und ihr Finger glitt in eine Mulde. Erschrocken zog sie ihn zurück. »Da ist eine Kerbe«, murmelte sie und sah kurz zu Wynda und Charleston, der nun besorgt über seine Schulter zur Kirchentür schaute.

»Mein Gott, wenn jemand sieht, dass ihr hier die historischen Anlagen auseinandernehmt«, raunte er.

»Krieg dich ein, Mr. Oberkorrekt«, warf Wynda ihm scharf zu, ehe sie Leonora aufmunternd nickte. »Na los, schau nach.«

Mit pochendem Herzen schob sie den Finger wieder in die Einbuchtung, bis sie die Kante fühlte. Leere. Bis … Ganz am Ende spürte sie … Papier. Sie schnappte nach Luft, als sie einen zusammengefalteten Zettel zu fassen bekam.

»Ich glaub's nicht«, flüsterte Wynda, als sie sah, was Leonora dort hervorzog.

Selbst Charleston beugte sich näher über ihre Schulter, sodass sie sein Eau de Cologne riechen konnte. »Bemerkenswert«, murmelte er wieder, und sie hätte ihn am liebsten tadelnd angesehen. Doch dafür fehlte ihr die Contenance.

Mit zittrigen Fingern entfaltete sie das Stück Papier, das sich ebenso dick anfühlte wie die Notiz in dem Reisepult. Es war vergilbt und übersät mit Stockflecken. Vermutlich hatte das Gemäuer die Feuchtigkeit über die Zeit nicht abhalten können.

Als Leonora den kleinen Bogen aufklappte, stockte ihr der Atem. Janes Schrift. Unverkennbar.

»Wir haben es!«, jauchzte Wynda neben ihrem linken Ohr, während Charleston ungläubig in ihr rechtes brummte.

Das erste ist ein Ruhepol, den Floras Lieblichkeit regiert,
Das zweite spannt sich flügelgleich, verankert durch sein Fundament, dem Lichtertanz entgegen.
Mein Ganzes sei an einem Ort, den man in viel Gesellschaft schätzt, wo Tee und Tanz Gesundheitsquell verbindet.

Sie ließ die Notiz sinken und sah zu Wynda. »Offenbar ist die Suche noch nicht zu Ende«, flüsterte sie.

Ein Knarren ertönte aus Richtung des Eingangs, und sie

schauten sich hastig um. Doch es schien nur der Sommerwind gewesen zu sein, der um das Gebäude fuhr.

Dennoch, Charleston hatte recht. Wenn jemand sie sehen würde, hätten sie eine ganze Menge zu erklären. Schnell zog sie ihr Handy aus der Tasche ihrer Jeans und fotografierte die Notiz. Dann faltete sie das Papier wieder zusammen und legte es zurück an seinen Platz.

»Nehmen wir es nicht mit?«, fragte Wynda verwundert.

Leonora schüttelte den Kopf und schob den Stein wieder in die Mulde. »Ich finde, wir sollten es hier lassen. Es fühlt sich falsch an, die Notiz einfach mitzunehmen. Hier hat Jane sie hinterlassen, hier ist ihr rechtmäßiger Platz. Wir haben ja den Text.«

»Hm, na schön.« Sie hörte die Enttäuschung in Wyndas Stimme. Doch Charleston seufzte erleichtert auf.

»Welch begrüßenswerte Sinneswandlung«, murmelte er, und sein Blick brachte sie für einen Moment wieder auf den Dachboden von Rosehill House zurück.

Gerade als sie sich aufgerappelt hatte und den Staub von ihren Knien klopfte, schwang die Kirchentür mit einem Knarren auf, und eine Reisegruppe betrat den Gang.

»Und hier«, schallte die Stimme der Reiseleiterin zu ihnen herüber, »war William George Austen, Janes Vater, über dreißig Jahre lang Pfarrer, ehe er sich in Bath zur Ruhe setzte.«

Staunende Mienen bewunderten die Kirche und leises Gemurmel erfüllte das Schiff.

»Ich schlage vor, wir gehen«, flüsterte Charleston und trat bereits den Weg Richtung Hauptschiff an.

Wynda hakte sich wieder bei Leonora unter, und sie grüßten freundlich, als sie an den interessierten Besuchern vorbeiliefen.

Auf dem Kirchhof empfing sie eine aufgefrischte Sommerbrise, die raschelnd durch die Zweige der Eibe fuhr. Charleston hatte schon fast den Wagen erreicht, hielt aber an der Fahrertür inne. Er sah so beunruhigt aus, wie sie sich fühlte. Seine Kiefermuskeln arbeiteten, als Wynda und sie vor ihm stehen blieben.

»Gut, ich nehme an, wir gehen der Recherche ab hier wieder getrennt nach.« Seine tiefe Stimme übertönte kaum das Rauschen der Bäume.

»Also ich denke, wir sollten noch bleiben, Lea.« Wynda sah sie auffordernd an. »Es klingt, als könnte der nächste Hinweis nicht allzu weit entfernt sein. Und das wäre in doppeltem Sinne naheliegend, schließlich hat Jane hier gelebt, bis sie sechzehn wurde. Sie hat die Bälle in Basingstoke besucht …«

Leonora nickte. »Ja, du hast recht. Aber ehe wir eine konkrete Idee haben, lohnt es sich kaum, weiterzusuchen.«

»Deshalb werden wir erst einmal das Rätsel lösen.« Wynda zückte ihr Handy. »Hier, lass uns nach Oakley Hall fahren. Es ist nicht weit entfernt, und Jane soll damals selbst oft dort gewesen sein. Heute ist es ein luxuriöses Hotel. Klingt für mich ziemlich verlockend.« Sie grinste und hielt ihr die Online-Karte unter die Nase.

Ein herrschaftliches Anwesen mit einem bezaubernden Garten und einer Regency-Bibliothek. »Bin dabei«, sagte Leonora und lächelte bei der Vorstellung, ein Mädelswochenende mit Wynda zu zelebrieren. Zwei Freundinnen in einem Herrenhaus, auf der Suche nach Jane Austens verlorenem Manuskript. Es konnte kaum besser werden.

Bis Wynda fragte: »Was ist mit dir, Mr. Darcy?«

Die Hitze schoss in Leonoras Wangen, und Charleston wirkte ebenso peinlich berührt.

»Tja …« Ein Räuspern. »Ich wäre gern nach Sidmouth zurückgekehrt. Aber mein Bauchgefühl rät mir, es wäre eine bessere Idee, euch zu begleiten. Für den Fall, dass ihr auf fragwürdige Ideen kommt.« Die Skepsis in seinem Blick leuchtete ihnen entgegen. Der Mann hatte wirklich ein Problem damit, die Kontrolle abzugeben.

»Schön, dann wäre das geklärt.« Mit einem breiten Strahlen steckte Wynda den Schlüssel in die Tür des Minis. »Also, auf nach Oakley Hall.«

Kapitel 16

Fasan und Vorurteil

»Könntest du ihn bitte nicht Mr. Darcy nennen?« Leonora fixierte Wyndas unschuldige Miene. »Schon gar nicht, wenn er es auch hört?«

»Ach, entspannt euch mal. Der Vogel ist doch längst abgeschossen. Spricht also nichts dagegen, ihn noch ein wenig in der Pfanne zu wenden.« Wynda grinste und setzte den Blinker, um von der Landstraße, auf der sie soeben Deane passiert hatten, in die Auffahrt von Oakley Hall einzubiegen. Eine schnurgerade Allee führte sie bis zum Hotel.

»Danke für deine Unterstützung«, murmelte Leonora sarkastisch und starrte nach vorn. Im Gegensatz zu ihrem alten Mini Cooper fügte sich der schwarze Range Rover nahtlos in das herrschaftliche Ambiente.

Wynda lachte. »Dafür, dass du ihn nicht ausstehen kannst, ist dir seine Meinung ganz schön wichtig.«

»Ich …« Sie holte Luft, um etwas zu erwidern, doch in dem Moment schnitt Wynda die Kurve, und sie fuhren auf den Vorplatz von Oakley Hall. »Wow!«

Ein roter Klinkerbau in prachtvoller Regency-Architektur,

zwei halbrunde Türme zu beiden Seiten, ein reich verzierter Sandsteinbalkon, dessen georgianische Säulen den Eingang umfassten. Davor ein exzessiv gepflegtes Rondell aus feinstem englischen Rasen.

»Genauso hübsch wie auf der Website«, murmelte Wynda. »Teilen wir uns ein Zimmer?«

»Gern.« Angesichts des nach wie vor anstehenden Kredits ihrer Eigentumswohnung war das eine hervorragende Idee. Außerdem könnten sie so noch bis spät in die Nacht zusammen über Janes Rätsel nachgrübeln.

»Es sei denn, du hast schon einen Zimmergenossen«, fügte Wynda hinzu, als sie hinter dem Range Rover hielt und sie zusahen, wie Charleston ausstieg und seinen Kragen richtete.

»Oh mein Gott«, Leonora stöhnte entsetzt auf. »Lass ihn das bloß niemals hören.« Seinem enervierten Gesichtsausdruck nach zu urteilen würde ihn die Vorstellung ganz sicher ebenso abschrecken wie sie.

Ehe Wynda noch eine Bemerkung machen konnte, schnappte Leonora sich ihre Tasche und sprang aus dem Auto.

Oakley Hall war der Inbegriff moderner Eleganz. Die Ausstattung der Räumlichkeiten verband den historischen Glanz des Gemäuers mit den Annehmlichkeiten der heutigen Zeit.

»Unser Haus ist ein überaus beliebtes Ziel für Hochzeitsgesellschaften«, erklärte der Concierge mit einem breiten Strahlen.

Leonora zuckte unwillkürlich zusammen und spürte im selben Moment Charlestons Blick auf sich. Die verdrießliche Miene hatte sich für einen Moment gelüftet, und er hob eine Augenbraue. Eine Mischung aus Verwunderung, Amüsement und Neugier lag in seinen Augen. Sie bemühte sich, an ihm vorbeizusehen, und biss sich auf die Unterlippe. Sollte er ruhig amüsiert sein. Sie musste sich vor ihm nicht rechtfertigen.

»Und die Regency-Bibliothek?«, fragte Wynda eifrig, die sich neben ihr über den Gebäudeplan des Anwesens beugte, den der Concierge auf dem Tresen ausgebreitet hatte.

»Die ist einer unserer Trausäle. Sie können sie als Gast aber auch privat nutzen, solang keine Veranstaltungen im Haus stattfinden. Wenn Sie möchten, führe ich Sie gern dorthin.«

»Das wäre wunderbar«, sagte Wynda, und in ihren Augen leuchtete bereits der Recherche-Eifer.

Er händigte ihnen die Zimmerschlüssel aus, dann bat er sie, ihr Gepäck auszuladen, sodass es auf ihre Zimmer gebracht werden konnte. Wynda spazierte vor Leonora hinaus, doch ehe sie aus der Tür traten, hörte sie, wie der Concierge Charleston ansprach. »Möchten Sie, dass ich Mr. Sutton Bescheid gebe, dass Sie im Hause sind, Sir?«

»Nicht nötig, Nigel. Ich werde morgen wieder abreisen und werde keine Zeit für eine persönliche Unterredung haben.«

»In Ordnung, einen angenehmen Aufenthalt«, erklang es noch, ehe die Tür hinter ihnen zufiel.

»Hast du das gehört?«, flüsterte sie Wynda zu, die schnurstracks zum Kofferraum des Mini Coopers marschierte. Hinter der Glasscheibe sah sie, dass Charleston ihnen nun langsam folgte. Seine Miene wirkte noch verschlossener als sonst.

»Was denn?«, fragte Wynda, gerade als die Tür aufschwang und er hinaustrat.

»Ach nichts«, sagte Leonora schnell und hievte ihren Rollkoffer aus dem Cooper. Wynda hatte glücklicherweise darauf bestanden, dass sie Übernachtungsgepäck auf ihren Ausflug nach

Steventon mitnahmen. Für den Fall, dass sie nicht am ersten Tag Erfolg bei ihrer Suche hätten.

Ein Mitarbeiter des Hotels kam ihnen zu Hilfe und lud die Koffer auf einen Wagen, um sie zu den Zimmern zu bringen, und sie schlossen sich Nigel an, der ihnen eine Führung durch die Anlage gab.

»Und hier präsentiere ich Ihnen nun voller Stolz unsere Bibliothek.« Eine Flügeltür eröffnete die Sicht in einen als Trauzimmer hergerichteten Saal, dessen Wände mit dunkler Holzvertäfelung und endlosen Bücherregalen gesäumt waren. »Mit einem originalgetreuen Kamin aus georgianischen Zeiten.«

Während die Traubestuhlung unangenehme Erinnerungen in Leonora hervorrief, stand Wynda schon am ersten Bücherregal und ließ sichtlich entzückt den Finger über die Buchrücken gleiten. »Fantastische Auswahl«, verkündete sie zufrieden.

»Ich leite das Kompliment gern weiter«, sagte Nigel, ehe er sie bat, ihm zu folgen. »Wussten Sie, dass Jane Austen zu unseren berühmtesten Besuchern zählt? Die junge Jane kam oft nach Oakley Hall, um ihre Freunde Mary und Wither Bramston zu besuchen, die Ende des 18. Jahrhunderts den Besitz führten. Wenn Sie diese Verbindung interessiert, finden Sie in der Bibliothek einen Artikel der *Basingstoke Gazette* ausgestellt, in dem Näheres erläutert ist.« Nigel rang vornehm die Hände, dann geleitete er sie zu den oberen Etagen des Hauptgebäudes, in dem ihre Zimmer lagen.

Während sie die weitläufigen Flure entlangliefen, hakte Wynda sich wieder bei Leonora ein, und ein warmes Gefühl der Zuversicht breitet sich in ihr aus.

***

»Pull!«, erklang ein Schrei, und im nächsten Moment zerschmetterte ein Schuss die Tonscheibe, die in Sichtweite über den Sommerhimmel flog.

»Hilfe!«, quiekte Wynda und sprang zur Seite. Hinter der Hecke ihres idyllischen Waldspazierwegs ertönte der nächste Schuss, und Tontaube Nummer zwei musste dran glauben.

»Oakley Hall ist auch bekannt für seine Verpflichtung gegenüber dem britischen Traditionssport, falls die Damen das nicht wussten«, kam es unbeeindruckt von Charleston, der neben ihnen lief.

Nachdem sie den Nachmittag getrennt recherchiert hatten, hatten sie sich zu einem gemeinsamen Brainstorming an der frischen Luft verabredet.

»Wer hätte denn ahnen können, dass es direkt eine Live-Demonstration gibt?«, murmelte Wynda und schob ihren Dutt zurecht.

Leonora schnaubte. Natürlich kannte sich Charleston mit den Traditionen der britischen Upper Class bestens aus. Nach dem, was sein Dachboden so hergab, war es wohl ein Wunder, dass er nicht längst selbst im Gebüsch hockte und einem ahnungslosen Vogel auflauerte. Vermutlich hinderte ihn nur die Schonzeit daran.

»Ich nehme an, du jagst auch?«, fragte sie spitz und konnte nicht verhindern, dass sie die Nase ein wenig rümpfte. Sie hatte noch nie verstanden, welche Faszination sich darin verbarg, ein wehrloses Wildtier rein aus eigenem Ehrgeiz zu erlegen, und das Ganze dann als Sport zu bezeichnen.

Doch Charlestons Stirn verdüsterte sich. »Nein, tatsächlich verweigere ich mich dem Schießsport. Der Fasan ist mein Lieblingstier.«

Oh, das war … überraschend sympathisch. Bis eben hatte sie nicht einmal angenommen, dass er so etwas wie ein Lieblingstier besaß. Ein leises Grinsen legte sich auf ihr Gesicht, als sie sich an seinen Klingelton erinnerte. Ein Fasan also. Es hätte wohl kein passenderes Geflügel sein können. Die beiden standen sich in ihrem eleganten Kleidungsstil in nichts nach.

»Was ich auf jeden Fall gerade erzählen wollte«, fuhr Wynda fort, »Jane kam damals regelmäßig hierher, oder sie ging mit Mary einkaufen in der Gegend. Die Bramstons nahmen die Austens in ihren Kutschen mit zu den Bällen in Basingstoke und den umliegenden Anwesen. Ich sage nur: Tom Lefroy!«

Charleston hob unbeeindruckt die Schultern. »Soll heißen?«

»Thomas Langlois Lefroy«, wiederholte Wynda. »Ursprünglich aus Irland, Neffe der in Ashe residierenden Lefroys, den Nachbarn der Austens in Steventon, der im Dezember 1795 seine Tante und seinen Onkel hier besuchte und Janes Bekanntschaft machte.«

»Ich bin durchaus mit der Biografie von Thomas Lefroy bekannt«, fügte Charleston ein. »Was ich mich frage, ist, welche Relevanz das für unsere Suche hat?«

»Jane war in ihn verliebt!«, posaunte Wynda heraus. »Ihre Briefe lassen das stark annehmen. Sie tanzte mit ihm auf den Bällen der Gegend. Sie erwartete sogar einen Heiratsantrag von ihm. Auch wenn wir nicht wissen, wie ernst es ihr mit diesen Gefühlen für ihn war – seht ihr nicht die Parallelen? ›Flügelsgleich‹, ›Lieblichkeit‹ und ›ein Ort, den man in viel Gesellschaft schätzt, wo Tee und Tanz Gesundheitsquell verbindet‹«, zitierte sie aus Janes Vers. »Die Bälle. Das Geheimnis einer jungen Liebe … ›Zwischen gern tanzen und sich verlieben war nur noch ein kleiner, ein fast unvermeidlicher Schritt!‹, so hat sie es in *Stolz und Vorurteil* geschrieben.

Und könnte es nicht die Verbindung sein, die wir suchen? Liegt das Manuskript vielleicht in Ashe? Oder in Basingstoke?«

Leonora runzelte die Stirn. »Hm … aber was ist mit dem mysteriösen Mann, dem sie in Sidmouth begegnete?«

»Eine Lady kann durchaus mehrere Männer in ihrem Leben begehren«, widersprach Wynda in bedeutungsvollem Ton.

»Aber weshalb ist sie dann nach Sidmouth zurückgekehrt? Denkst du nicht, dass es etwas mit dem mysteriösen Gentleman zu tun hatte? Und war Tom Lefroy vielleicht eher eine flüchtige Jugendliebe? Ich habe nicht das Gefühl, dass er der Schlüssel zu Janes Manuskript ist«, wandte sie ein.

Sie traten aus dem Waldstück und sahen nun wieder die prächtige Rückseite von Oakley Hall vor sich. Das gepflegte Grün führte zu dem Springbrunnen und einer ausladenden Terrasse, auf der einige Gäste das Sonnenwetter genossen.

»Hm.« Wynda seufzte und senkte ihre Stimme wieder. »Vielleicht nicht, vielleicht doch … Ich gehe der Spur noch etwas nach.«

Gerade als sie das Areal des Springbrunnens betraten, erklangen schnelle, forsche Schritte hinter ihnen auf dem Kies und eine durchdringende Stimme rief: »Charleston Melwood!«

Der drehte sich augenblicklich um. »William! Du bist doch anwesend.« Die beiden Männer umarmten sich.

»Selbstverständlich. Ich lasse es mir doch nicht nehmen, vorbeizuschauen, wenn die Konkurrenz im Lande ist.« Williams Augen leuchteten verschmitzt, und er wandte sich interessiert Wynda und ihr zu. »Und wer ist deine reizende Begleitung?«

Charleston räusperte sich. »Darf ich vorstellen, William Sutton, Inhaber von Oakley Hall«, sagte er, ehe er nun auf sie deutete. »Dr. Wynda Caleb und Leonora Weston.«

»Angenehm.« Er lächelte und schüttelte ihnen die Hand. »Seid ihr der Neuzuwachs des Royal Gardeners Trust?«

Wynda lachte. »Ganz bestimmt nicht, ich habe schon Probleme mit meinem Bonsai. Und der ist ein Zimmergewächs.«

Währenddessen wurde Leonora einiges klar. Charlestons Blicke ließen Schlimmes vermuten, und sie versank ein Stückchen tiefer im Erdboden.

»Und ich dachte schon, du machst hier einen Betriebsausflug mit der Konkurrenz, um die Lage auszukundschaften«, sagte William mit einem herzhaften Lachen und hieb Charleston etwas unsanft auf den Rücken, sodass ihm kurz seine angespannten Züge entglitten.

»Keine Sorge, Spionage liegt unter meinem Niveau«, murmelte er leise und zog gequält einen Mundwinkel hoch.

»Ach, ich weiß doch, dass du das nicht nötig hast. Wie läuft es denn? Nur noch drei Wochen bis zur Präsentation. Hast du deine diesjährige Favoritin schon ordentlich in Schuss?« Williams Grinsen wurde noch etwas breiter, und Leonora spürte, wie die Röte langsam in ihre Wangen kroch.

Charlestons Kiefermuskeln mahlten. »Sagen wir, es gab ein unvorhergesehenes Hindernis. Ich fürchte, ich werde dieses Jahr nicht teilnehmen.«

»Unmöglich, Melwood. Lass dir was einfallen. Nur nicht den Kopf hängen lassen.« William klopfte ihm noch einmal auf den Rücken. »Gut, ich habe gleich einen Termin, aber ich hoffe, ihr genießt euren Aufenthalt. Lasst mich wissen, wenn ihr etwas braucht.« Er deutete auf den Westteil des Gartens. »Dort hinten liegen der Küchengarten und meine Gewächshäuser. Seht euch gern um.« Er zwinkerte. »Ein Gewinner hat keine Angst vor Spionage.«

»Netter Typ«, sagte Wynda, als er Richtung Hauptgebäude davonging. »Vielleicht sollten wir den Gewächshäusern wirklich mal einen Besuch abstatten? Immerhin liebte Jane Gärten.«

»Hm«, brummte Charleston, schlug aber den Weg zum Küchengarten ein.

Sein Blick war so finster, dass Leonora sich noch ein wenig schuldiger fühlte.

***

»Wunderschön!«, schwärmte Wynda, als sie durch die Pforte in den historischen Küchengarten von Oakley Hall traten. Eine alte Backsteinmauer umgab das Areal, und der Anblick der üppigen Kräuter- und Gemüsebeete war überwältigend. »Ich verstehe jedenfalls, was Jane am Landleben so geschätzt hat.«

Die beiden viktorianischen Gewächshäuser, in denen William Suttons Rosenzucht untergebracht war, lagen im hinteren Bereich des Gartens. Wynda hielt zielstrebig darauf zu, öffnete die Glastür des ersten und marschierte unbekümmert ins Rosenparadies. Offenbar besaß sie die bewundernswerte Gabe, über Charlestons miesepetrige Miene hinwegzusehen und -zuhören, wenn sie wollte.

Dabei war seine missmutige Stimmung dieses eine Mal sogar gerechtfertigt … In Leonora formten sich mögliche Entschuldigungsversuche, doch ehe sie einen davon über die Lippen brachte, hielt Charleston ihr die Tür zum Gewächshaus auf. Der Duft von Hunderten blühenden Rosen empfing sie, süß und einladend.

Staunend lief sie an den kultivierten Büschen entlang, deren Blüten ihr in jeder Farbnuance entgegenleuchteten. Perlmutt,

Rosé, Champagner, ein unschuldiges reines Blütenweiß … Charleston war vor einer cremefarbenen Züchtung am Ende des Gangs stehen geblieben. Als sie näher herantrat, erkannte sie das Schild. *Catherine Morland, Oakley Hall Park, Premium-Rose 2025 des Royal Gardeners Trust.* Und der Dorn der Schuld pikste sie wieder.

»Es tut mir ehrlich leid, dass ich deine Anwärterrose … nun ja, dem Erdboden platt gesessen habe«, sagte sie leise. »Und jetzt, da ich weiß, wie bedeutsam sie war, noch etwas mehr.«

»Ich muss zugeben, dass ich mit vielen Eventualitäten gerechnet habe, aber nicht mit dir.« Obwohl seine Stimme ernst blieb, lag ein kleines Funkeln in seinem Blick, und sie hoffte, dass das ein versöhnliches Zeichen war.

»Lässt sich denn da gar nichts mehr retten?«, fragte sie. »William Sutton klang sehr siegessicher, und es wäre doch schade, wenn er nicht auf seine Konkurrenz zählen kann, um die Sache etwas spannend zu gestalten.«

»Sutton ist ein anständiger Kerl, über alle Maßen korrekt und fair. Aber ich schätze, dieses Jahr muss er ohne meine Beteiligung den Sieg einstreichen.« Er beugte sich vor und begutachtete die Catherine Morland. »Es dauert viele Jahre, um eine neue Rosenkreuzung auf Wettbewerbsniveau zu bringen.«

Oh nein.

Sie seufzte leise und fuhr gedankenverloren mit der Fingerspitze über die Blüte einer zinnoberroten Rose vor ihr mit dem bezeichnenden Namen Henry Tilney. Die musste Wynda sehen. Sie wollte sich gerade zu ihr umdrehen, stieß dabei aber gegen Charlestons Brust. Sie hatte gar nicht bemerkt, dass er sich zu ihr gestellt hatte. »Pardon«, murmelten sie gleichzeitig. Dann fiel sein kritischer Blick auf die Rose und er strich über ihre Blüte.

»Dass sie so lange brauchen, um ihre ganze Schönheit zu offenbaren, macht sie in meinen Augen nur umso wertvoller.«

»Wie poetisch«, flötete Wynda und schob sich auf ihrer anderen Seite vor Henry Tilney. »Vielleicht wird Leonora ja noch eine wahre Rosenliebhaberin, wenn du weiter so romantische Weisheiten von dir gibst, Darcy«, setzte sie hinzu und verbarg ihr breites Grinsen in der zinnoberroten Blüte.

Er sah so abgestoßen von der bloßen Vorstellung aus, er könnte mit ihr geflirtet, geschweige denn etwas Romantisches gesagt haben, dass er augenblicklich die Finger zurückzog und sie verkrampft hinter dem Rücken versteckte, bevor er einen halben Ausfallschritt zur benachbarten Staudenreihe flüchtete.

Leonora atmete tief durch. Charleston Melwoods Arroganz war schon eine Sache für sich. Aber in Kombination mit Wyndas provokativer Art wurde das Unterfangen »gemeinsame Recherche« zu einer wirklich herausfordernden Angelegenheit für ihre Nerven.

Als sie das Gewächshaus wieder verließen, entging ihr nicht, dass Charleston ihnen zwar pflichtbewusst die Tür aufhielt, aber genau darauf achtete, einen Extraabstand zu ihr einzuhalten.

»Nachdem wir nun Oakley Hall mitsamt Außenanlangen besichtigt haben, sind wir keinen Schritt weiter«, sagte er in geschäftsmäßigem Ton.

»Also so würde ich das ja nicht sagen«, widersprach Wynda vehement. »Ich fühle mich Jane hier so viel näher … und wenn wir keinen konkreteren Hinweis finden, bin ich dafür, dass wir morgen eine Fahrt zu den umliegenden Ortschaften unternehmen, die sie besucht hat.«

Charleston schnaufte leise.

Doch Leonora ließ sich davon nicht beirren. Sie drehte sich

um und wandte den Blick auf die blühende, sprießende Pracht, die hinter ihnen lag. »Vielleicht meint ›Das erste ist ein Ruhepol, den Floras Lieblichkeit regiert‹ einen Garten … oder einen Park«, überlegte sie laut. »Flora, die Göttin der Blüte … das könnte passen.«

»Aber wie finden wir den einen unter den hundert möglichen?«, fragte Wynda. »Jane hat so viele herausragende Gärten besucht. Denk nur an Goodnestone Park, das Anwesen ihres Bruders Edward, das liegt sogar ganz in Kent. Dann wären da noch Chawton House, Stoneleigh Abbey und Gilbert Whites Garten in Selborne. Und das waren nur die bekanntesten.« Sie seufzte. »Ich gebe es ja nur ungern zu, aber ich denke, Darcy hat recht. Wenn wir das Manuskript so schnell wie möglich finden wollen, müssen wir einen konkreten Hinweis haben. Sonst sind wir in einem halben Jahr noch auf diesem Roadtrip. Zusammen …« Das letzte Wort flüsterte sie, sodass nur Leonora es hörte.

»Dann nehme ich an, ihr lasst es mich wissen, wenn ihr heute Abend noch etwas herausfindet.« Charlestons Blick wanderte auf seine Armbanduhr. »Ich würde mich dann jetzt zum Afternoon Tea verabschieden.«

Mit einem knappen Nicken marschierte er davon, Richtung Teesalon, während aus den Feldern hinter ihm ein lauter Fasanenschrei ertönte.

Kapitel 17

Mondlicht-Park

»Kommst du mit in die Lounge?« Leonora hängte sich ihre Tasche über die Schulter und sah Wynda fragend im Spiegel an, während sie versuchte, ihr Haar in einen mühelos wirkenden Dutt zu drehen. Doch ihre dunklen Strähnen waren heute Abend wieder einmal besonders starrsinnig.

»Lieber nicht, ich habe gerade eine interessante Seite entdeckt, die will ich noch etwas durchforsten.« Wynda tippte auf ihren Laptop und sah kurz zu ihr auf. »Hübsches Kleid. Wenn ich später in die Bibliothek gehe, komme ich vielleicht noch vorbei. Oder hast du eine Verabredung?«

Leonora lächelte und zog eine Grimasse. »Nein, keine Verabredung. Aber die Gäste sind hier so schick, da dachte ich, ich sollte mich anpassen.«

»Pass auf, wo du hintrittst. Nicht dass du dir aus Versehen was aufreißt!«, rief Wynda ihr hinterher, als sie in den Flur trat, und sie zog lieber schnell die Tür zu, ehe noch explizitere Rufe folgten.

Während Leonora am Tresen auf ihren Wein wartete, musste sie daran denken, wie weit entfernt ihre Lebensrealität von dem Leben war, das Jane vor zweihundertfünfzig Jahren geführt hatte. Allein eine Gesellschaft besuchen? Unmöglich. Mit einem Mann sprechen, der einem nicht offiziell vorgestellt worden war? Gnade einem Gott, der nächste Skandal war vorprogrammiert.

Jane, du hättest das heutige Leben geliebt, dachte sie. Dann fielen ihr die Irrungen und Wirrungen des Online-Datings ein, und sie strich das. Es war noch immer eine komplizierte Sache, aus Liebe zu heiraten.

Der Barkeeper servierte ihren Weißwein, und sie lief damit hinaus aus dem lauten Raum auf die Terrasse. Der Sommernachtshimmel überspannte die Parkanlage des Anwesens und kleine Lampen beleuchteten die Tische. Es war ein Traum. Hoffentlich blieb Wynda ihrem Wort treu und würde nachkommen. Doch inzwischen kannte sie Wyndas Ehrgeiz gut genug, um zu wissen, dass sie sich höchstwahrscheinlich die ganze Nacht in der Recherche verlieren würde …

An einem Tisch am Rand der Terrasse setzte sie sich und legte ihre Tasche auf den Platz neben sich. Einen Moment lang sog sie nur die Atmosphäre in sich auf, lauschte dem Zirpen der Grillen und dem leisen Plätschern des Springbrunnens. Selbst in der Nachtbeleuchtung glänzte der Rasen ebenso gepflegt wie die Beete, die sie am Nachmittag im Küchengarten besichtigt hatten, und erinnerte sie daran, dass sie sich dringend um die wuchernden Stauden im Cottage kümmern musste. Aber in ihrem Leben passierte gerade so viel, dass sie kaum eine ruhige Minute dafür gefunden hatte. Und die hatte sie dann lieber mit einem Tee in der Pergola verbracht.

Seufzend zog Leonora die kleine Tischlampe dichter zu sich

heran und holte Oma Ediths Notizbuch hervor. Sie schlug die Seiten auf, blätterte wieder zu den Zeichnungen. Janes Rätsel hatte sie weit weggeführt von Sidmouth, in einen anderen Teil ihrer Lebenswelt. Doch irgendetwas an den Zeichnungen ihrer Grandma ließ ihr keine Ruhe. Natürlich wollte sie wissen, welche Geschichte sich hinter ihrer Zeit in Sidmouth verbarg. Und gleichzeitig konnte sie den Gedanken nicht abschütteln, dass es etwas mit Janes Vermächtnis auf sich hatte. Konnte das sein? Konnte Oma Edith etwas von dem Reisepult und den Notizen geahnt haben?

Oder … war es nur ihre eigene Liebesgeschichte gewesen, die Sidmouth verbarg?

»Guten Abend.«

Sie hatte sich so in der Zeichnung verloren, dass sie nicht bemerkt hatte, wer da vor ihrem Tisch stand und ein Weinglas schwenkte.

»Hi«, sagte sie, und Charleston legte zögernd die Hand um die Lehne des Stuhls auf ihrer anderen Seite. »Darf ich?«

Freiwillig? Ohne dass ihn jemand zwang?

»Ähm … ja?«, sagte sie unsicher.

Er nickte und setzte sich auf dem Stuhl neben ihr zurecht. Dann drehte er sein Weinglas bedächtig in der Hand, während er ihren Blick mied und stattdessen auf das Notizbuch sah. »Und? Hat sich die heimliche Liebe deiner Großmutter schon aufgeklärt?«, fragte er ernst.

»Nein, leider nicht.« Sie schlug es zu und steckte es in ihre Tasche. »Ich hatte gehofft, dass ihre Zeichnungen vielleicht auch etwas mit Janes Rätsel zu tun haben könnten, aber das führt uns ja gerade auf ganz andere Spuren.«

Er nahm einen Schluck. »Ich muss zugeben, ich hätte nicht

erwartet, dass diese Suche uns wirklich zu einem Hinweis bringen würde. Also muss ich mich wohl bei dir entschuldigen.«

Sie glaubte, ihren Ohren nicht zu trauen.

»Du hattest recht«, fuhr er fort und sah ihr nun zum ersten Mal in die Augen. »Es war die richtige Entscheidung, die Notiz ernst zu nehmen.«

Woher kam seine plötzliche Einsicht? Und diese ungewohnt zugewandte Art? Man konnte ihn ja beinahe als freundlich bezeichnen.

Im nächsten Moment verschloss sich sein Blick wieder, und er stellte bestimmt sein Glas ab. »Wie dem auch sei, ich hoffe doch, diese Suche findet schnell ein Ende. Ich kann schließlich nicht dauernd die Wochenenden so verplempern.«

Die Ambivalenz dieses Mannes würde sie noch in den Wahnsinn treiben. Sie zwang sich, tief durchzuatmen.

»Es hat dich ja auch niemand gebeten, dabei zu sein«, meinte sie und trank schnell von ihrem Wein, um der angespannten Stimmung zu entfliehen.

»Nein, das ist wohl richtig. Aber ich hätte gern eine gewisse Absicherung. Wer sagt mir, dass ihr nicht gleich alles an die große Glocke hängt, sobald ihr etwas gefunden habt?«

»Das nennt man Loyalität und Integrität.«

»Wovon die Welt heutzutage leider viel zu wenig kennt.«

»Hast du mir gerade unterstellt, ich sei illoyal und nicht vertrauenswürdig? Denn wenn das so ist, würde ich dieses Gespräch jetzt gern beenden.«

»Nur zu.«

Sie hatte normalerweise einen langen Geduldsfaden, der sich ausdehnen ließ, bis einer ihrer Mandanten sie vehement beschimpfte oder bedrohte. Doch der Fall Charleston Melwood war anders gelagert. Ihre Zündkerzen brannten durch, sobald sein arroganter Blick sie traf und er im überheblichen Ton eine seiner vorurteilsbehafteten Feststellungen in die Welt trug. Sie kannte solche Leute: bornierte Besserverdiener, die meinten, sie müssten jeden auf der Welt richten. Sie waren ihre Mandanten, ihre Kanzleikollegen. Nicht alle von ihnen, aber das Jura-Studium hatte ihr ausreichend Einblicke in diese Welt gewährt. Und es reichte ihr. Endgültig. Als sie Max vor dem Traualtar stehen gelassen hatte, war sie auch vor dieser Welt geflüchtet. Und genau das würde sie jetzt wieder tun.

Schwungvoll schob sie den Stuhl zurück und stand auf. Charlestons Blick verriet, dass ihre Entschlossenheit ihn sowohl verwunderte als auch peinlich berührte, denn die ersten Gäste hatten sich zu ihnen umgedreht.

Umso besser. Ohne ein weiteres Wort ließ sie ihn sitzen und schlug den Weg Richtung Park ein. Sobald sie die Terrasse verließ und den geschwungenen Pfad betrat, beruhigte sich ihr Puls allmählich. Schlimm genug, dass sie seine Arroganz während ihrer Suche ertragen musste. Aber an diesem Abend hatte sie sich entspannen wollen. Das würde sie sich von ihm nicht verderben lassen.

Der Mond stand hell über den Bäumen des Waldstücks, und sie sah die Umrisse der Landschaft klar vor sich. Am Rand des Grüns entdeckte sie eine Schaukel, die von einem der hohen, alten Bäume herabhing und die ihr schon bei ihrem Spaziergang am Nachmittag aufgefallen war. Sie stellte ihr Glas und die Tasche neben den Stamm, schlüpfte aus ihren Schuhen und lief barfuß durch das abendkühle Gras zur Schaukel. Der kühle Wind strich angenehm über ihre erhitzten Wangen, während sie hin und her schwang. Und sie stellte sich selbst die Frage, weshalb Charleston es ständig gelang, sie so zu verärgern. Wyndas Worte hallten wie eine knallrote Leuchtreklame durch ihren Kopf. *Dafür, dass du ihn nicht ausstehen kannst, ist dir seine Meinung ganz schön wichtig.*

Sie konnte es ja selbst nicht erklären. Vielleicht lag es an diesem Smaragdschimmer, der manchmal in seinem Blick auftauchte. Immer dann, wenn sie ihn gerade als gefühlskalten Ignoranten abstempeln wollte, blitzte etwas auf. Etwas Tiefgründiges, Verletzliches.

Sie ließ die Schaukel langsam ausschwingen, schob die Zehen in den Sand und pendelte hin und her.

Oder an dem vermaledeiten Mr.-Darcy-Porträt. Vielleicht hatte das ihre Wahrnehmung auf irgendeine Weise verzerrt. *Du hast Schuld, Jane*, flüsterte sie in Gedanken. *Gutaussehende, unnahbare Männer sind in Wirklichkeit eben nie sanftmütig und empathisch. Sondern genau das: gutaussehend und unnahbar.*

»Leonora.« Seine tiefe Stimme erklang aus dem Schatten der Eiche, und sie fuhr erschrocken herum. Charleston lehnte am Stamm. Das Mondlicht schien durch die Zweige auf sein Gesicht und ließ Schatten über seine Miene tanzen. Aber diesmal sah er sie direkt an. »Ich schätze, jetzt habe ich noch einen Grund, um mich zu entschuldigen.«

Als sie starr verharrte und ihn einfach nur ansah, wurde seine Miene etwas weicher. »Tut mir leid. Das war nicht fair von mir. Du hast mir bisher keinen Grund gegeben, dir nicht zu vertrauen.«

Sie nickte. »Schön, dann wäre das ja geklärt.«

»Vermutlich könnte ich ein wenig an meiner Kommunikationsfähigkeit arbeiten. Es wäre nicht das erste Mal, dass ich das zu hören bekomme.«

Welch Überraschung.

Eine Weile betrachtete er sie stumm. Sein Blick lag undurchschaubar auf ihr. Nur das Plätschern des Springbrunnens durchbrach die Stille der Nacht. Über ihnen spannte sich ein klarer Sternenhimmel.

»Eigentlich wollte ich dir das hier geben.« Er richtete sich auf und zog ein Stück Papier aus seiner Hosentasche.

Leonora nahm es entgegen. Altes Papier. Nicht aus dem 19. Jahrhundert, aber die Ränder waren abgegriffen. Sie faltete es auseinander. Die Beleuchtung des Springbrunnens und das Mondlicht ließen sie gerade genug erkennen. Die Handschrift war scharfkantig und erinnerte sie an die hastige Schrift eines Mannes.

25. August 1954

Oh! Eberesche! Wie schön warst du zur Sommerzeit mit Blüten weiß und rein,
Wie prächtig war dein Herbstgewand mit Beeren rot wie Wein!
An deinem Stamm so viele Namen, die ich nicht mehr erspäh,
Doch tief in meinem Herzen sind sie – vergessen werden sie nie!
Oh! Eberesche.

Kurz hob sie verständnislos den Kopf. Doch dann schluckte sie, und ihr Herz stockte. »Ist das …?«

»Robert Burns«, ergänzte Charleston und nickte. Er hatte sich wieder an den Stamm der Eiche gelehnt, und die Schatten verbargen seine Miene.

Ihr Puls pochte in ihren Schläfen. »Hat es einen Zusammenhang mit der Eberesche an der Küste?«, fragte sie atemlos. Der Eberesche, auf deren Stamm der Name ihrer Großmutter stand.

»Das kann ich dir nicht sagen.« Einen Moment schwieg er. »Mein Großonkel mochte Burns. Das Gedicht lag bei seinen

Notizen. *Their groves o' sweet myrtle*, die Zeile unter der Zeichnung deiner Grandma, stammt übrigens auch aus Burns' Feder.«

»Du meinst doch nicht etwa, dass dein Großonkel und meine Großmutter …?«

Eine viel zu lange Weile blieb es still. »Ich weiß es nicht. Es war viele Jahre, bevor er meine Großtante Adaline kennenlernte. Er muss ein junger Mann gewesen sein, gerade einmal achtzehn. Außer dem Gedicht habe ich nichts gefunden.«

Die Informationen ratterten in ihrem Kopf, während sie versuchte, sie zu begreifen. »War dein Großonkel denn Fischer?«

Charleston lachte auf. »Nein, das war er mit Sicherheit nicht. Nun, es wird so oder so keine tiefere Verbindung gewesen sein«, sagte er. »Meine Familie war stets sehr traditionsbewusst. Und meinem Großonkel wäre es nicht gestattet gewesen, eine Frau aus, mit Verlaub, einfachen Verhältnissen ohne Familiennamen zu ehelichen. Oder zu treffen.«

Da war er ja wieder, der Snob. Er schien ihn kaum länger als drei Minuten verbergen zu können. Sie biss sich auf die Lippe und schoss ihm einen strafenden Blick zu. »Vielleicht hätte das der Familie ja mal gut getan.«

Erstaunlicherweise nahm er ihren Kommentar mit Humor, denn das Grübchen zeigte sich wieder auf seiner Wange. »Ich sehe über deine Beleidigung hinweg. Sicher wolltest du mir danken, dass ich dir das Gedicht zukommen lassen habe.« Er streckte die Hand aus, und sie reichte ihm das Papier zurück.

»Danke«, murmelte sie. Auch wenn sie sich nur noch verwirrter fühlte. War es möglich, dass sich ihre Grandma in ihrer jugendlichen Naivität von den äußeren Reizen eines Melwoods hatte täuschen lassen? Viele Jahre, bevor sie ihren Großvater traf und heiratete?

Sie betrachtete Charleston eine Weile. Immerhin erklärte sich nun, weshalb ein Mann wie er, der proklamierte, keinen Sinn für Romantik zu besitzen, mit Burns' Gedichten umherwanderte. Und auch wenn er das sicher nicht zugeben wollte, war dies ein Beweis für eine gewisse Sentimentalität in seiner rationalen Seele. »Deshalb liest du also Burns? Weil es dich an deinen Großonkel erinnert?«

»Ja. Außerdem ist er unbestreitbar einer der größten Dichter gewesen.« Ein trauriger Ausdruck trat auf sein Gesicht, und er sah zu den Sternen.

Wenn sie zu Beginn dieses Abends mit allem gerechnet hätte, aber sicher nicht damit, dass sie mit Charleston unter dem Sternenhimmel stehen würde und er sentimentale Burns-Anekdoten zitierte. Und dabei wirkte er aufrichtig bedrückt. Sie wollte ihn fragen, doch dann erinnerte sie sich, dass sie schon zu oft auf seine plötzlich sensiblen Momente hereingefallen war.

»Jane hat auch über den Sternenhimmel geschrieben«, entgegnete sie stattdessen nüchtern. Es war ihre Lieblingsszene in *Mansfield Park*. »›Wenn ich in eine solche Nacht hinausschaue, habe ich ein Gefühl, als könne es weder Schlechtigkeit noch Leid auf der Welt geben.‹«

Sie hörte, wie Charleston verächtlich schnaubte. »Jane Austen war schon immer etwas simpel in ihren Annahmen. Leid existiert immer. Sternenhimmel hin oder her.« Sein Blick traf ihren. Und obwohl sie protestieren wollte – denn er hatte offensichtlich keine Ahnung von Janes Literatur –, war etwas in ihr kurz davor, nachzugeben. Zu fragen, was sich hinter seiner Trauer verbarg. Ob es das war, was ihn so verbittert und unnahbar werden ließ.

Im selben Moment ertönte der Handyklingelton aus ihrer

Tasche und zerriss die Stille. Benommen stand Leonora von der Schaukel auf und lief zu dem Baumstamm. Charleston besaß den Anstand, nicht in ihrer Tasche zu wühlen, sondern ertrug stoisch die Melodie von *Love Story*. Sie kniete sich neben ihn und angelte nach dem Handy, doch als sie es endlich zu fassen bekam, war der Anruf verstummt. Sie rappelte sich auf und warf einen Blick auf das Display. »Wynda«, murmelte sie.

Sein Blick hatte sich wieder verschlossen und ruhte kühl und abwartend auf ihr.

Dann erklang ein Piepen. Sie tippte auf die Nachricht.

WO bist du? Ich habe es gelöst! Es ist Bath!

Einen Moment blinzelte sie, um das grelle Licht des Displays zu vertreiben. Aber es stand dort wirklich.

»Es ist Bath«, sagte sie leise.

Doch Charleston sah sie nur verständnislos an.

Bis sie Wynda entdeckten, die mit beiden Armen winkte und zu ihnen hinüberhastete.

»Entschuldigt die Störung«, rief sie außer Atem. »Aber es ist ein Notfall!« Sie keuchte und stemmte die Hände in die Hüften. »Ich habe das Rätsel gelöst.«

»Wie kommst du auf Bath?«, fragte Leonora.

»Sydney Gardens«, stieß Wynda aus, ließ sich auf die Schaukel fallen und fächelte sich Luft zu. »Janes Lieblingspark in der Stadt. Deine Idee mit dem Garten hat mich darauf gebracht. Ich bin auf einen Brief gestoßen, in dem Jane ihrer Schwester Cassandra schrieb, wie sehr sie den Park liebt. Dass er ihr eine Auszeit aus dem Trubel der Stadt beschert. Und wie sehr sie ihren Küchengarten und das Landleben in Steventon vermisst, seit sie nach Bath gezogen sind.« Sie lächelte. »Der ›Ruhepol‹ und ›Floras Lieblichkeit‹. Der ›Ort, den man in viel Gesellschaft schätzt, wo Tee und Tanz Gesundheitsquell verbindet.‹ Das kann nur Sydney Gardens sein. Es passt perfekt.«

Leonora setzte sich vor den Baum, zog die Beine an und massierte ihre Schläfen. Der Abend fühlte sich unwirklich an. Gerade hatte Charleston noch im Mondschein romantische Serenaden zitiert, und jetzt standen sie kurz davor, Janes verlorenes Manuskript zu finden. Ihr schwirrte der Kopf. »Das ist fantastisch, Wynda. Aber wo genau sollen wir dort suchen?« Bei ihren Touren mit dem Centre hatten sie einige Touristengruppen durch den Park geführt, er war riesig.

»Im Sydney Hotel beziehungsweise dem heutigen Holburne Museum. Zu Janes Zeiten war es das gefragteste Hotel der Stadt und der Haupteingang zum Parkgelände. Dort fanden öffentliche Soiréen und Frühstücke statt, an denen Jane teilnahm.« Wynda zog ihr Handy hervor und hielt ihnen ein Foto in die Dunkelheit entgegen. »Das ist der Balkon auf der Frontseite. Von dort blickt man auf die gesamte Great Pulteney Street. Seht es vor euch: die lange Straße, in deren Fenstern die Kerzenlichter glitzern, die Straßenlaternen, die Beleuchtung der Kutschen, die dem Sydney Hotel entgegenstreben, um ihre Gäste zu einem Tanzabend abzuliefern. Die Lichter der Stadt!«

»Ich möchte die Damen ungern in der Euphorie bremsen, aber euch ist sicher bewusst, dass das Holburne Museum äußerst gut überwacht ist. Und dass der Balkon nicht für die Öffentlichkeit zugänglich ist.« Charleston hatte sich aus seinem Schweigen und vom Baumstamm gelöst und verschränkte die Arme hinter dem Rücken.

»Das«, begann Wynda langsam, »ist tatsächlich ein Problem.

Aber ich habe eine Lösung. Einmal im Monat findet eine Museumsnacht statt. Mit Live-Musik, Drinks, jeder Menge Menschen und Zugang zu den Ausstellungsräumen. Die perfekte Gelegenheit, um sich unauffällig auf den Balkon zu schleichen. Und diesen Freitag ist es wieder so weit!«

»Das ist hoffentlich ein Scherz.« Charlestons konsternierte Miene glomm im Halbschatten. »Wir werden nicht unerlaubterweise auf den Balkon vom Holburne Museum steigen.«

»Doch, das werden wir, Darcy.« Wynda zuckte ungerührt mit den Schultern. Sein Blick wanderte zu Leonora.

»Das werden wir«, erwiderte sie und setzte unschuldig hinzu: »Es sei denn, du traust dich nicht.«

Kapitel 18

Nachts im Museum

Es gab nur wenige Dinge, die Charleston Melwood seine Prinzipien vergessen ließen. Ein unterstellter Mangel an Courage war eines davon, wie Leonora inzwischen gelernt hatte. Das musste man ihm lassen – er stand zu seinem Wort. Vor fünf Minuten war seine Nachricht auf ihrem Handy eingetrudelt.

Treffpunkt: Die Harfe. Ich sehe euch da.

Sie beugte sich nah an den Spiegel der Kommode heran, um ein wenig Lidschatten aufzutragen. Hinter ihr summte Wynda die Taylor-Swift-Eras-Playlist mit und betrachtete sich im Spiegel von Oma Ediths antikem Wandschrank. Sie trug ein knielanges dunkelblaues Satinkleid, auf dem Glitzersteine funkelten, die sich zum Saum hin verdichteten. Ihr rosafarbenes Haar fiel offen über ihre Schultern bis zu ihrer Taille hinab – sie sah aus wie ein pastellfarbener Kometenschweif am Sternenhimmel. Wunderschön – und so auffällig, dass sich mit Sicherheit jeder nach ihr umdrehen würde. Was für eine geheime Mission auf dem Museumsbalkon möglicherweise eine Herausforderung darstellte.

Aber Wynda wirkte so zufrieden und glücklich, dass Leonora ihr dieses Outfit auf keinen Fall ausreden würde.

»Fertig?« Sie drehte sich zu ihr um. »Ich kann es gar nicht erwarten, dich in diesem Teil zu sehen.« Wynda schwenkte das champagnerfarbene Kleid mit der Spitzenbordüre, das sie ihr mitgebracht hatte. Eine Abendveranstaltung im Holburne Museum verlange nach einem besonderen Aufzug, hatte sie verkündet. Und da ihre Übergangsgarderobe für den Sommer kein adäquates Stück hergab, hatte Wynda ihr kurzerhand eines geliehen.

»Moment, nur noch die Haare.« Wenn es drauf ankam, hatten die einfach einen eigenen Willen.

»Warte, ich helfe dir.« Schon trat Wynda hinter sie an den Hocker. Sie schlang die Strähnen zu einem eleganten Dutt, wo sie wie durch Zauberhand auf einmal hielten.

Als Leonora in das Kleid schlüpfte, griff Wynda grinsend ihre Hand und drehte sie vor dem Wandschrankspiegel. »Die Gefahr besteht, dass Mr. Darcy kurz vergisst, grimmig zu gucken, wenn er dich sieht.«

Leonora lachte. »Ich glaube, du erwartest das Unmögliche von ihm. Außerdem wissen wir beide, dass er vor diesem Abend mit uns fliehen würde, wenn er könnte.«

»Männer sind das größte Rätsel dieser Welt«, erwiderte Wynda in überraschend verkniffenem Ton, dann nahm sie ihre Tasche und marschierte die Treppe hinunter, ehe Leonora noch etwas sagen konnte. Dabei ahnte sie, auf welches Exemplar sich Wyndas Feststellung bezog. Freddy hatte den Laden die ganze Woche geschlossen und per SMS einen Solo-Segeltörn durch die britische Karibik angekündigt. Als sie von Oakley Hall heimgekehrt waren, war er schon weg gewesen. Keine spontanen Besuche am Steg. Und sein Geschäftseifer schien auch vergessen. »Luken dicht« verkündete das Ladenschild von George's Old Books.

Als sie sich am Montag auf ihrem Weg zum Jane Austen Centre bei Claire ihren Morgen-Darcy geholt hatte, hatte die auch nur ahnungslos mit den Schultern gezuckt. Freddys spontaner Aufbruch war in der Tat ein Mysterium.

Nun, vielleicht nicht ganz so mysteriös, wenn man sich Wyndas säuerliche Miene ansah, sobald sie auch nur vage das Thema »Frederick« touchierten. Leonoras innere Emma kapitulierte fürs Erste.

Sie löschte das Licht im Schlafzimmer und folgte Wynda die Treppe hinunter.

Ihr Taxi wartete bereits vor der Gartenpforte. Die Dämmerung senkte sich allmählich über die Stadt, während sie Richtung Sydney Gardens fuhren. Vor den Pubs und Restaurants trafen sich die Feierlustigen und die kulinarischen Genießer, und die historischen Gebäude der Innenstadt erstrahlten im abendlichen Glanz.

Vom Sitz neben ihr erklang ein Piepen, und Wynda schnaubte ungläubig.

»Alles okay?« Leonora erhaschte einen schnellen Blick auf das Display, auf das Wynda mit zusammengekniffenen Augen und spitzen Fingern einhackte.

»Alles unter Kontrolle«, murmelte sie. Und Leonora beschlich eine gewisse Ahnung, wen Wynda da unter »Captain Delusion« abgespeichert hatte.

»Falls du ein wenig Beistand oder Rat brauchst,« sagte sie sanft, »ich meine, nur für den theoretischen Fall, dass Freddy sich gemeldet hat …«

»Das Thema ist noch auf der Tabu-Liste, Lea«, kam es, ehe sie den Satz beenden konnte.

Oh verflixt, was hatte er jetzt wieder verbrochen? Wynda sah wirklich aufgebracht aus. Dabei hätte Leonora schwören können, dass die beiden wie füreinander geschaffen waren. Vielleicht hatten sie sich in einem Missverständnis verrannt? Und es bräuchte nur ein wenig gut gemeinte Hilfe von außen. »Ich wollte euch übrigens verkuppeln. Ehe ich erfahren musste, dass ihr schon Bekanntschaft miteinander gemacht habt. Aber solang du dich weigerst, mir zu verraten, was das Problem ist, kann ich dir nicht helfen.«

»Er ist das Problem.« Wyndas Tasche samt Smartphone landete unsanft im Fußraum des Wagens. Und Leonora konnte förmlich sehen, wie der Fahrer die Ohren spitzte. »Und ich wäre dir dankbar, wenn du deine Bemühungen im Zaum hältst, Emma Woodhouse.«

»Okay … Ich habe verstanden und respektiere dein Schweigen.«

In diesem Moment bogen sie in die Great Pultney Street ein, und sie stupste Wynda an. Der Anblick war zu hinreißend, um ihn sich von einem Mann verderben zu lassen. Zu beiden Seiten zogen sich die Bürgersteige entlang der georgianischen Häuser schnurgerade bis hinauf zum Holburne Museum, das wie ein Herrenhaus am Ende der Straße thronte. Die ersten Besucher bevölkerten die Auffahrt und spazierten durch die Säulenportale in den Park.

Wynda griff nach Leonoras Hand, drückte kurz ihre Finger und warf ihr einen bedeutungsvollen Blick zu. Janes Vermächtnis wartete auf sie. Und wenn es ihnen gelang, würden sie vielleicht noch an diesem Abend die fehlenden Kapitel von *Sanditon* in der Hand halten. Die letzten Seiten, die sie je verfasst hatte. Von denen die Welt nichts ahnte.

Eine Gänsehaut lief über ihre nackten Arme, als sie ausstieg und Wynda in diese bedeutungsvolle Nacht folgte.

Während sie den Weg zum Haupteingang hinaufgingen, konnte sie den Blick nicht von der Fassade abwenden. Durch die Fenster des großen Saals fiel das Licht und beleuchtete den Balkon. Die Säulen, die ihn einfassten, erhoben sich bedeutungsvoll in der Dämmerung und verliehen dem Gebäude seinen prunkvollen Charakter. Um sie herum erklang das eifrige Geplauder der Leute, und Musik drang zu ihnen hinaus. Es wäre unmöglich, ungesehen auf den Balkon zu schleichen. Der Trubel ließ die opulente Verfilmung der *Bridgerton*-Ballabende vor ihrem Auge auferstehen. Genau genommen fehlten nur die Blumen, die sich über die Balustrade rankten.

Aber Wynda wirkte so zuversichtlich, dass sie ihre Zweifel beiseiteschob und hinter ihr das Museum betrat. Die Ausstellungsräume waren geöffnet, und sie gingen entschlossen die Treppe zu den historischen Haupträumen hinauf. Unbeschwert plaudernde Besucher kamen ihnen aus den oberen Stockwerken entgegen. Lächelten ihnen zu. Keiner ahnte, was sich seit über 200 Jahren auf dem Balkon des Holburne Museum verbarg.

»Zu Janes Zeiten befand sich im ersten Stock der Ballsaal«, flüsterte Wynda ihr zu. »Als man das Sydney Hotel 1916 aufkaufte, um daraus ein Museum zu machen, hat man einiges umgestaltet.« Sie warf einen hastigen Blick auf ihre Smartwatch, als sie die erste Etage erreichten. »Wir sind schon ein bisschen spät, aber lass uns kurz die Lage sondieren.«

Die Lage war kompliziert. Einige Besucher schlenderten an den Vitrinen in der Ballroom Gallery entlang, unter den wachsamen Augen eines Museumsmitarbeiters, der hin und wieder aufkommende Fragen beantwortete. Die Balkontür war verschlossen.

»Mist«, murmelte Leonora, als sie Wynda zurück ins Treppenhaus zog. »Wie soll das klappen?«

»Wir müssen nur für die richtige Gelegenheit sorgen.« Sie zwinkerte. »Wir warten, bis es dunkler ist. Und dann werden wir für etwas Ablenkung sorgen. Und dafür brauchen wir Darcy-Melwood heute.«

»Inwiefern?«, fragte Leonora.

»Wirst du dann sehen, komm.«

Nun, immerhin schien Wynda einen Plan zu haben. Auch wenn der ein flaues Gefühl in Leonoras Magen bereitete.

Die Gemäldegalerie, in der die Harfe und ein Fortepiano standen, lag unter der gläsernen Dachkuppel im zweiten Stock des Hauses. Charleston hatte ihnen den Rücken zugewandt und betrachtete ein Porträt, das aus der Sammlung von Holburne stammte. Wynda steuerte zielgerichtet auf ihn zu, doch Leonora merkte, dass etwas in ihr aus der Bahn geriet. War das etwa … Herzklopfen?

Nein, völlig ausgeschlossen.

Nach dem überraschenden nächtlichen Geständnis im Park von Oakley Hall hatte er sich ihr gegenüber wieder kalt und abweisend wie zuvor verhalten. Knappe Nachrichten, wenn es der Umstand erzwang. Ansonsten Funkstille.

Er drehte sich um und die Art, auf die sich sein Blick verfinsterte, als er sie entdeckte, ließ ihren Puls wieder auf gefühlskalte sechzig Schläge pro Minute sinken. »Ihr seid zu spät«, lautete seine charmante Begrüßung.

»Wir haben uns noch etwas umgesehen«, raunte Wynda und

sah sich unauffällig um. Die anderen Besucher im Saal widmeten ihre Aufmerksamkeit den Gemälden.

»Dann habt ihr sicher festgestellt, dass das Anliegen heute nicht zu realisieren ist.« Er fuhr sich durchs Haar und schob dann die Hände in die Hosentaschen seiner Chino. War er etwa nervös?

Die kurz angebundene Art. Der rasche Blick auf seine Armbanduhr. Er war mental offenbar schon halb zur Tür hinaus und im Range Rover Richtung Rosehill unterwegs.

»Und ob wir das heute realisieren«, erwiderte Wynda. »Aber erst mal warten wir, bis es dunkler ist. Also entspann dich.« Dann schlenderte sie durch den Saal davon.

Charleston stand wie angewurzelt da. »Ich halte das für eine wirklich schlechte Idee, Leonora.«

»Oh, das verbirgst du ausgezeichnet«, erwiderte sie und schnaubte amüsiert.

»Wenn uns jemand erwischt, ist das Hausfriedensbruch, Beschädigung eines denkmalgeschützten Gebäudes, und sicher gäbe es noch eine Menge weiterer Anklagepunkte«, flüsterte er.

»Wir haben ja nicht vor, den Balkon auseinanderzunehmen«, zischte sie zurück. »Aber es geht hier um Janes letztes Manuskript.« Dann drehte sie sich um und folgte Wynda, die inzwischen den Saal verlassen hatte und Richtung Treppe verschwunden war.

Im Außenbereich der Museumsterrasse spielte die Band einen Klassiker, und die Tanzfläche war inzwischen gut gefüllt.

»Also, was ist dein Plan?«, flüsterte Leonora Wynda zu, die neben ihr etwas abseits des Trubels stand.

»In einer halben Stunde beginnt ›Music in the Rooms‹, dann

werden die Musiker oben in den Galerien spielen.« Sie zog den Programmflyer aus ihrer Tasche hervor und tippte darauf. »Das ist unsere Gelegenheit. Darcy und du werdet tanzen.«

»Ich habe mich wohl verhört?« Charleston schüttelte energisch den Kopf.

»In der Ballroom Gallery«, betonte Wynda ungerührt. »Und dann wird dir unwohl, Leonora. Ich meine, so richtig dramatisch. Ihr bittet den Wärter des Raums darum, kurz auf dem Balkon frische Luft schnappen zu dürfen. Als besorgte Freundin komme ich natürlich mit. Und während du dich um sie kümmerst, Darcy, werde ich in der Dunkelheit schnell alles absuchen.«

»Geht das nicht auch ohne das Getanze?«, murmelte er.

»Es soll glaubwürdig sein«, erwiderte Wynda ausdrücklich.

»Herrje.«

Leonora war ebenfalls besorgt. Ihr schauspielerisches Talent lag bei unter Null. Ganz zu schweigen von ihren Tanzkünsten. Zumindest wusste sie jetzt, warum Wynda ihr vorher nichts von diesem Masterplan erzählt hatte.

Eine halbe Stunde später wandelten sie im Strom der Tanzfreudigen das alte Treppenhaus empor in die Galerie. Ein Quintett hatte begonnen, einen Walzer zu spielen, und die ersten Paare drehten sich in dem prachtvollen länglichen Raum.

»Und Action«, flüsterte Wynda und wackelte bezeichnend mit den Augenbrauen. »Tu's für Jane, Lea.«

»Also dann.« Charleston hielt ihr die Hand hin. Er führte sie in die Mitte des Raumes, dann zog er sie etwas dichter an sich. »Ich muss meine Aussage von Oakley Hall revidieren«, sagte er dicht an ihrem Ohr.

Sie sah ihn auffordernd an.

»Gerade wünschte ich mir nichts mehr, als dass du das Reisepult einfach zugeklappt und dieses Notizfoto für immer gelöscht und vergessen hättest.«

Sie folgte ihm in eine schnelle Drehung. »Und ich dachte, du wolltest dich entschuldigen.«

Er zog sie wieder zu sich und hob verwundert die Augenbrauen. »Schon wieder? Habe ich das nicht zur Genüge getan?«

»Ehe du die nächste Beleidigung verteilt hast.« Sie folgte seinen weiten Schritten.

»Welche Beleidigung?«

»Du sagtest, dass meine Familie unter der Würde der Melwoods wäre.«

Er schnaubte. »Ich sagte, dass eine Ehe oder eine sonstige Verbindung zwischen deiner Großmutter und meinem Großonkel unangemessen gewesen wäre.«

»Du gibst es also zu.«

Schweigen war die Antwort.

»In den Notizen meiner Grandma habe ich ein Zitat über Robert Burns aus *Sanditon* gefunden. ›Er fühlte, und er schrieb, und er vergaß.‹« Sie reckte das Kinn. »Ich denke, das sagt alles. Er hat ihr das Herz gebrochen.«

»Das sagt überhaupt nichts, Leonora.« Er schwang sie in eine Halbdrehung. »Er war niemand, der vergaß.«

Als der nächste Song einsetzte, folgte sie seiner Führung noch immer etwas betäubt von seinen Worten. Denn offenbar hatte ihre Grandma auch nie vergessen.

»Deine aufdringliche Freundin mit den Zuckerwatte-Haaren wirkt ungeduldig«, murmelte Charleston.

»Sie ist nicht aufdringlich«, raunte sie sofort empört.

Wynda stand am am Rand der Tanzfläche neben der Vitrine und zwinkerte kurz, als sie Leonoras Blick traf.

Himmel, also schön. »Bereit?«, flüsterte sie ihm zu.

»Bitte.«

Er drehte sie, und sie taumelte unsanft in seine Arme zurück, ließ sich kraftlos gegen ihn sinken und hob die Hand an die Stirn. Oh Gott. Das fühlte sich furchtbar an. Wie ein wirklich schlechtes Laientheater.

Zum Glück stieg Charleston sofort darauf ein. »Ist dir nicht wohl?«, fragte er ausreichend laut, sodass sich die ersten Köpfe zu ihnen umdrehten.

»Ich fürchte … ich brauche Luft«, stammelte sie.

Sie spürte, wie er sie noch etwas fester an sich drückte und Richtung Balkon geleitete, wo der Wärter stand. »Verzeihen Sie«, sagte er in seinem besten Upper-Class-Accent. »Meiner Freundin geht es nicht gut. Wäre es möglich, dass Sie uns kurz auf den Balkon lassen?«

Der besorgte Blick des Mannes traf sie. »Oh, selbstverständlich, Sir«, sagte er und öffnete ihnen die Balkontür.

»Vielen Dank«, krächzte sie und spürte im nächsten Moment Wyndas Hand auf ihrer Schulter.

»Elizabeth, alles in Ordnung?«, fragte sie und Leonora musste sich zusammenreißen, bei dem Fake-Namen nicht die Miene zu verziehen.

Sie traten hinaus, und Wynda schloss mit einem Blick, der um Diskretion bat, die Flügeltür des Balkons. Aus dem Augenwinkel sah Leonora, wie der Wärter besorgt nickte und auf sein Funkgerät deutete, als Angebot, im Notfall Hilfe zu holen.

Charleston führte Leonora an die Brüstung des Balkons und hielt sie immer noch fest an seine Brust gepresst. Sie spürte den weichen Stoff seines Hemds an ihrer Wange, das nach dem ihr schon bekannten Aftershave roch und an den Alpakapullover erinnerte. Kurz schloss sie die Augen, ehe sie verstand, was sie da gerade tat. Als sie die Lider wieder weit aufriss, sah sie, wie Wynda gerade im Schatten der Balustrade abtauchte.

Um keine Aufmerksamkeit auf sie zu lenken, richtete sie demonstrativ den Blick hinaus auf die Straße. Die Lichter der Stadt. Sie erstreckten sich wie eine lange Kette vor ihnen entlang der Great Pulteney Street. Die alten Straßenlaternen, die sich die Gehsteige entlangzogen. Die Fenster der georgianischen Häuserreihen. Und gegenüber des Balkons, an der Straßenecke, Sydney Place Nummer 4, das Haus, in dem Jane mit ihren Eltern und Cassandra lebte, als sie 1801 nach Bath kamen.

Plötzlich spürte sie, wie Charlestons Hand ihren Rücken hinauf wanderte und sanft über ihren freien Nacken strich. Ihr Herz machte einen kurzen Satz, und sie sog unfreiwillig die Luft ein. Dann sah sie, wie er sich zum Balkonfenster umdrehte und die Hand hob, um den Blick des Wärters abzufangen, ehe er auf Wynda landen könnte, die gerade über den Boden huschte und die nächste Reihe der Balkoneinfassung abtastete.

Verdammt, ihnen blieb sicher nicht mehr allzu viel Zeit. Sie lehnte sich unauffällig an die Säule neben ihr und fuhr mit den Fingern über den hellen Kalkstein. Doch er war makellos glattgeschliffen. Keine geheimen Einbuchtungen. Kein loser Stein.

»Hier ist nichts«, sagte Wynda leise, ehe sie ein weiteres Mal in die Balkonecke neben den Säulen kroch. »Absolut … *nada.*«

Ein Adrenalinrausch erfasste sie. Es musste doch hier sein. Alles passte perfekt. Der Park. Die Lichter. Und dieser Balkon war einer der Teile des Gebäudes, die seit dem 19. Jahrhundert nicht verändert oder neu gebaut worden waren.

Hilflos sah sie sich um. Aber Wynda zuckte nur enttäuscht die Schultern.

In dem Moment schwang die Balkontür auf, und Wynda sprang rasch aus der Hocke hoch, ehe der Mitarbeiter zu ihnen hinaustrat. »Hier ist ein Glas Wasser.«, sagte er und reichte es Leonora. »Geht es schon besser? Möchten Sie sich drinnen vielleicht hinsetzen? Wir haben einen Stuhl im Treppenhaus.«

»Vielen Dank«, brachte sie möglichst schwach über die Lippen.

»Ich denke, wir gehen am besten nach Hause. Danke, Sir«, sagte Charleston und legte den Arm wieder um ihre Taille.

Während er sie hinausgeleitete, folgten ihnen die neugierigen Blicke der Besucher. Das Quintett war inzwischen einen Raum weitergezogen, und die Songs klangen gedämpft bis zur Galerie und ins Treppenhaus. Als sie in den Außenbereich des Museums hinaustraten, lockerte Charleston seinen Griff.

»So ein Mist«, fluchte Wynda leise neben ihr. »Ich war mir so sicher, dass es hier sein muss.«

»Und jetzt?«, murmelte Leonora ratlos. Ihr Herz klopfte. Sie hatten es geschafft, sie hatten sich auf diesen Balkon geschlichen. Doch all das half ihnen wenig, wenn es offensichtlich der falsche Hinweis war.

»Wir sollten nach Hause fahren«, meinte Charleston und warf einen Blick auf seine Uhr.

»Aber –«, begann Wynda zu protestieren, doch sie brach mitten im Satz ab und ihre Miene gefror.

»N'Abend.« Freddy salutierte auf eine sehr legere Art und schob dann die Hände in die Hosentaschen.

»Was machst du denn hier?«, fragte Leonora überrascht. Sein Gesicht wirkte sonnengebräunt, und er trug ein akkurat gebügeltes Hemd und ein Sakko.

»Dachte, ich sage mal Hey, nachdem ich so lange aus der Stadt raus war.« Sein Blick glitt zu Wynda, doch aus der Richtung schlug ihm eine Eiseskälte entgegen. Also wandte er sich vermeintlich sicheren Gewässern zu und streckte Charleston die Hand entgegen. »Frederick Taylor.«

»Charleston Melwood.«

»Melwood?« Freddy straffte die Schultern. »Aus Sidmouth?« Er sah zu Leonora.

Sie hatten nie wirklich Gelegenheit gehabt, über das Wochenende dort zu sprechen. Freddy hatte sich komisch verhalten, als sie zurückgekehrt war, und kurz darauf war die Sache mit Wynda passiert …

Als sie nickte, zog er ruckartig seine Hand zurück. »Verstehe.«

Immerhin einer, denn Leonora verstand überhaupt nichts mehr. Ja, man konnte nicht gerade behaupten, dass Charleston ihn sonderlich freundlich anstrahlte. Aber weshalb verhielt er sich so seltsam, sobald die Sprache auf Sidmouth fiel?

Er wandte sich wieder Wynda zu. »Können wir kurz reden?«

»Hat hier jemand was gesagt? Ich habe nämlich nichts gehört.«

Freddy musterte sie fassungslos. »Du kannst nicht einfach Nein sagen, Wynda. Ich bin extra hergekommen.«

»Und wie ich das kann.« Sie löste sich aus ihrer Starre und drückte kurz Leonoras Arm. »Entschuldige, Lea, ich gehe jetzt. Wir schreiben.«

»Aber …«, protestierte sie. Doch Wynda lief schon an ihr vorbei, geradlinig auf den Parkausgang zu, wo sie in ihrem Kleid wie ein letzter Kometenschimmer in der Dunkelheit verschwand, und Leonoras Einspruch verhallte ungehört in der Nacht.

Freddy sah Wynda mit offenem Mund hinterher. Dann zuckte sein Blick zurück zu Charleston, ehe er auf Leonora landete. Er raufte sich die Haare, sodass die nun wieder wild abstanden. Ohne ein weiteres Wort marschierte er ebenso zielstrebig wie Wynda in die Dunkelheit davon.

»Du hast recht seltsame Freunde, wenn ich mir die Bemerkung erlauben darf«, erklang Charlestons dunkle Stimme neben ihr.

»Sie sind toll, jeder für sich. Es hapert nur noch an der Gruppendynamik«, murmelte sie, während sie zum Parkausgang starrte und zu begreifen versuchte, was da gerade geschehen war.

»Jedenfalls«, Charlestons große Gestalt erschien in ihrem Sichtfeld, »werde ich mich auch verabschieden. Gute Nacht, Leonora.«

»Warte.« Sie streckte die Hand nach seinem Arm aus, ehe sie begriff, was sie da tat. Er hob überrascht die Augenbrauen. »Mir ist noch etwas eingefallen.« Genau genommen hatte Wyndas Kleid sie darauf gebracht. Der Anblick, als sie in der Dunkelheit verschwunden war. Wie ein verglühender Feuerwerkschimmer. »Die Lichter aus Janes Vers – vielleicht waren es nicht die Lichter der Stadt. Vielleicht meinte sie ein Feuerwerk.«

»Und wo würde uns das hinführen?«

Sie deutete auf die Dunkelheit des Parks, die sich hinter ihr erstreckte. »In die Mitte von Sydney Gardens. Ich erinnere mich, einen Brief gelesen zu haben, in dem Jane Cassandra davon berichtete, dass sie hier im Park ein Feuerwerk sah. Und es gibt eine Brücke, die noch aus Janes Zeiten stammt.«

»Es ist mitten in der Nacht. Und stockdunkel.«

»Umso besser«, entgegnete sie. »Du bist doch um Diskretion bemüht.«

Kurz wog er seine Optionen ab, dann seufzte er ergeben. »Also gut. Gehen wir.«

Kapitel 19

Seide und Sinnlichkeit

Der Trubel des Holburne Museums verklang hinter ihnen, während sie an Rhododendronbüschen und Weißdorn vorbei in den Park liefen. Die Mondsichel tauchte immer wieder über den Bäumen auf und beschien die Dächer der historischen Bauten, die den Park umgaben.

»Wynda hat mir die historischen Pläne von Syndney Gardens gezeigt.« Leonora deutete auf die Dunkelheit vor ihnen. »Hinter den Schienen und dem Kanal lagen damals ein Labyrinth, eine Grotte und eine Merlin-Schaukel. Dort hat Jane sich oft aufgehalten. Doch all das existiert heute nicht mehr. Was für ein Glück, dass die Brücken erhalten geblieben sind.«

»Wie versteckt man eine Notiz an einer Brücke?«, fragte Charleston widerwillig. Der Park wurde immer leerer und stiller, je weiter sie gingen, und inzwischen war Leonora froh, dass er sich bereit erklärt hatte, sie zu begleiten.

»Im Gemäuer? Unten am Kanal … Wie Jane schrieb: ›Sie spannt sich flügelsgleich, verankert durch ihr Fundament.‹«

Er blieb stehen und sah sie an. »Du willst in der Dunkelheit zum Kanalweg? Leonora, ich bin mir wirklich nicht sicher, ob das eine kluge Entscheidung ist.«

Sie marschierte ungerührt weiter. »Ich muss es heute Abend wissen.«

»Habe ich dir gesagt, dass ich deine Sturheit nicht vermisst habe?«, seufzte er und schloss wieder zu ihr auf.

»Wäre dein Abend dann nicht deutlich weniger aufregend? Vermutlich würdest du zu Hause sitzen und Gedichte lesen.«

»Ich würde meine reguläre Abendgestaltung erholsam nennen, und daran ist sicher nichts auszusetzen«, erwiderte er ernst, und sie verkniff sich lieber eine Antwort.

Vor ihnen lag der Kanal, der sich einmal quer durch den Park wand. Als sie hinter der Brücke abbog und den schmalen Pfad zum Wasser einschlagen wollte, umfasste Charleston ihren Arm und hielt sie zurück.

»Moment. Du weißt nicht, wer sich hier herumtreibt. Ich gehe vor.« Er zückte sein Handy und beleuchtete den Weg.

Der River Avon plätscherte leise in der Dunkelheit neben ihnen, während Charleston sie zu dem gepflasterten Ufer führte. Vor der Brückenunterführung blieb er stehen und ließ das Licht der Handytaschenlampe über das alte Gemäuer gleiten. »Auf den ersten Blick erkenne ich nichts.«

Leonora stellte sich auf die Zehenspitzen und streckte die Finger aus. Der Mörtel wirkte recht beständig. Sie tastete, aber kein Stein gab nach. Wieder war keine verborgene Rille zu entdecken. Bis …

»Dort«, flüsterte sie und deutete auf eine Stelle im Brückenbogen über ihren Köpfen. Moos hatte sich über eine Mulde gelegt.

»Und wie willst du da hinkommen?«, fragte er skeptisch.

»Du hebst mich hoch.«

Ehe er etwas erwidern konnte, legte sie ihm die Arme um den Hals und sah ihn erwartungsvoll an. Charleston ergab sich anstandslos seinem Schicksal. »Na schön«, murmelte er. Sie spürte seine Arme an ihrem Rücken, über dem dünnen Stoff des Satinkleids. Dann wanderten seine Hände an ihre Oberschenkel, und sie zuckte überrascht zusammen, als er sie selbstsicher umfasste. Eine Sekunde später schwebte sie schon in der Luft, und sie stützte schnell die Hände auf seine Schultern. Dann streckte sie sich nach dem Brückenbogen.

»Etwas dichter«, wies sie ihn an, und Charleston trat einen Schritt zur Mauer.

Ihre Fingerspitzen glitten über das Moos und ihr Herzschlag beschleunigte sich. Sie kratzte das Grün zur Seite, dahinter ertastete sie einen Stein in einer Mulde. Sie rüttelte vorsichtig daran, fühlte, wie der Widerstand nachgab. »Hier ist etwas.«

Charleston umklammerte ihre Beine fester. »Großartig«, murmelte er gedämpft. »Ich hoffe, es ist endlich das Buch.«

»Nein, aber … eine Notiz.« Sie zog den Zettel hervor, und er ließ sie herunter. Die Seide des Kleids ließ sie geschmeidig in seine Arme gleiten. Er fing sie auf und einen Moment lang schien alles still zu stehen.

Ein Rascheln erklang aus der Dunkelheit hinter ihnen, und Charleston hob den Blick zu den Büschen, die das Ufer umzogen. Dann sah er wieder zu Leonora herunter, bemerkte, dass er sie beschützend an sich gepresst hielt, und trat hastig zurück. »Ich schlage vor, du machst dein Foto, und dann gehen wir.«

Der Schein seiner Handytaschenlampe traf das Papier in ihren Händen. Es war in einem noch schlechteren Zustand als die Notiz in der Kirche. Doch es schien das gleiche Papier zu sein. Ihr Herz stockte, als sie Janes Schrift erkannte.

Das erste ist Euterpes Wort,
Das zweite seines Künstlers Leidenschaft, von ihrer Muse bald entfacht,
Mein Ganzes trägt den Menschen fort, zum Hain an fernen Landes Küste.
Du findest es am selben Ort, den Hestia mir ans Herz gelegt, an dem der Muse Freundschaft nie verstrich und ich sie nie vermisste.

Und unter dem Vers zog sich eine Reihe von Zahlen.

Das war nicht das Ende der Suche.

Leonora zückte ihr Handy, fotografierte den Hinweis und faltete ihn vorsichtig wieder zusammen. Im nächsten Moment hob Charleston sie wieder in die Luft, und als er sie herunterließ, achtete er genau darauf, sie nicht zu lange zu berühren.

»Gut. Und jetzt gehen wir.« Er richtete die Taschenlampe auf den Kanalweg und nickte Richtung Böschung.

Leonora warf einen letzten Blick auf den alten Brückenpfeiler, dann folgte sie ihm. Sobald sie im Cottage war, würde sie Wynda das Foto schicken und einen Blick in Oma Ediths Bücher werfen. Was wollte Jane ihnen mit dieser Suche sagen? Führte sie sie an die Orte, die eine besondere Bedeutung für sie gehabt hatten? Und was würde sie am letzten Ort erwarten? Welche Offenbarung würde das Manuskript bereithalten?

Sie fröstelte, dabei war die Sommernacht angenehm mild. Es musste die Aufregung sein. Das Gefühl, Teil von etwas so Bedeutsamem zu sein.

***

Kein Taxi in Ihrer Nähe verfügbar, leuchtete ihr die Nachricht der App entgegen. Verdammt. Auf dieses Déjà-vu hätte sie verzichten können. Sie räusperte sich und sah in Charlestons abwartende Miene.

»Und?«, fragte er und warf einen Blick auf seine Uhr. »Wird es noch lange dauern?«

»Wie es aussieht, gehe ich doch zu Fuß. Es ist keins frei.«

In einer Freitagnacht war Bath ebenso ausgebucht wie Sidmouth bei Regenwetter.

»Wenn das so ist, fahre ich dich.« Er drehte sich zum Museumsparkplatz um, der hinter dem Steintor am Ausgang von Sydney Gardens lag. »Allerdings würde ich es begrüßen, wenn wir uns beeilen.«

Hatte er heute Nacht noch ein heißes Date? Er war den ganzen Abend schon merkwürdig angespannt gewesen.

Egal, das interessierte sie eigentlich gar nicht.

Gleichzeitig fragte sie sich, ob es Frauen gab, die es eine ganze Nacht lang mit ihm aushielten.

Aber ob sie wollte oder nicht, er war ihre beste Option auf einen sicheren Heimweg.

»Na gut, danke.«

Der Range Rover war eins der letzten Fahrzeuge, die noch auf dem Parkplatz standen. Charleston lief zielgerichtet zur Beifahrertür und hielt sie ihr auf. Dabei sah er jedoch so verstimmt drein, dass sich ihr Stolz mit einem unangenehmen Stechen in ihrer Brust meldete.

Die Tür fiel neben ihr zu, und sie schluckte. Sie hatte es bestimmt nicht nötig, ihm Umstände zu bereiten. Wenn ihre Anwesenheit so unerträglich für ihn war, würde sie lieber laufen.

»Ich denke, ich gehe doch lieber«, verkündete sie und drückte schwungvoll die Tür auf, als er gerade auf den Fahrersitz rutschte.

»Sei nicht albern.« Er griff über sie hinweg und zog die Tür wieder zu, ehe sie einen Fuß hinaussetzen konnte. Dann startete er den Motor und trat aufs Gas.

»Hey, ich sagte, dass ich lieber laufen will«, protestierte sie.

»Es ist kurz vor elf und stockdunkel. Ich fahre dich.« Die hellen Kalksteinpfeiler der Ausfahrt rauschten an ihnen vorbei, als er Richtung Pulteney Street beschleunigte.

Empört starrte sie ihn an. »Ich treffe immer noch meine eigenen Entscheidungen.«

»Natürlich. Nur nicht, wenn sie leichtsinnig und gefährlich sind.« Er bog auf die Straße ein und tippte auf sein Navi. »Also, wo müssen wir hin?«

Schweigend verschränkte sie die Arme und biss sich auf die Lippen. Er wollte entscheiden? Bitte. Sollte er sich eine Abzweigung aussuchen.

»Leonora.« Der Range Rover hielt an einer Ampel, und sie spürte Charlestons durchdringenden Blick. »Was ist dein Problem?«

Du, hätte sie ihm am liebsten erwidert. Deine arrogante, selbstgefällige Art.

Aber sie hatte keine Lust, sich auf dieses Diskussionsniveau zu begeben.

»Wenn es deine Emanzipation beleidigt, dass ich dich nicht nachts allein durch die Stadt laufen lasse, bitte«, sagte er und bog nach rechts ab.

»Es ist deine Art«, brach es aus ihr heraus.

»Meine Art?«

»Du weißt schon, was ich meine.«

»Nein, ehrlich gesagt nicht.«

Sie seufzte. Jetzt war es eh raus. »Du siehst mich ständig an, als wäre ich die größte Belastung auf dieser Welt. Und dir irgendwie unangenehm. Du hast keine Lust auf die Suche nach Janes Vermächtnis? Fein. Niemand hat dich gezwungen, uns zu begleiten. Alles und jeder ist unter deiner Würde? Fragwürdige Einstellung, aber okay. Aber dann akzeptiere verdammt noch mal auch, wenn ich nicht in deinem bescheuerten Range Rover mitfahren will. Nur weil du Fasane magst, bist du noch lange kein netter Mensch!«

Ihre Worte klangen nach.

Eine Weile herrschte unangenehmes Schweigen. Charleston starrte ungerührt auf die Fahrbahn. Als die Straße an der Pulteney Bridge vorbeiführte, hielt er an der nächsten Ampel. »Wie lautet die Adresse?«

Sie sah ihn sprachlos an. Das war alles, was er zu sagen hatte?

Weshalb überraschte es sie überhaupt?

Sie reckte das Kinn und verschränkte die Arme. Also gut. Hauptsache, diese Zeit im Auto mit ihm wäre so schnell wie möglich vorbei.

Sobald Barton Cottage am Ende der Sackgasse auftauchte, atmete sie erleichtert auf. Nur noch wenige Sekunden.

Der Range Rover hielt kaum, da riss sie die Tür auf. »*Gute* Nacht!«, rief sie ihm zu, dann stürmte sie davon.

Geschafft. Die wuchernden Stockrosen umgaben sie wie ein beruhigender Schutzwall aus Blüten. In den vergangenen Tagen hatte sie sich den hinteren Teil des Gartens vorgeknöpft. Jetzt war sie froh, dass sie die Rosenstauden im Vorgarten noch nicht zurückgeschnitten hatte.

Als sie den Schlüssel in die Cottagetür schob, hörte sie ein Fluchen hinter sich.

»Verdammt, Leonora. Das ist dein Vorgarten?« Charleston schlängelte sich im Dämmerlicht der Straßenlampe an den Ranken vorbei.

Was tat er hier? Wollte er sich jetzt auch noch über ihren Garten beschweren?

»Ich wiederhole, niemand hat dich gebeten, hierherzukommen.«

Er schob die letzte Ranke beiseite und stolperte im Halbdunkeln fast über die erste Stufe des Aufgangs zum Cottage. Als er vor ihr zum Stehen kam, fuhr er sich durchs Haar und atmete tief durch. »Nein, mich hat niemand darum gebeten.«

»Also?« Sie verschränkte abwartend die Arme.

Sein Blick fiel auf einen unbestimmten Punkt hinter ihr. »Die Tür müsste mal wieder gestrichen werden. Die Farbe blättert ab.«

Ihr Mund klappte lautlos auf und zu. Deshalb war er ihr gefolgt? Um ihr eine Moralpredigt zu halten? Sprachlos drehte sie sich um und griff wieder nach dem Schlüssel. »Halt den Mund, Melwood.«

»Ich gebe zu, dass ich … gelegentlich etwas … verschlossen wirken mag.«

Sie hielt inne und schnaubte. Sollte das womöglich eine Entschuldigung werden?

»Jedenfalls halte ich diese Suche nach Jane Austens Vermächtnis in der Tat für eine gewisse Belastung.«

Sie hätte es besser wissen müssen. Der Schlüssel klickte endlich.

»Und deine Anwesenheit macht es nicht gerade leichter.«

Schön, dass er es immerhin zugab. »Dann ist das ja jetzt endlich ausgesprochen. Du erträgst meine Anwesenheit nicht. Wunderbar. Die Suche geht von jetzt an ohne dich weiter. *Gute* Nacht.« Sie schob die Tür auf, um sich endlich ins Cottage zu flüchten.

»So meinte ich das nicht.«

Langsam wandte sie sich zu ihm um. Die Mondsichel beleuchtete seine markanten Züge.

Er hatte genug Chancen gehabt. Aber es war wie immer: Dauernd hoffte sie darauf, dass da etwas Empathisches an ihm war. Dass sie ihn die ganze Zeit nur missverstanden hatte. Aber das war Unsinn.

»Schon gut«, murmelte sie, dann wollte sie sich umdrehen.

Doch in dem Moment trat Charleston auf ihre Stufe, genau vor sie. Seine große Gestalt verdeckte den Mond, das Licht der Straßenlaterne. Aber seine Augen hielten ihre gefangen. Sie sah den dunklen Smaragdschimmer, selbst in der Dunkelheit. Und sie stand da, unfähig, sich zu bewegen. Spürte die Wärme seiner Handfläche unter ihren Fingerspitzen, als er ihre umfasste. Seinen Atem, der über ihre Stirn strich, während er sich über sie beugte. Den Duft seines Aftershaves. »Ich bin nicht sehr gut darin, meine Gefühle auszudrücken. Aber was ich meinte, ist, dass deine Anwesenheit eine Herausforderung ist.«

Sein Daumen strich über ihr Handgelenk.

»Eine Herausforderung?«, fragte sie, doch ihre Stimme war kaum mehr als ein Flüstern.

»Auf die beste Art und Weise.« Sein Blick lag liebevoll auf ihr. Und ohne dass sie verstand, was hier vor sich ging, ließ seine Nähe etwas in ihrer Brust weich werden. So weich, dass ihre Knie drohten den Stand zu versagen. Dass ihr Herz einen kleinen Hüpfer machte.

Sein Blick fiel auf ihre Lippen, wieder auf ihre Augen. Und sie wartete. Ihr Atem ging unruhig. Dann spürte sie, wie seine Finger sich zwischen ihre schoben. Keine zarte Frage mehr, sondern ein Versprechen. Mit dem anderen Arm umfasste er ihren Rücken, hob sie sanft ein Stück zu sich. Und dann küsste er sie. Die Dunkelheit der Nacht wich dem Glühen seiner Berührung, und sie versank darin. Für einen Moment spürte sie nur die Wärme seiner Umarmung, seiner Lippen, seinen Atem, während alles um sie herum verschwamm. Seine Finger umschlossen ihre fest, und er hielt ihren Körper so nah an seinem, dass der dünne Stoff ihres Kleids keine Fragen zwischen ihnen offenließ.

»Leonora«, flüsterte er, als er sich sanft von ihr löste, hob ihre Finger an seinen Mund, küsste sie. »Vielleicht sollte ich jetzt gehen.«

Vielleicht sollte er das. Ihr Herz raste. Und auch wenn ihre Vernunft ihr sagte, dass er wahrscheinlich jetzt gehen sollte, konnte sie es nicht. Sie wollte nicht, dass er sie losließ. Dass dieser Moment endete. Das würde er. Irgendwann. Früh genug.

»Willst du, dass ich gehe?« Seine Stimme klang rau, doch ein warmer Schimmer lag in seinen Augen. Er hob die Hand an ihre Wange, strich eine Strähne zur Seite, die sich aus ihrem Dutt verirrt hatte.

»Nein«, sagte sie leise und schob ihre Finger zurück in seine Handfläche. »Bleib.«

Ein Lächeln legte sich auf sein Gesicht. Dann zog er sie zu sich, bis sie endlich seine Lippen wieder auf ihren spürte.

Der Rausch seines Kusses entfachte sofort wieder. Leonora tastete hinter sich nach der Tür, und er verstand. Der Flur war dunkel, sie fühlte die Wand gegenüber der Garderobe in ihrem Rücken, doch Charleston legte den Arm wieder um ihre Taille und schützte sie vor der Härte. Ein Klicken. Die Tür fiel ins Schloss. Die Dunkelheit wurde noch etwas dunkler, doch es war ihr egal. Sein Kuss wurde drängender, und sie gab sich ihm hin. Sie löste einen Knopf, schob die Finger unter sein Hemd, spürte seine Haut unter ihrer Handfläche. Er stöhnte leise, ließ seine Lippen über ihren Hals wandern, bis zum Träger ihres Kleids.

Wie in Trance legte sie die Arme um seinen Hals. »Oben«, wisperte sie an seinem Ohr, während sie durch seine dunklen Locken strich.

Keine Sekunde später hob er sie auf seine Arme und tastete sich in der Dunkelheit Richtung Treppe. Im Wohnbereich fiel das Licht der Mondsichel hinein und ließ vage Umrisse erkennen.

»Mist«, entfuhrt es ihm, als er die alte Bodenvase touchierte, die wackelte und schließlich zu Boden ging, während sie bereits die erste Treppenstufe erreichten.

Leonora kicherte und schmiegte sich wieder an ihn. »Das lässt Erinnerungen wachwerden.«

»Sehr witzig«, raunte er in ihr Ohr.

»Kopf einziehen«, flüsterte sie, als er die Tür des Schlafzimmers aufstieß. »Das Cottage wurde nicht für hohe Herrschaften gebaut. Im doppelten Sinn.«

Er schnaubte amüsiert, duckte sich aber.

Vor dem Fenster neben dem Bett blieb er stehen. Einen Moment lang betrachtete er sie still, und sie spürte das Mondlicht auf ihrem Gesicht. Er sah aus, als wollte er etwas sagen. Doch er blieb still. Bis das Grübchen schließlich neben seinem Mundwinkel erschien und er sie auf die Kissen bettete.

Kapitel 20

Frühstück mit Mr. Darcy

Es war eine allgemein anerkannte Wahrheit, dass eine junge Frau im Besitz eines intakten Herzens nichts weniger brauchte als einen Mann, der für eine Nacht ihr Bett teilte.

So hatte Leonoras Grundsatz gelautet, bis sie ihn vor exakt acht Stunden über Bord geworfen hatte.

Das Morgenlicht setzte den Beweis schönstens in Szene. Charlestons Gesicht wirkte friedlich, die grimmigen Augenbrauen hatten sich entspannt. Sein dunkles Haar lag verwegen auf dem Kissen, er hielt ihre Hand auf seiner Brust, sein Atem ging ruhig und gleichmäßig.

Ihr Kopf ruhte an seiner Schulter. Seine andere Hand auf ihrer Hüfte. Und während sie wach wurde, realisierte sie, dass sie noch immer kein Stück Stoff von ihm trennte. Sie zog die Decke höher. Und kam sich im selben Moment albern vor.

Während sie beobachtete, wie sich sein Brustkorb hob und senkte, eingehüllt in seine Umarmung und die Daunendecke, fragte sie sich, ob sie es bereute. Und obwohl ihr Verstand es vermutlich besser wissen sollte, konnte sie ihr Gefühl nicht dazu bringen, einen einzigen Moment der vergangenen Nacht ungeschehen machen zu wollen. Es fühlte sich auf eine sonderbare, irrationale Weise richtig an.

Nur eine leise Stimme, die sie am liebsten augenblicklich zum Schweigen gebracht hätte, flüsterte, dass das hier nichts bedeutete. Dass er jeden Moment wach werden und der kalte, abweisende Charleston Melwood sein könnte, der sie in den letzten Wochen an den Rand der Verzweiflung getrieben hatte.

Ein Klopfen ertönte. Und eine Ahnung erfasste Leonora. Oh nein. Bitte nicht.

Charleston drehte sich zu ihr und zog sie an sich. Sie sah, wie er ein Auge öffnete, als ein zweites Klopfen erklang. Dann schloss er das Auge wieder und atmete aus. »Bekommst du am Wochenende immer so früh Besuch?«, flüsterte er schlaftrunken in ihr Haar.

Und sie konnte nicht verhindern, dass ihr naives Herz einen kleinen Hüpfer machte.

»Dieser Besuch kommt immer unerwartet, und ich fürchte, er lässt sich auch nicht verscheuchen«, flüsterte sie zurück.

Im nächsten Moment gab ein helles »Leonora, Darling, könntest du bitte die Tür öffnen? Es ist dringend« ihr recht.

»Eine gewisse Abgeschiedenheit von Nachbarn und der Öffentlichkeit birgt seine Vorteile«, murmelte Charleston, während sein Daumen über ihren Hüftknochen fuhr, und sie musste grinsen.

Fürwahr, Mrs. Tattlington hätte sich sicherlich nicht getraut, ein zweites Mal zu klingeln, wenn ein griesgrämiger Charleston Melwood die Tür geöffnet hätte.

»Darling?« Das dritte Klopfen war an Nachdrücklichkeit nicht zu übertreffen.

Leonora seufzte. »Bin gleich wieder da.« Sie rollte sich aus seinen Armen und angelte ihren Kimono von dem Stuhl neben dem Bett.

Während sie die Treppe hinunterlief und den Seidenstoff fest um sich schlang, dachte sie mit glühenden Wangen daran, dass sie diesmal nicht ihre Hochzeitsdessous, sondern einen nackten Mann in ihrem Bett vor Mrs. Tattlingtons klatschlüsternen Augen versteckte.

Sie atmete tief durch, dann öffnete sie die Tür einen Spalt und bemühte sich, nicht viel mehr als ihren Kopf hervorschauen zu lassen.

»Darling, wie schön, du bist zu Hause!« Mrs. Tattlington lächelte süß, als hätte sie das nicht gewusst. »Entschuldige, dass ich so früh störe ... aber du warst an den letzten Wochenenden so oft unterwegs, und da dachte ich, ich passe die Gelegenheit einmal ab.« Sie wedelte mit einer Packung Sally Lunn Buns vor ihrer champagnerfarbenen Bluse.

»Vielen Dank, das ist sehr aufmerksam.« Leonora wollte die Buns gerade entgegennehmen, da zog die rüstige Dame sie wieder zurück.

»Weißt du, ich wollte noch diese winzige, doch dringliche Angelegenheit mit dir besprechen. Ich weiß natürlich, du hast eine schwere Zeit hinter dir ... die geplatzte Hochzeit.« Sie tätschelte aufmunternd ihren Arm. »Aber«, ihr Zeigefinger fuhr in Richtung Stockrosen, »nun ja, der Garten ist etwas aus der Form geraten. Vielleicht könntest du dich zeitnah darum kümmern, Darling. Du weißt, dass unsere Straße großen Wert auf ein gepflegtes Erscheinungsbild legt.«

Leonora nickte brav. Alles andere war eh zwecklos. »Selbstverständlich. Ich kümmere mich drum.«

»Wunderbar!« Mrs. Tattlingtons Strahlen kehrte zurück. Bis

das Knarren des Himmelbetts ertönte. »Du hast doch nicht etwa Besuch?« Ihr Blick schoss an Leonora vorbei Richtung Flur. »Da steht ein fremder Wagen vor deiner Tür. Aus Sidmouth? Ich wollte natürlich nicht ungelegen kommen.«

Natürlich nicht. Leonora entschied sich für den diplomatischen Weg. Lächeln und winken. »Ich muss jetzt wirklich nach dem Tee sehen«, erwiderte sie, und Mrs. Tattlingtons Miene wurde eine Spur misstrauischer.

»Selbstverständlich, Darling. Es geht nichts über den Morgentee.« Als sie ihr die Bun-Box überreichte, fixierte ihr Argusblick sich auf etwas im Flur. »Es ist auch alles in Ordnung, Kind?«

»Absolut«, erwiderte Leonora mit einem möglichst selbstbewussten Lächeln.

»Ich frage nur, weil die Vase deiner Grandma auf dem Boden liegt.«

Leonora spürte, wie die Hitze in ihre Wangen schoss. »Oh, das ist mir eben beim Staubsaugen passiert.«

Das überzeugte Mrs. Tattlington nur mäßig, und Leonora lächelte vertrauenerweckend, während sie die Tür weiter Richtung Schloss wandern ließ. »Schönen Tag und vielen Dank für die Buns!«

»Bis bald, Darling.«

Sie hoffte doch nicht allzu bald. Seufzend schnupperte sie an den warmen Buns, ehe sie die Box auf der Küchentheke parkte. Immerhin erkaufte sich Mrs. Tattlington ihre Informationen mit erstklassiger Ware.

Als sie die Kaffeemaschine anschmeißen wollte, hätte sie beinahe das Pulver über die Anrichte verteilt, denn mitten in ihrer Küche stand Mr. Darcy, äh, *Charleston*, und seine sportliche Statur wurde nur von Boxershorts und seinem Hemd verdeckt, das er offen trug. Sein Haar war noch immer auf diese attraktive, verwegene Art verwuschelt von ihrer gemeinsamen Nacht. Er kam langsam zu ihr und nahm ihr sanft den Kaffeefilter aus der Hand. »Wenn du erlaubst? Als Betreiber eines Inns rühme ich mich damit, eins der besten Frühstücke Englands zuzubereiten.«

»Ich fürchte, der Inhalt meines Kühlschranks wird das auf eins der spärlichsten Frühstücke Englands beschränken«, erwiderte sie glucksend. »Aber wer bin ich, dich zurückzuhalten?«

»Vielen Dank.« Er hob sie lächelnd auf seine Arme und trug sie kommentarlos Richtung Schlafzimmer. Als er sie wieder sanft auf den Kissen bettete, trat der wohlbekannte tadelnde Zug um seine Lippen. »Filterkaffee … Ich serviere einen klassischen Breakfast Tea.« Dann verschwand er Richtung Treppe.

Während sie das leise Klappern aus der Küche hörte und sich wieder in die Kissen zurücklehnte, hüpfte ihre Herz ein zweites Mal. Völlig bedeutungslos, natürlich.

Bisher war das Frühstück etwas, das in Leonoras Leben nie viel Platz eingenommen hatte. Ein schneller Kaffee und ein Franzbrötchen auf dem Weg zur Kanzlei. Ein zweiter Kaffee zwischen den ersten beiden Mandantenterminen des Tages. Selbst am Wochenende hatten Max und sie nur ihren Filterkaffee getrunken, ehe sie zu ihren Sportkursen gefahren waren. Sie hatte sich also nie Gedanken gemacht, welche Bedeutung ein Frühstück haben konnte.

Jetzt, da der Duft von Rührei und Zimt durch die Tür des Schlafzimmers schwebte und sie daran erinnerte, wer da in ihrer Küche stand, kamen mit ihrem Hunger die Fragen. War das hier etwas, das er öfter tat? Würden sie frühstücken und danach weitermachen, als wäre die letzte Nacht nie geschehen? War sie, wie ihre Oma Edith, dem eigenwilligen Charme eines Melwood verfallen, der sich in kürzester Zeit womöglich wieder in seine abweisende Arroganz umkehrte?

Sie sprang aus dem Bett und lief in das kleine angrenzende Bad. Ehe sie weitergrübeln konnte, stellte sie die Dusche an. *Probleme, die Elizabeth Bennet nicht gekannt hat*, dachte sie seufzend, als das warme Wasser sie umnebelte. Ihr erstes Frühstück mit Mr. Darcy musste am Morgen nach ihrer Hochzeit auf Pemberley gewesen sein.

Oh nein, Jane … Über die ereignisreiche Nacht hatte sie vollkommen vergessen, Wynda das Foto zu schicken!

Sie lief zurück ins Zimmer, schlüpfte in ein legeres, schulterfreies Kleid, dann suchte sie ihr Handy. Gerade als sie sich erinnerte, dass es in der Tasche steckte, die sie gestern Nacht achtlos in den Flur geworfen hatte, betrat Charleston das Zimmer. Mit Oma Ediths Küchentablett.

Ein kleines Lächeln umspielte seine Lippen, und er nickte auffordernd in Richtung Bett.

Okay, Jane würde ihr das verzeihen. Die Notiz musste warten. Nur ein Frühstück lang.

»Sind das die Äpfel aus dem Garten?«, fragte sie und schnupperte an den in Zimt gebackenen Früchten.

Charleston lehnte sich vor und schenkte ihr Tee ein. »Ja, eine frühe Sorte.« Er reichte ihr die Tasse, dann streckte er den Arm wieder auf der Bettlehne hinter ihrem Rücken aus. »Guten Appetit.«

»Danke, das ist *bemerkenswert«,* sagte sie und hob grinsend eine Augenbraue. Er hatte es tatsächlich geschafft, aus den wenigen Resten, die ihr Kühlschrank am Ende der Woche hergab, ein opulentes Frühstück zu kredenzen. Neben den Sally Lunn Buns standen dort Rührei, Gurkensandwiches, Marmelade und gegrillte Tomaten, die ebenfalls aus Oma Ediths Küchengarten stammen mussten.

Charleston Melwood hielt offenbar sein Wort. Sie konnte sich wenig vorstellen, was ein Frühstück besser machen konnte.

Seine Hand fuhr über ihre nackte Schulter, während sie hungrig in einen Bun biss, und sein Blick ruhte einen Moment stumm auf ihr. Dann stand er auf und angelte seine Hose vom Boden, in der sein Handy steckte. Kauend beobachtete sie, wie sich seine Miene verdunkelte, als er auf das Display starrte.

Mit gerunzelter Stirn sperrte er das Handy wieder und setzte sich auf die Bettkante, um seinen Tee zu trinken. »Ich muss pünktlich zurück in Sidmouth sein«, sagte er.

Sie schluckte, dann zwang sie ein lockeres Lächeln auf ihre Lippen. »Ja, natürlich. Geh, wann immer du willst. Es gibt hier keine Zugbrücke.«

Er stellte die Tasse ab, schmunzelte und nahm sich ebenfalls einen Bun. Doch sein Blick blieb etwas reserviert. »Ehe ich gehe, sollte ich dringend noch etwas in Ordnung bringen.«

»So?« Sie musterte ihn überrascht.

»Ich könnte dir mit dem Rosendschungel helfen. Wenn du möchtest.«

»Oh, aber das musst du wirklich nicht.« Sie griff nach ihrer Teetasse. »Das bekomme ich auch allein gestemmt.«

Er hob skeptisch eine Augenbraue, dann lehnte er sich vor, legte die Hand in ihren Nacken und strich mit dem Daumen über ihre Lippen. »Das habe ich auch nicht bezweifelt. Ich würde dir trotzdem gern helfen.«

Ein warmes Gefühl breitete sich in ihr aus. Und so gern sie sich auch etwas unnahbar gegeben hätte – seine Berührung entfachte die Erinnerungen an die vergangene Nacht in ihr.

Aber im nächsten Moment zog er die Hand zurück, widmete sich wieder seinem Tee und las schweigend die Morgenausgabe des *Telegraph* auf seinem Handy.

***

Bei Tageslicht wirkte der Stockrosendschungel wie eine unangenehm realistische Darstellung ihres Lebens. Da, wo vorher strukturierte Ordnung geherrscht hatte, breitete sich jetzt wildes Chaos aus. Dabei war es eigentlich ganz hübsch, wenn man es länger betrachtete. Die Stauden wuchsen wild in alle Richtungen, nahmen ungewöhnliche Abzweigungen, um wucherndem Unkraut oder einer Lampe auszuweichen. Ihre Farben leuchteten wie ein buntes Meer um das Cottage.

Aber Charleston hatte recht. Ein wenig Form würde der Sache nicht schaden.

Er stand mitten zwischen den Stauden. Die Ärmel seines weißen Hemds hatte er hochgekrempelt und die Sonne schien auf seine gebräunten Unterarme, während er die Pflanzen kürzte und diejenigen zusammenband, die umzuknicken drohten.

Leonora wandte den Blick ab und widmete sich wieder dem Unkraut zu ihren Füßen.

Es war nett von ihm, dass er ihr half. Das, was ein Gentleman tun würde. Aber obwohl sein Angebot aufrichtig gewirkt hatte, konnte sie nicht verhindern, dass eine leise Stimme ihr zuflüsterte, er würde es aus Pflichtbewusstsein tun.

Und schuld daran war einzig der Kuss.

Vielmehr der Nicht-Kuss.

Sie hatte es nüchtern betrachtet. Das hier war der Morgen nach einer leidenschaftlichen Nacht, die sie viel weiter geführt hatte, als sie es bei Verstand und Vernunft zugelassen hätte. Glaubte sie.

Trotzdem hatte sich ein unangenehmes Stechen in ihrer Brust festgesetzt. Er hatte ihr Frühstück gemacht. Er war nicht sofort geflüchtet. Oder hatte sich im Schutz der Nacht davongeschlichen. Er stand zwischen ihren Stockrosen, unter den wachsamen Augen von Mrs. Tattlington, die gelegentlich von ihrem Küchenfenster herüberspähte, und kümmerte sich um ihre Beete. Aber er hatte sie nicht geküsst.

Motorengeräusch, untermalt von lautem Klappern, klang von der Straße herüber, und ein roter Mini Cooper parkte schwungvoll neben dem Range Rover.

Oh. Verflixt. Als sie Wynda vorhin das Foto von Janes drittem Hinweis geschickt hatte, hatte sie nicht bedacht, dass sie damit einen sofortigen Spontanbesuch auslösen könnte.

Tja. Es war wohl zu spät, Charleston in ihren Stockrosen zu verstecken. Denn Wynda stand vor dem Range Rover, und ihr Blick wanderte bereits Richtung Vorgarten.

»Guten Morgen«, flötete sie und spazierte mit einem wissenden Grinsen auf sie zu. »Hallo Darcy, was machst du denn noch hier?«

Er erstarrte kurz beim Klang ihrer Stimme, dann warf er ihr ein Nicken über die Schulter zu und band die letzten Rosen. »Leonora brauchte Unterstützung, und da habe ich mich der Sache angenommen.«

»Davon gehe ich aus«, entgegnete Wynda, und Leonora verpasste ihr einen sanften Stoß in die Seite.

Charleston richtete sich auf, klopfte sich die Erde von der Chino und trat aus dem Beet. Dann schaute er kurz auf sein Handy und krempelte die Ärmel herunter. »Aber jetzt ist alles geschafft, und ich muss dringend los. Also überlasse ich die Damen ihren Recherchetätigkeiten.« Er nickte knapp. »Ein schönes Wochenende.«

»Ciao, Darcy!«, rief Wynda.

Doch Leonora konnte nichts sagen. Er hätte nicht klarer ausdrücken können, wie es von jetzt an laufen würde.

Wie selbstgefällig er fortging. Im Sonnenlicht. Sich durchs Haar fuhr.

Plötzlich stoppte er. Machte auf der Stelle kehrt und kam mit eiligen Schritten und ernster Miene zurück. Er hielt direkt auf sie zu. Dann umfasste er ihren Nacken, zog sie sanft zu sich und küsste sie. »Auf Wiedersehen, Leonora.« Er hielt kurz ihren Blick, ehe er sich umdrehte und ging.

»Oh. Mein. Gott«, quiekte Wynda leise, während sie zusahen, wie Charleston die Pforte schloss und in den Range Rover stieg. »Du musst mir alles erzählen! Gestern hätte ich noch schwören können, dass ihr den Tanz nur für Jane durchzieht.«

»So war es ja auch«, murmelte Leonora, als der Range Rover ausparkte.

»Komm schon«, drängte Wynda ungeduldig und zupfte an ihrem Arm, »der Vorgarten sieht großartig aus. Wir haben Dinge zu besprechen.«

Fünf Minuten später saßen sie mit einem Tee im Schatten der Pergola. »Frühstück mit Mr. Darcy.« Wynda kicherte. »Wie viele dich darum beneiden würden …«

Und die wussten nicht einmal von der Nacht, die besagtem Frühstück vorangegangen war.

Leonora rührte lächelnd in ihrer Tasse. Mit Details zu ihrem Liebesleben hielt sie es wie mit dem Tee: Bloß nichts verschütten. Denn das verdarb bekanntlich den Genuss.

»Zugegeben, sie haben wirklich eine gewisse Ähnlichkeit«, sagte sie. »Wen Jane sich wohl zum Vorbild für Mr. Darcy genommen hat?« Ein Glucksen stieg in ihr auf, als sie sich vorstellte, wie Jane bei ihrem ersten Besuch im Rosehill Inn an der damaligen Ahnengalerie der grimmig dreinsehenden männlichen Melwoods vorbeigeschlendert war.

»Oh, da gibt es viele Theorien«, verkündete Wynda mit ihrer Doktorenstimme und klappte den Laptop auf. »Ich kann deine Gedanken lesen, Lea. Aber Jane hat den ersten Entwurf von *Stolz und Vorurteil* schon 1797 in Steventon beendet, da hatte sie noch keinen Fuß ins Rosehill Inn gesetzt.«

»Schade«, erwiderte Leonora zwinkernd und lehnte sich im Korbstuhl zurück.

»Weißt du, ich denke übrigens, es ging Jane nie darum, dass wir schnell in den Besitz der fehlenden Kapitel von *Sanditon* kommen sollten. Sie hat dem Finder eine Reise durch ihre Welt hinterlassen«, sinnierte Wynda, hob den Kopf und lächelte sie über den Laptop hinweg an. »Überleg nur, wo wir schon waren. Sidmouth, das einstige Regency-Seebad, in dem sie zum ersten Mal die Erholung der Küste erlebte. Steventon, ihr Geburtsort, ihr Elternhaus, inmitten des ländlichen Hampshires, wo sie sich geborgen gefühlt hat, das freie Leben auf dem Land genoss, im Trubel ihrer Familie, die Bälle in Basingstoke und Ashe. Und jetzt Bath, Sydney Gardens, ihre liebste Zuflucht vor der Hektik der Stadt. Vielleicht führt sie uns als Nächstes nach Southampton? Cassandra und sie wurden 1783 auf eine Mädchenschule dort geschickt, wo Jane schwer an Typhus erkrankte – und nachdem ihr Vater später in Bath überraschend verstarb, lebte Jane wieder dort, als junge Frau zusammen mit ihrer Mutter, ihrer Freundin Martha und Cassandra.«

»Das klingt nicht gerade nach erbaulichen Erinnerungen.« Seufzend schob Leonora die Füße unter sich. »Hoffentlich finden wir bald das Manuskript.« Sie strich über das Notizbuch ihrer Grandma, das vor ihr lag. »Ich kann es nicht erwarten, herauszufinden, was hinter all dem steckt. Und wie Jane *Sanditon* zu Ende geführt hat.«

Bei dem Gedanken an Sidmouth fiel es ihr siedend heiß ein. In der Aufregung der Nacht hatte sie nicht mehr daran gedacht, und Wynda hatte sich bisher zu dem Thema ausgeschwiegen.

»Sag mal«, begann sie vorsichtig, »hat Freddy dich gestern eigentlich noch eingeholt?«

Das Klackern der Tastatur verstummte. »Ich hatte Glück, noch ein Taxi zu erwischen, ehe er mir seine Anwesenheit aufdrängen konnte.«

»Willst du mir nicht endlich sagen, was passiert ist? Freddy ist wirklich in Ordnung. Mit Sicherheit kein Heiliger, aber vielleicht ist das nur ein furchtbares Missverständnis zwischen euch?«

»Du kennst meine Meinung dazu, Lea. Sie hat sich nicht geändert.«

Seufzend kapitulierte sie. »Na schön. Ich habe verstanden.« Eine Weile erklang wieder nur das Klackern der Tasten. »Aber ist dir aufgefallen, wie seltsam er gestern Charleston begrüßt hat? Und es ist nicht das erste Mal, dass er merkwürdig wird, sobald das Thema Sidmouth auf den Tisch kommt … Du weißt nicht zufällig etwas darüber?«

»Sorry, Lea. Keine Ahnung. Und so gern ich dir helfen würde – jede Angelegenheit, in die Frederick Taylor verstrickt ist, ist eine, aus der ich meine Finger heraushalte. Und sämtliche andere Teile meines Körpers.«

Kapitel 21

Liebe und Freundschaft

Die *Viper* lag verlassen am Steg des Kanalufers. Hinter den Bullaugen war keine Bewegung zu erkennen, und der alte Plattenspieler in der Kajüte schwieg. Nur die Jamaika-Flagge am Mast der kleinen Segeljacht wehte im Abendwind.

Leonora klopfte ein zweites Mal gegen die Reling. Aber nichts rührte sich. Keine Spur von Freddy. Sie zog ihr Handy hervor, doch er hatte ihre Nachricht nicht einmal gelesen. Es war schon früher Abend. Wynda und sie hatten den ganzen Tag lang recherchiert, aber sie waren auf keinen endgültigen Hinweis gestoßen. Einige Orte hatten es auf ihre Liste geschafft. Aber um fünf Uhr war Wynda aufgebrochen, um zum Zumba zu gehen. Und sie hatte entschieden, endlich mit Freddy zu reden. Sein Verhalten war mehr als ungewöhnlich. Und dass er sich auf ihre Nachrichten nicht meldete, auch.

Sie tätschelte das Teakholzdeck des alten Seglers noch einmal liebevoll zum Abschied, wie Freddy es ihr eingebläut hatte, dann schlug sie den Weg zurück Richtung Innenstadt ein. Vielleicht sortierte er im Laden ja neue Ware.

Ehe sie den Kanal verließ, warf sie einen letzten Blick zurück.

Doch die *Viper* lag immer noch verlassen neben den flachen Kanalbooten. Freddy hatte es sich einiges an Mühe und Ersparnissen kosten lassen, sie in den River Avon zu bringen. Aber er hatte mit ihr die Welt besegelt. Und wenn er sesshaft werden müsste, dann nur auf ihr, hatte er damals gesagt, als er nach Bath zurückkehrte.

Und nun war sie an den Kanalsteg angetaut wie Freddy an den Buchladen. Doch es hatte für ihn nie zur Debatte gestanden, Georges Erbe auszuschlagen. George's Old Books gehörte zu ihnen. Auch wenn jetzt ein paar teure Rumflaschen das Sortiment erweiterten.

Als Leonora an einer Ampel wartete, schaute sie noch einmal auf ihr Handy. Noch immer keine neue Nachricht. Weder von Freddy noch von … Stopp. Es war eine Nacht gewesen. Ein Frühstück. Und ein vielversprechender Kuss. Aber es war nie eine gute Idee, zu viele Hoffnungen in ein einmaliges Abenteuer zu setzen.

Charleston ging sicherlich seinem Termin nach, ohne einen Gedanken an gestern zu verschwenden. Also sollte sie es auch nicht. Sie würde es einfach auf sich zukommen lassen. Schließlich wusste sie ja nicht einmal selbst, was sie sich wünschte. Nach ihrem Hochzeitstrauma hatte sie wirklich keinen Bedarf an neuen Beziehungsdramen. Schon gar nicht mit einem Mann, vor dem ihr Verstand sie warnte. Aber ihr Gefühl wollte die letzte Nacht nicht vergessen. Die Art, wie er sie angesehen hatte. Die Leidenschaft, mit der er sie berührt hatte …

Eine Gruppe Touristen kam ihr entgegen, und sie verscheuchte die Bilder, die ihre Gedanken fluteten, und sog hastig die Luft ein, um ihre Wangen zu kühlen.

Als sie die Margret's Buildings erreichte, blickte ihr das

George's Old Books dunkel entgegen. Das »Luken dicht«-Schild hing in der Ladentür. Sicherheitshalber klopfte sie, doch auch hier blieb alles still. Seufzend drehte sie sich um. Im Sweet Persuasion Café waren die Straßentische schon hochgestellt, aber die Tür stand offen.

»Hey Claire!«, rief sie und blickte von der Schwelle in den Laden, wo Claire gerade die Kaffeemaschine ausschaltete.

»Hallo.« Ihre Augen blitzten fröhlich. »Mist, jetzt habe ich die Maschine gerade ausgestellt.«

»Mach dir keine Umstände, ich wollte eigentlich nur mit dir quatschen.«

Sie grinste. »Ich muss nur noch abschließen, dann ist Feierabend.«

»Perfekt.« Leonora schloss lächelnd die Tür und steuerte die Polstersitzecke neben dem Dekokamin an, um ihre Tasche abzuladen. »Das haben wir schon lange nicht mehr gemacht.«

»Du warst an den letzten Wochenenden ja auch viel unterwegs.« Claire stellte ihren Kehrbesen beiseite und folgte ihr zum Tisch.

»Stimmt.« Mit einem Seufzen ließ sie sich auf den Polsterstuhl fallen. »Es ist schön, mehr von Südengland zu sehen«, setzte sie so unverdächtig wie möglich hinzu.

»Freddy sagte, du bist in Steventon gewesen?«

Sie nickte. »Auf Janes Spuren – ich wollte es immer schon mal sehen.« Das war die beste Wahrheit, die sie herausbringen konnte. Claire würde ihr niemals abkaufen, dass sie zufällig dort gewesen war.

»Oh, das klingt wunderbar. Schade, dass momentan so viel im Laden los ist, sonst hätte ich vielleicht mitkommen können, wenn du noch einmal durch Jane Austens Welt reist.«

Oh, Claire. Ein unangenehmes Stechen zupfte an ihrem Gewissen. Wenn sie wüsste, weshalb sie wirklich dort gewesen waren, würde sie platzen vor Aufregung.

Sie waren allein. Absolut niemand in Hörweite, außer dem Cafégeist, von dem man munkelte, dass er sich gelegentlich am Pralinenregal zu schaffen machte. Die Worte lagen ihr schon auf der Zunge.

Aber sie konnte nicht. Sie hatte es Charleston versprochen.

»Natürlich«, sagte sie schlicht. Dabei hätte sie Claire wirklich gern dabeigehabt.

»Sidmouth hätte mich auch interessiert. Deine Tour klang einfach großartig! Badekarren, Strand-Cricket – und dann das Inn, in dem Jane damals gewohnt hat.«

»Apropos Sidmouth …« Leonora räusperte sich. »Hat Freddy darüber mal irgendwas verlauten lassen?«

»Zu eurem Wochenende dort?«

»Oder allgemein zu Sidmouth?«

Claire runzelte die Stirn. »Hm, nein. Wirkte nur ein bisschen angespannt, als du dort warst. Aber er hatte am Abend vorher auch ne lange Nacht. Ist ja nicht ungewöhnlich.« Sie grinste, dann wurde sie wieder ernst. »Keine Ahnung, was gerade mit ihm los ist. Der Laden war schon wieder den ganzen Tag zu.«

Verflixt. »Und den Namen Melwood hat er auch nie erwähnt?«

Claire schüttelte den Kopf, dann musterte sie Leonora neugierig. »Nein. Ist das der Mr. Darcy vom Porträt?«

»Hm«, sie wandte sich hastig ab, um ihre glühenden Wangen zu verstecken.

»So, so … Vielleicht ist Freddy ja eifersüchtig?«

Das war so absurd, dass sie laut auflachen musste. »Ach Quatsch.«

»Ehrlich, wieso? Ich hatte immer das Gefühl, dass er was für dich übrig hat.« Ein verschmitztes Funkeln lag in Claires grünen Augen.

»Freundschaftlich, ja … Er nervt mich, seit wir zehn waren. Aber du kennst ihn, sein Rumgeflirte ist nur Spaß. Da war nie was zwischen uns und wird es auch nie sein.« Sie grinste. »Allerdings hatte ich die Hoffnung, dass Wynda und er …«

»Deine Kollegin, die neulich im Pub aufgetaucht ist?«, fragte Claire eifrig dazwischen, und als Leonora nickte, lachte sie. »Freddy wäre beinahe vom Stuhl gerutscht. So habe ich ihn auch noch nie gesehen.«

»Irgendetwas ist da zwischen den beiden, aber es rückt keiner mit der Sprache raus.«

»Bestimmt ist er wieder auf See geflüchtet.« Claire zuckte mit den Schultern. »Sag mal«, fuhr sie dann etwas gedämpfter fort, »hast du eigentlich inzwischen von Lydia gehört?«

»Nein … absolute Funkstille.« Leonora schluckte. »Ich verstehe sie nicht. Aber ehrlich gesagt habe ich langsam fast damit abgeschlossen. Wenn sie sich all die Wochen nicht zurückmeldet, glaube ich kaum, dass ihr an unserer Freundschaft noch etwas liegt.«

Claires sonst so fröhliche Miene wurde ernst. »Wie merkwürdig. Aber du hast völlig recht – dann ist es besser, nach vorn zu sehen.«

***

Als Leonora ins Cottage zurückkehrte, hatte sich ihre innere Unruhe ein wenig gelegt. Das Gespräch mit Claire hatte ihr gutgetan. Schließlich waren sie noch gemeinsam das neue Smoothie-

Angebot durchgegangen, das es bald im Laden geben sollte. Fünf erfrischende Wachmacher für den gesunden Start in den Tag – mit motivierenden Zitaten aus Janes Romanen auf den Bechern. Das Lachen und Herumalbern hatte sie abgelenkt und endlich ihr Handy vergessen lassen.

Doch hier im Cottage war alles still. Und sobald sie die Beine auf dem Sofa ausgestreckt hatte, kapitulierte sie.

Das Display war enttäuschend leer. Keine neuen Nachrichten. Sie öffnete die Messenger-App und starrte kurz auf die Chatliste. Charlestons Profilbild zeigte eine besonders prächtige Blüte der Clarissa Fairy. Daran hatte sich nichts geändert, seit sie sich kennengelernt hatten. Und sie hatte sich immer schon gefragt, ob das Zufall oder ein sarkastischer Verweis auf den Gänsevorfall war.

Als sie die Liste der neuen Statusbilder antippte, sah sie, dass Lydia etwas hochgeladen hatte. Sie zögerte. Aber schließlich siegte die Neugier. Ein verlassener tropischer Strand leuchtete ihr entgegen. Eine Hängematte zwischen zwei Palmen. Kunstvoll verzierte Cocktails. Zwei Gläser nebeneinander. Als sie den Poolbereich sah, stockte Leonora. Denn etwas daran kam ihr vage bekannt vor. Aber das konnte nicht sein. Die meisten Luxus-Spa-Hotels im karibischen Raum hatten sicher diese Art von Loungegarnitur und einen zimmereigenen Infinitypool mit Direktzugang zum Strand. Oder?

Sie klickte weiter. Ein paar Statusbilder von anderen Freunden folgten in der Liste, Geburtstagskuchen, Familienfeiern, idyllische Aufnahmen vom Hamburger Hafen. Bis wieder ein Strandbild erschien. Max' Status. Und obwohl sie keine Bestätigung mehr gebraucht hätte, machten das Fußkettchen und die brombeerrot lackierten Zehennägel, die sich da neben seinen Füßen vor dem Sonnenuntergangspanorama ins Bild streckten, die Sache klar. Die Flitterwochen nach Barbados waren verschoben worden, aber nicht verfallen. Ihre beste Freundin hatte sich der Sache angenommen. Und anscheinend auch ihres Ex-Verlobten.

Einen Moment lang konnte sie nur in Schockstarre auf das grelle Display blinzeln. Dann sperrte sie das Handy und legte es umgedreht auf den Couchtisch. Immerhin hatte sie nun die Erklärung, nach der sie in den vergangenen Wochen gesucht hatte.

Leonora rappelte sich auf und öffnete die Verandatür zur Pergola. Mit einem tiefen Atemzug sog sie die Abendluft ein, die nach Blüten und nassem Rasen roch. Eigentlich war es eine Erleichterung zu wissen, weshalb Lydia sich von ihr abgewandt hatte. Und vielleicht nahm es ihr auch den letzten Rest ihrer Schuldgefühle, dass Max sich offensichtlich schnell getröstet hatte. Mit ihrer ehemals besten Freundin.

Sollten die beiden glücklich werden.

Ihre Hamburger Lebenswelt kam ihr inzwischen so weit entrückt vor, dass sie kaum mehr ihre Realität zu tangieren schien.

Und wenn sie ehrlich zu sich war, hatte ihre innere Unruhe nichts mit dieser Nachricht zu tun. Das kleine, gemeine Stechen in ihrem Brustkorb war allein der Tatsache geschuldet, dass ihr Handy noch immer still blieb. Und Charleston sich nicht gemeldet hatte.

Himmel, entspann dich, Leonora. Es war noch nicht einmal ein Tag vergangen und sie führte sich auf, als wäre er nicht zu ihrer Hochzeit erschienen. Was mit Sicherheit nicht der beste Vergleich war …

Okay, so konnte es nicht weitergehen. Entschlossen näherte sie sich dem Bücherschrank. Heute war ein Abend für *Emma.* Sie zog die alte Taschenbuchausgabe aus dem Regal und begab sich Richtung Schlafzimmer. Sie würde die Kerzen anzünden, sich in ihren Pyjama werfen und wäre dann für den restlichen Abend nicht mehr erreichbar. Denn auf Donwell Abbey gab es keinen Handyempfang. Und sie bezweifelte, dass jemand eine Kutsche schicken würde.

Kapitel 22

Tiefer Fall

Der Mini Cooper klapperte bei jeder Kurve der schmalen Landstraße, und Leonora sandte Stoßgebete zum Himmel, dass Wynda ihr treues Gefährt wirklich so gut kannte, wie sie meinte. Die Hecken sausten dicht an ihrem Fenster vorbei, und ihr Herz schien einen Marathon zu rennen.

Was zugegeben auch an dem heißen Sommerwetter liegen konnte. Es war einer dieser seltenen tropischen Tage, die Großbritannien nur alle paar Jahre ereilten. Der Himmel spannte sich wolkenlos über ihr und der Asphalt flimmerte, als sie die sanften Hügellandschaften durchfuhr. Taylor Swifts »Willow« hüllte sie in melodische Melancholie, die auf eine eigene Art zu der Schwüle passte.

Da die Ausstattung des Minis auf moderne Annehmlichkeiten wie eine funktionstüchtige Klimaanlage verzichtete, hatte sie die Fenster heruntergelassen, und der Fahrtwind wehte durch ihr Haar. Leonora hatte es aufgegeben, ihre Frisur retten zu wollen, und sich für die Abkühlung durch die Zugluft entschieden.

Trotz der Umstände war sie mehr als dankbar, dass Wynda ihr den Mini geliehen hatte. So spontan hätte sie schwer einen

Mietwagen gefunden, es war mitten in der Hochsaison, Bath platzte vor Touristen, und an einem Tag wie diesem wollte jeder in der Stadt der Hitze entfliehen und an die Küste fahren.

Vor ihr öffnete sich der Blick auf die Hügel von Sidmouth, und ihr Herz machte einen Satz, ehe es weitergaloppierte. »Ich bin ruhig. Ich bin Herrin meiner selbst«, murmelte sie ihr Mantra aus *Verstand und Gefühl* vor sich hin.

Es sah ihr überhaupt nicht ähnlich, nervös zu sein, wenn es um Männer ging. Als sie Max kennengelernt hatte, war sie es nicht gewesen. Ihre Dates waren immer angenehm verlaufen, es hatte sich schnell vertraut angefühlt. Bei ihren Bekanntschaften vor ihm genauso. Gerichtstermine machten sie gelegentlich nervös. Die Prüfung ihres Staatsexamens. Aber Männern hatte sie dieses Privileg nie zugestanden. Sie hatte die Sache immer unter Kontrolle gehalten, keine verfrühte Nähe zugelassen.

Bis gestern Nacht Charleston Melwood etwas in ihr entfesselt hatte, auf das Ja die einzige Antwort gewesen war.

Die ersten Töne von »The Alchemy« erklangen, und sie tastete mit glühenden Wangen nach dem Kabel, um ihr Handy von der Anlage zu trennen. Seine Berührungen, die Anziehung zwischen ihnen. Das Knistern. Das Mondlicht auf seiner Haut. Die Erinnerungen halfen ihr nicht dabei, *Herrin ihrer selbst* zu sein.

Als sie vor wenigen Wochen Rosehill House verlassen hatte, hatte sie geahnt, dass sie zurückkehren würde. Doch niemals hätte sie sich träumen lassen, dass der mürrische Hausherr der Grund dafür sein könnte. Der Hausherr, der auch äußerst unmürrische Momente hatte …

Seine Nachricht hatte sie am Morgen erwartet, als sie verschlafen auf ihr Handy blinzelte: *Was hältst du von einem Sonntag in Sidmouth?*

Sie lächelte, als die Windhundstatuen in Sicht kamen. Ein Oldtimer-Cabrio stand als einziges Fahrzeug vor dem Rondell. Und Charleston lehnte an der Fahrertür. Dunkelblaues Hemd, helle Chino, Segelschuhe, Sonnenbrille.

Er hatte sich bedeckt gehalten, was die Tagesplanung anging, und bei dem herrlichen Wetter hatte sie sich für das leichte blaue Sommerkleid entschieden.

Leonora parkte den Mini und warf einen kurzen Kontrollblick in den Spiegel. Mist. Der Fahrtwind hatte tatsächlich jede ihrer Frisur-Bemühungen zunichtegemacht. Sie kämmte hastig mit den Fingern durch ihre verhedderten Strähnen, dann schnappte sie sich ihre Tasche vom Beifahrersitz und stieg aus.

Charleston schob die Brille in sein Haar und kam ihr entgegen. »Hättest du mir gesagt, dass du mit diesem gemeingefährlichen Fahrzeug kommst, hätte ich dich abgeholt.« Sein Blick glitt missbilligend über den Mini, ehe er wieder auf ihr landete.

»Tatsächlich?«, fragte sie lächelnd. »Trotz der zweistündigen Fahrt?«

»Tatsächlich.« Bei jedem anderen hätte sie es für einen großmütigen Spruch gehalten. Aber Charlestons ernste Miene ließ sie nicht daran zweifeln, dass er es wirklich getan hätte.

Er trat noch einen Schritt vor, und ehe sie überlegen konnte, was sie sagen sollte, legte er die Hand in ihren Nacken und küsste sie auf den Wangenknochen. Es war die verwirrendste Kombination einer freundschaftlichen und romantischen Begrüßung, die sie je bekommen hatte.

Mit einem Räuspern wandte er sich wieder von ihr ab und deutete auf den Oldtimer. »Da du letztes Mal ein gewisses Unbehagen gegenüber dem Range Rover geäußert hast, dachte ich, wir nehmen heute das Cabrio.«

»Und verrätst du auch, wo wir hinfahren?«

Er öffnete die Beifahrertür für sie und wartete, bis sie auf den hellen Ledersitz gerutscht war. »Es ist nicht weit von hier«, sagte er und umrundete den bordeauxfarbenen Wagen. »Ein Jane-Austen-Ort, wie Wynda und du sagen würdet.«

Sie sah ihn erwartungsvoll an.

»Meine Recherche war erfolgreich.« Er drehte den Zündschlüssel und der Motor gab ein Schnurren von sich, als er beschleunigte. »Mit etwas Glück könnten wir heute das Manuskript finden.«

Der Fahrtwind erfasste ihr Haar und wirbelte es nach vorn, sodass sie für einen Moment nichts sah. »Moment, du hast das Rätsel gelöst?«, fragte sie ungläubig und tastete nach dem Haarband in ihrer Tasche.

»Möglich.« Ein zurückhaltendes Grinsen legte sich auf sein Gesicht. Dann setzte er die Sonnenbrille wieder auf und trat aufs Gas.

***

Blau-weiß-rote Wimpel spannten sich über die gewundenen Straßen, die sie an den Küstenhäusern hinunter an die Promenade führten. Lyme Regis war ebenso wie Sidmouth eines der alten Seebäder der Regency-Zeit. Es lag nur wenige Dörfer entlang der Klippen entfernt und besaß den Charme einer kleinen Perle an der See.

Leonora sog die salzige Meeresluft ein, als sie die Wasserfront betraten. Den Wagen hatten sie weiter oben im Ort geparkt und waren im Strom der Touristen durch die schmalen Straßen geschlendert. Charleston hatte sie zu dem kleinen weißen Haus mit der blauen Tür geführt, in dem Jane bei ihrem Besuch übernachtet haben sollte. Die Austens waren 1803 und 1804 hierhergereist, und Jane hatte in ihren Briefen an Cassandra von Lyme Regis geschwärmt. Mehr noch, sie hatte einen Teil der Handlung von *Überredung* hier spielen lassen. Es war ihr letzter vollendeter Roman. Zumindest nahm man das allgemeinhin an. Außer ihnen wusste ja niemand von den letzten Kapiteln von *Sanditon*.

»Dort ist der Jane Austen's Garden«, sagte Charleston und deutete auf einen Weg, der an terrassenförmig angelegten Beeten von der Promenade den Hang hinaufführte.

Sie blinzelte gegen das Sonnenlicht an. »Ist es dort?«, flüsterte sie ihm zu. »Die Verbindung, die du gefunden hast?«

Er trat näher zu ihr und schüttelte den Kopf. »Nein, der Garten ist erst 1975 angelegt worden, als Andenken an Jane. Aber ich nahm an, er würde dir gefallen.«

»Wirklich hübsch«, sagte sie und musterte Charleston. Seit sie in das Cabrio gestiegen war, wartete sie darauf, dass er ihr verriet, wo sie nach Janes Manuskript suchen würden. Doch kein Sterbenswörtchen hatte seine Lippen verlassen. Er hatte sie schweigend durch den Ort geführt, und die Stimmung zwischen ihnen war schwer zu deuten. Er lief nah genug bei ihr, sodass sie seinen Arm an ihrem Rücken spürte, wenn sie entgegenkommenden Touristen ausweichen mussten, doch sobald es der Platz gebot, wie hier auf der Promenade, hielt er respektvoll Abstand.

Auch jetzt sah Leonora nur ihr Spiegelbild in seinen unbewegten Sonnenbrillengläsern, während er stumm vor ihr stand. Also schön. Offenbar würde sie die Sache direkt ansprechen müssen, wenn sie jemals Janes Manuskript finden wollte. »Wo ist die Stelle denn nun?«, fragte sie.

»Ich denke, wir sollten erst einmal etwas essen gehen«, erwiderte er nüchtern. »Die Hitze ist erbarmungslos, und du bist seit heute Mittag unterwegs.«

»Es ist vollkommen ausgeschlossen, dass ich einen Bissen herunterbekomme, solang die letzten Kapitel von *Sanditon* vielleicht nur wenige Meter von uns entfernt sind«, entgegnete sie.

Er fuhr sich durchs Haar und stieß ein tiefes Seufzen aus. »Da ich bereits gelernt habe, dass es zwecklos ist, dir zu widersprechen, haben wir wohl keine andere Wahl«, murmelte er. Dann drehte er sich um und nickte Richtung Hafenbecken. »Dort drüben, das ist The Cobb, die berühmte Hafenmauer von Lyme Regis.«

»Die, von der Louisa in *Überredung* stürzt? Weil Frederick Wentworth sie nicht auffing, wie sie erwartete?«

»Ganz genau die.«

Sie hielt den Atem an. Doch Charleston sah sich nicht bemüßigt, weiterzusprechen. Stattdessen schob er lässig die Hände in die Hosentaschen und ging einfach los.

»Und weiter?«, hakte sie nach, als sie ihn eingeholt hatte.

»Siehst du die schmalen schwebenden Stufen, die an der Mauer auf den Kai hinabführen? Sie werden Granny's Teeth genannt. Großmutters Zähne.«

Die Stufen waren wirklich stumpf und klein und erinnerten an ein altes Gebiss.

»Jedenfalls würde ich stark vermuten, dass Jane in ihrem Vers The Cobb meinte – den Kai, von dem die Boote aufbrachen. Und ›den Menschen forttragen, zum Hain an fernen Landes Küste‹. Und die Verbindung zu Captain Wentworth erschien mir ein weiterer Hinweis auf die See. So bin ich auf Lyme Regis gekommen.«

»Und Hestia als Göttin des Heims und des Herds könnte dafür stehen, dass das Manuskript hier im Heimathafen versteckt liegt«, überlegte sie weiter. »Aber was hat es mit der mysteriösen Zahlenreihe auf sich?«

Er schüttelte ratlos den Kopf. »Das konnte ich mir leider nicht erklären.«

Sie betraten die Hafenmauer, und eine angenehme Brise kühlte ihre erhitzte Haut. Charleston hatte recht, die Sonne brannte erbarmungslos, selbst jetzt am Nachmittag. Die Leute hatten sich in die Restaurants an der Promenade oder ins Wasser geflüchtet. Aber sie musste es wissen. Sollte ihre Suche hier ein Ende finden? War Jane damals nicht nur nach Sidmouth, sondern auch nach Lyme Regis zurückgekehrt, um *Sanditon* hier zurückzulassen?

»Was, wenn wir es hier wirklich finden?«, fragte sie leise, dabei waren sie allein auf der Mauer. »Hätten wir nicht Wynda mitnehmen sollen?«

Er schnaubte leise. »Du kannst ihr ja ein Foto schicken«, sagte er trocken, ehe er vor ihr die schmale Treppe hinunterlief. »Warte.« Unten angekommen, drehte er sich um, stellte sich neben die Stufen und streckte ihr die Hand entgegen. »Wir wollen ja nicht, dass sich die Geschichte wiederholt«, sagte er und das Grübchen erschien neben seinem Mundwinkel.

»Keine Sorge, es besteht absolut keine Gefahr, dass ich mich wie Louisa einfach die Treppen hinunterstürze«, entgegnete sie und lachte. Dennoch umfasste sie seine Finger und ließ sich von ihm nach unten geleiten.

Doch statt sie loszulassen, hielt er ihre Hand einen Moment zu lang. Sein Daumen strich über ihren Handrücken. Und gerade, als sie dachte, er würde endlich etwas sagen – warum er nur sie hierhergebracht hatte, ob es hier wirklich allein um das Manuskript ging –, legte sich wieder der ernste Zug um seine Lippen und er öffnete die Hand, als hätte er sich an ihr verbrannt.

»Wir sollten uns unauffällig verhalten«, sagte er ernst, und es brauchte einen Augenblick, bis sie verstand, dass er die Suche meinte.

Er trat neben die Treppe, unter deren Stufen das Gemäuer vom salzigen Wasser und von der Witterung rund geschliffen war. »Ich stelle mich am besten vor dich.«

»Das ist ja absolut unauffällig«, murmelte sie sarkastisch. Doch ihr Blick wanderte schon aufmerksam über die Steine. Sie legte die Finger an die aufgewärmte Mauer, fuhr wieder die Rillen ab. Die Seeluft hatte dem Gestein zugesetzt, und wenn das Manuskript wirklich hier war, befürchtete sie das Schlimmste für die Seiten. Immerhin hatten bei Sturm in den vergangenen zweihundert Jahren sicher auch die Wellen gegen die Kaimauer geschlagen …

Ihr Herz pochte. Sie tastete, rüttelte. Aber keiner der Steine gab nach.

»Hier ist nichts«, murmelte sie nach einer Weile. »Was ist mit den Treppen dort?«

Er nickte. »Sehen wir nach.«

Die Flut schwappte neben ihnen gegen die Steinmauer, während sie den Cobb entlangschlenderten. Eine Möwe flog über ihre Köpfe hinweg und kreischte. Doch Leonora hatte ihren Blick bereits auf die alten Treppen gerichtet, die sich an die Mauer schmiegten. Sie waren ebenso ausgewaschen und abgetreten wie die Granny's Teeth, schwebten jedoch nicht am Gemäuer, sondern führten in einem zusammenhängenden Block hinunter.

Charleston bezog wieder Aufstellung. Seine große Statur

schirmte sie zumindest vage ab. Mit klopfendem Herzen tastete sie wieder. Am Block entlang, hinter den Stufen.

Doch auch hier regte sich nichts.

Sie trat von der Mauer zurück und ließ ratlos die Schultern sinken. »Nichts.«

»Hm, nun, einen Versuch war es wert.« Charleston wirkte aufrichtig enttäuscht, und sie streckte unwillkürlich die Finger aus und strich über seinen Arm.

»Trotzdem eine gute Idee. Danke«, sagte sie.

Er räusperte sich, wandte sich ab und deutete Richtung Promenade. »Sollen wir dann?«

Eine halbe Stunde später saßen sie in einem Restaurant direkt an der Marine Parade, der langgestreckten Promenade von Lyme Regis, und sahen auf den Strand und die Weite der Bucht. Vor ihnen standen Austern, und Charleston hatte frischen Hummer bestellt. Er erklärte ihr, dass der Fischfang noch immer eine große Rolle für den Ort spielte.

»Warst du früher oft hier?«, fragte sie und tunkte ein Stück Hummer in die Knoblauchsauce.

Er nickte. »Mein Onkel und meine Tante haben im Ort gelebt. Ich bin damals mit ihnen gesegelt, wenn ich in den Ferien in Devon war und es die Zeit erlaubte.«

Sie hielt inne und musterte ihn aufmerksam. »Wo warst du denn sonst?«

»In Schottland, im Internat.«

»Oh, tut mir leid«, sagte sie, und er hob fragend eine Augenbraue. Mist. Natürlich war es in den meisten Fällen eine Entscheidung des Prestige. Elitäre Bildung fernab des Elternhauses, vorzugsweise in Etablissements mit ausreichend wilder Natur zur Stärkung des Charakters. Nicht ihre erste Wahl, aus pädagogischem Gesichtspunkt. Aber sie wollte ihm nicht auf die Füße treten.

»Hat es dir dort gefallen?«

»Das spielt letztlich keine Rolle«, sagte er abgeklärt. »Es war meine Realität. Realitäten muss man annehmen.« Er trank einen Schluck. »Sutton war auch dort. Hat damals schon ein Talent für Botanik gehabt.«

Seine Augenbrauen hatten sich so grimmig zusammmengezogen, dass sie den Reflex verspürte, seine Hand zu nehmen. Über die Schwielen an seiner Handfläche zu streichen, die sie im Mondschein betrachtet und auf ihrer Haut gespürt hatte.

Aber die Nähe dieser Nacht war verschwunden, und Charlestons Distanziertheit war zurückgekehrt. Sein kühler Blick gab ihr zu verstehen, dass das hier definitiv kein Date war.

Sie nahm einen großen Schluck Wasser und schielte zum Kellnertisch, hinter dem die Uhr hing. Sobald sie aufgegessen hatten, würde sie nach Hause fahren. Sie hatten erledigt, wofür sie gekommen waren. Das Manuskript war nicht hier, und diese forcierten Unterhaltungen zerrten an ihren Nerven. Sie hätte nicht gedacht, das einmal zu denken – aber seine bornierte Art trieb sie noch mehr in den Wahnsinn, seit ihrer gemeinsamen Nacht.

Vielleicht war der Grund dafür das unangenehme Ziehen, das sich in ihrer Brust meldete, sobald er deutlich machte, dass er ihre Nähe nicht vermisste.

Dass ihre Nacht eine austauschbare Angelegenheit gewesen war.

»Warum bist du von deiner Hochzeit geflohen, Leonora?«

Das Wasser wäre beinahe in einem weiten Bogen auf dem Tischtuch gelandet. Sie hustete.

Charleston Melwood, Meister des Smalltalks.

»Woher weißt du das?«, brachte sie krächzend heraus und tupfte sich die Lippen ab.

»Wynda hat es mir erzählt«, erwiderte er. »Alles okay?«

»Bestens«, sagte sie, zog kurz die Mundwinkel hoch und trank gleich noch einen Schluck hinterher, während sich in ihren Gedanken bereits die Nachricht an Wynda formulierte. *Verräterin! Wann wolltest du es mir sagen??* Oder besser doch gleich: *Schäm dich, Lady MacBeth.* »Wann?«

»Ach, schon vor einer ganzen Zeit. Bei eurem ersten Aufenthalt in Sidmouth.«

So, so. »Interessant.«

Eine Weile herrschte Schweigen am Tisch, und sie betrachtete stur den Hummer. Bis sie Charlestons stechenden Blick nicht länger ignorieren konnte.

»Er war nicht der Richtige«, sagte sie knapp.

»Das nahm ich an«, erwiderte Charleston ruhig. »Ich habe mich nur gefragt, weshalb dir das erst vor dem Altar aufgefallen ist.«

Es war die Frage, die sie sich selbst hundertmal gestellt hatte. »Ich denke, ich war zu sehr in meinem Leben gefangen. In Gewohnheiten, die mir eigentlich gar nicht mehr entsprachen. Und einer Beziehung, die es eben auch nicht tat.«

In dem Moment trat der Kellner an den Tisch, um ihre Teller abzuräumen, und Leonora atmete dankbar auf.

Als sie das Restaurant verließen, breitete sich das Abendlicht über die Bucht. Die ersten Badegäste packten ihre Sachen, wurden abgelöst von denjenigen, die sich am Strand einfanden, um später den Sonnenuntergang zu beobachten. Die Hitze des Nachmittags wandelte sich in die angenehme Wärme einer lauen

Sommernacht, und die leichte Brise, die vom Meer her wehte, verebbte allmählich zu einer windstillen Ruhe.

Es war einer dieser Abende, an dem alles unwirklich wirkte, in den Dunst der Blauen Stunde getaucht, die jeder Kante, jedem Haus, jeder Kontur und Empfindung die Schärfe nahm. Einer dieser Abende, an denen alles möglich erschien.

Während sie neben Charleston die Marine Parade entlanglief, zurück in den Ort, legte sich Ernüchterung wie eine schwere Decke über sie und nahm ihr die Leichtigkeit dieser traumhaft schönen Umgebung. Doch sie konnte sie nicht abschütteln, sosehr sie es versuchte.

Sein Schweigen verunsicherte sie und ließ sie befürchten, dass er es nicht erwarten konnte, zurück in Rosehill zu sein. Und ihr zum Abschied zu winken.

Er öffnete wortlos die Beifahrertür für sie und wartete, bis sie eingestiegen war. Dann lief er um den Wagen, rutschte noch immer schweigend neben sie und startete den Motor. Der Fahrtwind frischte auf, sobald sie den Ort verlassen hatten und Charleston auf der Landstraße beschleunigte.

»Ist dir kalt?«, fragte er und griff im selben Moment bereits hinter sich. Er zog den Alpakapullover hinter seinem Sitz hervor und legte ihn auf ihren Schoß.

»Danke«, murmelte sie und warf sich das Strickstück widerwillig über die Schultern. Gerade wäre sie eigentlich lieber erfroren, als die weiche Wolle zu spüren, die nach Charlestons Aftershave roch.

***

Die Auffahrt von Rosehill lag still da. Im Haus brannten schon ein paar Lichter. Vermutlich in den Zimmern der pünktlich heimgekehrten Feriengäste, immerhin war es Wochenende und zudem mitten in der Ferienzeit.

Leonoras Magen verkrampfte sich, als sie ungelenk ausstieg und wartete, bis Charleston um den Wagen gelaufen war. Nur noch der unangenehme Abschied, dann würde sie im Mini sitzen und Richtung Bath fahren.

»Also …«, begann sie und reichte ihm den Pullover.

»Also …«, erwiderte er, griff danach, aber auch nach ihrer Hand. »Könntest du noch bleiben? Ich würde dir gern etwas zeigen.«

»Wie bitte?« Sie musste sich verhört haben.

»Ich muss nur kurz etwas aus dem Haus holen, dann können wir los.« Unter der Alpakawolle drückte er sanft ihre Finger. »Okay?«

Perplex sah sie zu, wie er mit eiligen Schritten auf Rosehill House zuhielt und hinter der Eingangstür verschwand.

Keine Minute später lief er wieder die Treppen hinunter und auf sie zu. An seinem rechten Arm baumelte ein Korb, unter den linken hatte er sich eine Decke geklemmt.

»Gehen wir?«, fragte er, während sie noch immer starr vor Überraschung neben dem Auto stand.

Ein Teil von ihr weigerte sich. Sein ambivalentes Verhalten verbreitete eine einzige Unruhe in ihr. Ständig meinte sie, zu verstehen, was er ihr gegenüber empfand, nur damit er sich im nächsten Moment komplett gegensätzlich verhielt.

Aber so war es mit Charleston Melwood: Etwas an ihm ließ sie alle ihre Vorsätze vergessen. Obwohl ihr Verstand kleine rote Fahnen schwenkte. Und ja, sie gab Jane dafür die Schuld. Mit diesem unrealistischen Bild von Mr. Darcy, das sie begleitete, seit sie *Stolz und Vorurteil* zum ersten Mal gelesen hatte.

Charleston blieb stehen, als er merkte, dass sie ihm nicht folgte. Drehte sich zu ihr um und blickte ihr stumm entgegen. Das Grünblau seiner Augen sah sie so erwartungsvoll an, dass sich ihre Beine wie von allein in Bewegung setzten.

Kapitel 23

Strandleuchten

Die Klippen entlang Peak Hill fielen so steil ins Meer hinab, dass kein Weg zum Strand führte, ehe sie Connaught Gardens und die Badehütten am Fuße der Jacob's Ladder erreichten. Charleston führte Leonora zum Westende der Bucht, die sich weit vor ihnen erstreckte. Das Dämmerlicht tauchte die See in ein roséfarbenes Zwielicht, nur die Felsen erhoben sich in tiefdunklem Rot über dem Strand.

»Es ist noch ein Stück«, sagte er. »Aber ich verspreche, es lohnt sich.«

Nach einer Weile ließen sie die letzten Strandbesucher hinter sich und erreichten den Teil der Bucht, der sich unterhalb von Peak Hill erstreckte. Der Strand war nur noch ein schmaler Streifen zwischen den auslaufenden Meereswellen und den roten Klippen, doch hier waren sie ganz allein.

Charleston breitete die Decke aus, stellte den Korb ab und bedeutete Leonora, sich zu ihm zu setzen.

Sie ließ ihre Tasche sinken und zog die Knie unter ihr Kleid, als sie es sich bequem machte, mehr aus Gewohnheit, denn selbst in der beginnenden Dunkelheit war die Nacht angenehm mild.

»Cabernet?« Er hielt ihr ein Glas entgegen und entkorkte die Flasche, während sie ihn immer noch ungläubig beobachtete. Nachdem er ihnen eingeschenkt hatte, stellte er die Flasche zurück in den Korb. Dann streckte er seine Beine aus und stützte den Arm hinter ihrem Rücken auf.

»Eine Nacht wie diese ist etwas Besonderes.« Er ließ den Blick über die See wandern, dann wandte er sich ihr zu. »Wir haben sie hier nur sehr selten.«

Sie nickte stumm. Fuhr mit dem Zeigefinger über den Rand ihres Glases. Wartete.

Er lehnte sich ein wenig dichter zu ihr, ließ sein Weinglas vorsichtig gegen ihres klirren und sah ihr kurz in die Augen, ehe er es an die Lippen setzte.

Während sie ebenfalls hinaus aufs Meer schaute, spürte sie seinen Oberkörper an ihrer Schulter. Nur leicht, wenn er einatmete. Aber es rief die Erinnerungen hervor. Und sie musste sich davon abhalten, sich nicht einfach an ihn zu lehnen.

Nach einer Weile stellte er den Wein zur Seite und umfasste ihre Finger. Seine Berührung kam so überraschend, dass sie unwillkürlich den Kopf drehte, um ihn anzusehen.

»Es ist eine schwere Sache, sich verloren in seinem eigenen Leben zu fühlen«, sagte er ernst.

Sein Daumen strich über ihren Handrücken und beruhigte ihre Atmung.

Sie war lang genug davor weggerannt, hatte mit niemandem darüber reden wollen. Die warnenden roten Fahnen flatterten wild in ihrem Verstand. *Tu es nicht. Vertraue dich nicht dem Mann an, der sich im nächsten Moment abwendet und dich mit deinen Gefühlen allein lässt.* Aber etwas in ihr gab nach. Ganz von allein. »Ich schätze …«, begann sie leise, »ich schätze, ich habe zu lange das Leben gelebt, das andere für mich passend fanden.« Die Wellen schwappten gleichmäßig vor ihren Füßen an den Strand. Sie atmete tief durch. »Ich habe es nie hinterfragt, bis es sich plötzlich nicht mehr richtig angefühlt hat. Das Für-Immer hat es in eine andere Perspektive gerückt.«

Charleston schwieg einen Moment. Dann fragte er: »Und was wünschst du dir jetzt für dein Leben?«

Die Suche nach Janes Manuskript hatte sie diese Frage verdrängen lassen. Sie hatte ihr einen neuen Fokus gegeben. Etwas, das größer war als ihre persönliche Situation. Aber irgendwann wäre all das vorbei. Irgendwann würde sie Janes letzte Notiz und die letzten Kapitel von *Sanditon* in der Hand halten. Und dann musste sie entscheiden, wie es weitergehen sollte. Würde sie zurück nach Hamburg ziehen, in die Sicherheit ihres alten Jobs? Wäre es das, was sie wollte, wenn sie ein paar Anpassungen vornahm? Eine neue Wohnung, mehr Freizeit, neue Hobbys vielleicht? Doch bei dem Gedanken zog sich etwas in ihr unwillkürlich zusammen.

»Ehrlich gesagt, möchte ich es einfach auf mich zukommen lassen«, antwortete sie. »Alles, was ich mir wünsche, ist, dass es sich richtig anfühlt. Dass ich glücklich bin.«

Er schwieg, doch sein Atem strich über ihre Schulter, und sie ließ es geschehen, lehnte sich vorsichtig an ihn.

»Wir können uns nicht immer nur auf unser Gefühl verlassen, Leonora. Manchmal muss man einfach seine Pflicht tun. Und sich für das Vernünftige entscheiden.«

Sie wandte den Kopf und sah ihn an. Seine Züge wirkten angespannt und spiegelten den Ernst seiner Stimme.

»Wynda hat mir auch erzählt, dass du eigentlich Anwältin bist«, fuhr er fort, mied aber ihren Blick. »Es wäre eine unvernünftige Entscheidung, hierzubleiben. Du solltest zurück nach Hamburg gehen, zurück zu deinem Job. Du hast lange dafür gearbeitet, Anwältin zu sein, und es ist eine Karriere mit einer sicheren Perspektive. Sei vernünftig, Leonora.«

Ihr Puls stieg langsam, aber stetig in die Höhe. Sie stellte ihr Weinglas ab und drehte es nachdrücklich in den Sandboden. Wenn er sie so dringend loswerden wollte, warum veranstaltete er das Ganze hier dann? Das Letzte, was sie brauchte, war jedenfalls ein Mann, der ihr sagte, was sie tun sollte. »Diese Entscheidung kann ich wunderbar allein treffen.«

»Da hege ich meine Zweifel. Wenn du ernsthaft mit dem Gedanken spielst, deine Zukunft aufs Spiel zu setzen, bringt dich deine Naivität in Schwierigkeiten«, brummte er. »Diese Jane-Austen-Träumerei ist ja schön und gut, aber das reale Leben findet jetzt statt. Und du solltest aufwachen.«

Leonora stand auf. Die Enttäuschung durchflutete sie jetzt unaufhaltsam. Wie recht er hatte. Sie war schrecklich naiv gewesen. Hatte sie wirklich gedacht, ihm könnte etwas an ihr liegen? »Ich denke, ich gehe jetzt.« Sie sammelte ihre Tasche ein. »Danke für den Wein.«

Sie hörte seine Schritte hinter sich, als sie am Ufer entlanglief.

»Leonora.« Er umfasste ihr Handgelenk und hielt sie auf. Und für den Bruchteil einer Sekunde hob sich eine irrationale Hoffnung in ihr. Bis er tief Luft holte und fortfuhr: »Ich bin nur ehrlich. Geh zurück nach Hamburg. Das hier hat keine Zukunft.«

Sie schnaubte und schüttelte ihn ab. Offensichtlich wussten sie beide, dass er nicht nur von ihrer weiteren Karriereplanung sprach. »Ich habe es verstanden.« Sie stapfte ein paar Schritte weiter. Bis sie es einfach nicht mehr aushielt. Sie fuhr herum. »Weißt du, Charleston, vielleicht solltest du dich auch mal damit befassen, was Glück für dich bedeutet. Denn ehrlich gesagt siehst du meist verdammt schlecht gelaunt aus, dafür, dass dir deine Eltern ein Anwesen an einem der schönsten Orte der Welt und ein Familienvermögen überschrieben haben.«

Jetzt war es raus. Und die Worte trafen.

Charleston sah für eine Sekunde so verletzt aus, dass sie am liebsten alles zurückgenommen hätte. Dann verschloss sich sein Blick, und er straffte die Schultern. »Ich habe Rosehill House übernommen, weil meine Eltern gestorben sind, als ich zehn war. Außer Victoria und mir gab es keinen Erben. Deshalb hat mein Großonkel Arthur es uns hinterlassen. Deshalb war ich auf dem Internat. Und möglicherweise gelingt es mir deshalb schwer, ständig glücklich auszusehen.«

Die Wahrheit sank schwer in ihren Magen und schnürte ihre Kehle zu. »Das habe ich nicht gewusst«, brachte sie hervor. »Es tut mir sehr leid.«

Charleston nickte knapp.

Sie würde gehen. Gleich. Doch sie wollte sich nicht so von ihm verabschieden. Mit klopfendem Herzen ging sie auf ihn zu. »Verzeih mir«, flüsterte sie und verflocht ihre Finger mit seinen. »Das war ungerecht von mir. Ich wünsche dir nur, dass du glücklich bist. Das war alles, was ich sagen wollte.« Dann löste sie sich von ihm und ging.

Bis sie erneut Schritte einholten. »Du hast noch nicht gesehen, was ich dir zeigen wollte.« Seine Stimme klang ruhig, aber eindringlich. »Würdest du mir den Gefallen tun und es dir ansehen, ehe du gehst?«

Sie blieb stehen. Ihre Gedanken rasten wirr durcheinander. Sie verstand ihn einfach nicht. Offenbar hatte er sie zu einem romantischen Sonnenuntergang mit Cabernet-Begleitung hierhergeführt, nur um ihr zu sagen, dass das mit ihnen keine Zukunft hatte. Dass sie besser gestern als morgen den Flieger zurück nach Hamburg nehmen sollte. Was in aller Welt könnte er ihr also noch zeigen wollen?

»Bitte«, setzte er hinzu. Selbst in der einfallenden Dunkelheit erkannte sie das intensive Grünblau seiner Augen.

Und ihr Herz kapitulierte, ehe ihr Verstand es wollte. »Okay«, sagte sie leise.

Während sie zurückliefen, ruhte sein Arm an ihrem. Und ein leises Kribbeln breitete sich in ihr aus. Auch wenn es ein trauriges Kribbeln war.

Er reichte ihr das Weinglas und schenkte noch etwas nach, als sie wieder auf der Decke saßen. »Wir müssen leider noch eine halbe Stunde warten.«

Sie runzelte skeptisch die Stirn. »Wofür?«

»Diese Ungeduld wird dich nicht weiterbringen. Warte es einfach ab.«

Während sie noch einen Schluck Wein nahm und zum Meer hinausschaute, spürte sie plötzlich, wie er ihre Finger mit seinen umschloss. Aus Reflex zuckte sie zusammen.

Doch dann ließ sie es zu.

Er räusperte sich. »Wie du weißt, liegen mir Offenbarungen nicht sonderlich. Aber … wenn ich sage, dass du zurück nach Hamburg gehen sollst, dann meine ich nicht, dass ich mir wünsche, dass du das tust. Also, nun, das tue ich schon. Für dich. Ich wünsche mir, dass du es tust, für dich.«

Sie sah ihn verwirrt an.

»Also, was ich meine«, setzte er von Neuem an, »ist, dass du wirklich dringend in dein altes Leben zurückkehren solltest.«

»Verstehe.«

»Aber ich wünschte, du würdest hierbleiben.«

Hatte sie sich gerade verhört?

Die Dämmerung betonte seine ernsthaften Züge. »Aber das wäre egoistisch und nicht zu deinem Besten.« Er streichelte ihre Finger, dann ließ er sie los und wandte sich wieder dem Meer zu.

»Und … es wäre nicht rational. Richtig?«, fragte sie.

»Ganz und gar nicht.«

»Kannst du dir nicht vorstellen«, begann sie leise, »dass es sich manchmal lohnt, auf sein Gefühl zu hören?«

Sein Schweigen wurde untermalt von dem Plätschern der Brandung. Die See war so ruhig, dass sie nur leicht an Land schwappte und früh im roten Sand versickerte.

Schließlich hörte sie ihn tief durchatmen. Etwas kämpfte in ihm. Aber sie vermochte nicht zu sagen, weshalb er sich so schwertat.

Und das verunsicherte sie.

Sie wollte ihn nicht überreden. Wenn er keine Zukunft mit ihr wollte, aus welchen Gründen auch immer, würde sie es akzeptieren.

Um sie herum wuchs die Dunkelheit, nur der Mond warf sein Licht auf die See.

»Schließ die Augen.« Charleston drehte sich zu ihr. »Und du solltest die Schuhe ausziehen.«

»Das wird ja immer mysteriöser«, murmelte sie.

»Es wird dir gefallen. Vertrau mir.«

Das Nächste, was sie spürte, war, wie er sie auf seine Arme hob, und sie quiekte überrascht auf. »Augen zulassen«, raunte er dicht an ihrem Ohr, und sie gehorchte.

Sie hörte die Kiesel unter seinen Füßen, die übergingen in Sand. Dann das leise Plätschern der Brandung.

»Wir sind im Meer?«, fragte sie.

»Herrjeh, Leonora, zügle deine Ungeduld«, lautete seine nüchterne Antwort.

Er watete weiter, und das Wasser schwappte gegen seine Beine. Dann blieb er stehen.

Langsam ließ er sie an sich heruntergleiten, bis ihre Zehen das kühle Wasser berührten. Sie tastete nach ihm und spürte, wie er ihre Hand umfasste und auf seine Brust legte. Eine Weile standen sie nur so da. Bis er ihre Wange küsste und hinter sie trat.

»Jetzt öffne die Augen.«

Das Meer lag dunkel vor ihr, die seichte Strömung umfloss ihre Beine. Nur das Mondlicht zog sich silbern über die Oberfläche.

Eine kleine Welle floss heran, und sie meinte, ihre Augen spielten ihr einen Streich. Blaue Lichter funkelten um den Wellenkamm, als sie verebbte.

»Was war das?«, flüsterte sie.

»Beweg deine Beine.«

Sobald sie einen halben Schritt vorwärts machte, erschien das Leuchten. Es umspielte ihre Beine, das Wasser, das sie in Aufruhr brachte, wie ein blaues Feuerwerk, mitten im Meer.

Lachend drehte sie sich im Kreis und konnte den Blick nicht von dem Schauspiel wenden. »Das habe ich noch nie erlebt!«

Charleston watete zu ihr. »Fluoreszierendes Plankton«, erklärte er. »Das Meeresleuchten tritt nur auf, wenn die Bedingungen optimal sind. An einem lauen, windstillen Abend.« Er blieb vor ihr stehen und lächelte. »Eben in besonderen Nächten.«

Sie drehte sich noch einmal und sah auf das Wasser. »Danke«, flüsterte sie dann. »Dass du es mir gezeigt hast.«

Er streckte die Hand aus, strich eine Strähne von ihrer

Wange, die sich aus ihrem Zopf gelöst hatte, und sie schloss die Lider. Genoss seine Berührung. Für diesen einen Moment. Hörte, wie das Wasser um sie schwappte, als er noch näher kam. Spürte, wie sein Atem über ihre Lippen strich.

Als sie die Augen öffnete, blickte sie direkt in das tiefe Grünblau.

Und dann küsste er sie.

Sein Körper schmiegte sich an ihren, wie von allein glitten ihre Hände in sein Haar. Er zog sie an sich, und jede Berührung entfesselte ihre Verbindung. Es fühlte sich richtig an. Wie schon in ihrer ersten gemeinsamen Nacht.

Und wie in dieser Nacht verabschiedete sich jeder Widerstand ihrer Vernunft zwischen seinen Berührungen und dem Mondlicht.

»Ich möchte schwimmen gehen«, flüsterte sie an seinem Ohr.

Charleston war auffallend still, doch sie spürte sein Lächeln an ihrem Hals, während er sie auf seine Arme hob und Richtung Strand trug.

Als sie wieder ins Meer hinauswateten, fühlte sie nur die warme Nachtluft auf ihrer Haut und Charlestons Hand, die ihre hielt und sie in die dunklen Fluten führte. Die blauen Lichter funkelten bei jeder ihrer Bewegungen. Und wenn sie schwamm, folgte ihr ein blauer Schimmer durch die Nacht.

»Vielleicht«, flüsterte Charleston, sobald er sie eingeholt hatte und in seine Arme zog, »könnten die Gefühle siegen – entgegen der Vernunft.«

»Vielleicht«, erwiderte sie, »ist ja das vernünftig, was uns glücklich macht.«

Kapitel 24

Enthüllung

Die dunklen Samtvorhänge dimmten das Morgenlicht zu einem angenehmen tiefroten Schein. Leonora streckte sich und strich dabei gegen Charlestons Wade. Grummelnd schlang er den Arm fester um sie, dann driftete sein Atem wieder in einen gleichmäßigen Rhythmus. Sie drehte sich lächelnd zu ihm. Seine Brust hob und senkte sich sanft, und seine Züge wirkten entspannt. Sie streckte die Hand aus, fuhr über seine Schläfen, seine Wangen, seinen markanten Kiefer.

Konnte ein Montagmorgen besser starten als im Bett mit Mr. Darcy?

Sie konnte es sich schwerlich vorstellen.

Während er ungerührt weiterschlief, ließ sie den Blick durch sein Schlafzimmer gleiten, in das sie letzte Nacht im Halbdunkel gestolpert waren.

Seine privaten Räumlichkeiten lagen im Ostflügel von Rosehill House. Die Wände waren mit einer alten Holzvertäfelung verkleidet, die Einrichtung eine Mischung aus traditionell britischem Chesterfield-Design und modernen Echtholzstücken. Ein großes Bücherregal stand an der gegenüberliegenden Wand neben dem Kamin. Und den Platz über dem Sims nahm ein Gemälde von einem prächtigen Fasanenhahn ein, das Leonora schmunzeln ließ.

Über dem Schreibtisch, auf dem sich Bücher stapelten, hing eine botanische Beschreibungskarte der Rosa Alaska, einer Kletterrose mit champagnerfarbenen Blüten.

Auf dem Nachtschrank neben ihrer Bettseite entdeckte Leonora ein eingerahmtes Bild. Sie streckte sich danach und hielt es dicht vor ihre Augen, um die Details zu erkennen. Es war eine alte Farbaufnahme, ein Segelboot an einem Steg, der sie an den Hafen von Lyme Regis erinnerte. Ein Mann mit dunklem Haar stand an den Mast gelehnt an Deck, seinen Arm um eine blonde junge Frau gelegt. Vor ihm ein kleiner Junge, vielleicht acht Jahre alt, auf dessen Schulter seine Hand lag und der mit einem breiten Lächeln in die Kamera strahlte. Neben ihm hielt sich ein kleines Mädchen an der Hand ihrer Mutter fest, während es die andere vor den Mund presste und kicherte.

»Wir können am Wochenende mit dem Boot rausfahren, wenn du möchtest.«

Sie drehte sich überrascht zu Charleston um, der über ihre Schulter sah. »Sind das deine Eltern?«

Er nickte und stützte sich hinter ihr auf den Ellenbogen, dann griff er nach dem Bild und stellte es zurück auf den Nachttisch, ehe er sich auf den Rücken drehte und an die Decke sah.

»Der 19. Juli«, begann sie leise, während sie sich zurück auf seinen Arm legte, »als wir uns im Pub begegnet sind … ist das …«

Wieder nickte er ernst. »Der Unfalltag. Ein Unwetter, genau wie in diesem Jahr. Sie waren auf der Heimfahrt von London. Hatten dort ein Wochenende verbracht. Der Wagen ist auf der Strecke ins Schleudern geraten.«

»Hätte ich das geahnt, wäre ich –«

»Was?« Er zog sie dichter zu sich heran. »Rücksichtsvoller gewesen? Oder etwas weniger anstrengend?« Ein schwaches Lächeln trat auf seine Lippen.

»Vielleicht«, sagte sie und strich über die störrische Locke, die ihm in die Stirn fiel.

»Das wäre bedauerlich gewesen. Ich wäre viel zu spät in den Genuss deiner herausfordernden Persönlichkeit gekommen.« Sein Mundwinkel zuckte, und er lehnte sich vor und küsste sie. »Wenn du erlaubst, würde ich mich jetzt um das Frühstück kümmern.«

Er suchte sein Hemd der letzten Nacht und die Chino, dann drehte er sich noch einmal zu ihr um und verließ summend das Zimmer.

Leonora sank grinsend zurück in die Kissen. Aus der Ferne ihrer Handtasche hörte sie ihr Handy vibrieren, aber sie wollte nicht nachsehen. Diesen Morgen würde sie ganz allein mit ihrem persönlichen Mr. Darcy genießen. Fernab der realen Welt.

Das Klingeln der rustikalen Türglocke im Haupteingang schallte bis ins Zimmer herauf. Herrlich, dass sie sich einfach noch einmal umdrehen konnte. Es bestand absolut keine Gefahr, dass es Mrs. Tattlington war.

Eilige Schritte erklangen auf der Treppe, dann ein Klopfen aus dem Wohnbereich, und sie hörte Ivys Stimme durch die Tür. »Charleston? Es ist dringend.«

Kurz darauf fiel die Wohnungstür zu, und die eiligen Schritte verklangen wieder auf der Treppe.

Halb aus Neugier, halb aus dem Vorsatz, frische Luft in das Schlafzimmer zu lassen, schwang sie sich aus dem Bett und trat ans Fenster. Sie schob einen Vorhang zur Seite und spähte hinaus. Auf dem Rondell von Rosehill House standen Vans. Dicht an dicht. Auf den zweiten Blick erkannte sie die Logos an den Transportern: BBC, ITV, Channel 5, CNN.

Sie öffnete das Fenster. Dann hörte sie die Stimmen. »Mr. Melwood, können Sie bestätigen, dass sich in Ihrem Inn ein bisher unentdecktes Reisepult von Jane Austen befindet?«

»Gibt es Beweise dafür?«

»Ist Jane Austen vor ihrem Tod nach Sidmouth zurückgekehrt?«

Das Rufen der Journalisten mischte sich mit dem aufgeregten Geschnatter aus der Voliere im Garten.

Verflixte Gänsekacke.

Es konnte nicht wahr sein. Wie hätte die Presse etwas erfahren sollen?

Sie stürzte zu ihrer Tasche, kramte ihr Handy heraus. Zwei verpasste Anrufe von Wynda. Eine Nachricht.

Schalt den Fernseher ein. Oder Insta. Oder besser nicht! Keine Ahnung. Verdammt. Darcy wird ausrasten. Gute Nachricht: Ich hab den dritten Hinweis geknackt! Ruf mich an!!

Mit zitternden Fingern tippte sie auf Wyndas Kontakt.

Sie hob beim zweiten Ton ab. »Lea! Alles okay? Weiß er es schon?«

»Ich fürchte ja. Das Inn ist belagert von Pressewagen.«

»Verdammt!«

»Wie konnte das passieren, Wynda? Hast du aus Versehen jemandem etwas gesagt?«

»Natürlich nicht. Das schwöre ich dir. Ich fand Darcys Geheimhaltungsmanöver zwar etwas übertrieben, aber ein Wort ist ein Wort. Meine Lippen waren und sind versiegelt.«

Leonora sank auf die Bettkante und biss sich auf die Lippe. »Er ist gerade unten. Verflixt.«

»Darcy wird schon drüber hinwegkommen, wenn erst mal die Besucherkasse klingelt«, erwiderte Wynda aufmunternd. »Viel wichtiger: Ich habe das dritte Rätsel gelöst, Lea.«

Leonora fühlte sich noch etwas benommen, um in angemessener Euphorie zu reagieren. »Okay … das ist fantastisch. Wo ist es?«

»Chawton Cottage! Das Pianoforte. In Janes altem Wohnhaus. Ich erkläre es dir, wenn wir auf dem Weg sind. Wann kannst du hier sein? Wollen wir direkt los?«

Schritte erklangen draußen auf der Treppe. »Ich weiß es ehrlich gesagt gerade nicht, Wynda. Ich muss Schluss machen. Ich gebe dir gleich Bescheid.«

Als sie auflegte, schwang die Tür auf, und Charleston kam ins Zimmer. Er hielt vor ihr, verschränkte die Hände förmlich hinter dem Rücken. »Wir haben Besuch von den nationalen und internationalen Medien.«

Sie nickte. »Ich habe die Wagen gesehen.«

Seine Miene blieb unbewegt. »Du solltest jetzt gehen.«

Die Erkenntnis traf sie wie ein Stich. »Du glaubst doch nicht, dass ich …«, begann sie, doch sein scharfer Blick unterbrach sie.

»Du findest sicher allein hinaus.« Er wandte sich ab und trat aus dem Zimmer.

»Warte.« Leonora hüpfte von der Bettkante, hastete hinter ihm her und stellte sich ihm in den Weg. »Du denkst, dass ich es jemandem gesagt habe?«

Seine Kiefermuskeln mahlten. »Letztlich ist es egal, wer von euch beiden es war. Du oder deine plauderhafte Freundin. Mit der du gerade telefoniert hast.«

»Ich war es nicht, Charleston. Und Wynda auch nicht.«

Er sah sie ungerührt an, dann straffte er die Schultern. »Ich habe jetzt einen dringlichen Termin.« Er nickte knapp, dann lief er ohne ein weiteres Wort an ihr vorbei und zog sein Handy hervor. Kurz darauf schlug die Wohnungstür ins Schloss.

Sprachlos starrte sie auf den Türrahmen, hinter dem er verschwunden war.

Wie konnte er? Nach allem, was letzte Nacht zwischen ihnen geschehen war? Er hatte sich ihr anvertraut, und sie hatte endlich das Gefühl gehabt, dass …

Ärger stieg in ihr auf. Brannte sich durch ihre Adern. Sie wurde selten wütend. Aber Charleston Melwood hatte es geschafft.

Mit zitternden Fingern schnappte sie sich ihre Tasche und rannte ins Bad. Hastig richtete sie sich her, so weit es der notdürftige Tascheninhalt erlaubte. Dann stürmte sie aus seiner Wohnung. Auf dem Flur begegneten ihr einige Gäste, die gerade ihre Zimmer verließen, um sich zum Frühstück im Salon einzufinden.

Leonora lächelte gezwungen und eilte weiter. Die Treppe hinunter. Die große Eingangstür war verschlossen. Von außen drangen die Stimmen einiger Reporter herein. Das wäre definitiv nicht ihr Ausgang. Mit rasendem Puls bog sie scharf nach links ab und lief in die Orangerie. Charleston stand an einem der Fenster und presste sich das Telefon ans Ohr. Als er Schritte hörte, drehte er den Kopf. Doch mehr als einen kalten Blick hatte Leonora nicht mehr für ihn übrig. Sie drückte die Tür auf, dann marschierte sie hinaus in den Garten.

Die Rosenstauden standen ihr Spalier, doch ihr Anblick sorgte nur dafür, dass sich ihr Magen noch weiter zusammenzog. Sie hastete weiter. An der Gänsevoliere vorbei, in der das Schnattern zu lautem Protest anschwoll. Anscheinend spürte das Wachgeflügel, dass Ärger in der Luft lag.

Der Weg in den unteren Garten führte sie an den Nachzuchtbeeten vorbei. Die kahlen Stellen, an denen einmal die Clarissa Fairy gestanden hatten, versetzten ihr einen zusätzlichen Stich und sie richtete den Blick starr nach vorn. Als sie den Pavillon passiert hatte und die Gartenpforte hinter sich schloss, atmete sie auf. Doch das größte Hindernis stand ihr noch bevor. Mit Sicherheit hatten die Journalisten den Mini zugeparkt.

Sie lief um die Gartenmauer von Rosehill herum, ehe sie die Auffahrt erreichte. Richtig, die Wagen blockierten noch immer das Rondell. Mit gesenktem Kopf huschte sie zwischen den Autos hindurch, doch ehe sie die Fahrertür des Minis aufziehen konnte, erschien bereits das erste Mikro in ihrem Sichtfeld.

»Guten Morgen, können Sie uns etwas zu dem Mysterium um Jane Austens Reisepult und Rosehill Inn sagen?« Ein hagerer Mann Mitte fünfzig lächelte sie auffordernd an.

»Nein, tut mir leid. Ich bin nur Gast hier«, murmelte sie und kämpfte damit, den Wagen aufzusperren.

»Aber vielleicht hat sich Mr. Melwood Ihnen gegenüber geäußert?«, setzte seine Kollegin nach.

»Nein, tut mir leid«, brummte sie hastig, dann zog sie endlich die Tür auf und flüchtete sich in den Wagen.

Es dauerte fünfzehn Minuten, bis sie es von der Auffahrt des Rosehill Inn herunterschaffte.

Sobald sie die Landstraße erreichte, tippte sie auf Wyndas Nummer und schaltete den Lautsprecher ein.

»Alles okay?«, meldete sie sich.

»Nein«, murmelte Leonora, während die Szenen der letzten Minuten wie ein Horrorfilm vor ihr abliefen. »Charleston denkt, dass wir es der Presse gesagt haben.«

»Pff, unfassbar. Richte ihm schöne Grüße aus und sag ihm, er soll sich mal einkriegen.«

»Ich schätze, er wird gerade nichts von uns hören wollen.«

Wynda schnaubte. Dann fiel der Groschen. »Du meinst … er denkt das wirklich? Und er ist ehrlich sauer?«

Als Leonora keine Antwort herausbrachte, hörte sie, wie Wynda die Luft einsog. »Oh Süße, hat er dich etwa gerade vor die Tür gesetzt? Auf diese fiese arrogante Darcy-Art? Hast du bei ihm geschlafen?«

Das waren ziemlich viele Fragen, die sie ungern beantworten wollte. Obwohl die Antwort auf alle von ihnen mit demselben Wort abzuhandeln war. »Ja«, murmelte sie erstickt.

»Wenn ich ihn das nächste Mal sehe, werde ich ihm mal seine Krawatte richten. Blasierter Besserwisser«, schimpfte es aus dem Lautsprecher. »Ich hoffe, du hast ihm nichts von Chawton gesagt?«

»Habe ich nicht.«

»Gut. Als würden wir ihn dahin mitnehmen.« Sie schnaubte wieder. »Holst du mich ab und wir fahren direkt dorthin?«

Die Ablenkung würde ihr vermutlich guttun. Besser als allein im Cottage zu sitzen. Und immerhin wartete Janes Geheimnis auf sie. »Ja, mache ich.« Dann stockte sie. »Was ist mit der Presse?«

»Die sind doch noch vor Charlestons Haustür versammelt. Und letztendlich kann es uns doch egal sein.«

»Okay. Dann bis gleich.«

»Bis gleich. Und Kopf hoch, Süße. Wenn er dich nicht wertschätzt, ist er kein Mr. Darcy.«

***

Als sie um 12 Uhr vor Wyndas Apartment in der Innenstadt vorfuhr, wartete Wynda bereits vor der Tür. Leonora hatte kurz am Cottage gehalten, um zu duschen und sich umzuziehen. Aber sie war froh gewesen, gleich wieder dem Alleinsein entfliehen zu können.

Sie hielt am Straßenrand, stellte Taylor Swift leiser und stieg aus.

»Hier.« Wynda drückte ihr einen Smoothie-Becher in die Hand, auf dem das Logo des Sweet Persuasion Cafés prangte.

»Du warst bei Claire?«, fragte Leonora überrascht und umarmte sie zur Begrüßung.

»Ja. Ich dachte mir, den kannst du heute gebrauchen.«

Leonora betrachtete den Sticker mit dem »Obstinate Headstrong Girl«-Zitat. Offensichtlich wollte Wynda sie mit allen Mitteln an die willensstarke Elizabeth in ihr erinnern. Neugierig öffnete sie den Deckel und schnupperte. »Der wird sicher super bei den Leuten ankommen. Riecht fantastisch. Danke. Die perfekte Wahl.«

»Allerdings. Ich kann es nämlich gar nicht leiden, wenn du so kleinlaut bist wie vorhin am Telefon«, erwiderte Wynda und drückte noch einmal ihre Finger. »Schon gar nicht wegen des Möchtegern-Mr.-Darcys.«

Leonora lächelte schwach und nickte. »Danke. Du bist die Beste.«

Während sie Bath verließen und Wynda im Süden auf die

A36 Richtung Hampshire fuhr, wanderten Leonoras Gedanken jedoch wieder zu den Klippen von Sidmouth. Und sie konnte nicht verhindern, dass ein dumpfer Schmerz in ihrer Brust beständig an ihrem Herzen zog.

Kapitel 25

Song from Burns

»Die Austens kamen 1809 nach Chawton«, erklärte Wynda und setzte den Blinker, um vom Kreisverkehr auf die Dorfstraße abzubiegen. »Das herrschaftliche Anwesen des Orts, Chawton House, gehörte damals Janes Bruder Edward. Ursprünglich war es im Besitz der Knights, die Edward adoptiert hatten, da sie keine eigenen Kinder und somit keinen Erben hatten.«

An Leonoras Fenster zogen einige idyllische Farmhäuser vorbei, und sie betrachtete aufmerksam die Umgebung. »Haben die Austens zuvor nicht in Southampton gelebt?«

»Ja, genau.« Wynda nickte. »Nach dem überraschenden Tod von Janes Vater in Bath mussten sie finanziell kürzertreten. Ohne Reverend Austen waren sie abhängig von der Unterstützung von Janes Brüdern. Daher sind Jane, ihre Mutter, ihre Schwester Cassandra und Martha, deren Vater ebenfalls verstorben war, für drei Jahre bei Janes Bruder Frank in Southampton untergekommen.«

»Die Aussicht, hier ins ländliche Chawton ziehen zu können, muss ein wahrer Segen für sie gewesen sein«, erwiderte Leonora.

»Das kann man sicherlich so sagen. Edward bot ihnen mit

dem Cottage eine mietfreie Unterkunft, in der es ihnen an nichts fehlte. Sieh nur. Da ist es.« Sie stoppte den Mini an der Straßenseite und deutete auf ein großes Backsteinhaus, dessen weiße Tür und Fenster in der Sonne strahlten. An die Westseite des Hauses schloss sich ein Garten an, der von einer niedrigen Backsteinmauer eingefasst war.

»Wie hübsch.« Leonoras Blick wanderte über die Fassade. Im Hinterhof schienen sich noch weitere Nebengebäude anzuschließen. »Und für ein Cottage überraschend groß.«

»Allerdings. Heute ist das ganze Haus ein Jane-Austen-Museum. Es ist großartig. Ich war vor ein paar Jahren schon einmal hier.«

Nachdem Wynda einen Parkplatz gefunden hatte, liefen sie die beschauliche Dorfstraße von Chawton entlang. »Und du meinst, es besteht eine Möglichkeit, dass Jane im Cottage etwas versteckt hat, das nach all der Zeit nicht entdeckt worden ist?«, flüsterte Leonora. Das Cottage sah prächtig aus, aber wenn es inzwischen ein Museum war, hatte man sicher jeden Raum aufgearbeitet und akribisch auf Überbleibsel und versteckte Artefakte aus Janes Zeit in Chawton durchsucht.

Wynda zuckte mit den Schultern und hakte sich bei ihr unter, als sie die Straße überquerten. »Keine Ahnung, aber der Hinweis ist eindeutig. Der ›Ort, den Hestia mir ans Herz gelegt‹ – Janes Zuhause, ›an dem der Muse Freundschaft nie verstrich und ich sie nie vermisste‹ – das kann sich sowohl auf Marthas und Cassandras Anwesenheit beziehen, ihre Freundinnen, oder aber die kreative Muse, die Jane hier nie verließ. Es muss hier in Chawton sein. Und ›Euterpes Wort‹ muss sich auf die Musik beziehen! Vielleicht finden wir einen finalen Anhaltspunkt, wenn wir in den Räumen stehen.«

Sie betraten den kleinen Vorgarten, der das Cottage von der Dorfstraße trennte, und Leonora warf einen verstohlenen Blick auf ihr Handy. Charleston hatte nicht geschrieben.

Offenbar war ihnen auch niemand gefolgt. In der Straße war kein Pressewagen zu erkennen. Man hatte ihr wohl abgenommen, dass sie nur ein ahnungsloser Gast im Rosehill Inn war.

Wenige Minuten später standen Wynda und Leonora in Janes Esszimmer, einem hellen Raum mit einer auffälligen Tapete, deren Muster aus Blättern bestand.

»Dort ist er«, raunte Wynda andächtig und steuerte ohne Umschweife auf das unscheinbare Beistelltischchen zu, das neben dem Kamin stand, mit freiem Blick auf das Fenster. »Kannst du dir vorstellen, dass Jane hier fast alle ihre Romane geschrieben oder überarbeitet hat?«

Das betagte Holz des runden Tischchens schien von all den Abenteuern zu erzählen, die Jane hier ersonnen hatte. »Ein guter Platz«, sagte Leonora. »Von hier aus hatte sie jeden im Blick, der sich ihr unbemerkt nähern könnte. Ob von der Straße oder im Haus.«

»Ganz genau.« Wynda grinste. »Darum ging es. Sie wollte ihren Beruf vor allen außerhalb ihres Familienkreises geheim halten.«

Eine Gruppe Besucher kam herein, und Wynda und Leonora zogen weiter durch den kleinen Raum, der das Speisezimmer mit dem Salon verband. Als sie über die Türschwelle traten, drückte Wynda unauffällig Leonoras Arm. Hier war es. Das Pianoforte stand in der Ecke, direkt neben der Tür, durch die sie eintraten. Doch zu ihrer Ernüchterung erklärte ein Schild, dass es sich um ein baugleiches Modell handelte, das Janes Original lediglich ähnelte.

Vor den anderen Besuchern konnten sie nicht offen reden, ohne zu viel Aufmerksamkeit auf sich zu lenken. Doch Leonora sah Wyndas enttäuschte Miene, während sie weiter den Raum abging und hier und da eine Bodendiele mit der Schuhspitze prüfte.

Keine Chance. Das Museum war in tadellosem Zustand, die Räume sorgsam restauriert und dem Originalzustand angepasst. Ein geheimes Versteck würden sie sicher nicht hier finden.

In ihrer Ratlosigkeit ließ sie den Blick noch einmal über das Pianoforte wandern. Ein Notensatz von Haydn stand aufgeschlagen auf der Notenablage. Dann weckte ein zweites Museumsschild ihre Aufmerksamkeit, das sie erst gar nicht gesehen hatte. Es wies auf die Ausstellung zu den originalen Notenbüchern und Schriftsätzen von Jane Austen hin, in einem anderen Raum.

Gerade trat Wynda wieder zu Leonora und stupste sie an. »Sieh mal, eine Ausstellung zu Janes Schriftsätzen.«

Wynda stockte. »Das sollten wir uns nicht entgehen lassen«, erwiderte sie und warf ihr einen vielsagenden Blick zu.

Es waren drei Bücher. Musikkollektionen, die die Austens mit sich geführt hatten, selbst nachdem sie ihr erstes Pianoforte bei ihrem Umzug nach Bath verkauft hatten. Erst hier, in Chawton, hatte Jane wieder die Möglichkeit, ihr fleißiges Spiel aufzunehmen.

Neben den Büchern war ein Schreiben ausgestellt. Ein überlieferter Bericht von Janes Nichte, die sich an die Zeiten zurückerinnerte, in denen ihre Tante hier im Cottage für sie gespielt und gesungen hatte. Darunter waren die letzten drei Stücke aufgelistet, die Jane hier in Chawton gespielt und gesungen haben sollte, ehe ihre Krankheit sie zu sehr schwächte.

Leonora stockte. Ihr Puls beschleunigte. »Robert Burns«, flüsterte sie Wynda zu. Doch die runzelte nur fragend die Stirn.

Also führte Leonora sie ungeduldig am Ärmel mit sich nach draußen. Über die Terrasse des Hauses in den Garten, dessen wilde Fülle sie an Barton Cottage erinnerte. Sobald sie weit genug außer Hörweite der anderen Besucher waren, atmete sie tief durch. »Es ist der ›Song from Burns‹. *Their groves o' sweet myrtle*, Haine aus süßer Myrte.«

»Wie kommst du darauf?«, fragte Wynda skeptisch.

»›Mein Ganzes trägt den Menschen fort, zum Hain an fernen Landes Küste‹ – der Myrtenhain, den Burns erwähnt. So steht es in Janes Vers.« Kurz hielt sie inne. »Und dann ist da noch das Notizbuch meiner Grandma. Ihre Anmerkungen zu *Sanditon*. Wynda, sie hat das Zitat in das Buch geschrieben.«

»Oh.« Wyndas Augen weiteten sich. »Also steht dort noch etwas? Wo genau sollen wir suchen?«

Leonora schüttelte leicht den Kopf. »Nein, nichts, was uns weiterbringen könnte … Aber vielleicht sollten wir uns den Notensatz einmal genauer anschauen.«

Kaum hatte sie es ausgesprochen, hielt Wynda ihr auch schon das Display ihres Handys entgegen. »Ist online bei Google.«

»Ein Lob auf die Digitalisierung der Bibliotheks- und Archivbestände«, murmelte Leonora, während sie sich durch das Dokument scrollte. »Okay, ich denke, das sollten wir uns in Ruhe ansehen.«

Sie reichte Wynda das Handy zurück, und sie schlenderten durch den Garten zum Haus. Drei junge Frauen, vielleicht Anfang zwanzig, liefen an ihnen vorbei, und sie wirkten sichtlich aufgeregt. »Habt ihr das gehört? Es wurde ein Reisepult von Jane gefunden!«

Wynda und sie sahen einander verschwörerisch an, ehe sie Chawton Cottage verließen.

***

Die Nachricht war überall. Das Morgenfernsehen sendete einen Extrabeitrag, live von den Windhundstatuen vor Rosehill House. Dazu ein paar zusammengeschnittene Aufnahmen von einem finster dreinblickenden Hausherrn, der jeden Kommentar verweigerte.

Auch im Jane Austen Centre gab es kaum ein anderes Thema. Die Besucher fragten bei jeder Tour, ob man schon Genaueres über das Reisepult wisse. Was das zu bedeuten habe.

Und obwohl es ihr herzlich egal sein könnte, krampfte sich Leonoras Magen jedes Mal zusammen, wenn bei ihren Führungen jemand »Rosehill« oder »Melwood« erwähnte.

Es war Donnerstagabend. Eine halbe Woche war vergangen, seit sie Charlestons Wohnung und das Inn verlassen hatte. Seit sie zum letzten Mal mit ihm gesprochen hatte. Mehr als einmal war sie versucht gewesen, ihm zu schreiben. Noch einmal zu betonen, dass sie nichts mit der Lage zu tun hatte. Dass niemand wusste, woher die Presse Wind von allem bekommen hatte. Aber dann verbot ihr Stolz es. Sie musste ihm nichts beweisen. Sich nicht rechtfertigen. Er hatte sie aufgrund einer Unterstellung einfach rausgeschmissen, das sollte ihr Warnung genug sein.

Es wäre nur hilfreich gewesen, wenn ihr naives Herz das genauso gesehen hätte. Doch es hüpfte seit vier Tagen beständig bei jedem Ton, den ihr Handy von sich gab.

Und sank dann wieder enttäuscht, sobald sie sah, dass es keine Nachricht von ihm war.

So konnte es nicht weitergehen. Es fiel ihr schwer, sich zu konzentrieren, weil sie ständig an die letzte Nacht mit Charleston denken musste, in der es sich für einen Moment so angefühlt hatte, als könnte es eine Zukunft für sie beide geben.

Bestimmt drehte sie ihr Handy um und schob es über die Tischplatte, sodass der Gartentisch der Einzige war, der ihre Nachrichten lesen konnte. Dann atmete sie tief durch und klappte die Partitur von *Their groves o' sweet myrtle* auf, die sie sich besorgt hatte.

Ein leichter Nieselregen tropfte auf die Reben der Pergola, doch unter dem dichten Blätterdach war sie geschützt und konnte dennoch die Abendluft genießen. Sie fuhr mit den Fingern über die Noten. Dann zog sie Oma Ediths Notizbuch heran und schlug die Seiten zu *Sanditon* auf. Da stand es: *Their groves o' sweet myrtle.* Unter der Zeichnung des Teepavillons von Rosehill. Doch ohne einen Bezug. Ohne Erläuterung.

Seufzend streckte sie die Beine auf dem Korbstuhl aus. Welches Geheimnis verbarg ihre Grandma in ihren Zeilen? Was war damals in Sidmouth geschehen?

Der Gedanke erinnerte sie wieder an Freddys merkwürdige Reaktion. Und seine spontane Flucht. Auch er hatte es nicht für nötig gehalten, ein Lebenszeichen von sich zu geben. Den Pub-Abend hatten sie gestern zu dritt verbracht, Wynda hatte Claire und sie unterstützt. Trotzdem fehlten seine Sprüche. Und seine Art.

Und ein bisschen fragte sie sich, ob es Karma war, dass die beiden Männer, auf deren Anwesenheit sie Wert gelegt hätte, wie Geister aus ihrem Leben verschwanden, nachdem sie den Mann am Altar zurückgelassen hatte, mit dem sie ihres hätte verbringen sollen.

Oh Gott, zum Glück hatte Wynda ihre Gedanken nicht gehört. Die Moralpredigt wäre ihr gewiss gewesen. Und sie hätte ja recht.

Nachdenklich schnappte sie sich den Bleistift und zog die Partitur wieder näher heran. Irgendwie musste sich die Zahlenreihe unter der Charade doch erklären lassen. Was wollte Jane ihr bloß sagen?

Eine Stunde später grübelte sie immer noch über den Noten und Janes Vers. Die Luft hatte sich abgekühlt und gerade überlegte sie, ins Wohnzimmer umzusiedeln, als ihr Handy einen Satz machte und vibrierte.

Ehe sie das Thema Fokus und Konzentration näher überdenken konnte, schoss ihre Hand vor und sie schnappte es sich. Freddys Name blinkte ihr auf der Nachrichten-App entgegen.

> Hey Leonora, bin wieder im Lande. Ale and Talk auf der Viper?

Er nannte sie nie Leonora. Langsam machte sie sich wirklich Sorgen. Das *Ale and Talk* war die Erwachsenenversion ihres *Squeeze it and Talk*, einer Kombination aus einem unangenehm süßen Softgetränk und ernsthaften Gesprächen zur Bewältigung akuter Problemlagen. Die erste Sitzung hatte vor knapp zwanzig Jahren getagt, als Freddy sich der Anordnung seiner Eltern verweigert hatte, den Sommer statt bei George in einem Ferienlager zu verbringen.

Die Anlässe für ein Ale and Talk waren in den letzten Jahren spärlich gewesen. Aber das unterstrich nur die Dringlichkeit der Angelegenheit, wenn Freddy es einberief.

Bin auf dem Weg, tippte sie, noch während sie aufstand.

Mit einem bunten Regenschirm bewaffnet lief sie den Kanalweg hinunter. Anders als bei ihrem letzten Besuch erkannte sie schon von Weitem die Lichter in den Bullaugen der *Viper*.

Es war noch nicht dunkel, aber bei dem nebligen Regenwetter leuchteten sie wie die Scheinwerfer einer behaglichen Zuflucht aus dem trüben Grau.

Als sie den Steg erreichte, klappte die Vorderluke auf, und Freddys blonder Lockenschopf erschien aus den Untiefen der *Viper*. »Hey, komm an Bord«, sagte er, dann tauchte er wieder ab.

Sie klappte den Regenschirm zusammen und kletterte an Deck, während sie sich innerlich bei der *Viper* für die Matschspuren entschuldigte, die ihre Schuhe auf dem akribisch polierten Teakholz hinterließen. An der Luke schlüpfte sie schnell aus den Sneakern und stieg barfuß in die Kajüte hinunter.

Der Duft nach Vanilletabak und altem Holz empfing sie. Freddy lehnte an der Sitzbank in der Mitte des Raumes, als hätte er schon drei Ale hinter sich und bräuchte dringend Unterstützung. Aber sein Blick wirkte klar, und er lächelte, als sie auf ihn zukam und die Arme ausstreckte.

»Hey«, sie zog ihn in eine Umarmung. »Wo warst du die letzten Tage? Claire und ich mussten ohne dich unsere Quiz-Ehre im Old Green Tree verteidigen.« Dass Wynda sie dabei unterstützt hatte, verschwieg sie an dieser Stelle lieber. Für das Thema würde es später sicherlich noch Gelegenheit geben.

»Brauchte mal ne Auszeit«, murmelte er und fuhr sich durchs Haar.

»Nachdem du vorher gerade erst auf die gleiche mysteriöse Weise verschwunden warst?« Sie hob skeptisch eine Augenbraue und rutschte auf die Kajütenbank.

»Manchmal kommen die Einschläge eben dichter, als man es erwartet hat, und man muss die Schoten dicht holen. Du kennst das ja.«

Sie verdrehte die Augen und zog eine Grimasse – mit einer richtigen Erklärung hatte sie ohnehin nicht gerechnet.

Freddy fuhr sich nur schulterzuckend durch die Haare, dann schob er sich auf den Platz ihr gegenüber und deutete auf die Ales, die schon bereit standen. »Hiermit erkläre ich das Ale and Talk für eröffnet.«

Sie nickte ernst und umfasste ihr Glas. »Eröffnungsfrage?«

Er stützte die Ellenbogen auf den Tisch und fixierte sie aufmerksam. »Weshalb war Charleston Melwood in Bath?«

Sie blinzelte. Verflixt. Wenn sie ihm nicht die ganze Wahrheit über das Jane-Austen-Geheimnis auftischen wollte, müsste sie den anderen einzig schlüssigen Grund nennen, aus dem er in Bath gewesen sein könnte.

»Lady, du kennst die Regeln. Absolute Ehrlichkeit. Hast du was mit ihm?«

Das mit Nein zu beantworten, wäre wohl nicht so ganz zutreffend. Sie seufzte und ließ die Schultern sinken.

»Ähm … vielleicht …«

Sein Blick verdunkelte sich.

»Hatte. Vergangenheitsform«, fügte sie murmelnd hinzu und ignorierte den Stich in ihrer Brust.

Ein Fluchen erklang, das Freddy in einem Schluck Ale erstickte. »Also«, sagte er dann. »Du solltest dich von ihm fernhalten. Den Melwoods ist nicht zu trauen.«

Sie legte den Kopf schräg. »Wie kommst du darauf? Und woher kennst du ihn überhaupt?«

Er räusperte sich, dann griff er hinter sich und zog einen Briefbogen aus der Ablage an der Kajütenwand. »Deine Grandma hat dir das Notizbuch vererbt«, er faltete das Blatt auseinander, »George hat mir auch etwas hinterlassen.«

Er lehnte sich über das Papier und suchte ihren Blick. »Bereit?«

Dann las er.

Kapitel 26

Das Geheimnis von Sanditon

»Als sie nach Sidmouth kam, brachte sie das Leben mit. Das dachte ich damals, als achtzehnjähriger Bursche, als ich sie zum ersten Mal sah. In dem grünen Kleid, wie sie mit ausgebreiteten Armen die Esplanade entlanglief und den Sommer in sich aufsog. Und ich denke es auch heute noch, siebzig Jahre später.
Sie konnte pausenlos erzählen, von den Büchern, die sie in den Buchhandlungen in den entlegensten Orten fand. Ich hatte noch nie jemanden getroffen, der so vor Ideen sprudelte. Und für Bücher hatte ich nie Zeit gehabt. Mein Tag begann, wenn der Morgen noch schwarz über der Bucht hing. Und er endete, wenn der letzte Fisch aus unseren Netzen verkauft und die Boote geschrubbt und vertäut waren. Die See gab uns viel. Doch sie nahm auch. Sie konnte einen zum freisten Menschen der Welt machen und zu ihrem Sklaven zugleich. Es war ein Leben, in das man geboren wurde und das einen fesselte. Im Guten wie im Schlechten.
Sie aber war Leichtigkeit. Unbeschwertheit. Und voller Neugier auf das Leben.

Der Tag, an dem ich sie traf, war einer der trügerischen Sommertage. Die Luft war mild, doch die See stark. Die Strömungen konnten unberechenbar sein, wenn man sie nicht kannte. Von meinem Boot aus sah ich, wie sie unbekümmert in die Wellen lief. Sah kurz darauf, wie sie hektisch um sich schlug, als die Kraft der Strömung sie hinauszerrte. Ich erreichte sie gerade noch rechtzeitig.

Ihre Augen waren so blau wie die See an diesem Morgen und ihr braunes Haar betonte die Blässe ihrer Haut. Sie bestand darauf, dass sie mir etwas schenken dürfe, als Dank dafür, dass ich ihr Leben gerettet hatte. Ich werde nie vergessen, wie Peter, der Inhaber des Antiquariats in der High Street, mich ansah, als wir über die Türschwelle traten. Sein Blick maß meine Arbeitskleidung, die Hände, die schweres Tagwerk verrichteten, aber seit Langem kein Buch mehr gehalten hatten. Und dann lächelte er breit und führte uns zu dem Regal, nach dem sie gefragt hatte.

Das Buch, das sie aussuchte, war Die Schatzinsel. *Ich hütete es wie meinen Augapfel. Und ich las.*

In den Abendstunden, ehe ich zu Bett ging. Manchmal die ganze Nacht hindurch.

Von da an trafen wir uns jeden Tag. Egal, wie müde mich die Arbeit auf See machte, ich führte sie abends aus und wir sprachen über unsere Bücher. Sonntags verbrachten wir am Strand an den Klippen. Und sie erzählte mir von ihrem Traum zu schreiben. Sie war nach Sidmouth gekommen, auf den Spuren ihrer Lieblingsautorin. Bis dahin hatte ich nur vage von Jane Austen gehört. Aber ihr Gesicht strahlte so hell, wenn sie von den Romanen erzählte, von Frederick Wentworth und Anne Elliot, von Elizabeth Bennet und Fitzwilliam Darcy und all

den anderen Paaren, die sich aus Liebe fanden, entgegen der gesellschaftlichen Erwartungen, dass ich ihr stundenlang hätte zuhören können.
Sie erzählte mir, Jane Austen habe hier in Sidmouth vielleicht die wahre Liebe ihres Lebens getroffen.
Ich erinnere mich, wie ich zum ersten Mal ernsthaft über die Liebe nachdachte und über das Schicksal. Und darüber, ob unser Treffen, unsere Verbindung, Schicksal war.
Bis zu dem Abend, an dem sie zu spät zu unserem Treffpunkt kam. Ich wusste, dass sich etwas verändert hatte, noch ehe sie den ersten Satz sprach. Er hieß Arthur Melwood. Seiner Familie gehörte Rosehill Inn, das auf den Klippen bei Peak Hill lag. Er war nur selten in der Stadt. Ein Neffe der Familie, der den Sommer an der Küste verbrachte, ehe er für sein Studium nach Oxford ging.
Sie waren sich auf dem Coastal Path im Osten begegnet. Und er hatte sie eingeladen, Rosehill zu besichtigen. Den ganzen Abend erzählte sie von den historischen Räumen, der Bibliothek und immer wieder von dem alten Teepavillon. Und dass Jane Austen dort selbst gewesen sein soll. Sie sagte mir, dass sie ein Geheimnis teilen würden. Aber dass sie es niemals jemandem verraten dürfe.
Ab da trafen wir uns nur noch jeden zweiten Abend. Den anderen verbrachte sie bei ihm. Und ich nahm es hin. Was hätte ich auch tun können?
Ich beschloss, für sie da zu sein. Und wenn es hieß, sie zu ihm gehen zu lassen, wäre es so, solang es sie glücklich machte. Solang sie dennoch Teil meines Lebens war.
Es muss drei Wochen angedauert haben. Eines Abends stand sie mit tränenüberströmten Wangen an unserem Treffpunkt. Er

war nach Oxford gegangen, ohne sich zu verabschieden. Zwei Wochen früher als geplant.
Als der Sommer endete, ging sie zurück nach Bath.
Ob ich sie geliebt habe?
Sie war die Freundschaft meines Lebens. Sie war der Grund, dass ich schließlich den Mut fand, Sidmouth zu verlassen und mein Glück zu finden. Sie brachte die Bücher in mein Leben. Und damit eine Welt, die ich ohne sie nie gekannt hätte.
Das Leben hat uns gesegnet. Wir lernten andere Menschen kennen und lieben, wurden Eltern, Großeltern. Blieben einander in Freundschaft verbunden.
Ja, ich habe Edith geliebt.
Sie ist der Grund, weshalb ich George's Old Books eröffnete. Und der Grund, dass ich mein Lebensglück gefunden habe. Ich werde ihr für immer dankbar sein.«

Die Stille in der Kajüte wog schwer. Es kam ihr vor, als hätte Freddy ein Kapitel aus einem fremden Buch vorgelesen, das unmöglich mit ihrer Realität zu tun haben könnte. Freie Fiktion. Doch das hatte er nicht.

»George … George war der Fischer von Sidmouth?«, brachte sie schließlich flüsternd heraus.

»Der Fischer von Sidmouth?« Freddy sah sie verwundert an.

»Das war die Geschichte, die meine Grandma mir oft zum Einschlafen erzählte. Von einer jungen Frau am Strand von Sidmouth, die von einem Fischer vor dem Ertrinken gerettet wurde. Nur Arthur Melwood hat sie nie erwähnt.«

Freddy schnaubte. »Offenbar aus gutem Grund.«

»Ich kann es nicht glauben«, murmelte sie. Es stimmte also, was Charleston ihr in Oakley Hall gesagt hatte. Ein Melwood hatte ihrer Grandma das Herz gebrochen. Offensichtlich vererbte sich das.

»Dachte, du solltest es wissen«, brummte Freddy und trank von seinem Ale.

»Wie lange weißt du es denn schon?« Sie sah ihn aufmerksam an.

»Eine Weile. Die Seiten lagen in dem Brief, den er mir mit allen Unterlagen zum Old Books hinterlassen hat.«

»Und du hast nichts gesagt?«

Er zuckte mit den Schultern. »Naja, du warst in Hamburg. Und dann kam es mir auch ein bisschen privat vor, Grandpas Schreiben einfach so offenzulegen. Hatte ja keine Ahnung, wie viel du weißt und ob er wollte, dass du das weißt.« Seine Miene verfinsterte sich. »Aber als ich diesen Melwood hier in Bath gesehen habe … Da musste ich es dir einfach zeigen. Nicht, dass sich die Geschichte wiederholt.«

Sie schluckte. »Sicher nicht«, brachte sie hervor und der Stich in ihrem Herzen ließ ihre Wangen glühen.

»Dann kam die Warnung ja rechtzeitig.« Er tätschelte ihren Arm und lehnte sich wieder zurück an die Kajütenwand.

»Darf ich?« Sie griff nach den Seiten, als er nickte, und drehte sie zu sich hin. Die Worte tanzten immer noch wirr durch ihren Kopf. Aber sie hatte sich nicht verhört. Dort stand es. »Weißt du etwas über das Geheimnis?«

»Welches Geheimnis?«

»Hier steht, dass Grandma George erzählte, dass Arthur Melwood und sie ein Geheimnis geteilt haben, das sie niemandem verraten dürfe. Vielleicht hat sie George später doch eingeweiht?«

Freddy zuckte mit den Schultern. »Hab ich nie was drüber gehört.«

Aber in ihr wuchs die Vermutung, die sie in den ganzen letzten Wochen begleitet hatte, zu einer nicht zu ignorierenden Möglichkeit. Hatte ihre Grandma von dem Reisepult gewusst?

»Danke«, sagte sie. »Dass du es mir anvertraut hast.«

»War ein ziemlich aufwühlendes Ale and Talk, oder?« Sein Grinsen wurde von einem kleinen Schaumbart geziert und sie grinste zurück.

»Das kann man wohl sagen. Ich glaube, ich muss das erst mal verarbeiten.«

»Noch ein Ale zur Unterstützung?« Er stand bereits auf und lief zu dem Zapfhahn, den er sich in die offene Kombüse einbauen lassen hatte.

»Nein, danke, ich muss gleich los. Aber bevor ich gehe, wollte ich auch eine Sache auf den Tisch bringen.«

Er setzte sich und hob abwartend die Augenbrauen. »Bitte.«

»Was ist da zwischen dir und Wynda passiert?«

Schweigen.

»Absolute Ehrlichkeit, Freddy.« Sie hob die Augenbrauen und wartete.

Bis er nachgab und die Hände in die Luft hob. »Also gut. War offensichtlich ne verdammt schlechte Idee, dieses Ale and Talk einzuberufen«, knurrte er. Dann straffte er die Schultern. »Wir hatten ein Date. Ziemlich nice. Ziemlich heiß. Du verstehst. Muss der Abend vor eurem Sidmouth-Wochenende gewesen sein. Wusste da ja noch nicht, dass sie deine Kollegin ist. Was Dating angeht, ist Bath manchmal echt ein Dorf.«

Ihr klappte der Unterkiefer herunter. Japp, sie erinnerte sich nur allzu gut, wie Wynda ihr im Bus nach Sidmouth von der angeblich durchfeierten Nacht in der Karaokebar erzählt hatte. »Und?«, fragte sie erwartungsvoll.

»Und was?«

»Was ist dann passiert? Magst du sie? Ich finde ja, ihr passt perfekt zusammen.«

»Mag sie mich denn?«

Sie seufzte. »Woher soll ich das wissen? Sie erzählt genauso wenig wie du!«

»Hm.« Seine Miene verhieß nichts Gutes. »Die Sache ist, ich hab eventuell noch ein Date mit einer anderen gehabt. Ein paar Tage später. Dabei mag ich Wynda wirklich. Keine Ahnung, warum ich's gemacht hab. Hab schon in der Bar gemerkt, dass es sich falsch anfühlt und ich lieber mit ihr dort gewesen wäre. Aber dummerweise ist sie genau an dem Abend in die Bar gelaufen und hat ihre Schlüsse gezogen.«

»Freddy.« Sie sah ihn tadelnd an. »Und dann noch der Abend im Pub. Deshalb hat sie so angefressen reagiert, als sie uns gesehen hat. Sie dachte, wir hätten auch was miteinander.«

»Hm. Ich weiß. Aber du kennst mich: Zu viel Bindung bin ich nicht gewohnt. Und ich glaube, Wynda hat angenommen, dass es … exklusiv ist mit uns nach der Nacht.«

»Und hat sie das womöglich, weil du ihr das so suggeriert hast?«

Er senkte den Blick auf sein Ale. »Vielleicht. Ja, hab ich. Weil es echt verdammt schön war mit ihr. Aber am nächsten Tag hat mir die Vorstellung, womöglich bald eine Beziehung zu führen, richtig Angst gemacht.«

»Wynda hat jemanden verdient, der sich sicher ist.« Leonora musterte ihn. »Sie ist großartig. Und wenn du sie ehrlich magst, solltest du über deinen Schatten springen. Es lohnt sich.«

Er nickte. »Ich fürchte nur, ich hab meine Chance verspielt.«

»Vielleicht. Vielleicht auch nicht.« Sie lächelte aufmunternd. »Gib dir ein bisschen Mühe, Captain.«

»Aye.«

»Gut, dann erkläre ich das Ale and Talk für heute offiziell für beendet.« Sie klopfte auf die Tischplatte, wie sie es immer taten, schnappte sich ihre Tasche und rutschte von der Kajütenbank.

Vor der Luke hielt sie inne und umarmte Freddy zum Abschied. »Wynda liebt Schokokuchen und natürlich Jane-Austen-Romane. Lass dir was einfallen.« Sie zwinkerte ihm zu und schlüpfte nach draußen.

Auf dem Weg zum Cottage konnte sie kaum einen klaren Gedanken fassen. Das Burns-Zitat. Das Geheimnis, das ihre Grandma mit Arthur Melwood geteilt, aber George verheimlicht hatte. Der Pavillon von Rosehill. Das alles konnte kein Zufall sein. Ihre Grandma musste von dem Reisepult gewusst haben. Aber hatte sie auch die Notizen gekannt?

Die Ampel schaltete auf grün, und sie hastete weiter. Sobald sie die Gartenpforte erreichte, klappte sie den Schirm zusammen und suchte nach den Schlüsseln. Ihre Finger zitterten, und sie musste tief durchatmen, um das Schloss zu treffen. Im Flur ließ sie Schirm und Tasche einfach fallen und schlüpfte aus ihrer Jacke, während sie zum Couchtisch eilte, auf dem sie die Unterlagen deponiert hatte. Sie schaltete die Leselampe ein, dann schlug sie die Partitur auf und den Ausdruck von Janes Nachricht. Die lange Zahlenreihe, die Textsilben des Lieds. Könnte es sein? Sie zählte die Taktschläge. Notierte. Die Silben setzten sich zusammen.

Pavillon.

Rosehill.

Sidmouth.

Es hatte eine Weile gedauert, doch schließlich standen die

Wörter vor ihr. Die Zahlen waren die Taktschläge, unter denen man die betreffenden Silben fand. Die schließlich des Rätsels Lösung ergaben. Und ein Bauchgefühl sagte ihr, dass es diesmal das Ende war. Der finale Hinweis, der sie zu den verschollenen Kapiteln von *Sanditon* führen würde. Nach Rosehill, wo ihre Reise begonnen hatte.

Sie lehnte sich zurück und starrte einen Moment lang in die Dämmerung. Der Lesesessel ihrer Grandma ließ ein Bild in ihrer Erinnerung aufsteigen. Edith, die in einem ihrer langen Blumenkleider, die sie so gern trug, auf dem Sessel kauerte, die Lesebrille auf der Nasenspitze. Und sie auf ihrem Schoß. Dort hatten sie immer gesessen, wenn es draußen regnete, und ihre Grandma vorlas.

Wie gern hätte sie ihr all die Fragen gestellt, die nun durch ihren Kopf schwebten.

Leonora schlug das Notizbuch auf, fuhr noch einmal mit den Fingern über die Zeichnungen. Arthur Melwood hatte ihr das Herz gebrochen. Zweifellos. Hatte er ihren Namen in die Eberesche an der Steilküste geritzt? Immerhin hatte er das Gedicht über die Eberesche von Burns notiert.

Welcher Mann tat das, um kurz darauf sang- und klanglos zu verschwinden? Wenn seine Gefühle offenbar gar nicht ehrenhaft gewesen waren?

Ein zutiefst feiger vielleicht. Einer, der den Wert ihrer Oma nicht erkannt hatte.

»Er hätte dich auch nicht verdient«, flüsterte sie und ließ den Finger über die Konturen der Eberesche wandern, die sich im Küstenwind der See entgegenbog. *Er fühlte, und er schrieb, und er vergaß.*

Ja, so waren sie, die Melwoods. Schon Jane hatte gewusst,

dass einem Mann mit einer Vorliebe für Robert Burns nicht zu trauen war. Charlotte Heywood hatte in *Sanditon* deutlich ihre Warnung vor ebensolchen ausgesprochen, indem sie das manipulative Werben von Sir Edward Denham durchschaute. Und auf sein unangemessen übergriffiges Zitieren von Burns verwies.

Charleston kam ihr zwar nicht manipulativ vor, ganz im Gegenteil. Doch ließ er sie immer wieder im Regen stehen und wies sie von sich, sobald sie das Gefühl hatte, dass er sich ihr endlich öffnete.

Noch einmal blätterte sie um, zu der Skizze des Pavillons.

Bis sie Rosehill erreichen würde, wäre es mitten in der Nacht. Sie schielte zu ihrem Handy. Sollte sie ihm Bescheid geben?

Der eiskalte Blick, mit dem er sie bedacht hatte, als er am Morgen ins Zimmer gekommen war, stieg in ihren Erinnerungen auf.

Nein. Sie waren kein Team mehr. Er würde es noch früh genug erfahren, wenn sie das Manuskript gefunden hatte.

Entschlossen sprang sie auf, lief ins Schlafzimmer und packte ein paar Sachen zusammen. Dann holte sie ihr Handy und wählte Wyndas Nummer.

Es klingelte ewig, dann sprang die Mailbox an.

Sie legte auf und seufzte. Mist. Ausgerechnet jetzt. Normalerweise war Wynda dauernd erreichbar. Eine einzige Symbiose mit ihrer Literaturrecherche-App.

Während sie ein paar Minuten verstreichen ließ, suchte sie das Notizbuch und die Partitur zusammen und verstaute alles in ihrer Tasche. Dann versuchte sie es noch einmal.

Wieder ging niemand ran.

Wie ungewöhnlich. Ihr Blick wanderte zu der großen Küchenuhr mit dem antiken Ziffernblatt. Wenn sie noch länger warten würden, wäre sie erst nach Mitternacht da. Und sie war so aufgeregt, dass sie keinen Moment länger warten wollte. Auch wenn sie der Gedanke, nach Rosehill zurückzukehren, seit dem letzten Wochenende mit gemischten Gefühlen erfüllte. Aber ihre persönlichen Befindlichkeiten würden zurückstehen müssen. Es ging hier um Größeres. Und dem musste sich auch Mr. Darcy beugen.

Mit klopfendem Herzen warf sie sich ihren Regenmantel über, schnappte sich den Schirm und die Tasche und stürmte aus dem Cottage. Der Weg zu Wynda führte sie durch die Innenstadt, deren Bürgersteige im Licht der Straßenlaternen spiegelblank glänzten und dank des Regens beinahe verlassen waren. Sie versuchte es noch ein paarmal auf ihrem Handy, doch das schien sich inzwischen ausgeschaltet zu haben.

Als sie das Mietshaus in der Milsom Street erreichte, machte sie sich beinahe Sorgen. Doch der Mini stand draußen am Straßenrand. Womöglich war Wynda einfach eingeschlafen.

Sie klingelte an der Haustür, doch alles blieb still. Nach einer Weile merkte sie, dass die Tür nur angelehnt war, und schlüpfte in den Flur. Wyndas Apartment lag im dritten Stock. »There's nothing like staying at home for real comfort«, verkündete ihre Fußmatte im Jane-Austen-Design. *Nichts geht über das Zuhause, wenn es um echten Komfort geht.*

Leonora klopfte, aber nichts rührte sich. Wieder sah sie auf ihr Handy, doch Wynda hatte sie nicht zurückgerufen. Vielleicht war sie doch noch spontan ausgegangen, obwohl sie vorhin verkündet hatte, sich einen gemütlichen Feierabend machen zu wollen, als sie sich am Centre verabschiedet hatten?

Enttäuscht drehte sie sich um und überlegte, wo sie wohl am ehesten hingegangen sein könnte. Ins Green Old Tree?

Gerade als sie die Treppe erreichte, wurde hinter ihr die Apartmenttür aufgerissen, und sie fuhr herum. In dem Spalt zwischen Tür und Rahmen stand Wynda in einem rosafarbenen Bademantel, der zu ihren Pantoffeln passte. Ihr Haar fiel offen über ihre Schultern. »Lea, ist alles in Ordnung?«, fragte sie und räusperte sich.

Leonora lief zu ihr und nickte. »Du bist ja doch da! Sorry, dass ich einfach so hier auftauche. Aber es ist ein Notfall. Ich habe schon ein paarmal versucht, dich anzurufen.«

»Oh … ja«, eine ungewohnte Röte kroch auf Wyndas apfelrunde Wangen. »Ich glaube, mein Handyakku ist leer. Worum geht es denn?«

»Ich hab's gelöst«, sagte Leonora.

»Den nächsten Hinweis?« Wyndas Augen leuchteten auf. »Wo? Meinst du, es könnte diesmal endlich das Manuskript sein?«

Sie nickte. »Ja, das glaube ich. In Sidmouth. Halt dich fest: Ich denke, es befindet sich beim Teepavillon von Rosehill.«

»Oh verdammt, das heißt, wir müssen uns noch mal mit Darcy-Melwood rumschlagen?« Wynda seufzte.

»Na ja … ich dachte … wir schleichen uns heimlich dorthin. Heute Nacht? Ich halte es kaum aus, zu warten!«

Ein fernes Rascheln ertönte aus der Wohnung, und Leonora erhaschte einen Blick auf die spärlich beleuchtete Küchenzeile, auf der Henry Tilney stand. Über dem Bonsai flatterte ein Band. Das zu einem Helium-Ballon gehörte, der unter der Decke baumelte.

»Also, weißt du, gerade ist es ehrlich gesagt wirklich schlecht.« Wynda sah sie mit großen Rehaugen an. »Aber ich möchte nicht, dass du auf mich wartest. Hier, nimm den Mini.« Sie griff den

Schlüssel von ihrem Sideboard und drückte ihn Leonora in die Hand. »Wenn du dort bist, schreibst du mir, ja?«

Ein wenig sprachlos betrachtete sie ihre Freundin. »Alles in Ordnung?« Dann wanderte ihr Blick wieder zur Küche. »Ist das da ein Ballon in der Silhouette von Jane?«

»Hm?« Wynda schob sich noch ein Stück dichter und reckte den Hals. »Nee, nee, fahr, Lea. Und ruf mich an, wenn du Unterstützung am Telefon brauchst. Ich schau gleich mal nach dem Handy.«

Etwas war hier höchst suspekt. Wynda war inzwischen so knallrot im Gesicht, dass sich die Farbe mit dem Rosaton ihrer Haare biss.

»Gut … also ich geh dann jetzt? Und löse Janes letztes Rätsel allein?«, fragte Leonora noch einmal und musterte Wynda forschend.

Die nickte hektisch. »Der Mini gehört dir. Hol dir das Manuskript!« Dann schob sie sich mit einem Satz raus in den Treppenflur und umarmte Leonora schnell. »Du machst das. Ich verlass mich auf deine Berichterstattung.«

Ehe Leonora noch etwas erwidern konnte, schlüpfte Wynda zurück in die Wohnung, zwinkerte ihr mit glühenden Wangen zu und schloss die Tür.

Kapitel 27

Rückkehr nach Rosehill

Als die Lichter von Sidmouth in den Hügeln der Steilküste erschienen, hatte Leonoras Aufregung alle Gedanken an den seltsamen Abschied von Wynda verdrängt. Wenn Wynda Geheimnisse hatte, würde sie ihr die auch zugestehen. Und obwohl offenbar ein Jane-Austen-Ballon in die Sache involviert war, würde sie keine weiteren Fragen stellen.

An der Esplanade bog sie rechts ab und folgte der Straße hinaus bis zur Westküste. Windböen rüttelten auf der freien Strecke am Mini, und der Regen trommelte erbarmungslos auf die Windschutzscheibe. Aber das würde sie nicht abhalten.

Als sie Rosehill erreichte, fuhr sie langsam an der Auffahrt vorbei und spähte zum Haus. Nur der Range Rover und zwei Mietwagen standen auf dem Rondell. Die Presse war abgerückt. Umso besser. Das hieß, sie musste sich nur vor einem verstecken.

Sie wendete und parkte den Mini hinter einer dichten Hecke an einer Auffahrt, sodass er von Rosehill House nicht zu entdecken war. Dann stoppte sie die Playlist und tippte die versprochene Nachricht an Wynda: *Ich bin in Sidmouth. Wünsch mir Glück.*

Sofort erschien ein Daumen hoch als Antwort. *Mein Mut wächst mit jedem Versuch, mich einzuschüchtern*, folgte das bekannte Zitat von Jane, eingerahmt von zwei pinken Herzen, und ließ sie schmunzeln.

Der Pfad, der hinauf zum Garten von Rosehill führte, lag in völliger Dunkelheit. Nur die Taschenlampe ihres Handys leuchtete ihr den Weg, während sie durch den Regen lief. Sobald sie den Schmetterlingsfliederbogen erreichte, schaltete sie es aus, um keine Aufmerksamkeit zu erregen. Sie schlich bis zu dem Durchgang in der Hecke, der in den Rosengarten führte, und sah hinauf zum Haus. In zwei Gästezimmern brannte noch Licht, der Rest von Rosehill schien zu schlafen.

Leise huschte sie wieder ein Stück den Hang hinunter in den unteren Gartenbereich. Alles schien sicher zu sein. Die Umrisse des Pavillons erkannte sie schemenhaft im schwachen Licht der Mondsichel, die immer wieder von Wolken verdeckt wurde. Als sie den Schutz des Pavillons erreichte, strich sie sich die Kapuze vom Haar.

Konzentriert ließ sie die Finger über das Holz gleiten. Doch es war einfach zu dunkel. Sie warf einen hastigen Blick zurück zum Rosengarten, doch um sie herum pfiff nur der Wind der stürmischen Nacht. Mit pochendem Herzen zückte sie ihr Handy und ließ es am Fundament des Pavillons entlangwandern. Die Bodenlatten wirkten auf den ersten Schein unauffällig. Nur ein kleiner Spalt an der Begrenzung zwischen zwei Dielenbrettern fiel ihr ins Auge.

Als sie ihre Fingernägel darunterhakte und zog, löste sich das Holz, und sie schob das Brett zur Seite. Darunter kam ein dunkler Hohlraum zum Vorschein. Sie hielt den Atem an, griff nach dem Handy, doch im Schein der Taschenlampe war nur ein leerer Raum zu erkennen … der alte Unterbau des Pavillons, das Sandsteinfundament. Bis der Lichtkegel auf ein Kästchen fiel. Dunkles, poliertes Holz, so schmal, dass gerade ein Buch hineinpassen könnte. Ihr Herz setzte für einen Moment aus, als ihre Finger das Holz berührten.

Sie hob das Kästchen heraus. Es war überraschend leicht. Die Fertigung erinnerte sie an das Reisepult auf dem Dachboden der Melwoods: Mahagoni, und ein filigraner Verschluss. Sie atmete tief durch. Dann öffnete sie den Bügel und hob den Deckel an.

Ein einzelnes versiegeltes Papier lag in dem Kästchen. Kein Manuskript. Doch das Papier wirkte ebenso vergilbt wie der Notizzettel im Reisepult, und das Wachs des Siegels bröckelte, nach all den Jahrhunderten, die es in dem Kästchen ausgeharrt hatte …

Nein. Als sie es genauer betrachtete, erkannte sie, dass das Wachs gebrochen war. Jemand musste den Brief bereits gelesen haben.

Leonora wischte ihre Hände noch einmal an ihrem Pullover unter der Jacke trocken und wollte gerade danach greifen, als polternde Schritte hinter ihr auf der Pavillontreppe erklangen.

»Hey, was tun Sie da? Das ist Hausfriedensbruch! Die Polizei ist unterwegs!«, rief eine ihr nur zu bekannte Stimme, die eine Gänsehaut ihren Nacken heruntersandte.

Vor Schreck hätte sie beinahe das Kästchen fallen lassen, doch sie verbarg es schnell unter ihrer Jacke, ehe sie herumfuhr. Im Halbdunkel ihres Handylichts stand Charleston. Der Regen ließ sein Haar dunkel glänzen und presste sein Hemd eng an seinen Oberkörper. Als er sie erkannte, stieß er ein Fluchen aus. »Verdammt, Leonora. Was tust du hier?«

»Du hast die Polizei gerufen?«, fragte sie leise und drückte das Kästchen noch enger an ihre Brust, während sie langsam das Brett hinter ihrem Rücken wieder auf seinen Platz schob.

»Nein … das war nur eine leere Drohung.« Sein Blick wanderte zu ihrem Arm, mit dem sie hinter ihrem Rücken den Fundort zu vertuschen versuchte. »Was zum Teufel machst du hier?«

»Ähm …« Welche Ausrede gab es dafür, in einer stürmischen Sommernacht auf dem Teepavillon des Mannes zu sitzen, der sie vor nicht einer Woche zum zweiten Mal eiskalt hatte abblitzen lassen? Vielmehr noch, der ihr unterstellt hatte, sie hätte ihn verraten. »Nichts?«, murmelte sie, mangels einer glaubhaften Alternative und rappelte sich auf.

Charleston kam näher und ließ das Licht seiner Taschenlampe und seinen Blick über sie wandern. Dann fuhr er sich seufzend durchs Haar und seine Schultern sanken ein wenig. »So, und wolltest du mich irgendwann darüber in Kenntnis setzen, dass du vorhast, dich um Mitternacht in meinen Garten zu schleichen und ›nichts‹ zu tun?«

»Ich … also … Nein«, fügte sie hinzu und umklammerte ihren Bauch, oder vielmehr Janes Geheimnis unter ihrer Jacke noch ein bisschen fester. »Ist eine Privatangelegenheit.«

»Nun, die Tatsache, dass deine Privatangelegenheiten auf meinem Grundstück stattfinden, macht es auch zu meiner Angelegenheit.« Er trat auf sie zu.

Aber sie starrte ihm stur entgegen. Sollte er nur seinen tadelnden Mr.-Darcy-Blick auspacken, sie würde standhaft bleiben. Sie würde dafür sorgen, dass Janes Vermächtnis gehört wurde. Ob es ihm passte oder nicht.

»Es hat doch nicht etwa was mit dem Manuskript zu tun?«

Sie schluckte, Hitze stieg in ihre Wangen. »Arthur Melwood

hat meiner Grandma das Herz gebrochen«, posaunte sie heraus, ehe sie auf eine weitere seiner Fragen antworten müsste. »Deshalb war sie hier in Rosehill. Deshalb hat sie den Rosenpavillon gezeichnet. Es stimmte. Sie hat ihn geliebt, und er brach ihr das Herz. Er ist nach Oxford gegangen, ohne sich zu verabschieden.«

»Nun, ich habe dir ja bereits erklärt, dass deine Großmutter nicht als passende Bekanntschaft angesehen worden wäre.«

Er stand jetzt direkt vor ihr. So nah, dass sie jede Linie, seiner markanten Züge sehen konnte. Auch die feinen Haare an seiner Schläfe, über die sie in ihrer letzten Nacht gestrichen hatte. »Zum Glück nicht«, sagte sie, doch sie brachte es nur als ein Flüstern heraus.

Dann reckte sie das Kinn und wollte gerade an ihm vorbei gehen, als er nach ihrer Hand griff.

»Warte.« Er drehte sie sanft zu sich. Einen Moment lang standen sie sich schweigend gegenüber. Dann wollte sie nicht länger warten. Sie hatte schon zu viel Zeit an ihn verschwendet.

Doch als sie sich wieder umdrehen wollte, trat er auf sie zu, schob eine Hand in ihr Haar, lehnte sich vor und küsste sie. Unfairerweise stiegen in ihr all die Gefühle auf, die sie seit fünf Tagen zu verdrängen versucht hatte. Der Regen um sie herum, der Pavillon, dessen rosenumrankte Säulen sie vor dem Wind schützten, Charlestons Wärme, sein nasses Hemd unter ihren Fingern. Verflixt. Es war wie in einem Film, einer modernen Inszenierung von *Stolz und Vorurteil*. Nur dass Mr. Darcy keine Ahnung hatte, dass sich zwischen ihren Körpern ein Brief von Jane befand. Den sie soeben aus seinem Pavillon entwendet hatte.

Sie zuckte zurück. »Oh nein«, murmelte sie, während sie ein

paar Schritte rückwärts trat. »Auf keinen Fall«, waren ihre letzten Worte, ehe sie die Stufen hinunterstolperte und in die Nacht flüchtete.

Erst als sie den Mini erreichte, traute sie sich wieder, zu atmen. Sie war gerannt. Die einzig weise Entscheidung, wenn Charleston Melwood einen auf diese Art küsste.

Sie zog die Autotür auf und ließ sich auf den Fahrersitz gleiten. Dann löschte sie gleich darauf das Licht wieder und sah hinaus in die Dunkelheit. Charleston war ihr nicht gefolgt.

Behutsam zog sie das Kästchen unter ihrer Jacke hervor und legte es auf den Beifahrersitz.

Dann startete sie den Motor und wendete scharf. Die Hecken und der Hain flogen an ihr vorbei, während sie über den Küstenweg raste. An einer Stelle nahe der Klippen bog sie ab und hielt am Straßenrand. Draußen hörte sie das Heulen des Winds und das Rauschen der Brandung. Die See war in Aufruhr. Und sie war es auch.

Mit zitternden Fingern griff sie nach dem Kästchen. Klappte es auf und faltete das Papier auseinander, während sie ihr Handylicht darauf richtete.

Es war Janes Schrift, unverkennbar. Leonoras Puls raste noch ein wenig schneller. Dann las sie.

Lieber Finder,

ich hoffe, Sie sind mir unverändert geneigt, nun, da Sie meine Geschichte kennen.
Sicherlich haben Sie mit Spannung erwartet, die letzten Kapitel von Sanditon *zu finden.*

Und da unsere Suche nun ihr Ende erreicht, möchte ich Sie nicht länger im Dunkeln lassen.
Die Geschichte, lieber Finder, liegt bei Ihnen, und ich wage zu sagen, Sie trugen längst mit sich, was Sie auf dieser Suche zu finden hofften.
Sanditon *wartet darauf, dass Sie es schreiben.*
Ganz recht, Sie haben richtig gelesen. Ich lege Sanditon *in Ihre Hände, einen Teil meiner Geschichte, und vertraue darauf, dass Sie es zu Ihrer machen.*
Denn nichts könnte mich mit einer tieferen Freude und Ruhe erfüllen, als zu wissen, dass ich Ihnen, werter Finder, werter Leser, hinterlasse, was mir ein solch bedeutsamer Teil zeitlebens war. Schreiben Sie. Und kennen Sie keine falsche Scheu. Vor Ihnen liegen so viele Kapitel, wie Ihnen belieben.
Ich hoffe, dass Ihnen Sidmouth eine wahrliche Inspiration sein wird, so wie der Ort es mir einst war. Ich verbinde mit ihm eine meiner teuersten Erinnerungen. Welche, mögen Sie fragen – nun, auch eine Autorin braucht ihre Geheimnisse.

Auf ewig
Ihre Jane Austen

Leonora ließ die Hände sinken.

Es hatte nie ein Manuskript gegeben. Jane hatte sie bewusst durch ihr Leben geführt, an all die Orte, die eine besondere Bedeutung für sie innehatten. Weil sie zeigten, wer sie war. Und vielleicht hatte Jane nie vorgesehen, dass nur eine Person ihr Schreibpult und die Notizen finden sollte. Das Siegel des Briefs war schon gebrochen gewesen. Jemand wusste bereits davon und hatte es hier wieder zurückgelassen. Ihre Grandma womöglich.

Nach all den Indizien konnte sie es sich nicht anders vorstellen. Doch vielleicht gab es auch schon mehrere Finder. Zweihundert Jahre hatte das Kästchen im Teepavillon von Rosehill geruht. Nun war es Zeit, Janes Vermächtnis in die Welt zu tragen.

Leonora fotografierte den Brief, ehe sie ihn wieder behutsam zusammenfaltete und zurück in das Kästchen legte. Dann schickte sie das Foto an Wynda und fuhr los.

Kapitel 28

»Tanzen Sie, Mr. Darcy?«

Sechs Wochen später
Barton Cottage

Es war eine allgemein anerkannte Wahrheit, dass eine Frau ohne Besitz eines schönen Vermögens nichts dringender brauchte als eine Berufung, die ihr Freude bereitete. Und Leonora glaubte, sie endlich gefunden zu haben. Der Vertrag lag vor ihr auf dem Küchentisch, neben der rosa glitzernden Flasche Sekt, die Wynda mitgebracht hatte. Auf der anderen Seite des Tresens standen ihre Freunde. Claire und Wynda trugen bereits ihre Regency-Kleider, und Freddy hatte sich unter Protest in eine napoleonische Marineoffiziersuniform geworfen. Samt Hut.

Alle sahen Leonora gebannt an.

Lächelnd zückte sie den Stift, ließ ihn dramatisch in der Luft kreisen – und unterschrieb.

»Yeay!« Wyndas und Claires Jubel wurde übertönt von dem lauten Knall einer Konfettikanone, die überall kleine Gold-Ananas verteilte. Freddy grinste so breit, dass sie es ihm nicht mal übelnehmen konnte.

»Okay, jetzt wird angestoßen!«, rief Wynda und griff nach dem Sekt.

»So ein billiges Gesöff«, beschwerte sich Freddy, »nur weil es glitzert.« Aber im nächsten Moment hielt er ihr brav sein Glas hin und grinste. »Aber wenn die Ladys es sich wünschen, wird sich der Captain selbstverständlich fügen.«

»Eine noble Entscheidung«, erwiderte Wynda. »Und durchaus weise.«

Wie sich herausgestellt hatte, war Freddy besser darin, weise Entscheidungen zu treffen, als Leonora es ihm zugetraut hätte. Er hatte sich ihren Rat zu Herzen genommen und noch am selben Abend mit einem überraschend romantischen Schachzug Wyndas Gunst zurückerobert, in den laut Wyndas Bericht ein unwiderstehlicher Schokokuchen und ein What-would-Jane-do-Heliumballon involviert waren.

Seitdem schien es so gut zu laufen, dass im Schaufenster von George's Old Books neuerdings eine Ecke eingerichtet war, in der neben Jane Austens Romanen auch die der Brontë-Schwestern und Mary Shelley standen.

»Auf dich, Lea«, verkündete Wynda und hielt ihr Glas in die Höhe, »und darauf, dass du bei uns bleibst!«

»Auf dich«, stimmte Claire mit ein.

»Gott stehe den armen Touristen bei«, proklamierte Freddy dramatisch, »den unschuldigen Seelen, die nicht wissen, was sie erwartet, wenn man euch jetzt ganzjährig zu zweit auf sie loslässt.«

Grinsend hob sie ihr Glas an die Lippen. »Ruhe aus den Fanclubreihen«, verlangte sie und streckte ihm die Zunge raus.

Ja, sie hatte sich getraut. Mit diesem Sekt besiegelte sie das Ende ihrer Anwaltskarriere. In der Kanzlei hatte man entsetzt reagiert, als sie ihre Kündigung einreichte – wie zu erwarten. Doch ihr Beschluss stand fest. Dank des Resturlaubs und der Überstunden, die sich in den letzten Jahren angestaut hatten, konnte Leonora direkt in Bath bleiben. Ihre Eltern hatten zugestimmt, ihr das Cottage dauerhaft zu vermieten. Auch wenn sie mit ihrer Entscheidung nicht gerade glücklich gewesen waren, schienen sie allmählich zu akzeptieren, dass sie ihren eigenen Weg ging. Selbst wenn dieser nach England ins Jane Austen Centre führte.

»Er ist nur so frech, weil er schon seit heute Morgen Panik davor hat, dass er gleich tanzen muss«, erwiderte Wynda grinsend und lehnte sich an Freddys linke Schulter. »Was ist das nur für ein Mysterium, dass Bälle die selbstbewusstesten Männer in hektische Nervenbündel verwandeln?«

Freddy räusperte sich. »Von wegen hektisch. Ist nur nicht mein bevorzugter Zeitvertreib. Ich mein, wir hätten auf der *Viper* Cocktails probieren können. Hab gestern diesen gehypten Rum bekommen …«

»Nicht, wenn das größte Fest der Saison ansteht«, wandte Wynda ein und tätschelte seinen Arm.

»Als wäre ich in einer verdammten *Bridgerton*-Folge gelandet.« Freddy seufzte und gab sich augenscheinlich seinem Schicksal geschlagen.

»Du meinst wohl: Jane-Austen-Adaption!«, korrigierte Claire.

»Sieh es von der positiven Seite: Immerhin wird dich niemand erkennen«, erwiderte Leonora und setzte grinsend ihre Maske auf.

»Das einzige Argument, das mich überzeugen konnte, diese Uniform zu tragen«, murrte er. Dabei hatte Leonora ihn vorhin unbemerkt dabei beobachtet, wie er sich im Garderobenspiegel wohlwollend mit gestrafften Schultern als Captain zur See begutachtet hatte.

»Nur diese eine Nacht«, erwiderte Wynda grinsend und rückte ihre Federmaske zurecht. »Dann musst du ein Jahr warten, bis das Jane Austen Festival wieder stattfindet.«

»Ich habe so viele Jahre in dieser Stadt gelebt und es immer erfolgreich geschafft, mich in dieser Woche vor euch Jane-Austen-Verrückten zu verstecken«, murrte er. »Der Hinterraum des George's Old Books ist hervorragend dafür geeignet.«

»Nur Mut, Captain. Immerhin darfst du mit drei Ladys in den Pump Rooms erscheinen.« Leonora schwang sich vom Küchenstuhl und schnappte sich den Samtbeutel, der ihre Abendtasche sein würde. Ihr weißes Kleid fiel in leichten Chiffonwellen an ihr herab. Nur die rote Schleife setzte einen farblichen Akzent. Es war eine kleine Investition gewesen, aber es hatte sich gelohnt. Sie fühlte sich wirklich wie in einer Jane-Austen-Romanverfilmung.

»Ein Fluch und Segen zugleich«, kam es von Freddy, ehe er schnell Richtung Haustür flüchtete.

Der Regency Ball in den Pump Rooms galt als der Höhepunkt des alljährlichen Jane Austen Festivals. Jeden September strömten Leute aus der ganzen Welt nach Bath, um Jane und ihr Werk zu feiern. Eine Woche lang fanden Lesungen, Theaterstücke, Führungen zu ihrem Leben und der Regency-Zeit statt. Es gab Tanzkurse in den Assembly Rooms, eine große Promenade, bei der man kostümiert durch die Stadt lief, und zum Abschluss den heutigen Maskenball.

Schon auf dem Weg zu den Römischen Bädern begegneten ihnen kleine Grüppchen, die ebenfalls in Regency-Kleidern in den Straßen unterwegs waren. Und die Kulisse des historischen Stadtbilds von Bath ließ all das noch realistischer wirken.

Am Eingang zu den Römischen Bädern empfingen sie Fackeln, deren Flammen die Säulen der verwitterten hellen Kalksteinfassaden in ein dramatisches Schattenspiel tauchten.

Claire, Wynda und Leonora strahlten sich an, dann betraten sie die Bäder. Leise Musik erfüllte die alten Gemäuer, und die vielen Besucher, die alle Regency-Gewänder trugen, ließen sie vergessen, dass sie eigentlich in einem Museum standen. Nein, für diesen Abend waren sie drei Freundinnen, die den schillerndsten Ball der Saison besuchten. Mit einem etwas widerspenstigen männlichen Begleiter. Aber das machte das Erlebnis nur realistischer.

»Wow.« Claire hakte sich bei Wynda und Leonora ein, sobald sie den Außenbereich betraten. »Der Anblick begeistert mich jedes Jahr aufs Neue.«

Lächelnd ließ Leonora den Blick über die Szenerie schweifen. Das Wasserbecken in der Mitte der alten Badanlage schimmerte dunkelblau im Licht der Dämmerung, und der Säulengang, der es umgab, war bevölkert von Ladys und Gentlemen in festlicher Ballgarderobe. Fackeln und Feuerschalen beleuchteten die Säulen und in einer Ecke spielte ein Gesangsduo klassische Arien, begleitet von einem Clavinet.

»Ich hole uns Sekt«, verkündete Freddy und verschwand seufzend in der Menge.

Während sie mit Wynda und Claire den Säulengang entlangpromenierte, spürte sie, wie allmählich die Anspannung von ihr abfiel.

Die letzten Wochen waren nervenaufreibend gewesen. Nun, genau genommen die letzten Monate. Aber die Suche nach Janes Manuskript war nichts gegen die Verantwortung gewesen, die sie eingeholt hatte, seit sie den letzten Brief gefunden hatten. Die

Medien hatten zwar intensiv über den Fund des Reisepults berichtet, doch niemand außer Wynda und ihr wusste von allen Notizen. Abgesehen von Charleston.

Nächtelang hatten Wynda und sie überlegt, wie sie es schaffen konnten, Janes Vermächtnis für die Öffentlichkeit zugänglich zu machen – ohne das Geheimnis ihrer Hinweise direkt zu offenbaren. Bis ihnen der rettende Einfall gekommen war.

»Habt ihr gehört? Alle reden über die Jane-Austen-Mystery-Hunt«, raunte Wynda, als Freddy sie mit dem Sekt einholte und sie neben einer Säule stehen blieben.

»Heute Morgen im Café haben sich auch zwei Besucherinnen darüber unterhalten«, erwiderte Claire. »Offensichtlich war euer Launch ein voller Erfolg.«

Leonora lächelte. »So hätte Jane es gewollt.« Und die anderen beiden nickten eifrig.

Die Instagram-Seite zur Jane-Austen-Mystery-Hunt war vor einer Woche online gegangen, pünktlich zum Start des Festivals. Sie hatten ein Foto von Janes erstem Hinweis hochgeladen und unter #austenmystery teilten die ersten Austen-Fans ihre Vermutungen, was damit gemeint sein könnte. Noch schien niemand den Ort entschlüsselt zu haben, doch das war sicher nur eine Frage der Zeit.

Janes Vermächtnis würde ihre Leser finden, und es würde sie zu all den Orten führen, die ihr wichtig gewesen waren.

Nur für den letzten Hinweis hatten Wynda und sie sich etwas überlegen müssen – das Kästchen und der Originalbrief befanden sich nun im Museum von Sidmouth. Dort gehörten sie hin, ebenso wie das Reisepult. Um den Frieden von Rosehill zu wahren, hatten sie ein Schild an der Gartenpforte von Rosehill Inn angebracht. Einen QR-Code neben ihrem Hashtag, hinter dem sich eine Seite mit Janes Brief verbarg. Wynda hatte Charleston überraschend schnell davon überzeugen können, und Leonora war dankbar gewesen, dass sie sich der Sache angenommen hatte. Denn obwohl sie gern über allem gestanden hätte, versetzte der Gedanke an ihn ihrem Herzen immer noch einen Stich.

Seit der Nacht im Rosenpavillon herrschte Funkstille zwischen ihnen. Doch sie hatte das Interview gesehen. Wie hätte sie es auch nicht sehen können? Seit Tagen flimmerte es ihr auf allen Kanälen entgegen. Charleston auf dem Sofa im Salon von Rosehill mit dem kleinen BBC-Mikro am Revers seines Tweedblazers, auf dem Cafétisch vor ihm das Reisepult und der erste Brief von Jane. Sie hatte sein Unbehagen erkannt. Die besorgte Falte auf seiner Stirn. Das bemühte Lächeln, als er in die Kamera blickte und erklärte: »Das Pult ist ein lang gehütetes Familiengeheimnis. Aber mehr eine Legende, niemand hat geahnt, dass es tatsächlich Jane Austen gehört hat.« Er erzählte von dem überraschenden Brieffund. Schließlich machte er sogar Werbung für die Jane-Austen-Mystery-Hunt. So oft die Szene auch auf ihrem Handy flimmerte – dass er sich zu diesem Schritt entschlossen hatte, war ihr noch immer ein Rätsel.

»Was denkt ihr, sollen wir rüber zu den Pump Rooms gehen? Ich kann den ersten Tanz kaum erwarten.« Wynda sah sie erwartungsvoll an und riss sie aus ihren Gedanken. Die Empfangsmusik hatte aufgehört zu spielen, und die ersten Ballgäste strömten hinüber in den angrenzenden Tanzsaal.

Leonora trank zügig den letzten Schluck ihres Sekts, dann folgte sie ihren Freunden.

Einer Ballnacht in Bath wohnte ein besonderer Zauber inne. Die wunderschöne Musik, der Prunk der mit Kronleuchtern geschmückten Säle, die kunstvollen Kleider, Federn, stattlichen Uniformen … Leonora kannte die Pump Rooms von ihren Besuchen mit ihrer Grandma zum Afternoon Tea. Der große Saal war nun für den Tanz hergerichtet worden. Nur wenige Stühle und Tische standen am äußeren Rand des großen, von Säulen eingerahmten Raums, als Sitzgelegenheit für die wartenden Tanzfreudigen. Oder diejenigen, die verschnaufen mussten.

Auf der Bühne, die sich in einem Halbrund am Kopf des Saals befand, spielte das Pump Room Orchestra, und unter dem Kronleuchter wurden die ersten Quadrillen getanzt.

Wynda führte sie ohne unnötiges Zögern mitten hinein in den Trubel. Am vergangenen Mittwoch hatten sie ihren Pub-Abend für einen Regency-Tanz-Workshop geopfert. Der Titel desselben – *»She danced next with an officer«*, sie tanzte als Nächstes mit einem Offizier – schien Freddys inneren Captain Wentworth geweckt zu haben. Er schlug sich erstaunlich gut neben den anderen Tänzern, selbst als die Musiker nun einen Cotillion anstimmten.

Während sie zu den Klängen der Streicher herumwirbelte, blickte Leonora kurz hinauf zu dem prächtigen Kronleuchter, der von der hohen Saaldecke hinabhing. Das Licht spiegelte sich in den Hunderten Glaselementen. Und während sie sich darunter drehte, stieg ein Lachen in ihr auf. Hier war sie, mitten in einem Regency-Tanz, mit ihren Freunden. Sie hatte ein Leben gefunden, das sie glücklich machte. Sie führte Touristen durch die Stadt, die Janes Romane ebenso liebten wie sie. Und sie durfte ihnen ihre Begeisterung mitgeben. Und zum ersten Mal fühlte sich alles auf eine unerklärliche Weise richtig an.

Bis ihr Blick auf den großen Mann fiel, der plötzlich in der Reihe vor ihr tanzte. Nicht einmal seine Maske konnte verhindern, dass sie ihn sofort erkannte.

Ihr Herz stockte kurz. Und das Stechen kehrte zurück.

Er nickte ihr zu, als der nächste Tanz begann.

Vier Sekunden lang liefen die Möglichkeiten ihrer Flucht in kinoreifen Szenen vor ihrem inneren Auge ab. Spontane Kehrtwende mit direktem Abgang Richtung Cottage. Unauffälliges Wegtanzen ans andere Ende des Raums, wo sie sich hinter der quasselnden Gruppe Tanzverweigerer verstecken könnte. Oder der spontane Ohnmachtsanfall. Im 19. Jahrhundert war man ständig in Ohnmacht gefallen in unangenehmen Situationen, oder?

»Hallo«, ertönte seine tiefe Stimme da auch schon, als die Musik sie zwang, aufeinander zuzugehen.

»Ich wusste nicht, dass du freiwillig tanzt.«

»Nun, meine letzte Tanzpartnerin hat es zu einer recht annehmbaren Erfahrung gemacht.« Charleston ergriff ihre Hand und führte sie im Kreis, wie es der Tanz gebot.

Sie schnaubte und reckte das Kinn. »Das beruht nicht auf Gegenseitigkeit.«

Sie traten wieder auseinander, dann folgte die nächste Drehung in die andere Richtung, und er umfasste wieder ihre Hände. »Das ist bedauerlich«, sagte er, sobald sie neben ihm lief. »Aber ich hatte die Hoffnung, sie mit diesem Tanz vom Gegenteil zu überzeugen.«

Sie gab sich Mühe, den Blick auf die architektonisch ungewöhnliche Gestaltung der Saalwand zu richten. Immer einen halben Meter an Charlestons Kopf vorbei.

»Ich fürchte, ich muss dich um Entschuldigung bitten, Leonora.« Er lehnte sich leicht zu ihr, während sie nun nebeneinander tanzten.

»Ich wüsste nicht, was das ändern sollte.« Er hatte sechs Wochen Zeit gehabt, sich zu entschuldigen. Die Frist fürs Verzeihen war abgelaufen.

»Ein Gespräch«, raunte er, und seine Finger hielten ihre etwas fester. »Das ist alles, worum ich dich bitte.«

Ungebrochenes Schweigen war die einzig mögliche Antwort.

Auf der anderen Seite der Tanzreihe hob Wynda auffordernd die Augenbrauen. Was nicht einmal ihre Maske verbergen konnte. Aber einen vagen Verdacht in ihr aufkeimen ließ – von wem hatte Charleston wohl erfahren, dass sie heute Abend hier sein würde?

Hatte sich Wynda wohl selbst als kuppelnde Emma entlarvt?

Aber Leonora blendete das aus und konzentrierte sich auf die Musik, die sich allmählich den Schlusstakten näherte.

Kaum erklang das finale Crescendo und sie stand Charleston wieder gegenüber, knickste sie, dann drehte sie sich auf dem Absatz um und lief eilig davon.

Es gab nichts zu besprechen.

Aber leider auch wenig Plätze, an denen sie sich spontan vor ihm hätte verstecken können. Als sie die Römischen Bäder erreichte, hörte sie eilige Schritte hinter sich.

»Leonora.« Er ergriff ihre Hand, aber sie weigerte sich, sich zu ihm umzudrehen. »Ich war ein Idiot.«

So viel unerwartete Ehrlichkeit ließ sie auflachen. Dann machte sie sich von ihm los und ging weiter, die Treppen hinunter an den Säulen vorbei, bis sie das Wasserbecken erreichte.

Charleston folgte ihr und lehnte sich an die Säule neben ihr. Um sie herum spielte nur die Musik, die leise aus den Pump

Rooms herüberdrang. Der Säulengang war beinahe verlassen, die meisten Ballgäste genossen die Zerstreuung im großen Tanzsaal.

»Es tut mir leid, dass ich Wynda und dir unterstellt habe, ihr hättet die Sache an die Presse gegeben. Ich weiß jetzt, dass ihr es nicht wart. Und ich … habe mich in meiner eigenen Starrköpfigkeit verrannt.«

Das Wasser in dem Becken vor ihr warf eine leichte Reflexion zurück, von der Säule und ihren Umrissen.

»Die Öffentlichkeit war noch nie ein Parkett, auf dem ich mich sonderlich wohlgefühlt habe«, fuhr er fort. »Wie du sicher gemerkt hast. Ich bin ein sehr privater Mensch und schätze meine Ruhe.«

Sie atmete tief durch. Vermutlich war sie auch einer dieser Faktoren gewesen, der seine Zurückgezogenheit und seine Ruhe gestört hatte.

»Victoria hat die Presse informiert.«

Überrascht wandte sie den Kopf. Er hatte seine Maske abgesetzt und fuhr sich durchs Haar.

»Woher wusste sie von dem Pult und den Notizen?«

»Das habe ich mir selbst zuzuschreiben. Sie hat ein Foto von den Versen auf meinem Handy gesehen, und dann musste ich es ihr verraten. Nun, meine Schwester ist sehr loyal, aber gelegentlich hat sie ihren eigenen Kopf. Und ihrer Ansicht nach konnte dem Rosehill Inn nichts Besseres passieren als der Presserummel vor unserer Haustür.« Er seufzte. »Während ich also alles dafür getan habe, die Sache zu verheimlichen, hat meine Schwester keine Mühe gescheut, es an die große Presseglocke zu hängen. Glaub mir, ich war kurz davor, die Gänse auf die Reporter anzusetzen.«

Das Bild brachte sie gegen ihren Willen zum Schmunzeln.

»Aber du hattest recht«, fuhr er fort, und sie sah aus dem Augenwinkel, wie er zu ihr trat. Sein Arm lehnte an ihrem, während er nun ebenfalls auf das dunkle Blau des Wassers schaute. »Ich habe mich ungerecht verhalten und hätte dir das niemals unterstellen dürfen. Eigentlich«, setzte er sanft hinzu, »hat sich die Lage nun ja auch annehmbar beruhigt.«

»Keine Jane-Austen-Fan-Camps in eurem Garten?«

Er lachte leise. »Nein, glücklicherweise ist mir das erspart geblieben.«

Sie schwiegen eine Weile. Dann fasste sie sich ein Herz. »Offenbar hast du es dir schließlich doch anders überlegt«, sagte sie zögernd. »Ich habe das Interview gesehen.«

»Ja, ich habe meinen Fehler erkannt, Leonora, und ich wollte ihn wiedergutmachen. Deine und Wyndas Bemühungen sollten nicht unter meiner Verbohrtheit leiden. Und Janes Vermächtnis selbstredend auch nicht.« Er wandte sich ihr zu, und ihre Blicke trafen sich, ehe sie wieder geradeaus auf das Wasser sahen.

»Das war sehr freundlich von dir«, brachte sie hervor.

»Nun, es freut mich, dass du es gesehen hast.« Er atmete tief ein, dann räusperte er sich. »Ich habe gehört, du hast dich entschieden, in England zu bleiben?«

»So … Wie hat es diese Neuigkeit bis nach Sidmouth geschafft?«, fragte sie, obwohl sie die Antwort bereits kannte.

»Wynda erwähnte da so etwas.« Ihre Blicke trafen sich, und das Grübchen erschien auf seiner Wange. »Jedenfalls sagte sie, dass du dich neben den Touristenführungen im Schreiben versuchen möchtest.«

»Auch wenn das sicher nicht deine Auffassung von einer gewinnversprechenden Karriere ist: Ja, das möchte ich.«

Er seufzte. »Du hattest recht. Ich war gefangen in meinen

Vorurteilen. Und meinem Stolz. Um deine Jane zu bemühen«, fügte er hinzu und lächelte matt. »Und mir fällt es schwer, Nähe zuzulassen.« Er streckte die Hand aus, verschränkte seine Finger mit ihren, und einen Moment lang hielt sie die Luft an. Wollte protestieren.

Doch sie konnte nicht. Es fühlte sich vertraut und richtig an, sosehr sie ihr Gefühl dafür verteufelte.

»Aber ich versichere dir, dass meine Gefühle aufrichtig sind.« Er hob ihre Finger an seine Lippen. »Und ich hätte es mir nicht verziehen, es dir nie gesagt zu haben.«

Ihr verräterisches Herz schlug viel zu schnell, während sie zu ihm aufsah. Jeglicher Versuch, die *Herrin ihrer selbst* heraufzubeschwören, scheiterte an seinem Blick und seinen entwaffnend ehrlichen Worten.

Und ehe sie etwas Sinnerfülltes herausbrachte, trat er einen Schritt vor, legte die Hand an ihre Wange und lehnte sich zu ihr.

»Leonora. Wenn du mir nicht verzeihen kannst, werde ich das akzeptieren. Doch wenn du es kannst, dann wünsche ich mir nichts mehr, als dort anzuknüpfen, wo wir aufgehört haben. Unser geplantes Wochenende auf dem Boot. Mehr Nächte am Strand. Viel mehr, um genau zu sein. Und meinetwegen können wir jeden einzelnen Jane-Austen-Ort Englands besichtigen. Aber vor allem möchte ich mit dir zusammen sein. Jeden Tag. Und wenn das nicht geht, dann an jedem Tag, an dem wir es möglich machen können.«

Sie schloss die Augen. »Wirst du dir das morgen wieder anders überlegen?«, fragte sie leise, als sie die Lider wieder öffnete.

Er strich über ihre Wange. »Ich habe es mir nie anders überlegt. Meine Gefühle für dich haben sich nie geändert. Aber ich habe eine Zeit lang gebraucht, um zu verstehen, dass ich sie mir erlauben darf. Dass Nähe etwas Gutes ist. Und dass sie eine gewisse Verletzlichkeit verlangt.« Er holte tief Atem. »Ich möchte mit dir zusammen sein. Ich liebe dich.«

Dann küsste er sie.

Das Licht der Fackeln an den Säulen um sie herum verschmolz zu einem fernen Glühen, das sie im Dunkel der Nacht umgab, und sie schloss die Augen und spürte nur noch die Wärme seines Körpers. Erinnerungen an all die Momente, die sie mit ihm geteilt hatte, durchfluteten sie. Der Rosenpavillon, der Sternenhimmel von Oakley Hall, ihr Tanz im Holburne-Museum, Sydney Gardens, Barton Cottage, der Tag an der Küste und das Meeresleuchten von Sidmouth. Und immer Charleston. Das berauschende Gefühl, das sie erfasste, wenn er sie in seinen Armen hielt.

Er hatte Fehler gemacht. Aber letztendlich hatte er sich seinem Stolz gestellt.

Und falls ihr Verstand vor Kurzem noch Zweifel gehegt hatte, ihr Gefühl vertrieb jeden einzelnen von ihnen.

Charleston Melwood war der Mann, den sie für ihr Happy End ausgewählt hätte. Und Jane ebenso.

Ihr persönlicher Mr. Darcy.

»Weißt du«, raunte er leise an ihren Lippen, »man sagt, den Aufenthalt auf Rosehill hätten schon sehr berühmte Schriftstellerinnen inspirierend gefunden. Vielleicht könntest du dir vorstellen, eine Weile dort zu schreiben?«

Sie lächelte und fuhr mit dem Finger sanft über sein Kinn. »Das wäre sicher eine anregende Umgebung.«

»Außerdem«, sagte er und spielte mit der Strähne, die sich aus ihrem Dutt gelöst hatte, »soll das Frühstück grandios sein.«

Nachwort

Eine kleine Küstenstadt, ein Sommer am Meer, neue Begegnungen – das perfekte Szenario für eine Romanze und eine unvergessene Liebe. Es gilt als allgemein anerkannte Wahrheit, dass Jane Austen 1801 mit ihren Eltern und ihrer Schwester Cassandra von Bath nach Sidmouth reiste, um eine erholsame Zeit in den aufstrebenden Seebädern von Devon zu verbringen. Ob Jane bei dieser Reise tatsächlich einem Mann begegnete, den sie nie vergessen konnte, bleibt hingegen ihr Geheimnis. Die Gerüchte über diesen mysteriösen Fremden erwuchsen aus den Kreisen ihrer Familie. Angeblich soll Cassandra ihrer Nichte viele Jahre nach Janes Tod von einer solchen Begegnung erzählt haben. Doch die Briefe, die Jane in den Jahren nach dem Sidmouth-Besuch an Cassandra schrieb, existieren nicht mehr. Spekulationen zufolge könnte Cassandra selbst sie vernichtet haben – und um die Gründe dafür ranken sich mindestens ebenso viele Spekulationen. Vielfach belegt ist hingegen, dass Jane eine enge Freundschaft mit ihrer Schwester verband. Und als Jane 1817 die Arbeit an ihrem Manuskript *Sanditon*, damals noch *The Brothers* genannt, unterbrach, war Cassandra an ihrer Seite und begleitete sie nach Winchester, wo Jane bald darauf im Alter von nur 41 Jahren verstarb.

Die Parallelen zwischen Sidmouth und Sanditon erscheinen vielen Austen-Lesern und -Kritikern offensichtlich: zwei aufstrebende Regency-Seebäder, das eine ein realer Ort aus Janes Leben, das andere fiktiver Schauplatz ihres letzten Romans. Wäre es also nicht eine wunderbare Fügung, wenn Jane tatsächlich noch einmal nach Sidmouth zurückgekehrt wäre?

Wenn du darauf gehofft hast, dass die Briefe und Rätsel, die Leonora, Wynda und Charleston auf die Reise durch Janes Welt schicken, die Abschrift originaler Dokumente sind, muss ich dich leider enttäuschen. Sie entspringen der freien Fantasie. Aber die Orte, an die sie führen, sind real, ebenso wie die Geschichten, die sie aus Janes Leben erzählen.

Als ich die Recherche für *Frühstück mit Mr. Darcy* begann, wollte ich unbedingt erfahren, ob bekannt ist, wo die Austens bei ihrem Besuch in Sidmouth untergebracht waren. Nigel Hyman, der den Literaturführer *Sidmouth's Literary Connections* verfasst und ausführlich zu Janes Aufenthalt recherchiert hat, bestätigte mir, dass man die Unterkunft der Austens bis heute nicht kennt. Das erste Hotel wurde 1805 in Sidmouth errichtet. In der Stadt entstanden zu dieser Zeit viele Gästehäuser, doch Aufzeichnungen über die Besucher existieren nur, sofern es sich um Personen des öffentlichen Lebens handelte.

Die Idee für das Rosehill Inn war also geboren! Ein ehrwürdiges Haus über den roten Sandsteinklippen, von dem aus Jane das Meer gesehen hätte und dessen Rosengarten an ihre Blumenliebe erinnert. Und noch dazu eine passende Residenz für einen modernen Mr. Darcy. Wenn du nun voller Hoffnung nach Sidmouth reist, um eben diesen zu suchen, solltest du wissen, dass auch Rosehill nur in den Seiten dieses Buches zu finden ist. Doch Sidmouths atemberaubende Küste und die Esplanade, auf der schon Jane flanierte, gibt es wirklich. Und wer weiß, ob du dort nicht deinem persönlichen Mr. Darcy begegnest – oder tatsächlich ein verschollenes Reisepult entdeckst?

Vielleicht möchtest du aber auch lieber weiter auf Janes Spuren reisen. Dann wirst du im Jane Austen Centre in Bath und in Jane Austen's House in Chawton alle Antworten zu ihrem Leben und ihrem literarischen Werk finden. Was Jane wohl gesagt hätte, wenn sie um die Museen und Ausstellungen wüsste, die sich ihr widmen?

Autorinnen war zu Janes Lebzeiten keine Öffentlichkeit vergönnt. Das Schreiben als Beruf auszuüben war verpönt, schließlich ging es mit einer als unangemessen angesehenen Aufmerksamkeit und monetärem Verdienst einher. Wie viele Frauen des 18. und 19. Jahrhunderts entschloss sich daher auch Jane dazu, ihr kreatives Schaffen zu verbergen. Ihre Manuskripte hat sie anonym unter dem Pseudonym »By a Lady« veröffentlicht. Nur ihre Familie und einige wenige Eingeweihte wussten von ihrer heimlichen Profession. Dass sie uns in den Briefen in *Frühstück mit Mr. Darcy* ihren Namen verrät und mit Rätseln auf eine Reise durch ihr Leben führt, erinnert daran, dass sie selbst nie die Öffentlichkeit erfuhr, die ihr Werk heute genießt. Wer schon einmal während des alljährlichen Jane Austen Festivals durch Bath geschlendert ist, weiß: Die Faszination für Jane Austen und ihre Bücher ist ein internationales Phänomen. Aus aller Welt reisen Austen-Fans nach Bath, um in die Regency-Zeit einzutauchen und ihre Lieblingsautorin zu feiern. Ihr Andenken ist lebendig, heute mehr denn je.

Danksagung

Einen besonderen Dank möchte ich dem Sidmouth Museum, Nigel Hyman, dem Jane Austen Centre in Bath und dem Jane Austen's House in Chawton aussprechen, die mich bei meiner Recherche unterstützt haben – sei es mit ihrem Wissen, den großartigen Ausstellungen oder Veranstaltungen zu Jane Austen, ihrem Leben und ihren Büchern.

Meiner Lektorin Valérie Thieme, die Janes Romane ebenso sehr schätzt wie ich.

Und meinen Freundinnen Kim und Luisa – für eure Freundschaft und dafür, dass ihr mit mir in Regency-Kleidern durch Bath gelaufen seid und das Jane Austen Festival gefeiert habt.

Genannte Romanfiguren

Emma

Emma Woodhouse: wohlhabende Tochter eines Landadligen, selbstbewusst, (alt)klug, besitzt die Vorliebe, andere zu verkuppeln; in ihrer Selbstüberzeugung sieht sie nicht, dass ihre Bemühungen jedoch oft mehr Schaden anrichten als Gutes bewirken

Northanger Abbey

Catherine Morland: Pfarrerstochter; zunächst unscheinbar, gesellschaftlich unerfahren, jung und naiv, freundlich, romantisch, mit einer ausgeprägten Fantasie und einer Vorliebe für Schauerromane, die sie während ihres Aufenthalts auf Northanger Abbey in prekäre Situationen verstrickt; Henry Tilney bezaubert sie vom ersten Moment an; im Verlauf des Romans entwickelt sie sich zu einer selbstbestimmten jungen Frau

Henry Tilney: Geistlicher; charmant, höflich, ironisch und humorvoll, mit einem guten Herzen und aufrichtigem Interesse; Sohn des wohlhabenden Landbesitzers General Tilney von Northanger Abbey; bei einem Ball in Bath trifft er Catherine, die sich sofort in ihn verliebt; auf Einladung seines Vaters reist Catherine nach Northanger

Stolz und Vorurteil

Elizabeth Bennet: Tochter eines Landbesitzers, hat vier Schwestern und eine eifrige Mutter, die auf eine baldige Vermählung ebendieser drängt; eigensinnig und willensstark, clever; trifft mit Mr. Darcy ihr Perfect Match, auch wenn es eine Zeit dauert, bis beide ihren Stolz und ihre Vorurteile überwinden und zueinander finden

Fitzwilliam Darcy: ein wahrer Regency Gentleman mit beträchtlichem Vermögen, Besitzer des Anwesens Pemberley; reserviert, doch höchst moralisch und loyal, in seinem Stolz und seinen Vorurteilen ebenso gefangen wie Elizabeth, als beide einander begegnen – bis er sich traut, sein Herz für sie zu öffnen, und ihr – etwas ungeschickt – seine Liebe gesteht

Charles Bingley: wohlhabender Erbe aus gutem Hause und bester Freund von Mr. Darcy, gutmütig, freundlich, liebenswürdig, verliebt sich in Elizabeths Schwester Jane

George Wickham: Offizier; charmant, einnehmend, manipulativ, ein gewissenloser Lügner, sein Ziel: die Vermählung mit einer wohlhabenden Erbin

Überredung

Captain Frederick Wentworth: Captain der Royal Navy, der in den Napoleonischen Kriegen gedient hat und durch seinen Dienst auf See ein Vermögen erworben hat; intelligent, adrett, clever, temperamentvoll; als er in seine Heimat zurückkehrt, trifft er auf Anne, seine verflossene Liebe, die er nie vergessen konnte, die jedoch einst seinen Antrag ablehnte, als er noch nicht vermögend war